Von der gleichen Autorin erschienen außerdem
als Heyne-Taschenbücher:

Der unheimliche Fremde · Band 03/2046
Bittere Schuld der Sünde · Band 03/2056
Spiel um ein Leben · Band 03/2063
Das Geheimnis einer Sommernacht · Band 03/2095

Anna Gilbert

Das Geheimnis einer Liebe

Roman

Deutsche Erstveröffentlichung

**Wilhelm Heyne Verlag
München**

HEYNE-BUCH Nr. 03/2163
im Wilhelm Heyne Verlag, München

Titel der amerikanischen Originalausgabe
MISS BEDE IS STAYING
Deutsche Übersetzung von Dagmar von Harbou

Copyright © 1982 by Anna Gilbert
Copyright © 1984 der deutschen Übersetzung
by Wilhelm Heyne Verlag GmbH & Co. KG, München
Printed in Germany 1984
Umschlaggestaltung: Atelier Ingrid Schütz, München
Gesamtherstellung: Ebner Ulm

ISBN 3-453-11356-X

1

Ich stand an der Tür und winkte zum Abschied, bis auch das letzte Kinderschürzchen meinen Blicken entflattert und das Klappern der Schuhe auf dem Pflaster verhallt war.

Das Schulzimmer lag in erschöpfter Stille. Miß Wheatcroft auf ihrem hohen Stuhl war in die letzte Aufgabe des Tages vertieft. Sie zählte. Ein Sonnenstrahl kämpfte sich durch das grüngetönte Glas des gotischen Fensters und streckte sich kümmerlich bis zu ihrem Pult, deutete auf die Schachtel mit der Aufschrift ›Griffel‹. Es wäre unschicklich gewesen, sie zu unterbrechen. Ich würde warten. In zehn Minuten würde ich frei sein – für immer.

»Sechsundneunzig.« Miß Wheatcroft legte den letzten Stift fein säuberlich fort und schloß die Schachtel. »Genau wie ich es mir gedacht habe. Es fehlt schon wieder einer. Und *Sie* wissen, wie gut ich auf sie aufpasse.« Ihre Augen verengten sich. »Das war natürlich Jordan Finch.«

»Aber er ist doch fast nie hier.«

»Heute war er hier.«

Ohne ihr Verhalten auch nur im geringsten zu ändern – Miß Wheatcrofts Verhalten änderte sich fast nie –, öffnete sie ihr Pult und zog ein in weißes Papier gewickeltes Päckchen heraus, das mit einem rosa Band umschlungen war. »Ich hoffe, Sie nehmen dies an. Alles Gute für Sie beide. Ich wünsche Ihnen eine glückliche Zukunft.«

»Oh, Miß Wheatcroft! Was für ein hübsches Bändchen!« Sie beobachtete mich ernst, als ich es aufknöpfte und das Papier auseinanderschlug. »Miß Wheatcroft!« Als ich aufblickte, erhaschte ich in ihren Augen gerade noch den sanften, liebevollen Blick, doch er galt nicht mir, sondern dem Geschenk. Doch schon blitzte der letzte Sonnenstrahl in ihrem Kneifer, verbarg die menschliche Schwäche. »Haben Sie das selbst gemacht?«

»Natürlich.«

»Wie nett! Wie außerordentlich nett!«

Es war schwer, auf das Geschenk zu reagieren, noch dazu mit solcher Einfachheit, denn es widersetzte sich jeglicher Schlichtheit. Der vergoldete Rahmen war so verschnörkelt und kompliziert, daß das Auge schnell verwirrt war, wenn es versuchte, den geheimnisvollen Windungen zu folgen. Der Rahmen umschloß ein Rechteck aus scharlachrotem Satin, der über und über mit Blümchen aus Goldpapier verziert war. Hier und da war eine leere Stelle mit weißer Spitze bedeckt, denn Miß Wheatcroft konnte eine unbedeckte Stelle nicht durchgehen lassen. Es dauerte eine Weile, bis ich das ›Kunstwerk‹ in allen Einzelheiten erfaßt hatte: die Reihe flacher, schwarzer Perlen innerhalb des Rahmens; die winzigen Muscheln innerhalb der schwarzen Perlen. Miß Wheatcroft war es zufrieden, mein Staunen zu beobachten. Sie war voller Zuversicht. Die Schöpfung war einzigartig, und sie wußte es.

»Ein Etwas voller Schönheit«, sagte sie. »Und doch nützlich – sogar hilfreich.«

»Ja, allerdings. Das wird es sein.«

Ich war endlich im Zentrum angelangt, bei den drei mit schwarzem Seidenfaden gestickten Worten: FÜRCHTE NICHTS BÖSES!

Die widerstreitenden Anforderungen von Holz, Papier, Spitze, Perlen und Muscheln hatten es schwierig gemacht, die Botschaft einzufügen, die sie übermitteln sollten. So war Miß Wheatcroft auf die Lösung verfallen, die Worte auf unterschiedliche Linien zu setzen, sie zunehmend größer zu sticken, so daß meine Aufmerksamkeit auf das letzte und somit hervorstechendste Wort gezogen wurde: ›Böses‹ blitzte es mir entgegen.

»Ich wollte eigentlich den ganzen Text sticken«, gestand Miß Wheatcroft, »aber dafür war nicht genug Platz. Und schließlich sind das ja die Worte, die zählen. Sie reichen aus, um Ihnen und Ihrem zukünftigen Mann zu helfen, um Sie beide zu führen, sollte es nötig sein.«

»Philip wird – dankbar sein.« Als ich seinen Namen erwähnte, zog ein Prickeln durch meinen ganzen Körper, vom Scheitel bis zur Sohle, als hätte er sich göttergleich auf geflügelten Sandalen aus seiner goldenen Wolke zu uns herabgelassen und stände jetzt leise lächelnd an der Tür. »Und ich werde immer an Sie denken, Miß Wheatcroft, wenn ich es ansehe.«

»Ich wußte, daß es Ihnen gefallen würde. Wenn eine junge Frau ein Haus übernimmt, ist das nicht ganz einfach, vor allem am Anfang, etwas zu finden, das über den Kamin paßt. Und in Ihrem Fall wird es sicher eine Menge altmodischer Dinge geben, die Sie erst einmal loswerden müssen. Die Dinge der verstorbenen Tante Ihres zukünftigen Mannes werden vielleicht nicht ganz Ihrem Geschmack entsprechen.«

Diese Möglichkeit war mir überhaupt noch nicht in den Sinn gekommen. Es war erst so kurze Zeit her, daß Philip das Honeywick House und seinen Inhalt geerbt hatte, und Miß St. Leonards Tod als Folge eines Sturzes war so schicksalhaft, daß die Veränderung unseres Lebens mich bislang derart geblendet hatte, daß ich noch nicht an etwas so Prosaisches wie einen Kaminsims denken konnte.

»Ich habe sie nie kennengelernt.« Die nackte Freude, die ich über ihr Hinscheiden empfand, schien nach einer Erklärung zu verlangen. »Und Philip hat sie auch nicht mehr gesehen, seit er sechs Jahre alt war. Es war eine enorme Überraschung.«

»Sie haben wirklich sehr großes Glück gehabt.«

Die arme Miß Wheatcroft! Mein Mitleid für sie brachte auch eine Welle der Dankbarkeit mit. Endlich konnte ich dem Leben entfliehen, das sie für alle Zeiten würde ertragen müssen, dem Leben hier in diesem schäbigen, nach ungewaschenen Kleidern stinkenden Raum. Da hockte sie auf ihrem hohen Stuhl in dem grünlichen Dämmerlicht, neben der verkrumpelten Weltkarte, die wir ständig glattstrichen. Ihre geknöpften Stiefeletten standen ordentlich nebeneinander auf der zweiten Stufe. Noch waren die Mäuse nicht aufgetaucht, die aus ihren Löchern krochen, sobald es still im Zimmer war. Die arme Miß Wheatcroft!

Aber aus ihrer Stimme hatte kein Neid geklungen. Sie musterte den Effekt von weißer Spitze auf rotem Satin.

»Ich habe mich gefragt, wie es mit Federn wirken würde«, meinte sie verträumt.

»So, wie es ist, ist es perfekt.« Ich schickte mich an, das Geschenk wieder einzuwickeln.

»Vielleicht würde Mr. Hawthorne es gern sehen«, drängte sie. »Er hat eine künstlerische Ader.«

»Daran habe ich auch schon gedacht. Ich werde gleich zu ihm gehen.« Ich verstaute die Geschenke und Sträuße der Kinder in meiner Tasche. »Also, auf Wiedersehen, Miß Wheatcroft. Und vielen Dank für all Ihre Hilfe und Geduld.«

Ich hatte in den zwei anstrengenden Jahren, in denen wir diesen Raum geteilt hatten, nicht immer daran gedacht. Aber jetzt, im Strahlen meines Aufbruchs, erkannte ich es deutlich.

»Das ist das Ende eines Kapitels.« Sie hätte sich gern noch ein Weilchen länger unterhalten, aber mein unwiderstehlicher Drang, all dem zu entfliehen, hatte mich bereits in Hut und Jacke schlüpfen lassen. Schon stand ich im Flur, wo Mr. Hawthorne an seinem Pult saß, von seinem gußeisernen Ofen bis fast zum Siedepunkt erhitzt, aber andererseits von der Zugluft zwischen den beiden Außentüren fast starr vor Kälte. So kam es, daß er die ganze Zeit seinen langen, grauen Schal umband oder abnahm. Jetzt schlang er ihn um und erhob sich, als ich aus dem Klassenzimmer trat, das Geschenk in der Hand.

»Hat Miß Wheatcroft Ihnen ein Geschenk gemacht?« Er musterte es sorgfältig. »Eine herrliche, erstaunliche Arbeit! Aber sie scheint den Vers gekürzt zu haben. ›Und ob ich schon wanderte im finstern Tal, fürchte ich kein Unglück‹.«

»Ja, es war nicht genug Platz für alles.«

»Also hat sie es in einen Imperativ umgewandelt. Da sehen Sie, was mit uns geschieht, Florence. Wir gewöhnen uns daran, Befehle zu erteilen. Aber hätte sie nicht etwas Ermutigendes finden können – für eine Braut? Ach ja, wahrscheinlich bin ich bloß neidisch. Mein eigenes Geschenk ist leider gewöhnlicher.« Er reichte es mir, uneingewickelt: eine in Leder gebundene Ausgabe von ›Wie es euch gefällt‹. »Es erschien mir passend, da Sie aufs Land entfliehen.«

»Ich werde es in Ehren halten.« Ich ließ den Kopf hängen. Plötzlich brannten Tränen in meinen Augen. Wir hatten das Stück zusammen einstudiert, ehe ich nach Stockwell ans College ging. Hier, in diesem mörderischen Korridor, hatte ich die berühmten Reden auswendig gelernt, hatte sie analysiert und dabei meinen kleinen Tisch zwischen der heißen und der kalten Zone hin und her geschoben.

»Philip wird es auch gefallen.«

Das war ein Geschenk, das ich ihm zeigen konnte, ohne mich dafür entschuldigen zu müssen, ohne Angst haben zu müssen, es könnte seinen erlesenen Geschmack beleidigen.

»Ich darf Sie nicht aufhalten, Florence.« Mr. Hawthorne griff nach seinem Hut, und wir gingen zusammen hinaus. »Er wird Sie gewiß abholen. Schließlich ist es Ihr letzter Tag.«

»Vielleicht.«

Wenn Philip nur ein einziges Mal gekommen war, um mich abzuholen, dann war das meine Schuld gewesen. Ich hatte ihn nicht gerade ermutigt, hier in die Marshall Street zu kommen, im Gegenteil, ich hatte mir sogar Mühe gegeben, ihn fernzuhalten. Bei dieser einen Gelegenheit hatte er ganz offensichtlich einen schlechten Eindruck bekommen. Die verwahrlosten Gassen, die dicke Dreckschicht aus den Schmieden unten am Fluß, die schlampigen, blaßgesichtigen Kinder hatten ihn aufgeregt.

Er befand sich nicht in seinem Element. Mr. Hawthorne mußte selbst erkannt haben, daß Marshall Street einfach keine Umgebung war, an die Philip gewöhnt war. Erleichtert fiel mir ein, daß das ja nun nicht mehr wichtig war.

»Sie werden doch wiederkommen und uns besuchen, Florence?«

Seine Frage verlangte nach einer herzlichen Antwort. Die Worte lagen mir schon auf der Zunge, doch dann fiel mir Philips erste Bemerkung ein, als er den Brief des Anwalts gelesen hatte.

»Du kannst dieses scheußliche Klassenzimmer hinter dir lassen und brauchst nie wieder zurückkehren.« Und mit fast leidenschaftlicher Ernsthaftigkeit hatte er hinzugefügt: »Du kannst die Marshall Street vergessen.«

Bis zu diesem Augenblick war mir gar nicht bewußt geworden, wie sehr er sich um mich sorgte, mich zu beschützen suchte. Nein, ich würde nicht wiederkommen.

Mr. Hawthorne bemerkte mein Zögern.

»Sie haben das Haus noch gar nicht gesehen, wenn ich mich nicht irre?«

Es war eine Tatsache. Er brachte sie mit seiner üblichen, ruhigen Stimme vor. Ich hätte keine Erklärungen geben müssen, und dennoch überschlug ich mich fast dabei. Mr. Hawthorne kannte meine Schwierigkeiten bereits, wußte, wie wir immer und immer wieder daran gehindert worden waren, uns das Haus anzusehen. Die Nachricht von dem Vermächtnis hatte uns Ende Februar erreicht, so daß mir gerade noch Zeit genug blieb, meine monatliche Kündigungsfrist einzuhalten. An den Samstagen arbeitete Philip in der Bank. Sonntags, wenn wir beide frei hatten, gab es keine günstige Zugverbindung. Philips Plan, ein Gig zu mieten und Tante Maud und mich am ersten Sonntag im März nach Gower Hill zu fahren, war von einem verspäteten Schneesturm vereitelt worden. Diesem folgten Stürme und heftiger Regen, der die Straßen unpassierbar machte. Und schließlich war Philip krank geworden. Mein Herz zog sich zusammen, wenn ich daran dachte.

»Oh, es geht ihm jetzt schon viel besser«, schloß ich atemlos, »aber wir haben beschlossen zu warten, bis wir verheiratet sind und direkt nach der Hochzeit hinzufahren. Dann sehen wir unser neues Heim zum ersten Mal –«

›Als Mann und Frau‹ hatte ich sagen wollen, aber errötend verbesserte ich mich »– zusammen. Ich meine, es sah so aus, als sollten wir vorher nicht hinfahren. Und es ist so abenteuerlich, gar nicht zu wissen, was uns erwartet.«

»Heißt Ihre Tante diesen Plan gut?«

»Tante Maud hat gesagt, sie hätte noch nie eine so impulsive Kreatur gesehen wie mich. Aber können wir denn nicht von Glück sagen, überhaupt ein Haus zu haben, Mr. Hawthorne, ganz gleich, wie es aussieht? Ohne das Vermächtnis hätte es noch Jahre dauern können, bis wir geheiratet hätten – und wir sind sehr vernünftig gewesen, ganz gleich, was Tante Maud auch sagte. Philip hat ausdrücklich an Miß St. Leonards Anwälte geschrieben und sich nach Abzügen und Kaminen erkundigt.«

»Philip muß doch eine Vorstellung von dem Haus haben. Hat er seine Tante nicht einmal dort besucht?«

»Nur ein einziges Mal, als sehr kleiner Junge. Er hat nur noch ganz verschwommene Erinnerungen daran.«

Er erinnerte sich an einen Brunnen im Keller, an Bäume und einen Hügel. Sonst nichts. Ich sah das Haus vor mir, ein steinernes Geviert hoch oben an einem Hang, dem Wind ausgesetzt, flankiert von einem krüppeligen Baum: und darin Philip und mich, endlich allein.

Ich hatte das Gefühl, Mr. Hawthorne hätte mich ausgesprochen eindringlich gemustert. Doch jetzt blickte er fort, über den staubbedeckten Hof zu seinem eigenen Häuschen aus schmutzverschmierten Ziegelsteinen. Über dem Kamin sah man den Himmel. Es wurde bereits Abend. Ich sehnte mich danach zu gehen.

»Meine Mutter läßt Sie herzlich grüßen.«

»Bitte, grüßen Sie auch Mrs. Hawthorne recht herzlich von mir«, erklärte ich eifrig, aber die Herzlichkeit konnte mein schlechtes Gewissen und Schuldbewußtsein doch nicht verdrängen. Im Laufe des langen Tages hätte ich gewiß einen Augenblick Zeit finden können, mich von der alten Dame zu verabschieden. Selbst jetzt noch – aber es hatte keinen Sinn. Ich konnte keine weitere Sekunde erübrigen, schon gar nicht, wenn auch nur die leiseste Chance bestand, daß Philip mich abholen kommen könnte.

»Mutter läßt Sie ermahnen, eifrig darauf bedacht zu sein, die Betten zu lüften, vor allem in einem Haus, das für geraume Zeit leergestanden hat. Der Rat scheint nicht schlechter als irgendein anderer, den man Ihnen geben könnte.«

»Mrs. Hawthorne ist immer so freundlich. Aber Honeywick

House hat nicht ganz leergestanden, selbst wenn Miß St. Leonard vor ihrem Tode zehn Jahre lang nicht mehr dort gewohnt hat. Es wurde von Zeit zu Zeit vermietet, und eine Bedienstete, eine Frau aus dem Ort, lebt dort. Sie wird alles vorbereitet haben.«

Wir waren am Tor stehengeblieben. Die Saat einer Sykamore war dort aufgegangen, und der Baum war überraschend gewachsen, war zu einem gedrungenen Wesen geworden, das jetzt plumpe Äste von sich reckte.

»Das ist etwas, was mir an Martlebury so gefällt«, bemerkte Mr. Hawthorne, »es ist gut für Bäume. Ist Ihnen aufgefallen, wie sie in jeder Ritze wachsen und gedeihen? Man sagt, das läge am Ruß. Oh! Wen haben wir denn da?«

Hinter dem Baum ragte ein nackter Fuß hervor, dann erschien noch einer. Ein Junge stand auf, berührte kurz die Stirnlocke seines kurzgeschnittenen Haares und sah uns mit ausdruckslosem Gesicht an.

»Jordan Finch? Noch immer hier?«

Mr. Hawthorne wußte, daß es keinen Sinn gehabt hätte, ihn zu fragen, warum er noch nicht heimgegangen war. Ob Jordan nun ein Heim hatte oder nicht, in das er heimkehren konnte, wir alle wußten, daß er den Schutz einer Brücke über dem Kanal oder den warmen Rost über einer im Keller gelegenen Küche vorzog. Daß er überhaupt Eltern hatte, leiteten wir von der Tatsache ab, daß er wenigstens gelegentlich in der Schule erschien, aber auch von den regelmäßigen blauen Flecken, die Mr. Hawthorne nur allzugut kennengelernt hatte, weil er sie so oft mit einer Arnikatinktur und ein-, zweimal auch mit rohem Beefsteak behandelt hatte. Von Jordan selbst ließ sich nichts in Erfahrung bringen. Sein Schweigen war, soviel ich wußte, undurchdringlich.

Nachdem er einen so schwierigen Fisch an der Angel hatte, verlor Mr. Hawthorne keine Zeit mit Höflichkeitsfloskeln.

»Drei mal sechs«, stieß er hervor.

»Achtzehn«, antwortete Jordan ohne Zögern. Aus nur ihm bekannten Gründen fügte er dann noch hinzu: »Pence, Sir.«

»Wenn du von hier nach Norden ziehen würdest, in welches Land würdest du dann kommen?«

»Nach Schottland, Sir.«

»Nenne mir die vier ersten Bücher des Neuen Testaments.«

»Matthias, Markus, Lukas und Johannes, Sir.«

Nach diesem kurzen Wortwechsel legte Mr. Hawthorne Jordan lobend die Hand auf die Schulter, ehe er in seine Tasche langte und ihm einen Penny schenkte. »Bist ein guter Junge. Und jetzt lauf – und sieh zu, daß du morgen wieder in die Schule kommst!«

Als Jordan über die Pflastersteine davontappte, wandte sich Mr. Hawthorne mir zu. »Man hat mir gesagt, dieser brutale Kerl von Vater wäre auf und davon. Das bedeutet zwar nicht gerade einen Verlust für Jordan, heißt aber andererseits, daß er nun ganz auf sich gestellt ist. Ich hoffe, ihn mit Hilfe der Gesellschaft zum Schutz mittelloser Knaben unterzubringen. Wir werden schon noch etwas aus ihm machen.« Er lächelte und streckte mir die Hand hin. »Aber wir zwei müssen uns jetzt trennen, Florence. Es tut mir leid. Wir kennen einander seit langer Zeit. Die Kinder werden Sie vermissen und ich...«

Sein Lächeln war ein wenig traurig. »Wir werden Sie alle vermissen. Sie haben Farbe und Fröhlichkeit in unser aller Leben gebracht.«

Mir kam es jetzt vor, als würde mir der Abschied von einem wahren Freund zu leicht fallen. Wäre ich nicht ganz in meinen eigenen Angelegenheiten aufgegangen, hätte ich auch nur einen einzigen Gedanken für jemand anderen gehabt als für Philip, dann hätte ich vielleicht passendere Dankesworte gefunden als die wenigen, die ich jetzt unzusammenhängend stammelte. Ich konnte es kaum erwarten zu gehen. Vielleicht war auch er nicht ganz zufrieden. Als ich davonging, rief er mich noch einmal zurück.

»Florence.« Ich weiß noch, daß die lange, schmale Linie seines Mantels seine Schlankheit betonte; erinnerte mich, daß seine dünnen Wangen über dem sanften, braunen Bart so farblos waren wie die Himmelsstückchen, die zwischen den staubigen Zweigen der Sykamore hindurchschimmerten. Doch am lebhaftesten von allem ist mir der Ernst seiner klugen, grauen Augen in Erinnerung, die unerklärliche Ernsthaftigkeit, mit der er sagte: »Wenn du jemals Hilfe brauchen solltest, Florence, egal welcher Art, dann komm zu mir. Versprich es mir.«

»Ich verspreche es.«

War mein Lachen wirklich so leer, wie ich es jetzt vermute? Habe ich wirklich auf dem Absatz kehrtgemacht und bin davongelaufen, als könnte ich keine weitere Minute in seiner Gesellschaft überleben? Ich glaube mich zu erinnern, daß ich davongehastet bin, ohne mich noch einmal umzusehen, daß ich zwischen den Häusern hindurchstürzte, hinaus auf die schmale Gasse, die steil zum Fluß hin abfiel, bis meiner Flucht durch ein Hindernis auf dem Weg Einhalt geboten wurde.

»Jordan!«

Er sagte keinen Ton, versperrte mir nur den Weg und zerrte aus einer unvorstellbaren Vertiefung in seiner verwahrlosten Kleidung einen Strauß Brunnenkresse. Noch immer schaute er grimmig.

»Nun, eigentlich brauche ich keine...« Ich holte Luft und suchte nach meiner Geldbörse. Er schüttelte den Kopf, drückte mir das schlaffe Bündel in die Hand und verschränkte die seine entschlossen auf dem Rücken. »Heißt das, es soll ein Geschenk sein? Ein Hochzeitsgeschenk?«

Er nickte, die schmutzigen, nackten Füße auf die kalten Pflastersteine gestemmt. Sein rechtes Auge war noch immer zugeschwollen, wo es kürzlich einen Schlag hatte einstecken müssen. Aber das andere Auge, so stellte ich flüchtig fest, war blau und sah mich ruhig an.

Dann erschien hinter ihm, am Fuß des langen Weges entlang der schmutzigen Hauseingänge, dort, wo sich schon ein gelber Nebel über alles senkte, die elegante Gestalt eines jungen Mannes in Mantel und hohem Hut. Also war er doch gekommen!

Eine Welle des Glücks erfaßte mich. Mir blieb gerade noch Zeit genug für einen letzten Abschiedsgruß.

»Danke, Jordan.« Impulsiv bückte ich mich und küßte ihn auf die Wange. Dann rauschte ich davon, stopfte unterwegs die Brunnenkresse in meine Tasche. Zum Glück hatte Philip mein überschwengliches, unziemliches Betragen nicht bemerkt. Auf halbem Wege trafen wir uns. Er nahm meine schwere Tasche. Ich nahm seinen Arm. Wir gingen langsam. Es gab so vieles, über das wir reden mußten: die Hochzeit zum Beispiel, und dann das glückliche Leben, das wir danach für alle Zeiten führen würden.

2

Eine Woche später hatten wir den Staub von Martlebury von unseren Füßen geschüttelt. Wir hatten beide keinerlei Bindungen. Philips Vater, Captain St. Leonard, hatte unter Sir Colin Campbell gedient und war in Lucknow gestorben. Seit dem

Tode seiner Mutter hatte Philip in gemieteten Zimmern in der Nähe von Martlebury and District Bank gewohnt, in der er sich zu einer bescheidenen, aber angesehenen Position emporgearbeitet hatte.

Meine Eltern waren an Diphtherie gestorben, als ich gerade sieben Jahre alt gewesen war. Tante Maud hatte sich edelmütig ihrer verwaisten Nichte angenommen. Fünfzehn Jahre lang hatten wir recht glücklich miteinander gelebt. Geduldig hatte sie darauf gewartet, die Verantwortung für mich abgeben zu können, ehe sie einen langgehegten Plan verwirklichte. Sie wollte mit Helena Lincoln, ihrer Cousine zweiten Grades und Freundin aus Kindertagen, in Surrey zusammenziehen. So befreite Miß St. Leonards Tod Tante Maud ebenso wie mich. Uns blieb mit dem Verkauf des Hauses, dem Packen und Verschicken unserer Habe soviel zu tun, daß wir keine Zeit zum Bedauern hatten.

Die Hochzeit fand in aller Stille statt. Es gab keinen Empfang. Philip hatte es nicht gewollt.

»Ich kann es nicht erwarten, dich ganz für mich allein zu haben«, sagte er, und das wog meine Enttäuschung mehr auf als alles andere. Glücklicherweise war mein Kleid aus cremefarbenem Atlas, dessen Rock mit changierender Seide besetzt war, und auch mein mit heller Spitze und cremefarbenen Rosen besetzter Hut war sehr hübsch, aber nicht zu vornehm, um darin zu reisen. Von der St.-Matthew-Kirche begaben wir uns direkt zum Bahnhof, unterbrachen unsere Fahrt in Kirk Heron, um im Gasthof an der Kutscherstation etwas zu essen, und erreichten dann noch den Zug nach Gower Gill, der hier hielt.

Die ganze Reise war kaum länger als zehn Meilen. Als wir die Nachricht von dem Vermächtnis erhielten, hatten wir sofort atemlos eine Landkarte zu Rate gezogen und festgestellt, daß Philip ohne allzu große Unbequemlichkeiten täglich nach Martlebury zur Arbeit fahren könnte. Zumindest eine Weile lang sollte er die Arbeit bei der Bank noch behalten. Zusätzlich zu Honeywick House und seinem Grundbesitz hatte er noch ein Vermögen geerbt, das sich auf etwa £ 5000 belief. Das würde es uns ermöglichen, ein bequemes Leben auf dem Lande zu führen, wenngleich Philip durch die Hochzeit mit mir nichts weiter gewann als die £ 500 aus der Versicherung meines Vaters. Dank Tante Mauds Sparkünsten war diese Summe nicht angetastet worden.

Meine einzige Sorge in dieser Zeit war die, daß Honeywick

House vielleicht ein zu großartiger Ort für uns beide sein könnte. Wir wußten kaum, was uns erwartete. ›Cottage‹, ›Manor‹, ›Lodge‹, all das hätte uns einen Hinweis gegeben – aber ›House‹? Das hieß eben nur Haus und verriet uns nichts. Endlich, an einem frischen, klaren Aprilabend sah ich es zum ersten Mal. Ich saß angespannt in dem kleinen Wagen, der uns vom Gower-Gill-Bahnhof hierher gebracht hatte, und trotz des Strohs zu meinen Füßen und des neuen Mantels zitterte ich, als ich die Straße vor uns nach den ersten Zeichen des Dorfes absuchte.

»Du frierst«, bemerkte Philip und zog die Decke fester um meine Beine.

»Nein, nein. Ich bin bloß aufgeregt. Sieh nur, Philip! Lämmer!« Ich wollte schon die staubige Scheibe abwischen, beherrschte mich jedoch im letzten Augenblick, als mir meine neuen Handschuhe einfielen. Ungläubig dachte ich an den goldenen Ring darunter. »Bitte, öffne doch das Fenster. Ich möchte hinausschauen. Ich weiß, es schickt sich nicht, aber es ist doch keine Menschenseele draußen, und ich muß einfach etwas sehen!«

Ich streckte Kopf und Schultern hinaus und atmete den Duft des Grases, die feuchte Luft, hörte das dünne Blöken der Schafe, erhaschte einen Blick auf das Moor vor dem blaßen, klaren Himmel. Der Kutscher bremste.

»Da hinten ist Gower Gill.«

Aus dem rechten Fenster sahen wir Kamine; einen Kirchturm in einer Senkung, dann machte die Straße eine Biegung, und dort, eingerahmt ein Fenster...

»Ich glaube, das ist es.« Auch Philip war nervös. »Es liegt nicht direkt im Dorf.«

Zuerst sah ich nur ein Fenster aufblinken, denn das Haus lag zur Straße hin, überblickte dahinter die Felder und ein kleines Gehölz. Es war ein Steinhaus mit roten Dachziegeln.

»Es ist klein.« Es tat mir nicht weh, mich von der Vorstellung eines großen Herrensitzes zu lösen.

»So klein nun auch wieder nicht.« Philips Worte überstürzten sich fast. Ich hatte etwas Falsches gesagt. »Es geht nach hinten hinaus.«

»Oh, aber so habe ich das doch nicht gemeint! Es ist sehr hübsch, Philip.«

Am schmiedeeisernen Tor stiegen wir aus. Zwei geschwungene Treppen führten zu einer kleinen Veranda hinauf. Ein

Jasminbusch mit gelben Blüten war sicher an der Ostwand befestigt. Impulsiv griff ich nach dem Messingtürklopfer in Form eines Fuchskopfes, zog dann aber schnell die Hand zurück. Fast hätte ich mich wieder sehr ungeschickt verhalten. Aber Philip zeigte keinerlei Mißbilligung in seinem Verhalten, als er klopfte.

»Du hattest ja so recht, Philip. Sieh nur!«

Durch das Erkerfenster konnten wir direkt durch einen niedrigen Raum hindurchsehen, bis zu einem Fenster auf der anderen Seite, und durch dieses wiederum in einen Hof dahinter, zu weiteren Wänden, anderen Fenstern. Vor uns lag die Erregung unbekannter Räume, die nur darauf warteten, uns zu gehören – oder besser gesagt Philip. Ich griff nach seiner Hand, mein Herz schäumte über vor Liebe und Dankbarkeit. Die Geste freute ihn. Er sah auf mich hinab, formte mit den Lippen einen Kuß. Wir tauschten sehnsüchtige Blicke aus.

Dann öffnete sich die Tür. Wir rissen uns zusammen, als Annie Blanche erschien und uns willkommen hieß. Ein Blick in ihre hellblauen Augen zeigte mir, daß sie unserer Ankunft ein wenig ängstlich entgegengesehen hatte. Doch ihr Ausdruck veränderte sich sofort, als wäre bei unserem Anblick all das vergangen, was sie gefürchtet hatte, was immer es gewesen sein mochte.

»Da sind Sie ja.« Ihr Blick blieb an meinem mit Spitze und Rosen verzierten Hut hängen, musterte ihn bewundernd, ehe ihr ihre auswendig gelernte Ansprache wieder einfiel. »Willkommen, Sir. Willkommen, Madam.«

Sie trat beiseite. Philip schob mich sanft vor und folgte mir ins Haus. Die Tür fiel hinter uns zu, sperrte das kalte Dämmerlicht aus, fing uns ein. Ein ausgestopftes Wiesel bleckte an meinem Ellbogen die Zähne; hinter Glas, wie ich erfreut und dankbar feststellte, als ich mein Spiegelbild darin zusammenzucken sah. Hinter uns zog Annie einen schweren Vorhang vor die Haustür, dehnte und reckte ihn, um jeden möglichen Spalt zu verschließen, und sicherte ihn mit einem dicken Seil. Es war fast, als sollten wir nie wieder nach draußen gehen.

Aber würden wir das denn überhaupt wollen? Welche junge Frau, die ihre sieben Sinne beisammen hatte, würde einem Leben, das mit solchen Vorzügen bereichert war wie das meine, den Rücken kehren? Das Schicksal hatte mich mit wirklich idealen Umständen beglückt, hatte uns beiden das unwahrscheinliche und seltene Zusammentreffen von Zeit, Ort und

Geliebtem gewährt. An diesem ersten Abend waren wir so entzückt, endlich allein und in unserem eigenen Heim zu sein, daß wir uns nicht einmal die Mühe machten, das Haus näher anzusehen. Über den von einer Lampe erhellten Tisch hinweg sahen wir uns nur an, taten so, als würden wir essen, saßen dann vor dem Kamin – Philip in dem Ohrensessel, der sofort zu seinem geworden war, ich auf dem grünen Hocker zu seinen Füßen. Seine Hand ruhte auf meinem Haar, bis es sich öffnete und locker herabfiel.

»Wir können jetzt tun, was uns gefällt«, meinte er, als ich protestierte und mich anschickte, es wieder aufzustecken. »Du bist doch meine Frau, oder nicht?«

In unserem vom Kaminfeuer erhellten Schlafzimmer schob ich die Vorhänge zurück und stellte überrascht fest, daß es noch so etwas wie eine Außenwelt gab. Aber auch sie war rein geworden, vereinfacht zu einem schlichten Muster aus Sternen, kahlen Zweigen und stillen Hügeln. Aber die Luft war scharf wie eine Drohung, erinnerte an andere Faktoren, die nur vorübergehend ausgesperrt waren. Hastig atmete ich ein und wandte mich dann wieder dem rosenfarbenen, schattigen Zimmer zu – und Philip.

In jedem Haus, an jedem Ort, hätte meine Liebe zu ihm mich überwältigt und dazu gebracht, auch meine Umgebung zu lieben, ganz gleich, wie häßlich sie auch sein mochte. Aber hier, und das sagte ich mir überrascht selbst, hier war alles schön, hübsch, jeder Umstand entzückend.

Annie konnte man wohl kaum als einen Umstand bezeichnen, und das Wort ›hübsch‹ paßte wohl nicht so recht auf sie. Dennoch schien sie zu jener Zeit das Gefühl zu haben, persönlich für unser Glück verantwortlich zu sein. Die Mahlzeiten erschienen auf dem Tisch, wenn wir sie brauchten. »Sie können einen Bissen vertragen«, war ihre ständige Redewendung. Und ständig hatte sie recht damit: Wir vertrugen nicht nur einen Bissen, sondern waren zum Umfallen hungrig und ließen uns das selbstgebackene Brot und ihre Pasteten und Kuchen schmecken. Keiner von uns hatte Erfahrungen, was Urlaub und Ferien anging. Wir hatten darin bislang beide nichts weiter gesehen als eine Erholung von der Arbeit. Tante Maud und ich waren ein-, zweimal an der See gewesen. Doch vom wirklichen Landleben, von der Gegend, wie sie Gower Gill umgab, hatte ich noch niemals etwas gesehen.

»Sie haben schon etwas Farbe in den Wangen bekommen, Ma'am«, bemerkte Annie, als wir ein paar Tage in dem Haus lebten, und vertraulich fügte sie noch hinzu: »Sie sahen beide recht zerbrechlich aus, wie Sie da neulich in der Tür standen. Muß wohl vom Leben in der Stadt kommen, denke ich mir. Aber es hat mich hier getroffen –« Sie deutete auf ihr Herz, eine Stelle zwischen Korsett und gestärkter Schürze. »Es gab mir einen Stich. Gott sei mit ihnen, sie sind noch so jung, hab' ich mir gesagt. Man muß sich ein bißchen um sie kümmern, und das werde ich auch tun. Das ist ja wohl das mindeste, was ich tun kann.«

Auch für sie, so vermutete ich, hatte sich alles zum Guten gewendet. Sie war ein Mädchen aus dem Dorf, oder besser: war es gewesen. Inzwischen war sie vierzig, und ihre alte Mutter lebte noch immer im Dorf. Über zwanzig Jahre lang hatte Annie bei ein und derselben Familie in Cheshire in Diensten gestanden, ehe sie nach Honeywick gekommen war.

»Aber ich hab' mir immer gewünscht, daheim zu sein, Ma'am. Seit Sams Tod sind da nur noch Mutter und ich, und sie kann nicht mehr viel tun. Die Frau, die hier nach dem Rechten gesehen hat, hielt es für ruhig, wenn das Haus nicht vermietet war. Na, ich hätte ihr sagen können, daß es ein leichtes Leben war, aber sie hatte genug und ist nach Martlebury zurück, woher sie gekommen war. Na ja, und als ich dann hörte, daß es hier eine Stelle gab, hab' ich mir gesagt: ›Das ist die Antwort auf deine Gebete, Annie Blanche.‹ Das erste, was ich getan hab': Ich hab' das ganze Haus gründlich geputzt, von oben bis unten!«

Sie holte tief und zufrieden Luft, als sie daran dachte. »Als ich dann hörte, daß der neue Herr und seine Frau kommen würden, um hier zu wohnen, hat es mir einen Schrecken versetzt. ›Wenn wir ihnen nun nicht passen‹, hab' ich zu Mutter gesagt. Aber in der Sekunde, als ich Sie gesehen hab', hab' ich mir gedacht: ›Gott sei Dank!‹ Und als ich Ihnen dann aus dem Mantel geholfen habe, also, Sie haben wirklich wie eine richtige Braut ausgesehen.«

»Ach, Annie!« Ich umarmte sie, froh, daß wir direkt von der Kirche aus gekommen waren und uns nicht erst umgezogen hatten. Ein Reisekostüm wäre gewiß eine Enttäuschung für sie gewesen.

Philip kam die Treppe herunter. Schnell zog ich mich zurück, hoffte, er hatte die Umarmung nicht gesehen. Er verhielt sich immer viel formeller als ich. Der Besitz des Hauses hatte seine

Ausstrahlung ruhiger Autorität schon jetzt verstärkt. Aber schließlich ist er für diese Art Leben geboren, sagte ich mir. Ich schuldete es ihm, mich würdevoller und zurückhaltender zu benehmen. Aber Annie gegenüber war das einfach unmöglich. Wenn überhaupt jemals Schranken bestanden hatten, dann waren die beim ersten Anblick ihrer besorgten, verängstigten Augen eingestürzt. Und ich glaube nicht, daß sie in mir jemals die Herrin gesehen hat, sondern nur die Braut, um die sie sich kümmern, für die sie sorgen mußte.

Führten wir ein zu sehr zurückgezogenes Leben? War unsere Zuflucht zu sicher, abgeschieden vom Dorf, von Wäldern gesäumt, von keinem Besucher gestört? In der Abwesenheit anderer Menschen machte sich das Haus bemerkbar. Wahrscheinlich hätte es unser ganzes Interesse in Anspruch genommen, hätte man nur – und hier macht sich wieder mein altes Gefühl der Hilflosigkeit bemerkbar – an es heranreichen können; hätte man nur die umfassende Sammlung von Besitztümern, die es beinhaltete, durchdringen und dem Haus selbst gegenüberstehen können: einem Landhaus aus dem siebzehnten Jahrhundert, dem 1805 der elegantere, vordere Teil hinzugefügt worden war. Die Jahre hatten die beiden Teile miteinander verschmelzen lassen. Aber selbst nachdem ich von einem Zimmer ins andere gestürzt war, sie mir dann in Ruhe noch einmal angesehen hatte, dann noch einmal, fand ich es doch schwer, mir das Haus als eine Einheit vorzustellen oder die einzelnen Zimmer miteinander in Verbindung zu setzen, denn die Anzahl und Unterschiedlichkeit der Räumlichkeiten verwirrte und überwältigte mich. Wieder und wieder zog ich mich erschöpft von der schieren Unmöglichkeit, sie alle zu sehen, ins Wohnzimmer zurück.

Als ich eines Morgens allein dort saß, widmete ich ihm meine ganze Aufmerksamkeit. Eigentlich waren es zwei Räume. Ein Rundbogen mit gerafftem Vorhang führte ins Speisezimmer, das von keiner Tür abgetrennt wurde. Doch von der Stelle am Kamin, wo ich auf meinem Lieblingsstuhl saß, konnte man jenseits des Rundbogens nichts weiter sehen als ein Bild, das Vieh darstellte, das an einem braunen See trank, der von flaschengrünen Bergen gesäumt wurde. Dieses Bild bedeckte die halbe Wand, so daß jede Mahlzeit zu einem Picknick an diesem See wurde. Immer wieder mußte ich an die Königin in Balmoral denken.

Auf dem Sofa lagen, oder besser: standen, drei steife Kissen aus grünem Samt mit Goldtroddeln. Auf dem weißen Kaminsims stand ein Porzellankorb mit Blumen und ein Paar Figürchen aus Dresdner Porzellan, dazwischen eine Uhr, auf der ein Bronze-Neptun mit zwei Nymphen thronte.

»Wie konnte sie das alles zurücklassen?« fragte ich mich. »Wie konnte sie nur?« Ich versuchte mir vorzustellen, wie sie gegangen war: Oben hatte sie ihren Hut aufgesetzt, war dann langsam nach unten gekommen; ihre behandschuhte Hand hatte zum letzten Mal auf dem Geländer geruht; dann der Abschied; der Schrankkoffer, die Hutschachteln. Hatte sie vorgehabt, für immer fortzugehen? Nie wiederzukommen?

Es hatte aufgehört zu regnen, und ich stand auf. Dabei erhaschte ich einen Blick auf meinen Schuh mit der schwarzen Rosette, der sich in der Messingschaufel am Kamin brach. So losgelöst von meiner restlichen Gestalt hätte er jedem gehören können, einer anderen Frau, wie all die übrigen Sachen hier im Zimmer. Ja, es fiel mir immer noch schwer zu glauben, daß es mir gehörte. Was hatte Philip nur in mir gesehen, daß er ausgerechnet mich erwählt hatte, Florence Lincoln? Doch dann sah ich mein Gesicht im Spiegel und mußte mir eingestehen, daß mir die Luft in Gower Gill gut zu tun schien, denn meine Wangen waren hübsch gerötet, mein Haar glänzte.

»Das war schon, als ich gekommen bin, Ma'am«, entschuldigte sich Annie, die in der Tür erschienen war. »Das Porzellan, meine ich. Da ist ein Stück abgebrochen.«

»Wie schade!« An einer der Figuren aus Dresdner Porzellan fehlte die Hand.

»Wenn man bedenkt, daß das Haus vermietet worden ist, ist eigentlich nicht viel passiert. Jedenfalls hat das der junge Mann gesagt, der Gehilfe aus der Anwaltskanzlei. Er hat die ganze lange Reise von Cheltenham bis hierher gemacht, nicht lange, nachdem ich hier angefangen hatte, und dann hat er eine Liste von allen Gegenständen hier im Haus gemacht. Viele Seiten lang. Hat mehr als eine Woche gedauert, bis er alles aufgeschrieben hatte.«

Ich hatte das Gefühl, unter einer Lawine aus Metall, Holz, Porzellan und Keramik, aus Leinen und Plüsch, aus Töpfen und Pfannen erdrückt zu werden. In einer einzigen Schublade hatte ich einen ganzen Stapel von Gästehandtüchern gefunden, die nie wieder angerührt worden waren, nachdem man sie bestickt hatte. Damals hatte ich mir geschworen, kein einziges Stück zu kaufen oder anzufertigen, wenn es nicht unbedingt nötig sein würde. Denn irgendwann wäre wohl der Zeitpunkt erreicht, wo eine zusätzliche Unze an Gewicht die Wände zum Einstürzen bringen würde.

Und plötzlich brach die Sonne durch. Das Fenster leuchtete. Der Garten war in grünes Licht getaucht.

»Philip!« Ich eilte in die Halle. Er kam gerade nach unten. Am Fuß der Treppe trafen wir zusammen, und ich fiel ihm um den Hals. Mindestens eine halbe Stunde war seit unserer letzten Umarmung vergangen.

»Was, um alles in der Welt, sollen wir bloß mit all diesen Sachen anfangen? Ich habe ein ganz merkwürdiges Gefühl, weil uns so viel gehört. Ich fühle mich fast verpflichtet, mir alles anzuschauen und jedes einzelne Stück einzuprägen. Aber immer ist da noch etwas mehr, etwas, was ich nicht genau fassen kann, sogar jetzt, wo ich doch schon alles gesehen habe.«

»Aber du hast ja noch gar nicht alles gesehen. Du hast den Brunnen nicht gesehen.« Er griff an mir vorbei und öffnete eine Tür in der Wand. Kalte, abgestandene Luft strömte in die warme, dick mit Teppichen ausgelegte Halle. Eine steinerne Wendeltreppe führte in die Dunkelheit hinab.

»Wir werden Licht brauchen«, bemerkte ich halbherzig.

»Ich glaube, wir kommen schon zurecht.« Philip bückte sich und stieg die Treppe hinab. »Laß die Tür hinter dir offen, ich öffne die andere Tür, die in den Hof hinausführt.«

»Gibt es hier keine Ratten?« Ich wartete auf halbem Wege, die Röcke hochgehoben.

»Wohl nicht allzu viele.«

»Philip!«

»Das geht aber nicht!« Seine Stimme klang hohl vom anderen Ende zu mir herüber. Sie hatte den spöttischen Ton verloren. »Die Außentür war nicht versperrt, nicht einmal geschlossen. Ich muß mit Annie sprechen. Für einen Landstreicher wäre es ein leichtes, unbemerkt hier hereinzuschlüpfen und auf eine Gelegenheit zu warten, ins Haus einzudringen.«

Er zog an der schweren Tür, um mehr Licht hereinzulassen. Das alte Holz schleifte über den unebenen Boden, was vielleicht der Grund dafür war, daß Annie die Tür offen gelassen hatte.

Nachdem die Tür einen Spalt offen stand, hatten wir Licht genug, um die Umrisse des Kellers zu erkennen: ein fensterloses Gewölbe mit einem Steinbecken an der Außenwand, mit Steinbänken und Trögen, um Fleisch zu schneiden und zu pökeln, und neueren Dingen wie Eimer und Besen, einem Mop und Gartenstühlen. Ein Windstoß von draußen fuhr in den Keller, ließ die Tür hinter mir zufallen und versperrte mir meinen Fluchtweg in die Halle.

»Wenn man nun hier eingesperrt wird?«

»Dann würde man in den Garten entkommen. Bleib da, während ich mich umsehe. Ja, da ist er ja. Der Brunnen.«

Ich hatte eine Winde und einen Eimer, zumindest aber wohl eine Pumpe erwartet, und war enttäuscht. Vom Brunnen selbst war nichts zu sehen außer einem schweren Holzdeckel im Boden, der von zwei Steinen gehalten wurde. »Wahrscheinlich ist er zugeschüttet worden.«

»Das glaube ich nicht, obwohl man es vielleicht machen sollte. Für Kinder ist das gefährlich.« Philip zerrte an einem der Steine, bis der Deckel frei lag, ein Kreis aus Eichenholz, ungefähr einen Meter im Durchmesser. Ich trat neben ihn, als er ihn vorsichtig anhob, bis die Öffnung so groß war, daß wir hindurchspähen konnten. »Ich kann mich noch erinnern, daß Tante Adelaide das Wasser nicht benutzt hat. Aber sie hat Butter in einem Eimer gekühlt, der an einem Seil in den Brunnen hinabhing.«

Ich kniete nieder, um über den Rand zu spähen. Etwas schien sich auf dem Wasser tief unter mir zu bewegen.

»Da hat sich was bewegt.«

»Das ist das Licht, nicht das Wasser. Du hast den Kopf bewegt. Sieh nur, so!«

Er nahm eine Strähne meines Haares und bewegte sie über dem Abgrund, und wieder war da diese Bewegung, als hätte man meine Gegenwart bemerkt. Philip holte tief Luft.

»Daran erinnere ich mich auch noch aus meiner Kindheit. An den Geruch. Irgendwie hat er mir angst gemacht, und trotzdem konnte ich ihm nicht fernbleiben. Das ist der primitivste unserer Sinne, der Geruchssinn.«

Ich trat zurück, von einer rein körperlichen Reaktion beunruhigt. Es roch nicht nur nach Wasser, da war noch etwas anderes. Es roch nach Verfall, nach Überresten, alten Knochen?

»Mach ihn wieder zu«, bat ich und kehrte zur Treppe zurück. Warum hatten sie aufgehört, das Wasser zu benutzen? In einem Haus wie diesem konnte alles geschehen. Ein kalter Schauer des Entsetzens lief über meinen Rücken. Alles mögliche konnte in diesen Brunnen geraten sein und dort liegen – alles und – jeder! Niemand würde etwas davon erfahren, nicht an einem so ruhigen Ort wie diesem, wo kein anderes Haus in Rufweite war und wo sich kaum einmal jemand sehen ließ. Aber ich war vernünftig genug, nicht mit Philip über diese grausige Vorstellung zu sprechen. Er hätte darin vielleicht einen Angriff auf das Eigentum gesehen, auf das er bereits so stolz war.

»Hör mal.« Er zog eine Münze aus der Tasche und hielt sie über das Wasser. »Merkwürdig, wie Erinnerungen wiederkehren. Ich weiß noch, daß Tante Adelaide mir sagte, ich müßte die Sekunden zählen, während die Münze fällt.« Er ließ los. Eine lange Zeit schien zu vergehen, ehe sie mit einem Geräusch aufs Wasser aufschlug, das kaum wahrnehmbar und doch von erschreckender Endgültigkeit war. Die Welt mit einem kaum hörbaren Abschied zu verlassen. Wie einfach! Und welch unerträglicher Gedanke!

»Leg den Deckel wieder zurück, damit niemand hineinfallen kann. Es muß schrecklich tief sein.«

»Hundertfünfzig oder zweihundert Meter, schätze ich.«

Ich lief in die warme Halle hinauf, wo Tante Adelaides Besitztümer unser harrten, zuverlässig, festgefügt. Läufer auf Teppichen, Fußmatten auf Läufern, so dick, daß jeder Schritt gedämpft wurde, daß auch nicht das geringste beunruhigende Geräusch zu uns eindringen konnte. Das Ergebnis war, daß man nur noch aufmerksamer lauschte. Da stand man mit gespitzten Ohren zwischen dem Schrank und der langen Standuhr, und einen Augenblick lang war man sich tatsächlich des ganzen Hauses bewußt: Da war die Erde am Fuß der Kellertreppe; unter der Erde der Brunnen; und darüber erhob sich das Haus in vielen Schichten, durch Decken und Speicher bis hinauf zu Dächern und Schloten. Niemand konnte jemals bis an seinen Boden durchdringen oder sich über sein Dach erheben. Und ich spürte es: nicht als Schutz unserer Sicherheit, sondern als losgelöstes Ding, als eine Macht, mit der man rechnen mußte. Ich wandte mich um, als Philip aus der Dunkelheit emporstieg. Im schwachen Licht, das durch das niedrige Fenster in der Halle fiel, wirkte er so blaß wie Eurydike.

»Du darfst mich nicht verlassen«, heulte ich auf. Es war absurd, unsinnig. »Ich könnte es nicht ertragen, wenn uns irgend etwas trennen würde.«

»Aber wie könnte ich das, du kleines, albernes Ding?« Er legte seine Wange an meine. »Hast du schon vergessen, daß wir verheiratet sind? Nichts kann uns jetzt noch trennen.«

Manchmal, wenn ich am Kaminfeuer träume, kann ich noch immer die Sicherheit dieser unbesorgten Zeit spüren; kann mich selbst sehen, vor dem Feuer zusammengekuschelt, während sich Philip mit der Kerze in der Hand an seine nächtliche Runde durchs Haus machte, um Uhren aufzuziehen, Fenster zu schließen und Türen zu verriegeln. Der Stolz auf seinen neuen Besitz ließ ihn unerwartet heikel werden. Er machte sich – nicht ganz unberechtigt in einem so abgelegenen Haus – Sorgen wegen Landstreichern, Dieben und Eindringlingen jeglicher Art. Immer hielten wir die Tür zum Keller von der Hallenseite aus versperrt. Doch die Außentür, die auf den Hof hinaus führte, hatte sich verzogen und mußte fest zugeschlagen werden. Außer des Nachts machten wir uns nicht die Mühe, sie zu schließen: Ihr Eigengewicht hielt sie ohnehin schon fast geschlossen, wenn der Wind nicht gerade von Norden kam. Der dumpfe Knall, wenn Philip sie schloß und dann die Riegel vorschob, drang an meine Ohren, während ich gemütlich auf dem Kaminvorleger hockte. Bis zu diesem Tag symbolisiert dieses Geräusch für mich eine Sicherheit, die ich nie wieder gefühlt habe.

Es konnte nicht von Dauer sein. Mit dem Verlust des Paradieses muß man rechnen. Aber wir haben es kennengelernt, ehe die Schlange kam, und zurückgeblieben sind Erinnerungen an eine Zeit ungetrübten Glücks, die noch immer den Kummer über den Verlust überwiegen können.

3

Doch die Zeit trug uns stetig fort von dem Hafen dieser ersten ungestörten Tage. Eine volle Woche – uns war sie grenzenlos erschienen. An das Ende hatten wir nicht gedacht. Montag mußte Philip wieder zurück zur Arbeit.

Wir stellten uns dieser unerfreulichen Tatsache, als wir den Hügel hinabschlenderten, hin zu der Steinbrücke, die den Fluß überspannte.

»Es ist albern, so sehr dagegen zu sein. Schließlich ist es nur der Anfang unseres normalen Lebens. Und das wird ein Leben sein, wie wir es uns vor ein paar Wochen noch nicht hätten träumen lassen. Es ist bloß – ach, es war einfach eine so herrliche Woche, Philip! Wenn es doch nur immer so weitergehen könnte!«

Wir lehnten uns über das Geländer und sahen zu, wie der vom Regen angeschwollene Fluß unter uns dahinströmte.

»Wenn wir es uns doch nur leisten könnten«, meinte Philip weitaus nüchterner, »ohne mein mageres Einkommen von der Bank hier zu leben. Nach all dem, was wir erlebt haben, fällt es mir schwer, an die Arbeit zu gehen.«

Wir beobachteten ein schmales Holzstück, das einsam im Fluß dahintrieb. Und plötzlich wurde es für uns beide gleichzeitig zu einem Gegenstand des Mitleids: ein Opfer, das hilflos den Gefahren des Lebens ausgesetzt war.

»Das will auch nicht weiter. Sieh nur!« Ich klatschte in die Hände, als es sich einer Gegenströmung bediente, um in eine kleine Bucht zu gelangen. Kleine Wellen brachen sich dort; das Holzstück schaukelte sanft und blieb unter einem schützenden Überhang des Ufers, auf dem sich bereits die ersten, blassen Blüten zeigten. »Schlüsselblumen!« Meine Laune besserte sich augenblicklich. »So schlimm wird es bestimmt nicht werden, Liebster. Ich hole dich jeden Abend vom Zug ab. Und sieh nur, was du alles haben wirst. Zu all dem hier kehrst du zurück!«

»Und außerdem sind da ja noch die Sonntage«, meinte Philip, aber er lächelte nicht.

Sonntag würde der eine, kostbare Tag in der ganzen Woche sein. Schon als der nächste kam, der das Ende unserer Flitterwochen bedeutete, wurde er vom Montag überschattet, von dem Gedanken an das frühe Aufstehen, an den langen Weg zum Bahnhof, die lange Fahrt, die späte Heimkehr.

Aber der Morgen war schön. Die Büsche an der Straße waren grün, die Luft hallte wider von Vogelgezwitscher, als ich ein paar Schritte hinter Philip den Hügel hinaufkeuchte.

»Du mußt zurückgehen, Florence. Ohne dich komme ich schneller vorwärts.«

Ich klammerte mich an ihn, als sollten wir uns für alle Ewigkeit trennen. Dann sah ich zu, wie er meinen Blicken entschwand. Mein Herz tat mir weh, mein Körper war schlaff, als hätte man ein Glied abgerissen.

Der ganze, leere Tag lag noch vor mir, und es fiel mir schwer, mich auf eine einzige Beschäftigung zu konzentrieren. Es reizte mich, wie ein Schmetterling hierhin und dorthin zu fliegen. Die Waschfrau, Mrs. Churnside, hatte die wöchentliche Wäsche geholt. Ich ergriff die Gelegenheit, um mich ernsthaft mit ihr über Philips Hemden zu unterhalten: Er war so überaus eigen! Sie versprach, sie so sorgsam zu behandeln wie ein lebendes Kind. Dann verschwand sie, rollte den großen Korb auf einem Handwagen davon. Mittags trieb mich das Bedürfnis, meine

Gedanken und Wünsche mit jemandem zu teilen, zu Papier und Stift. Ich ließ mich in einer sonnigen Ecke des Hofes nieder in der Absicht, Tante Maud zu schreiben.

Es war einsam ohne jemanden, mit dem man reden konnte, und doch machten gerade die Einsamkeit und Ruhe dieses Hauses seinen Zauber aus. Zumindest hier, wo man das Innere nicht sehen konnte, konnte man das Haus selbst spüren. Die Dachziegel knackten, als sie sich in der Sonne dehnten. Im Obergeschoß sang Annie. Dann öffnete sie ein Fenster, um den Mop auszuschütteln, und als sie mich sah, brach ihr Gesang ab.

»Du mußt Miß St. Leonard gekannt haben, Annie.«

»Aber ja, Ma'am. Nun ja, nicht direkt ›gekannt‹. Ich hab' nie mit ihr gesprochen.«

»Aber du hast sie manchmal im Dorf gesehen?«

»Sie hat uns Kleinen in der Sonntagsschule den Katechismus beigebracht. Damals war sie noch eine junge Dame. Hatte immer einen blauen Hut auf mit einer kleinen Feder daran.« Annie interessierte sich für Hüte.

»Dann hat sie als Mädchen hier gelebt?«

Annie schien erstaunt. »Aber das war doch immer ihr Heim.«

»Natürlich.« Ich hatte die kurze Geschichte, die Philip mir von ihr erzählt hatte, vergessen, gar nicht richtig zugehört. Sie selbst hatte das Haus von einer anderen Miß St. Leonard geerbt, einer unverheirateten Tante, die sie adoptiert hatte. Das war wohl auch der Grund dafür, daß Philip sie kaum kannte. Sein Vater, Miß St. Leonards Bruder, war im Haus der Familie im Süden Englands herangewachsen.

»Miß Adelaide«, sagte Annie leise.

»Das ist ein hübscher Name.«

›Honeywick House‹ schrieb ich sorgfältig. Ich hatte das Gefühl, es würde mir über die Schulter schauen. »Wie konnte sie nur von hier fortgehen? Wie konnte sie das Haus verlassen?«

»Für sie war es hier zu ruhig. Eine allein lebende Dame.«

Ich gab den Versuch auf, einen Brief zu schreiben, verkorkte das Tintenfaß und ging langsam nach oben.

»Das läßt sie manchmal seltsam werden«, meinte Annie und glättete eine faltenlose Decke. »Wenn Damen allein leben, meine ich.«

»War Miß St. Leonard seltsam?«

»Wenn ich die Wahrheit sagen soll, Ma'am. Ich weiß eigentlich nicht viel von ihr. Bloß, was Mutter gesagt hat – daß es ihr vielleicht auf die Nerven gegangen ist. Dort, wo sie hingefahren ist, hat sie sicher mehr Gesellschaft gehabt.«

Wohin war sie eigentlich gefahren? Von einem Kurort zum nächsten, hatte Philip gesagt. Seine Mutter hatte kurze Briefe aus Bath und Tunbridge Wells bekommen. Der Gehilfe des Anwalts, der das Inventar aufgenommen hatte, war aus Cheltenham gewesen. Tante Adelaide war in Matlock gestorben. Ein unruhiges Leben, nur mit einer bezahlten Gesellschafterin zur Seite, vielleicht sogar mehr als eine in nahezu zehn Jahren. Dabei hätte sie hier Ruhe und Frieden haben können. Wo sonst in der Welt fand man noch diese glückliche Verschmelzung von Haus und Umgebung? Ohne all ihre hübschen Kleinigkeiten mußte sie sich nackt vorgekommen sein, wie ein loses Blatt, das im Wind durch die Welt treibt.

»Was war sie für eine Frau, Annie?«

»Eine zarte, zierliche Dame, ziemlich hell. Sie hatte ungefähr Ihre Figur, Ma'am, bloß größer. Und sie war kurzsichtig. Ich erinnere mich, daß sie immer ein Monokel an einer goldenen Kette um den Hals hängen hatte.«

Aus diesen spärlichen Informationen machte ich mir ein Bild von Tante Adelaide. Sie wurde zu meiner schattenhaften Freundin, die mich davor bewahrte, mich einsam zu fühlen. Und außerdem kam man mit ihr natürlich leichter zurecht als mit einer Gesellschafterin aus Fleisch und Blut. Sie ließ sich entsprechend meinen Launen zurechtbiegen. Die Aussicht aus dem Fenster auf den Hügel, den ich so liebte, mußte auch ihre Lieblingsaussicht gewesen sein, redete ich mir ein. Und genauso hatte sie wohl am Morgen eine Tasse heißer Schokolade getrunken und sich gern in einen der Romane von Mrs. Banstock vertieft. Ich hatte eine ganze Reihe von ihnen auf den Bücherregalen entdeckt.

Ein kleiner Knick einer Seite, die abgegriffenen Einbände deuteten darauf hin, daß diese Bücher häufiger in die Hand genommen worden waren als die anderen. In dem Band ›Die verlorenen Jahre‹ fand ich ein Lesezeichen. Es war mit Vergißmeinnicht aus Seide bestickt, und ich stellte mir vor, daß sie hier am Kamin gesessen und darin gelesen hatte, bis zur letzten Minute, ehe sie fortging.

Eine Kleinigkeit fesselte mich. Ich hatte ein Buch nach dem anderen herausgezogen und überlegt, welches ich zuerst lesen sollte. Auf der ersten Seite jedes Buches stand ihr Name und ein Datum. Insgesamt wurde eine Spanne von zwanzig Jahren umfaßt. In den früheren Bänden stand zusätzlich noch die Widmung ›Für Adelaide von Tante Thora‹. Aber seit 1860 hatte Tante Adelaide selbst ihren Namen eingetragen (vermute ich). Offensichtlich hatte sie nach Tante Thoras Tod auch weiterhin diese Romane gekauft. Das Erstaunliche war, daß das Datum im letzten Band, Die verlorenen Jahre, 1865 war. Und doch hatten wir es so verstanden, als hätte sie Honeywick vor zehn Jahren, nämlich 1863, verlassen und wäre nie zurückgekehrt. Ich beschloß, Philip zu bitten, mich einen Blick auf die Briefe des Anwalts werfen zu lassen. Vielleicht würde das Licht in die Angelegenheit bringen.

»Dann ist Miß St. Leonard also noch einmal heimgekommen«, sagte ich, als Annie ins Zimmer trat. »Warst du da noch in Cheshire?«

Ich hatte die Frage ganz beiläufig gestellt und war überrascht über die Wirkung. Annie stöhnte auf und setzte das Tablett so heftig ab, daß sie fast die Schokolade verschüttet hätte.

»Nein, ich war hier, Ma'am.« Sie zögerte, schien sich nicht wohl zu fühlen. »Ich wußte nicht, daß Sie davon gehört haben. Mutter hielt es für besser, Ihnen nichts davon zu sagen.«

»Warum nicht? Schließlich war es doch nichts Ungewöhnliches.« Ich warf einen Blick auf die Buchseite. »Es war 1865 – oder sogar noch später.« Schließlich bewies das Datum nichts weiter, als daß sie irgendwann nach ihrer Abreise 1863 noch einmal hiergewesen war.

»Ach das?« Annies Gesicht erhellte sich. »Jetzt weiß ich, was Sie meinen. Ja, Miß St. Leonard kam noch einmal, weil sie eine Haushälterin einstellen wollte. Sie brachte ihre Gesellschafterin und ihre Zofe mit, und sie blieben ungefähr einen Monat, glaube ich. Damals hat sie die Frau aus Martlebury eingestellt. Aber ich war da noch in Cheshire, wie Sie schon sagten. Ist das alles, Ma'am?«

»Nein, das ist es nicht. Du bist geheimnisvoll, Annie. Erst sagst du, du bist hiergewesen, und dann sagst du, du warst in Cheshire. Und warum meinte deine Mutter, es wäre besser, mir nichts davon zu erzählen, daß Miß St. Leonard noch einmal hiergewesen ist?«

»Ich weiß nicht, was ich sagen soll, Ma'am.« Annie war vollkommen durcheinander. »Sie haben mich überrascht, und ich dachte – es war eine dumme Sache, die es nicht wert ist, wiederholt zu werden. Besser, alles zu vergessen.« Sie machte eine zögernde Bewegung auf die Tür zu.

»Annie! Was hat das zu bedeuten? Was ist passiert? Ich bestehe darauf, daß du es mir erzählst.«

»Na ja, wenn Sie es unbedingt wissen wollen. Aber ich hätte mehr Verstand haben sollen, als mich zu verplappern ... Laban Badgett behauptet, sie gesehen zu haben ... Miß St. Leonard ... hier in Gower Gill – vor ein paar Wochen erst. Es war Ende Februar, sagt er.« Annie betonte diese letzten Worte, als wollte sie jegliche Verantwortung von sich weisen.

»Aber damals ist sie doch gestorben, in Matlock.«

»Deshalb hab' ich ja gesagt, es wäre eine dumme Sache. Laban hat geschworen, sie wäre es gewesen, aber das kann nicht sein. Nancy Badgett hat es Mutter erzählt. ›Laban hat die Herrin von Honeywick gesehen‹, hat sie gesagt, ›gestern, kurz vor Sonnenuntergang auf dem Feld zwischen dem Friedhof und dem Haus. Sie hatte eine Kapuze auf.‹ – ›Das kann nicht Miß St. Leonard gewesen sein‹, hat Mutter gesagt, ›sonst hätte man unsere Annie verständigt, daß sie kommen würde. Und außerdem – was sollte sie wohl an einem Tag wie gestern, noch dazu kurz vor Dunkelheit, ganz allein auf dem Feld?‹«

»Klingt wirklich unwahrscheinlich«, meinte ich. »Kannte Laban Badgett sie denn so gut, daß er sie wiedererkennen würde? Noch dazu mit einer Kapuze auf?«

»Genau das hat Mutter auch gesagt. ›Mit einer Kapuze auf dem Kopf sieht eine Frau aus wie die andere‹, sagt sie. Wenn es jemand anderer gewesen wäre als Laban, hätte ich mich gar nicht darum gekümmert.« Annie sprach zweifelnd, als wäre sie nicht so sehr von der Dummheit der Geschichte überzeugt, wie sie es mich hatte glauben machen wollen. »Aber Laban ist nicht wie andere Leute. Er hat Zigeunerblut in den Adern. Seine Großeltern zogen noch herum. Es heißt, er hätte das zweite Gesicht.«

»Sind das dieselben Badgetts, deren Sohn kürzlich gestorben ist?«

»Ja, Ma'am.«

Annie hatte mir von dem Tod des Jungen, wenige Monate, ehe wir nach Gower Gill kamen, erzählt, und auch von dem Kummer seiner Eltern.

»Aber Annie, du weißt doch, daß sich die Leute manchmal einreden, sie hätten einen Geist gesehen oder eine Vision gehabt, wenn sie von einem Tod hören.«

»Das stimmt schon, Ma'am. Aber damals hatten wir noch

nichts davon gehört, daß Miß St. Leonard gestorben war. Niemand wußte davon. Und Laban hat auch nie gesagt, daß er ein Gespenst gesehen hätte. Bloß, daß er die Herrin von Honeywick gesehen hätte. Erst Mitte März habe ich einen Brief von dem Anwalt aus Matlock bekommen. Darin stand, daß sie am 26. Februar gestorben wäre, einem Mittwoch. Hab' ein ganz komisches Gefühl bekommen, weil es genau der Tag gewesen sein muß, an dem Nancy Mutter erzählt hat, was Laban gesehen hat. Unter den Ginsterbüschen hat sie gestanden. Die wachsen dort am Weg sehr hoch. Ich weiß den Tag noch ganz genau, weil ich gerade einen Ball für die kleine Linda Price gemacht habe, zum Geburtstag...«

Ich hörte Annies Geplapper nicht länger zu, denn vor meinem geistigen Auge tauchte plötzlich die überraschend lebhafte Darstellung einer Frau mit Kapuze auf, die im Dämmerlicht unter hohen Ginsterbüschen stand.

»Ist sie auf den Friedhof zugegangen?« Ich war abergläubisch genug, diese Frage zu stellen.

»Das hat Laban nicht gesagt.« Annie schien ihren Mut zusammenzunehmen, um mir noch ein weiteres Geständnis zu machen. »Ich sage Ihnen wohl besser auch gleich noch, Ma'am, daß ich ein bißchen nervös war, so ganz allein hier im Haus. Da hab' ich mir die Freiheit genommen und hab' Mutter zum Schlafen hierhergeholt. Aber wir haben im selben Bett geschlafen, so daß es eigentlich keinen Unterschied ausgemacht hat, was das Bettzeug angeht. Und außerdem war niemand da, den ich hätte fragen können.«

»Das war doch ganz natürlich.«

»Es war wegen der Gesellschaft, verstehen Sie. Wir haben alles besprochen. Mutter hat nicht viel Vertrauen zu Laban. Sie hat noch nie Zigeuner gemocht. Die sind so schmutzig. Aber Nancy hat einen anständigen Mann aus ihm gemacht, das muß man ihr lassen, und man findet in ganz Gower Gill kein Haus, das sauberer ist als ihres. ›Ich wette zehn zu eins, Annie‹, hat Mutter gesagt, ›daß es eine lebendige Frau war. Wahrscheinlich eine von den Verrückten aus Gower Oaks.‹«

»Verrückte?«

»Wer außer einer Verrückten würde schon in einer Winternacht allein da draußen unter den Ginsterbüschen stehen?« hat Mutter gesagt.

»Willst du damit sagen, daß es hier in der Nähe eine –« unwillkürlich senkte ich die Stimme, – »– Anstalt gibt?«

»Ich weiß nicht, ob man es so nennen kann, aber Mr. Drigg —«
»Der unser Feld gepachtet hat?«
»Genau der. Er ist kein richtiger Arzt, aber er nimmt immer ein paar Leute auf, die nicht ganz richtig im Kopf sind und um die sich jemand kümmern muß.«
»Eine private Anstalt! In Gower Oaks!«
»Die sind harmlos«, beruhigte mich Annie. »Tatsächlich sieht man sie eigentlich nie, und nach allem, was ich so höre, sind da auch nie mehr als zwei oder drei gleichzeitig. Ist auch ein gutes Stück von Gower Oaks bis hierher, aber eine von ihnen könnte schon bis hierher gekommen sein. Wie dem auch sei, sie wurde nie wieder gesehen, und ich hatte soviel zu tun, da habe ich es ganz vergessen. Und dann sind Sie gekommen.«

Nach diesen interessanten Enthüllungen zog Annie sich zurück. So ein Gerede war genau das, was man in einem Dorf erwarten konnte. Gespenst oder Verrückte? Ich dachte darüber nach und zog es vor, in der Kapuzen-Dame Tante Adelaide zu sehen, die noch einmal ihr Heim besucht hatte, ehe sie sich für immer zurückzog. Mit einem zufriedenen Seufzer lehnte ich mich in meinem Sessel zurück. Liebe Tante Adelaide! Sie hatte uns nichts vorenthalten, nicht einmal einen Geist, noch dazu ihren eigenen! Was hätte sie noch mehr tun können? Dieser ferne Geist machte mir keine angst, sondern vergrößerte nur noch mein Gefühl von Sicherheit. Da saß ich, im abgeschiedenen Frieden meines grünen Hügels, in meinem sonnigen Garten oder am warmen Kamin und kümmerte mich nicht um die Badgetts, Blanches und Driggs der Außenwelt. Ich seufzte noch einmal und vertiefte mich dann in meinen Roman. Ich genoß das Gefühl köstlicher Faulheit, wie ich sie nie zuvor in meinem Leben kennengelernt hatte, und viel zu schnell kam die Zeit, wo ich alles für Philips Rückkehr vorbereiten mußte: frische Handtücher und seine samtene Hausjacke herauslegen; den Tisch decken; mich anziehen, um ihm entgegenzugehen.

Manchmal stand ich tatsächlich am Bahnhof, aber meistens rannte ich gerade den Hügel hinunter, wenn er aus dem Bahnhof trat. Instinktiv unterdrückte ich jede Bemerkung bezüglich seiner offensichtlichen Müdigkeit. Er mußte die lange Fahrt nun einmal machen, Tag für Tag, selbst im Winter. Bei diesem Gedanken wurde mir traurig ums Herz.

Die frische Luft hob seine Laune. Die Straße führte uns zwischen Bäumen hindurch aufs offene Land oben am Hügel.

Unter uns erstreckte sich die herrliche Landschaft, lagen die Kamine unseres eigenen Hauses. Aber das war eben das Problem. Die Sonne war schon untergegangen. Der Tag war vorbei. Tagein, tagaus sah Philip kaum mehr als das von seinem Erbe: eine Rauchsäule aus dem Wohnzimmerkamin; Lampenlicht auf dem Tisch, der für ein spätes Abendessen gedeckt war; dann ging er gähnend zu Bett. Ich dagegen war frei wie ein Vogel und konnte den ganzen Tag lang in all den schönen Dingen schwärmen, die er nur Samstag nachmittags und sonntags genießen konnte. Nur ein Heiliger, so sagte ich mir, konnte die Ungerechtigkeit dieser Verteilung übersehen oder keinen Neid empfinden, wenn er sie gesehen hatte.

»Was hast du getrieben?« fragte er immer. Dabei waren seine Lippen so steif, als fiele es ihm schwer zu sprechen, geschweige denn zu lächeln. Dann lehnte er seinen Kopf gegen die Rückenlehne des Sessels und lauschte den trivialen Begebenheiten meines Tages: eine verirrte Katze; ein Besuch von Tommy Price, dem Reisenden in Haushaltswaren. Und natürlich erzählte ich ihm alles von Tante Adelaides Rückkehr 1865.

»Wenn sie nun geblieben wäre, Philip.«

»Ein Glück für uns, daß sie es nicht getan hat«, sagte er herzlos. »Dann wäre sie vielleicht noch am Leben.«

Was ihre Rückkehr im Februar anging, so war er bloß wütend auf Laban Badgett, der dieses Garn gesponnen hatte.

»Ich hoffe bloß, Drigg läßt es keine Gewohnheit werden, daß seine Patienten durch die Gegend spazieren und andere Leute erschrecken. Ich wußte zwar, daß er irgendwie mit Medizin zu tun hatte und ein eigenes Krankenhaus hat, aber ich hatte keine Ahnung, daß es sich um solche Patienten handelt!«

Während er seine nächtliche Runde durchs Haus machte, kümmerte ich mich ums Feuer. Dann gingen wir früh zu Bett. Ich liebte es, wach zu liegen und zuzusehen, wie die Sterne hinter dem Hügel auftauchten. Und manchmal wachte ich mitten in der Nacht auf und fand ihn ebenfalls wach liegend. Dann unterhielten wir uns ein wenig über wichtige Dinge, über die man bei Tage nicht so leicht sprechen konnte.

»Möglicherweise könnte ich die Arbeit in der Bank aufgeben«, sagte er einmal, ganz plötzlich, aus der Dunkelheit heraus. »Wir können es uns doch wohl leisten, von Tante Adelaides Geld hier zu leben – oder?«

»Ich weiß nicht recht.«

Schweigend rechneten wir noch einmal alles durch.

»Abgesehen von Annies Lohn geben wir nicht viel Geld aus. Und für das Haus brauchen wir nun wirklich nichts zu kaufen. Vielleicht könnten wir an der Haushaltsführung noch etwas sparen.« Vor meinem inneren Auge tauchte eine Seite aus meinem Haushaltsbuch auf, säuberlich geschriebene Eintragungen, Zahlen: 4 Pfd. Zucker à 6 d das Pfd.; 1 Pfd. Tee à 1/- das Viertel; Seife – 5 d.

»Wir leben schon sehr sparsam, vor allem, weil wir soviel Holz verbrennen und sie uns auf der Farm nur ¼ d für die Butter berechnen. Meinst du, wir sollten uns selbst ein paar Hühner halten – und vielleicht eine Kuh?« fügte ich, von plötzlichem Ehrgeiz ergriffen, hinzu.

Philip war in seine eigenen Berechnungen vertieft.

»Die Pacht der Weide läuft dieses Jahr aus. Ich werde die Miete erhöhen, wenn dieser Drigg sie immer noch will. Aber was sind schon zehn Pfund oder auch zwanzig?«

»Es wäre eine Hilfe. Und dann sind da immer noch meine £ 500.« Sicher mit 4 % angelegt, galten sie für Tante Maud und mich inzwischen als heilig, unantastbar. »Bloß – wenn die erst aufgebraucht sind, gibt es kein Zurück.«

»Die lassen wir besser ruhen«, sagte Philip zu meiner Erleichterung. »Aber ich denke, ich werde mich mit Tante Adelaides Investments beschäftigen. Vielleicht könnte man das Geld besser anlegen. Sie muß ihr Kapital angegriffen haben, so, wie sie gelebt hat. Natürlich hat sie auch noch die Mieteinnahmen hier aus dem Haus gehabt.« Er drehte sich um. »Übrigens, was hältst du davon, daß wir uns ein Pferd und einen Wagen zulegen? Dann könntest du mich zum Bahnhof fahren.«

Es war sehr viel erfreulicher, von einer so kostspieligen Ausgabe zu träumen als von Sparmaßnahmen. Wir unterhielten uns begeistert darüber, ehe wir einschliefen.

Den ganzen Mai über war das Wetter schön und warm. Das Vergnügen, nach einem Tag in der stickigen Stadt wieder in die frische Landluft zurückkehren zu können, entschädigte Philip für die anstrengende Reise.

Wir verbrachten herrliche Samstagnachmittage und Sonntage im Garten, im Wald und am Fluß. Und endlich, eines Abends, als wir zusammensaßen, Philip in seinem Lehnsessel, ich auf meinem grünen Hocker, hatte ich ihm etwas Interessantes zu erzählen: ein kleines Abenteuer.

4

Ich erinnere mich noch an den Tag – an das Gefühl. Es war einer dieser Frühlingstage, die nicht nur in sich selbst schön sind, sondern auch, weil sie den Sommer verheißen, der vor uns liegt. Ich war durch das Gehölz oberhalb von Honeywick spaziert und hatte gerade den ersten Kuckuck gehört. Und während die Töne durchs Tal klangen, erhaschte ich zwischen den Bäumen hindurch einen Blick auf jemanden, der auf einem Sitz neben der Straße saß – ein Hut, ein graues Kleid – eine Frau.

Ich wußte augenblicklich, daß ich sie – oder eine Person wie sie – schon einmal gesehen hatte, als sie den Hügel hinauf- oder hinabging; sie gesehen und gleich als unwichtige Einzelheit einer Szene abgetan hatte, die weitaus interessantere Dinge bot. Doch jetzt, in meinem Enthusiasmus über diesen schönen Tag, den Kuckuck, die Kaninchen am Feldweg, verspürte ich den Impuls, ihr zumindest guten Tag zu sagen, vielleicht sogar ein wenig mit ihr zu plaudern. Ich ging schneller, doch als ich schließlich das Tor hinter mir schloß und auf die Straße trat, war der Sitz leer. Die Frau hatte mir den Rücken zugewandt und war möglicherweise schon zu weit entfernt, um das Klicken des Tores noch gehört zu haben. Ich sah ihr nach in dem Gefühl, eine Chance verpaßt zu haben. Aber da war noch ein anderes Gefühl: schwache Abneigung. Hätte es etwas Dümmeres geben können? Und doch gab es einen Grund dafür, einen sichtbaren Grund, denn die Fremde ging jetzt am Haus vorbei. Das dauerte eine Weile, wenn man von dem Augenblick an zählte, an dem sie die erste Ecke erreichte, bis zu dem Moment, wo sie zu den Stallungen kam. Aber mir fiel auf, daß sie nicht ein einziges Mal den Kopf wandte, um einen Blick auf das Haus, das Erkerfenster oder irgend etwas zu werfen. Sie hielt den Kopf stur geradeaus gerichtet, zum Dorf hin, auf das sie zielstrebig zuwanderte.

So war mein erster Eindruck der von einem ganz anderen Geist als dem meinen: Hier war eine starke, niemals wankende Persönlichkeit. Sie war so mit ihren eigenen Gedanken beschäftigt, daß sie ihre Umwelt überhaupt nicht wahrnahm: das einzige Haus auf dem langgestreckten Hügel – unser herrliches Heim. Sie hatte es nicht für wert gehalten, ihm einen zweiten Blick zu schenken. Nein, das stimmte nicht. Es war nicht so, daß sie überlegt hatte und das Haus für nicht wichtig befand: Sie hatte es einfach überhaupt nicht angesehen. In den vergangenen Wochen war meine Welt zusammengeschrumpft, bestand jetzt nur noch aus Honeywick House. Diese starre Kopfhaltung, diese außerordentliche Gleichgültigkeit lenkte meine Aufmerksamkeit jetzt vorübergehend vom Haus auf etwas anderes. Die graue Gestalt, die langsam hügelabwärts ging, hatte meinen Blickpunkt verändert.

Auch der Sitz war verändert. Auf der moosbewachsenen Armlehne entdeckte ich einen bunten Fleck: Der Porzellangriff eines Sonnenschirms lehnte daran. Ich weiß noch, daß ich zögerte, und das war ungewöhnlich, denn ich bin sonst ein sehr impulsiver Mensch. Sie würde den Verlust selbst bemerken und zurückkommen. Sie war kein Mensch, dem man sich aufdrängen konnte: eine Frau von Geschmack und Eleganz. Der graue Seidenschirm war mit schmalen Borten besetzt, der schlanke Griff trug blaue Blumen auf weißem Grund.

Ich ergriff ihn und rannte den Hügel hinab. »Verzeihung! Ich – Ihr Schirm!«

Am Friedhof drehte sie sich um, sah mir entgegen. Sie war größer, aber ich stand höher am Hang, so daß ich ihr direkt in die Augen sehen konnte. Einen Augenblick lang erblickte ich dort nichts als Dunkel. Dann streckte sie mit einem entschuldigenden Blick die Hand nach dem Schirm aus.

»Wie typisch für mich! Das passiert mir doch immer wieder. Es war sehr freundlich von Ihnen.«

Sie sagte es mit einem halben Lächeln. Ich lächelte auch, aber ich glaubte ihr nicht so recht. Nicht, daß man bei einer so trivialen Angelegenheit von Betrug hätte sprechen können. Bloß strafte ihr Aussehen ihre Worte Lügen: Sie schien so gar nicht sorglos, oberflächlich. In dieser ersten Minute unseres Kennenlernens erkannte ich in ihr einen Menschen, der sich vollkommen in der Gewalt hatte. Ich hielt es für unwahrscheinlich, daß ein solcher Mensch vergeßlich sein sollte.

»Ich hatte schon einen langen Spaziergang hinter mir. Der Sitz kam mir gerade recht. Ich muß fast eine halbe Stunde so gesessen und geträumt haben.«

Diese dunklen Augen – mir erschienen sie wie schwarze Tümpel –, waren das die Augen einer Träumerin? Sie beschrieb ihren Weg. Es war auch mein Lieblingsweg.

»Gehen Sie gern spazieren?«

Eine überflüssige Frage. Ihr Rocksaum befand sich nur wenige Zentimeter über dem staubigen Weg und enthüllte feste, bequeme, schwarze Schuhe. Die kurze Schleppe hatte sie an der Taille befestigt. Das Kleid war einfach, nur mit ein wenig schwarzer Spitze besetzt. Ihr Hut war so schlicht wie eine Kappe, nur fehlten ihm die Bänder.

»Wohnen Sie hier?«

Ihre Stimme war wohlklingend, die Stimme einer gebildeten Frau.

Ich erklärte es ihr.

»Ah, dann sind Sie ja ein Neuankömmling.«

Sie selbst, so erfuhr ich, genoß einen ruhigen Aufenthalt in Ivy Cottage, dem letzten Haus des Dorfes, jenseits der zweiten Brücke.

Ganz unbewußt, jedenfalls was mich betrifft, verfielen wir in Gleichschritt. Sie wies mich auf die lateinische Inschrift der Brücke hin. Da wir beide neu in der Gegend waren, tauschten wir noch ein paar Eindrücke aus. Ich zögerte, wollte eine so interessante Entdeckung nicht aus den Augen verlieren.

»Vielleicht treffen wir uns einmal wieder.«

Sie war bereits davongegangen, als ich das sagte, und wandte nur noch einmal den Kopf, nickte leicht, wie zustimmend, blieb aber nicht stehen. Ich beneidete sie um ihre Haltung, ihre kühle Art. Ich selbst war wie immer zu eifrig gewesen.

»Was für eine Frau?« Philip hörte sich meine Erzählung an.

»Oh, eine Dame. Das konnte man sehen. Aber nicht reich.« Und doch war nichts an ihr billig gewesen, deutete nichts auf Sparsamkeit hin, weder das weiche, graue Gewand noch die Perlmuttmanschettenknöpfe.

»Es kann ihr nicht sehr gut gehen, sonst würde sie nicht in einer der Hütten wohnen.«

»Ich weiß nicht. Es ist recht hübsch da unten am Fluß. Sie zeichnet. Und ich glaube, sie liebt die Ruhe.«

»Was macht sie denn, daß sie so alleine hier umherzieht? Sicher ist sie eine Witwe.«

»O nein! Sie ist nicht verheiratet. Na ja, ich weiß selbst nicht, warum ich das gesagt habe. Sie macht jedenfalls nicht den Eindruck, verheiratet zu sein.«

»Du bist ein albernes, kleines Ding.« Er zerzauste mein Haar. Ich ergriff seine Hand und legte meine Wange daran. »Vielleicht hat sie genauso gespürt, daß du verheiratet bist. Und wie alt ist diese scheinbar alte Jungfer?«

»Sie hat nichts von einer alten Jungfer an sich. Bloß...« Da war dieser unterschwellige Ernst. »Ihr Alter? Nun ja, jung ist sie nicht. Ich meine, sie ist nicht alt, noch nicht einmal mittleren Alters. Ach, ich weiß auch nicht.«

Es war schwer zu sagen. Die Haltung, die ich so an ihr bewundert hatte, hatte ihr eine gewisse Reife verliehen. Andererseits konnte ich mir nicht vorstellen, daß sie jemals ohne diese Haltung gewesen war, nicht einmal als Kind. Sie hätte sogar damit geboren sein können.

Auch beim nächsten Mal fiel es mir nicht leichter, ihr Alter zu schätzen. Zu meinem Kummer vergingen ein paar Tage, ehe ich sie wiedersah. Ich nahm eine Abkürzung über die Felder bei der Mühle, als ich fast über sie gestolpert wäre. Sie saß auf einem Kissen unter einem Baum, in ein Buch vertieft.

»Guten Morgen, Mrs. St. Leonard.« Augenzwinkernd sah sie zu mir auf. »Sie sind überrascht, daß ich Ihren Namen weiß?«

»Eigentlich nicht. Ich hätte ihn Ihnen sagen sollen. Bloß – ich war überrascht. Sehen Sie, bislang hat mich noch kaum jemand bei meinem Ehenamen genannt. Es hat mir – äh – bewußt gemacht, wer ich bin.«

»Oh, das ist schön.« Sie wurde ernst. »Ich danke Ihnen, daß Sie mir das gesagt haben.«

So sehr mich diese Worte auch freuten, erschreckten sie mich doch auch ein wenig. Es war, als hätten wir plötzliche Fortschritte gemacht, die ich zwar willkommen hieß, die ich aber nicht beabsichtigt hatte.

»Mein Name ist Bede. Martha Bede.«

Diesmal mußte ich nur einen kurzen Blick auf ihre behandschuhte und ringlose Hand werfen, um zu wissen, daß ich recht gehabt hatte.

»Ich möchte Sie nicht stören, Miß Bede«, sagte ich höflich. Aber ich brachte es nicht über mich zu gehen und stand da, zog meinen Handschuh glatt und starrte auf ihr Buch.

Sie erhob sich und stampfte mit den Füßen, als wäre sie steif vom Sitzen.

»Hätten Sie vielleicht Lust zu einem Spaziergang?«

Sie nickte freundlich, hob ihr Kissen auf und kam mit mir zur Brücke. Ich beugte mich über das Geländer und sah zu der kleinen Bucht unter dem schützenden Uferstück hinüber. Die Blumen waren verblüht.

»Suchen Sie etwas?«

»Er ist fort. Da war ein zerbrochener Ast. Wir haben ihn

beobachtet, Philip und ich, haben so getan, als wäre er lebendig: ein Reisender, der einen sicheren Ort gefunden hat, an dem er eine Weile rasten kann.«

»Aber eben nur eine Weile.« Ihre Stimme war leise. Das leichte Vibrieren verlieh allem, was sie sagte, Gewicht. »Es ist schön, wenn man noch jung ist und glauben kann.«

»Sie ist wirklich eine interessante Person, Philip. Ich wünschte, du könntest sie kennenlernen. Sie ist die Tochter eines Geistlichen. Ich glaube, sie steht ganz allein in der Welt.«

Philip gähnte; vor Müdigkeit, nicht aus Langeweile. Wenngleich ich zugeben muß, daß ich aus Begeisterung und mangels anderer Themen dazu neigte, mich an dem Phänomen Miß Bede festzuklammern. Doch er sah nichts Merkwürdiges darin, daß eine gebildete Dame, die die Welt kannte, sich ausgerechnet nach Gower Gill zurückzog.

»Im Gegenteil, ein Mensch muß innere Quellen haben, um das Leben auf dem Lande zu genießen. Ganz offensichtlich mangelt es ihr an Gesellschaft und Unterhaltung, aber sie hat vielleicht andere Interessen.«

»Was denn zum Beispiel? Schafe vielleicht? Von denen gibt es hier mehr als genug.«

Ich kicherte, und dann fingen wir beide sinnlos an zu lachen, wie wir es in jenen Tagen so oft taten; immer noch.

Miß Bede hätte wahrscheinlich auch gelacht, wenn sie dagewesen wäre. Ich lernte, nach dem Zwinkern Ausschau zu halten, das ihren für gewöhnlich ernsten Ausdruck belebte. In den folgenden Tagen trafen wir uns des öfteren, wenngleich selten im Dorf, das sie zu meiden schien. Die Zusammenkünfte waren niemals geplant, aber ich muß zugeben, daß sie nicht ganz zufällig waren.

Ich wußte zum Beispiel, als ich eines Morgens meinen Korb und meine Gärtnerwerkzeuge auf die Veranda schleppte, daß sie bald vorüberkommen würde. In genau diesem Augenblick erhob sie sich von der Bank an der Straße und schickte sich an, den Hügel herabzukommen. Es fällt mir schwer zu erklären, warum ich so tat, als wäre ich so mit meinem Jasmin beschäftigt, daß ich sie nicht einmal bemerkte, als sie auf Rufweite herangekommen war. Miß Bede hätte es vielleicht besser erklären können als ich. Sie war stehengeblieben und beobachtete mich belustigt und interessiert. Und als ich an die Mauer trat und ihr nach oben gekehrtes Gesicht sah, machte ich eine

Entdeckung. Zu jener Zeit beeindruckte es mich nicht allzusehr, aber später fiel es mir wieder ein. Miß Bedes durchdringende, dunkle Augen waren bei weitem das Auffallendste in ihrem etwas hageren Gesicht. Und dennoch waren nicht sie es, die einen Ausdruck von ihr vermittelten, sondern der Mund, kräftig und beweglich, mit großen, langen Zähnen. Die Augen waren so schwarz, daß sie weder Licht noch Schatten zuließen. Sie verrieten nichts von dem, was in ihr vorging, und man lernte es, sie außer acht zu lassen oder es zumindest zu versuchen.

»Ein Jasmin kann eine anstrengende Sache sein«, bemerkte sie. »Sie müssen hart damit sein.«

»Er fängt schon an zu machen, was er will, fürchte ich, und ich weiß nicht recht, ob...«

»Er muß ausgedünnt werden – da!« Sie wies auf die Stelle. »Nein, nein –«

Nichts hätte natürlicher sein können als die Art, wie sie das Tor aufstieß und sich zu mir gesellte. Gemäß ihren Anweisungen schnitt ich ihn und band ihn fest.

»Ich habe keinerlei Erfahrung mit Gartenarbeit.«

»Zum Glück gibt es nicht viel zu tun.«

»O doch. Auf der Rückseite gibt es noch einen langen Garten. Hätten Sie Lust, ihn anzusehen?«

Die Haustür stand offen. Ich wischte mir die Hände an der alten Schürze ab, zögerte plötzlich. Ich war tatsächlich nervös! Sie lächelte, zuckte kaum merklich mit den Schultern, als wäre es vollkommen unwichtig, und machte einen versuchsweisen Schritt nach vorn. Mir blieb nichts anderes übrig, als sie ins Haus zu führen.

5

Ich hatte die Absicht gehabt, Miß Bede direkt durch die Halle und in den Garten hinauszuführen. Aber da hatte ich die Rechnung ohne das Haus gemacht; hatte vergessen, daß man gezwungen war, es zu bemerken, wenn man eintrat. Als wenn auch sie das Gefühl hätte, daß Honeywick kein Haus war, durch das man einfach hindurchgehen konnte, blieb Miß Bede vor dem Kasten mit ausgestopften Vögeln stehen.

»Bitte, kommen Sie herein und nehmen Sie Platz.«

Waren diese Worte tatsächlich über meine Lippen gekommen? Ich weiß nicht genau, wie es geschah, aber plötzlich saßen wir im Erker. Mehr als einmal hatte ich von einer solchen Szene geträumt. Als Gastgeberin war es meine Aufgabe, zuzuhören, nicht zu sprechen: Ich sah mich kühl und würdevoll, nicht ganz unähnlich dem Benehmen von Miß Bede. Ich hatte sogar gefühlt, wie sich meine Lippen zu einem fragenden Lächeln verzogen, wie ich es an ihr gesehen hatte, als ich sie im Geiste fragte, wie sie den Tag verbracht hatte.

Warum also rief ich statt dessen hitzig aus: »Sie sind mein erster Besuch, Miß Bede!« Als hätte mein nervöses Gefummel mit den Kissen und Schürzenbändern ihr das nicht ohnehin verraten!

»Ich fühle mich geschmeichelt«, antwortete sie einfach. »Um die Wahrheit zu sagen: Ich dachte es mir schon fast. In Gower Gill gibt es nicht viele Menschen, mit denen Sie sich anfreunden könnten. Gewiß keine jungen Menschen. Wenn ich auch keine Jugend zu bieten habe, so biete ich Ihnen doch gern meine Gesellschaft an. Obwohl ich glaube, daß man junge Leute in den ersten Tagen ihrer Ehe besser allein lassen sollte. Es ist eine schwierige Zeit.«

Diese Bemerkung überraschte mich. Ihre leise, zuversichtliche Stimme war immer eindrucksvoll. Ich war mehr beeindruckt von diesem erneuten Beweis von Miß Bedes Klugheit als von der Tatsache, daß es eigentlich nicht stimmte: In unserem Fall war es keine schwierige Zeit gewesen. Doch noch während mir dieser Gedanke durch den Kopf schoß, entdeckte ich, daß es sehr wohl Probleme gab. Irgendwie nahmen sie in diesem Augenblick Gestalt an, die Gestalt von Philip. Meine Sorgen galten alle ihm. Und mit der heißen Schokolade, die Annie uns gebracht hatte, ergossen sie sich. Ich sprach von seiner Gesundheit, davon, wie verhaßt ihm die Bank war. »Es ist nicht gut genug für ihn, Miß Bede. Die St. Leonards sind Menschen mit Stil, wie Sie sehen können.« Mein Blick, der den ganzen Raum und seine Einrichtung umfaßte, unterstrich meine Worte.

»Allerdings!« Ihr eigener Blick folgte dem meinen so kurz, wie es die Höflichkeit gerade noch zuließ. Dann wandte sie sich wieder mir zu: »Und Ihre Eltern sind gestorben, als Sie noch ein Kind waren. Erinnern Sie sich überhaupt nicht mehr an sie?«

»Nur ein wenig.« Ich ergriff die Gelegenheit, ihr abgekühlte Schokolade nachzugießen. Es fiel mir leichter, von Philips Familie zu schwärmen, als von meiner eigenen zu sprechen.

Trotzdem können nur ein paar Minuten vergangen sein, bis Miß Bede alles über mich wußte, was es zu wissen gab. Mein Vater hatte das Geschäft seines Vaters geerbt, hatte aber nicht die Zeit gehabt, gewisse Familienschulden zu begleichen, ehe er im frühen Alter von dreißig Jahren verstarb. Meine Mutter war krank geworden und wenige Tage darauf ebenfalls verstorben. Hastig entwarf ich ein kurzes Bild von meiner Mädchenzeit bei Tante Maud in Martlebury; dann meine beiden Jahre in Stockwell College; meine erste Begegnung mit Philip anläßlich einer Vorlesung über die Überlandverbindung Peking/Petersburg durch Sibirien. Tante Maud kannte Philips Mutter flüchtig...

»O, Miß Bede«, wagte ich zu fragen, »glauben Sie an Liebe auf den ersten Blick?«

Sie antwortete nicht sofort. Es gab genügend Entschuldigungen für ihr Zögern. Ich werde heute noch rot, wenn ich daran denke, daß ich ihr eine so banale Frage stellen konnte. Auch damals bedauerte ich es, kaum, daß die Worte über meine Lippen gekommen waren. Verlegen starrte ich auf die silberne Zuckerdose, in deren konvexen Seiten sich Miß Bedes olivenfarbene Wange obszön gestreckt spiegelte.

Aber zu meiner Überraschung schien sie meine Frage ernst zu nehmen. Es war ihre Art, auch der kleinsten Kleinigkeit noch einen Gedanken zu widmen, eine Angewohnheit, die meinen ohnehin schon großen Respekt für sie noch tiefer werden ließ. Ein leichtes Lächeln ließ ihren oft strengen Mund weicher werden. Ihre Blicke wanderten durch den Raum und blieben schließlich auf dem Feld vor dem Erkerfenster ruhen.

»Ja«, antwortete sie endlich, »ich glaube an Liebe auf den ersten Blick. Man kann etwas sehen – und augenblicklich lieben –, und die Leidenschaft kann so groß sein, daß die gesamte Natur eines Menschen davon ergriffen wird.«

Ihre Art, ihre eindringlichen, dunklen Augen schlugen mich in ihren Bann.

»Und solche Liebe hält an, meinen Sie nicht auch?«

»Für alle Zeiten.« Sie senkte den Kopf, schien eine feine Brosche zwischen den Rüschen aus kostspieliger Spitze zurechtzurücken. »Nichts kann sie ersetzen. Man verändert sich niemals.«

Wie aufregend! Sie hatte sich mir nahezu anvertraut. Ich würde sie nicht drängen, mehr zu sagen. »Sie hat geliebt«, sagte ich mir und später auch zu Philip, »und gelitten.« Es war traurig, aber zufriedenstellend. Ihr schien etwas gefehlt zu haben: Weiblichkeit. Selbst jetzt, nach ihrem Geständnis (denn was sonst hätte sie gemeint haben können, wenn nicht eine lang, lang zurückliegende Liebesaffäre?), selbst jetzt, nachdem sie ein zärtliches Erlebnis eingestanden hatte, verriet mir die sensible Antenne, mit der ich ihre Persönlichkeit erforschte, daß da noch etwas war, was nicht zum Rest paßte.

Selbst jetzt, in ihrem Alter, sah sie nicht schlecht aus, das arme Ding. Was ihr fehlte, bei all ihrer Eleganz, war weibliche Weichheit. Sie wandte sich dem Fenster zu. Ihr Gesicht war hager, als hätte sie erst kürzlich abgenommen. Zweifellos war sie sich meiner genauen Musterung bewußt, denn sie lächelte breiter als für gewöhnlich.

»Die Überlandverbindung von Peking nach Petersburg durch Sibirien! Nun ja!« Sie stand auf.

Ich fuhr zusammen, dann lachte ich über ihren versuchten Humor.

»Müssen Sie wirklich gehen?«

Ich stand ebenfalls auf, ein wenig verlegen. Ich hatte das Gefühl, zarte Fäden wären gewebt worden, die eine zu beiläufige Trennung zerreißen könnte. Merkwürdig, wenn ich an Miß Bede denke, sehe ich sie häufig in Hut und Handschuhen, bereit, sich zu verabschieden.

»Werfen Sie nur noch einen Blick auf den Garten, ehe Sie gehen.«

Wir schritten durch den Hof zu dem Pfad hinüber, der durch den Blumengarten zum Obstgarten führte. Die Luft war frischer als sonst. Ich war froh, wieder draußen zu sein. Im Haus hatte ich mich eingesperrt gefühlt. Ein Büschel Vergißmeinnicht wuchs am Wegrand, die Mauerblümchen standen in voller Pracht.

»Sie haben noch nie so schön ausgesehen.«

»Wer weiß, was noch kommt?«

»Oh, schöner können sie gar nicht mehr werden.« Sie hatte ihre Worte vielleicht nur im Scherz gemeint, aber sie hatten mich getroffen, stimmten mich plötzlich ernst. Denn ich wußte, wenn es einen Wechsel geben würde, dann könnte er nur zum Schlechteren sein. Ich bekam plötzlich Angst. Fühlte mich entsetzlich müde. Die schweren, purpurroten Blüten zitterten: Der Garten und der Himmel darüber verschwammen.

»Sie sind müde, Mrs. St. Leonard. Soll ich einen Ihrer Diener rufen?«

»Nein, nein. Es ist nichts.«

»... unter Druck... ein neues Leben an einem neuen Ort... Die kräftige Landluft wird Ihnen guttun, aber es dauert eine Weile, bis man sich daran gewöhnt hat... Sie müssen sich setzen und ein wenig ausruhen.«

Zwischen ihren geschwungenen Lippen blitzten lange, weiße Zähne, aber es war die Dunkelheit, diese extreme Dunkelheit ihrer Augen, die ich spürte. Als wollte ich mich von einem tiefen See entfernen, tastete ich nach der Mauer und lehnte mich dagegen. Was war wirklich mit mir los?

Und wie mich diese dunklen Augen eifrig beobachteten. Als ich mich anschickte, sie durchs Haus zurückzuführen, streckte sie im selben Augenblick eine Hand aus und legte sie ausgerechnet auf ein kleines Tor in der dichten Dornenhecke. Ich hatte es nie zuvor gesehen, so versteckt lag es.

»Das hier ist –« Sie machte eine Pause, ehe sie fortfuhr, »muß der kürzeste Weg sein.«

»Oh, wie schnell Sie das gesehen haben!«

»Ja, hatten Sie es denn noch nicht bemerkt?« Ihr Ton war ungläubig. »Es ist doch ganz deutlich zu sehen.« Ihre Stimme erschien mir höher als gewöhnlich, und sie schien auch aufgeregter, als es nötig gewesen wäre. »Ich habe es sofort gesehen. Aber vielleicht sind Sie ein bißchen kurzsichtig.«

»Überhaupt nicht.« Mein Kopf dröhnte. Ich wünschte, sie würde aufhören zu reden, darauf zu bestehen, daß das Tor klar zu sehen war. Jetzt war es tatsächlich der Fall, jetzt, da ich wußte, daß es da war; ein grüngestrichenes Gatter mit rostigen Angeln und von Brennesseln überwuchert. Sie mußte sich heftig dagegenstemmen, um es zu öffnen.

»Ich denke, daß dies der Weg war, durch den sie zur Kirche gegangen sind.«

Das Quietschen des Tores und ihre Stimme hallten in meinem benommenen Kopf wider. Meine Ohren dröhnten. Miß Bede zwängte sich durch das Tor. Ein bewachsener Pfad wurde auf der Wiese auf der anderen Seite sichtbar.

»Das ist eine Abkürzung für mich.«

Ihr graues Kleid entfernte sich ohne Hast an dem hohen Ginster vorbei davon. Ginster, so sagt man, ist ein Symbol des Todes.

Ein, zwei Minuten später erklomm sie bereits den Hügel auf der anderen Seite. Dann verschwand ihr grauer Hut zwischen den Grabsteinen.

Fast im selben Moment ließ auch mein Schwächeanfall nach. Ich fühlte mich wieder ganz kräftig.

»Es ist schön für Sie, daß Sie jetzt eine Dame haben, mit der Sie reden können«, bemerkte Annie. »Sie konnten ein bißchen Gesellschaft gut gebrauchen.«

6

»Bleibt sie lange?« Philip lehnte sich mit geschlossenen Augen in den Sessel zurück.

»Sie hat nicht gesagt, wie lange.«

Es gefiel mir nicht, daran erinnert zu werden, daß Miß Bedes Besuch zu Ende gehen mußte. Zu meiner Überraschung war ein inneres Streitgespräch nötig, um mich zu dieser Überzeugung zu bringen. Und es überraschte mich, weil ich dachte, ich würde nicht zweifeln, daß Miß Bedes Gesellschaft ein Vergnügen für mich sein würde. So perfekt mein Leben vorher auch gewesen war, wenn sie ging, würde eine Lücke zurückbleiben.

»Ivy Cottage wird ihr auf Dauer nicht gefallen. Die Zimmer dort bieten wohl kaum den Komfort, an den sie gewöhnt sein muß.«

»Hat sie sich beklagt?«

Sie hatte nie darüber gesprochen. Aber der Gedanke an nackte Böden, feuchte Schränke und Ungeziefer, das aus dem Efeu hereinkroch, ängstigte mich. Ich wollte nicht, daß sie ging – noch nicht. Sie reizte mich. Außerdem war sie das, was uns als einziges gefehlt hatte – Publikum. Wir wollten, daß jemand sah, wie glücklich wir miteinander waren. Doch noch blieb ein Schritt zu tun. Bislang hatte ich nur zwischen den beiden vermittelt. Philip kannte Miß Bede noch nicht.

»Könnte ich sie zum Tee am kommenden Samstag einladen?«

»Das ist mein einziger freier Tag. Na schön, wenn du willst. Wüßte nicht, was es schaden könnte, wenn wir auch nichts von der Frau wissen. Außerdem ist es vielleicht ganz gut, wenn ich sie kennenlerne, da du schon soviel Zeit mit ihr verbringst. Und solltest du da in eine unangenehme Sache verwickelt werden, so findet sie sowieso ein Ende, wenn sie abreist.«

Es war zwar nur ein winziges Detail im ganzen Drama, aber dennoch machte ihr Besuch einen Unterschied. Er trennte mein Leben vorher und nachher voneinander.

Sie hatte ihre Toilette leicht abgewandelt, um sie dieser Gelegenheit anzupassen. Mit anderen Worten, sie hatte die Schleppe geöffnet, trug flache, zierliche Schuhe und Gazehandschuhe. Der weiße Stoff ihres Leibchens war frisch gewaschen. Sie hatte ihr Haar weniger streng frisiert und sah recht gut aus. Ich war stolz auf sie und vermutete, daß Philip beeindruckt war.

Natürlich bedeutete die Anwesenheit einer dritten Person einen Unterschied. Aber ich hätte nicht sagen können, wer von uns die dritte Person war. Zuerst konnte es keinen Zweifel daran geben, daß Miß Bede die Außenseiterin war. Es war eigentlich das erste Mal seit unserer Hochzeit, daß Philip und ich nicht allein waren, wenn man Annie und den Pfarrer, Mr. Camden, einmal außer acht ließ. Außerdem war Miß Bede an sich schon eine Außenseiterin, nicht nur für uns, sondern für die Menschheit überhaupt. Es war ihre Losgelöstheit und Unabhängigkeit, die ich zuerst an ihr bemerkt und bewundert hatte.

»Florence möchte zu gern Ihre Meinung hören, Miß Bede, wie immer.«

»Es geht um meine Spitze. Sie sollen entscheiden, was es werden soll, Miß Bede.«

Das vertraute, belustigte Zwinkern trat in ihre Augen, als sie zu Philip hinübersah. Wie nett er doch war! Denn jetzt war er natürlich das fünfte Rad am Wagen. Er hatte der Unterhaltung absichtlich eine Wende zu einem weiblichen Thema gegeben. War das nicht rücksichtsvoll? Ich hatte gerade erst Klöppeln gelernt, wofür ich früher nie die Zeit gefunden hatte. Stolz zog ich jetzt sofort meine Handarbeit hervor.

»Was gefällt Ihnen wirklich, Miß Bede?«

Ich war hocherfreut, als ihr auch die spanische Art am besten gefiel, die ich persönlich bevorzugte.

»Ein hübscher Zeitvertreib«, bemerkte Miß Bede, »schade, daß man die Dinge nie tragen kann.«

»Nicht?« Ich war enttäuscht. Ich hatte es auf mein blaues Kleid nähen wollen.

»Ich glaube kaum.« Miß Bede runzelte die Stirn, sah mich aber ausgesprochen freundlich an. Ich sah, wie Philip einen Blick auf ihre eigene Spitze warf, die eindeutig Brüsseler Werk war.

»Vielen Dank, daß Sie es mir gesagt haben.«

»Das ist alles nur eine Frage des Geschmacks.«

Ich legte meine Handarbeit wieder in den Korb zurück. Tante

Maud hatte selbstgemachte Spitzen getragen. Warum hatte sie es nicht gewußt?

»Man könnte sie für einen Sonnenschirm nehmen, oder zusammengesetzt als Kissenbezug«, schlug Miß Bede vor, als wollte sie mich trösten.

Aber mein Interesse war geschwunden. Ich war froh, rechtzeitig gewarnt worden zu sein und keinen schweren, gesellschaftlichen Fehler gemacht zu haben. Aber mein Selbstvertrauen war zutiefst erschüttert worden. Was sonst wußte ich alles nicht?

»Sie arbeiten in der Martlebury and District Bank, glaube ich, Mr. St. Leonard?«

Schon unterhielten sich Miß Bede und Philip über Bankgeschäfte, Geldanlagen, Aktien und landeten schließlich ausgerechnet beim Suezkanal; von dort aus in logischer Folge in Indien, Lucknow, beim Regiment von Philips Vater und den Veränderungen, die in Indien seit jenen Tagen stattgefunden hatten. Die Unterhaltung lief so glatt ab, daß man fast nicht bemerkte, wie geschickt Miß Bede die Themen lenkte. Die beiden unterhielten sich so angeregt, daß ich Schwierigkeiten hatte, mich bemerkbar zu machen. Nach zwei, drei vergeblichen Versuchen war ich gezwungen, nur zuzuhören, was ich dann auch für mehr als zehn Minuten tat.

Es war schön zu sehen, wie gut die beiden miteinander auskamen, wenngleich ich Gespräche mehr persönlicher Natur vorzog. Meine Chance kam, als Annie den Tee servierte und sich dann still zurückzog. Miß Bede machte eine Bemerkung darüber, wie glücklich wir sein konnten, eine Perle wie Annie gefunden zu haben. Das war mein Stichwort, mich in Annies Familiengeschichte zu ergehen.

»Annies Mutter ist eine bemerkenswerte Frau. Ich mag sie sehr gern.«

»Sie sprechen ja, als wäre es eine Freundin von Ihnen.«

»Florence liebt es, sich mit den Dorfleuten bekannt zu machen.« Philips Lächeln war ein wenig steif.

»Mrs. Blanche ist der einzige Mensch, den ich bisher besucht habe. Sie hat ein hervorragendes Gedächtnis und erzählt mir alles mögliche über das Dorf.«

»Zum Beispiel?«

»Zum Beispiel hat sie mir erzählt«, erwiderte ich triumphierend, »daß sie sich noch sehr gut an deine Tante Adelaide erinnert.«

Doch mein Triumph wurde schnell zunichte gemacht. »Ich glaube kaum, daß Mrs. Blanche die einzige ist, die sich noch an meine Tante erinnert.«

»Nein. Aber sie hat mir von der Zeit 1865 erzählt, als Tante Adelaide noch einmal hier war. Sie blieb ein paar Wochen hier, mit ihrer Gesellschafterin und einer Zofe, während sie sich nach einer Haushälterin umschaute.«

Es klang eindrucksvoll. Philip entspannte sich.

»Und weiter?«

»Das ist alles.« Da diese Antwort selbst für mich ein bißchen schwach klang, fügte ich schnell hinzu: »Ich kann es nicht ändern. Jetzt, wo ich in ihrem Haus wohne und ihre Sachen benutze, interessiert sie mich einfach.«

»Es *war* ihr Haus, Florence.«

Bis zu diesem Augenblick war mir gar nicht bewußt geworden, wie vollständig Philip davon Besitz ergriffen hatte. Die Haltung seines Kopfes, die Art, wie seine Hand auf der Sessellehne ruhte, sein ganzes Verhalten beeindruckte mich wie nie zuvor.

»Miß Bede erweist uns wohl kaum die Ehre, hierherzukommen, um Geschichten von Annies Mutter zu hören.«

Es war eine Zurechtweisung. Entsetzt erkannte ich, daß Philip nicht nur Herr dieses Hauses und seiner leblosen Gegenstände geworden war.

Miß Bede hatte schon eine Weile nichts mehr gesagt.

»Dann hat Miß St. Leonard Mrs. Blanche aufgesucht?« Die Frage schien das Ergebnis sorgfältigen Nachdenkens zu sein. Wie nett sie doch war! Nahm ein Interesse an den unwesentlichsten Dingen, wenn es wichtig für andere Menschen war. Das war ein Zeichen ihrer guten Erziehung, sagte ich mir.

»Das war sehr nett von ihr. Vor allem, da es noch gewesen sein muß, ehe Annie hierherkam.«

»O nein, es war genau andersherum. Mrs. Blanche ist hierhergekommen, um Kartoffeln, Eier und Honig zu bringen. Sie war zu jener Zeit noch rühriger als heute.«

»Ich glaube, wir haben jetzt genug von Mrs. Blanche gehört, Florence. Sonst denkt Miß Bede noch, wir hätten nichts Besseres, um uns zu unterhalten, als wer wen gesehen hat, noch dazu vor acht, neun Jahren. Sie sagten, Sie kommen aus London, Miß Bede. Da kann man nicht erwarten, daß Sie sich für solche Kleinigkeiten interessieren. Wenn man in einem Dorf lebt, bekommt alles eine neue Wichtigkeit.«

»Tatsächlich«, Miß Bede zog ihre Handschuhe an, »das war mir noch gar nicht aufgefallen.«

Wir begleiteten sie bis zur ersten Brücke, wo sie sich von uns verabschiedete und den Weg einschlug, der am Dorf vorbeiführte.

»Gefällt sie dir?« fragte ich Philip.

»Das ist unwichtig. Sie ist intelligent und an gute Gesellschaft gewöhnt.« Er sah auf mich herab wie aus weiter Ferne. Ich fragte mich, ob mein Haar zerzaust war, versuchte, eine vorwitzige Locke unter den Hut zu schieben, warf dann einen Blick an meinem Kleid hinab, fürchtete, einen Flecken zu finden. »Sie kann dich ein wenig leiten, Florence, damit zu lernst, wie man sich zu verhalten hat.«

Also gab es Dinge, die sie und Philip wußten, ich aber nicht! Aber wie gern würde ich alles lernen, um ihm zu gefallen! Und ich hätte mir keine Lehrerin vorstellen können, die ich lieber gehabt hätte als Miß Bede! Im Augenblick jedenfalls. Schließlich würde sie ja nicht immer dasein. Der Gedanke mißfiel mir jetzt schon weniger.

»Du neigst zur Schwatzhaftigkeit, Florence. Das könnte ein bißchen...« Er brach ab, als zögerte er, das Wort auszusprechen. Hatte er ›ordinär‹ sagen wollen?

Ich hätte ihn vielleicht gefragt, doch in diesem Augenblick klang Rädergeräusch an unsere Ohren. Hastig traten wir beiseite, um dem Wagen aus dem Weg zu gehen. Es war ein hübscher Brougham, der von einem dunkelhaarigen Mann in schwarzem Mantel kutschiert wurde: Mr. Drigg aus Gower Oaks, Pächter unseres Feldes. Ich hatte ihn noch nicht kennengelernt und musterte ihn nun neugierig. Er wechselte die Peitsche in die linke Hand und zog den Hut, ausgesprochen höflich. Dennoch schien Philip über das Zusammentreffen verärgert.

»Schrecklicher Kerl! Warum muß der sich bloß so anziehen?« Philip selbst kleidete sich jetzt mit der lässigen Eleganz eines Landedelmannes. Seine Tweedjacke stand ihm ebensogut wie sein Stadtanzug. Das Material war nur vom Besten. »Ich will dir was sagen, Florence. Wir müssen uns irgendein Gefährt zulegen. Ich lege keinen Wert darauf, von einem Mann wie Drigg mit Staub beworfen zu werden.« Sein Zorn verebbte mit dem Geräusch der Wagenräder und Pferdehufe, als Mr. Drigg in seine eigene, lange, von Eichen gesäumte Auffahrt einbog. »Wir können von Glück sagen, eine so kultivierte und gebildete Frau wie Miß Bede kennengelernt zu haben. Seit langem habe ich keine Unterhaltung mehr so genossen.« Dann, nach einem langen Schweigen, das zu brechen ich nicht über mich brachte, meinte er: »Wie sich doch alles zum Guten gewendet hat! Diese letzten Wochen waren eine Enthüllung! Es war, als wäre ich durchs Leben gewandert, unzufrieden, hätte mich nirgendwo daheim gefühlt...«

Aber jetzt? Noch immer verhielt ich mich ruhig. Gleich würde er es sagen. Daß er jetzt, da er mit mir verheiratet war, alles gefunden hätte, was er sich je gewünscht hatte. Mein Herz schwoll an vor Liebe und Stolz.

»Aber jetzt, wo ich das Haus habe – das hat mein ganzes Leben verändert. Hier gehöre ich hin. Das fühle ich einfach. Es gibt Männer, die halten es ihr Leben lang auf Bürostühlen aus. Aber für mich ist das nicht gut genug. Zum Glück habe ich mein Element gefunden: Ich lebe unter meinem eigenen Dach, habe mein eigenes, kleines Stück Land. Weißt du, wenn mein Vater noch leben würde...«

»Oh, ich verstehe. Dann wäre dein Leben natürlich viel besser gewesen, deiner würdig und angemessen.«

»Billige Unterkünfte! Mietwohnungen! Billige Schule! Mutter hat ihr Möglichstes getan, aber ich habe das alles gehaßt! Und jetzt...« Er wandte dem rauschenden Wasser – und mir! – den Rücken. Auch ich sah den Hügel hinauf. Von hier aus beherrschte das Haus alles. Es wirkte größer, imposanter, als ich gedacht hatte. Eine Wolke bewegte sich. Licht fiel auf die Mauern und Kamine, auf die Dachziegel, färbte sie rosa und flammendrot.

»...endlich habe ich, was ich wollte. Das Haus.«

Der Sommer in den Bergen ist kapriziös. Einen Augenblick später schon bewegten sich die Wolken erneut; das Strahlen am Himmel verblaßte. Ich schauderte in meinem dünnen Kleid. Ich wußte nie, was ich anziehen sollte. Aber noch weniger wußte ich, was ich sagen sollte, tun sollte, um ihn dazu zu bringen, mich so zu lieben, wie ich ihn liebte.

7

Schon bald kannte ich alle Leute, die in dem halben Dutzend Häuschen in unserer Nähe lebten. Natürlich konnte man Honeywicks nie müde werden, aber es gab Zeiten, da trieben mich die stillen Zimmer mit ihrem Übermaß an Gegenständen und ihrem Mangel an Menschen hinaus, um anderswo die Freundschaft zu suchen, die ich immer als gegeben hingenommen hatte. Soviel war ich bereit zuzugeben. Aber ich war weniger bereit zuzugeben, daß da auch ein Gefühl der Entmutigung war, eine Vorahnung von Versagen daheim. Auf jeden Fall war ich, wie Philip sagte, viel zu neugierig, um mich nicht für meine Nachbarn zu interessieren. Immer gab es eine Entschuldigung, um eine Bekanntschaft zu machen: eine Hochzeit oder ein neues Baby.

»Es ist wie in alten Zeiten. Endlich wohnt wieder eine Dame in Honeywick. Nachdem Miß St. Leonard das Haus verlassen hat, sind die anderen immer nur gekommen und gegangen.«

»Hätten Sie nicht vielleicht Lust, Nancy Badgett einen Besuch zu machen?« fragte Annie eines Morgens, als ich mich anschickte, ins Dorf zu gehen.

»Meinst du, das sollte ich tun? Das Dumme ist – Mr. Badgett könnte dasein, und ihm würde das vielleicht gar nicht behagen.«

Ich war ein wenig nervös, was Laban Badgett und seine Fähigkeit anging, Menschen zu sehen, die in Wirklichkeit nicht da waren.

»Der ist höchstwahrscheinlich auf und davon, irgendwo unterwegs. Seit sie den Jungen verloren haben, hält er es im Haus kaum mehr aus.«

Die Badgetts waren Mrs. Blanches Nachbarn. Ich kannte ihre Geschichte. Ihr einziges Kind – ein feiner Junge – war gestorben, kurz ehe wir nach Honeywick kamen. Er war einer Krankheit erlegen, die man noch nicht behandeln konnte. Hilflos hatten sie mit ansehen müssen, wie er langsam dahinsiechte. Nach seinem Tod lebten sie sehr zurückgezogen. Ihre Tür stand niemals in der gastfreundlichen Art der anderen Dorfbewohner offen, aber ich hatte Nancy Badgett im Dorfladen gesehen: eine blonde Frau um die Dreißig; und auch Laban hatte ich zwei-, dreimal erblickt, als ich bei Mrs. Blanche auf der Treppe gestanden hatte. Er war ein schlanker, dunkelhaariger Mann, Drechsler von Beruf und einige Jahre älter als seine Frau. Im Dorf war man allgemein der Ansicht, daß er den Tod seines Sohnes zu schwer genommen hatte. Der Kummer zehrte so sehr an ihm, daß er alles Interesse an seiner Arbeit, seinem Heim, seiner Frau verloren hatte.

»So ist er früher nie gewesen«, hatte Annie mir erzählt. »Er war ein guter Ehemann und ein sehr guter Arbeiter. Es gibt nichts, was der nicht tun könnte, abgesehen von ein bißchen Wilddieberei«, fügte sie mit gesenkter Stimme hinzu, obwohl im Umkreis von einer Viertelmeile keine Menschenseele zu sehen war, »aber das ist eben sein Zigeunerblut.« Noch fünfzig Jahre zuvor gehörten die Badgetts zum fahrenden Volk, aber Labans Eltern hatten sich niedergelassen und ihn ein Handwerk erlernen lassen. »Er hat erst spät geheiratet, war auch ein bißchen wild, aber Nancy hat ihn besänftigt und einen ehrlichen Handwerker aus ihm gemacht. Alles ging gut. Aber jetzt ist alles Leben aus ihm gewichen. Es wird ihnen schlecht ergehen, wenn er nicht bald wieder ein bißchen arbeitet. Es ist wirklich eine Schande. Dabei kann er auch so schön schnitzen. Sie könnten Nancy ein bißchen aufmuntern, Ma'am, und Sie könnten Laban vielleicht auch fragen, ob er für den Stuhl im hinteren Schlafzimmer nicht ein neues Bein drechseln könnte.«

Wir waren nicht knapp an Stühlen. Tatsächlich hatte ich schon in Erwägung gezogen, den fraglichen Stuhl zu verbrennen. Auch nur ein einziges Stück der Einrichtung loszuwerden, bedeutete schon einen Schritt in die richtige Richtung.

Statt dessen klopfte ich an die Tür der Badgetts und stellte mich vor.

»Ich kenne Sie gut, Ma'am.« Nancy zögerte, ehe sie mich bat, einzutreten. Doch dann säuberte sie einen ohnehin blitzblanken Stuhl und forderte mich auf, Platz zu nehmen. Ich erklärte ihr die Sache mit dem Stuhlbein.

»Ich werde ihn fragen. Nicht, daß er nicht gern gefällig sein würde, aber er ist einfach nicht er selbst. Der Kummer zehrt so sehr an ihm, daß er nicht mal mehr weiß, wer vor ihm steht. Jeden Tag geht er in den Garten hinaus, und ich lausche auf die Geräusche seiner Arbeit, aber er fängt einfach nicht an. Und wenn ich dann hinübergehe, steht er nur regungslos da. Von Tag zu Tag wird er dünner und knochiger. Ich kann sehen, wie er dahinsiecht wie unser Edwin. Oh, Mrs. St. Leonard, muß ich denn das alles noch einmal durchmachen? Das könnte ich nicht ertragen!«

Es war ein Trost für sie, reden zu können, vor allem mit einer Fremden, wenngleich ihr Leid mich berührte, als hätte ich sie schon seit Jahren gekannt.

»Er hat Edwin immer mitgenommen, seit der ein Krabbelkind war, und er hat ihm Spielzeug gemacht. Erst gestern hat er zu mir gesagt: ›Ich vergesse sein Gesicht, Nancy. Ich habe es

sonst vor mir gesehen, so deutlich, als hinge es dort in der Luft, und jetzt kann ich mich plötzlich nicht mehr daran erinnern. Was soll ich nur tun? Es ist, als würde ich ihn noch einmal verlieren.‹ Wir haben ihn nie malen oder fotografieren lassen«, erklärte Nancy mir jetzt. »Ich wünschte, wir hätten es getan. Wenn ich sehe, wie er ins Nichts starrt, weiß ich, daß er versucht, Edwin zu sehen. Für mich ist es leichter. Er war das genaue Abbild seines Vaters. Ich muß nur Laban ansehen, dann sehe ich ihn wieder.«
»Vielleicht, wenn die Zeit vergeht...«
»Es gibt nur eines. Er hat es selbst angedeutet. Am besten geht es ihm draußen. Er ist unruhig. Das steckt ihm im Blut.«
»Es wäre ein hartes Leben.«
»Aber vielleicht bedeutet es die Rettung für ihn. Er würde kämpfen müssen, jede Chance wahrnehmen und sich schinden müssen, um unseren Lebensunterhalt zu verdienen. Es ist das Nichtstun, das ihn langsam umbringt.«
»Würden Sie mit ihm gehen?«
»Ich würde ihn nie verlassen, solange ich atme. Er ist geschickt, und wir könnten eine Menge kleiner Sachen verkaufen. Ich könnte hin und wieder leichte Feldarbeiten übernehmen. Wir würden schon zurechtkommen.«
»Und dann, eines Tages, wenn es ihm besser geht, könnten Sie zurückkehren.«
»So Gott will.« Sie schaute sich unruhig um. Ihre Küche war sauber und gemütlich. Es wäre wirklich eine Heldentat für sie, das alles hinter sich zu lassen, um mit ihm das Vagabundenleben zu führen, das sie mir eben geschildert hatte. »Gehen Sie und reden Sie mit ihm, Ma'am, wegen des Stuhles. Vielleicht dringen Sie bis zu ihm durch.«
Zuerst, als ich nervös hineinsah, dachte ich, die Werkstatt wäre leer, und in gewisser Weise war sie das auch. Kein Geräusch war zu hören. Er stand ganz still neben seinem Arbeitstisch, das dunkle Gesicht mit den hohen Wangenknochen maskenhaft; und er tat nicht nur einfach nichts. Es war, als hätte er seinen Körper dort im Sägemehl zurückgelassen und hätte sich selbst auf eine endlose Suche begeben. Ich schämte mich plötzlich meines Auftrages. Es schien unanständig, ihn einer so trivialen Angelegenheit wegen zurückzurufen. Und als ich endlich den Mut aufbrachte, ihn anzusprechen, hatte es nicht den Anschein, als kehrte er tatsächlich zum Leben zurück. Er sah mich bloß an, verlagerte das Gewicht von einem Fuß auf

den anderen, unsicher, als wüßte er, daß etwas von ihm erwartet würde.

»... wenn Sie eines Tages kommen und sich den Stuhl ansehen könnten...«

Nach einer Weile schlich ich davon.

»Es ist fremdes Blut in ihm«, sagte Nancy. »Er ist nicht wie wir. Ich weiß nicht, was ich machen soll.«

Ich ging noch öfter zu ihnen, obwohl es Mut erforderte, zu klopfen und die sorgenschwere Atmosphäre des Hauses zu stören. Doch an diesem Morgen, als es geschah, erschien mir Nancy friedlicher, voll Hoffnung.

»Wir haben darüber gesprochen, fortzugehen, Mrs. St. Leonard«, erzählte sie mir. »Das ist es, was er braucht, den Himmel über sich und die Straße vor sich. Er war gestern den ganzen Tag unterwegs und kam viel ruhiger zurück. Ich spürte den Unterschied, sobald er eintrat. ›Sollen wir packen und eine Weile herumziehen?‹ Er sagte nichts, nickte bloß. Und dann hat er letzte Nacht wirklich gut geschlafen.«

»Wenn werden Sie aufbrechen?«

»Er wird auf ein Zeichen warten«, sagte sie einfach. »Ohne ein Zeichen wird er nichts tun.«

»Was für ein Zeichen?«

Sie schüttelte den Kopf. »Ich weiß nicht. Irgend etwas.«

Wir sprachen über die Schwierigkeiten. Sie würden billige Unterkunft in Hütten und kleinen Gasthöfen finden, konnten auch, wenn es nötig sein würde, die eine oder andere Nacht im Wagen verbringen. Laban hatte von einer Mühle in Westmorland gesprochen, wo er vielleicht Arbeit finden würde. Ich bot ihr Geld an.

»Das ist nicht nötig. Wir sind nicht ganz ohne, aber wir dürfen nicht zuviel Zeit verlieren. Der Sommer neigt sich.«

Doch das warme Wetter blieb uns erhalten, genauso wie Miß Bede, die ich jetzt fast täglich sah. Sie hatte es sich angewöhnt, einen Schleier zu tragen, was ihrer ohnehin rätselhaften Persönlichkeit noch einen beneidenswerten Hauch von Geheimnis verlieh. Sie erklärte, daß die Sonne ihren Augen und ihrer Haut schaden würde. Nur im Haus schlug sie den Schleier zurück, und ich beobachtete sie immer genau dabei. Anschließend sah sie mich mit einem Blick an, als wollte sie fragen: »Nun, worüber wollen wir reden?«

Für gewöhnlich war ich nur zu gern dazu bereit. Und doch

hatte ich es schon gelernt, meine Zunge ein wenig im Zaum zu halten. Ich sprach nie wieder von Mrs. Blanche oder Annie, obwohl sie als meine Hauptgesellschafterin natürlich immer von besonderem Interesse für mich war. Auch Tante Maud kam als Thema nicht in Frage, obwohl ich sie jetzt lieber hatte als zu der Zeit, als ich sie tagtäglich gesehen hatte. Und dann war da noch ein anderes Thema, über das ich gut informiert war. Doch auch das erwies sich als ungeeignet, ja, sogar als verhängnisvoll.

Irgendwie wurde es uns zur Gewohnheit, Miß Bede samstags zum Fünf-Uhr-Tee einzuladen.

»Das ist der einzige Tag, an dem ich daheim bin«, erinnerte Philip mich, als ich bemerkte, ein anderer Tag ginge ebensogut. Er hätte mich nicht daran zu erinnern brauchen. Schließlich war das der Grund dafür gewesen, daß wir sie zum ersten Besuch nur zögernd gebeten hatten. So kurz ihre Besuche auch waren, verkürzten sie doch drastisch die Zeit, die Philip und ich allein verbringen konnten, vor allem, da es nicht lange dauerte, bis Philip es sich angewöhnte, Miß Bede entgegenzugehen; und manchmal stand der Tee schon auf dem Tisch, ehe die beiden den Hügel heraufkamen, tief in eine Unterhaltung versunken.

Eines Samstagnachmittags, als ich über eine Stunde auf sie gewartet hatte, hatte ich angefangen, eine Holzkiste auszuräumen, zu sortieren: Papiere und Briefe, die ich hastig hineingeworfen hatte, ehe ich Martlebury verließ. Ich hatte den gesamten Inhalt auf den Boden entleert und stopfte ihn jetzt zurück, als ich die Haustür hörte.

Es war ein heißer Tag. Nach einem Morgen in Martlebury war Philip erschöpft heimgekehrt und klagte noch immer über die Unbequemlichkeiten der Stadt.

»Du kannst dir nicht vorstellen, wie deprimierend das ist. Der Gestank, der Mangel an Luft! Manchmal würde ich am liebsten alles aufgeben und überhaupt nicht mehr dorthin zurückkehren.«

Miß Bede nickte verständnisvoll. Sie fühlte sich jetzt schon so daheim, daß sie ihren Hut abgenommen hatte. In dem Sessel, der zu ihrem geworden war, wirkte sie kühl und frisch. Mir schoß der Gedanke durch den Kopf, daß die olivfarbene Haut dieser Frau von der Sonne wohl kaum so sehr beeinträchtigt werden könnte wie Philips und meine. Wir waren beide hellhäutig und dementsprechend rosig.

»Jeder Mensch in Ihrer Lage würde genauso empfinden. Ich

habe mich schon oft gefragt, warum Sie nicht –« Sie brach ab.
»Ich sollte es nicht sagen.«

»Die Bank verlassen? Nur zu gern würde ich das, wenn wir es uns leisten könnten!«

»Aber Geld ist nicht alles«, sagte Miß Bede. »Dies hier ist Ihre Umgebung, dieses Leben müßten Sie führen. Es muß schwer sein, es immer wieder zu verlassen, bloß um ein paar Pfund, Shilling und Pence zu verdienen.«

»Und doch können wir von Glück sagen, daß wir überhaupt hier leben«, fühlte ich mich verpflichtet zu sagen. »Die meisten Menschen verbringen ihr ganzes Leben damit, um Geld zu kämpfen, ohne Hoffnung auf etwas Besseres. Man kann kein schönes Leben führen, ohne Geld zu haben, und das muß nun einmal verdient werden.«

Wie immer mußte ich zu interessiert gesprochen haben. Zuerst antwortete keiner von beiden. Miß Bede schien ernsthaft zuzuhören, die Lippen zusammengepreßt, mit einem Ausdruck, als gäbe sie sich redlich Mühe, mich zu verstehen.

»Florence hat Mitleid mit den unteren Klassen. Das ist nicht verkehrt«, murmelte sie.

»Ich habe gearbeitet, um meinen Lebensunterhalt zu verdienen, und zwar mit Menschen, denen es noch schlechter ging als mir«, platzte ich heraus.

Miß Bede sah mich verblüfft an.

»Aber Ihre Schüler waren doch gewiß junge Damen aus gutem Hause«, meinte sie und warf Philip einen um Bestätigung heischenden Blick zu.

»Ganz und gar nicht. Ich habe in einer öffentlichen Volksschule unterrichtet.«

Philip lehnte sich in seinem Sessel zurück, schloß mit einem Ausdruck leisen Abscheus die Augen; und plötzlich wußte ich, daß er es gewesen war, der in Miß Bede bewußt den falschen Eindruck geweckt hatte. Er hätte es tatsächlich lieber gesehen, wenn ich eine Gouvernante gewesen wäre, die den verwöhnten Kindern reicher Eltern für zwanzig Pfund im Jahr dumme Fragen gestellt hätte.

»Oh! Dann haben Sie unter – Straßenkindern gearbeitet?«

»Einige von ihnen waren sehr arm. Das Leben in der Marshall Street ist hart.« Von Philips Haltung verletzt, ging ich zu den Einzelheiten über. Ich vergaß den Duft von Rosen und frischgemähtem Gras und erinnerte mich statt dessen an den Ruß, den Gestank der Gosse; und dort, neben der rußverschmutzten

Sykamore, stand Mr. Hawthorne, mit braunem Bart, abgerissen und – absolut ehrenhaft. Der Gedanke erschreckte mich, legte er doch nahe, daß andere es nicht waren. Er erweckte in mir das Gefühl eines Verlustes, als wäre etwas Kostbares meiner Hand entglitten. Zum ersten Mal verstand ich die Bedeutung von Integrität. Und plötzlich, so unglaublich es erscheinen mag, erfaßte mich ein Gefühl von Heimweh nach der Marshall Street, trieb mir Tränen in die Augen. Meine Seele protestierte gegen das, was hier im Zimmer zu spüren war: Das Zurückschrecken vor ehrlicher Arbeit, um sich in einen Traum von Landleben zu flüchten – so konnte man nicht leben.

»Du hast das alles hinter dir gelassen, Florence«, erklärte Philip kühl. »Du kannst es vergessen. Es ist gewiß nicht nötig, jetzt in der Erinnerung zu schwelgen.«

Wie eilig er es hatte, mich von dort fortzuholen! Mit derselben schrecklichen Klarheit erkannte ich, daß es nicht die Sorge um mich war, die er liebte, sondern um sich selbst. Er hatte sich meiner Verbindungen geschämt. Hatte er deshalb auch keinen Hochzeitsempfang haben wollen? Weil er dabei mit meinen Freunden konfrontiert worden wäre, Leuten, die unter ihm standen?

Ich beugte mich über meine Schachtel, tat, als beschäftigte ich mich mit ihrem Inhalt. Noch vor einer Stunde hätte ich mich geschämt, aber jetzt spürte ich nichts als unterdrückten Zorn und Stolz. Ich war stolz auf meine Ausbildung, die in jenen Tagen noch selten war. Warum hatte Philip Miß Bede nicht erzählt, daß ich meine Examen mit Auszeichnung bestanden hatte? Das hätte sie gewiß beeindruckt. Hier, in dieser Schachtel, befand sich mein Zeugnis, hart erkämpft und heiß geliebt. Aber ich würde es nicht erwähnen. Bewußt sonderte ich mich von den beiden ab, raschelte mit den Papieren und unterdrückte die Tränen; und dann fiel mein Blick auf etwas Rotes. Meine Hand schloß sich um einen harten Gegenstand: Miß Wheatcrofts Geschenk.

›Fürchte nichts Böses‹ las ich, kümmerte mich nicht um die Verzierungen, die es umgaben. Es war keine bewußte Entscheidung, sondern ein Zeichen von Treue Miß Wheatcroft, der Marshall Street und allem, was damit zusammenhing, gegenüber, die mich aufstehen ließ. Ich trat zum Kamin.

»So!« Ich schob einen Porzellanblumenkorb beiseite, stellte

den gerahmten Text neben die Uhr und nahm lässig wieder Platz.

»Was, um alles in der Welt, ist denn das?«

»Ein Hochzeitsgeschenk von meiner Freundin Miß Wheatcroft. Sie hat es für unseren Kaminsims gedacht.«

»Tatsächlich?«

»Sie hat es selbst gemacht.«

»Das erklärt alles.«

Neben dem grellen Werk hörten die Besitztümer der St. Leonards auf zu existieren. Miß Wheatcrofts Geschenk war das einzig sichtbare – eine Erinnerung an meine niedrigen Verbindungen, ein Symbol des Trotzes.

»Ein Monstrum an Geschmacklosigkeit.« Bei Philips Ton verhärtete sich mein Entschluß, verschlechterte sich meine Laune. »Jetzt, wo wir es gesehen haben, steck es bitte wieder fort.«

»Guter Geschmack ist schön und gut, aber TREUE seinen Freunden gegenüber ist wichtiger«, erklärte ich. »Miß Wheatcroft hat stundenlang daran gearbeitet.«

In ihrem schäbigen Zimmer mit Ausblick auf den Kanal hatte sie an ihrem mit Leimtöpfen, Nadelkasten, Perlen und Pinseln übersäten Tisch gesessen, das Gesicht spitz vor Müdigkeit nach einem harten Tag in der Schule. Und doch war sie ganz in ihrer Schöpfung aufgegangen.

»Miß Wheatcroft ist aber nicht meine Freundin!«

Philips Ton schloß sie nicht nur aus dem favorisierten Kreis seiner Freunde aus, sondern schied sie von jeder Art respektabler Existenz. Es machte mich wütend.

»Genausowenig ist irgend etwas hier meines!« Ich starrte wütend auf Neptun und seine Nymphen. »Das ist das einzige im ganzen Zimmer, das wirklich mir gehört.«

»Dann wünschte ich wirklich, es könnte etwas sein, das ein zivilisierter Mensch sich auch ansehen kann«, gab Philip eisig zurück.

Man hätte erwarten können, daß Miß Bede sich bei diesem Wortwechsel nicht ganz wohl in ihrer Haut fühlte. Dumm, daß sie gerade diesen Moment wählen mußte, um aufzustehen.

»Ich muß jetzt wirklich gehen – wenn Sie mich bitte entschuldigen würden.«

Die Haltung, die Entschuldigung, der Ausdruck von Verlegenheit bestärkten Philips Bemerkung. Sie hatte mich verraten, wo es Dutzende von Möglichkeiten für sie gegeben hätte, mir zu Hilfe zu kommen. Doch als ich ihren Mund betrachtete, sah ich, daß er sich bedauernd verzogen hatte.

»Aber wir haben ja noch nicht einmal Tee getrunken«, jammerte ich.

»Unter diesen Umständen...«

Sie war fort. Wer weiß, wenn sie geblieben wäre, um uns zu helfen, unsere gute Laune wiederzufinden, oder wenn sie überhaupt nicht dagewesen wäre, um zu sehen, wie wir uns verhalten hatten, dann wäre die ganze absurde Angelegenheit vielleicht niemals über Necken und einen kleinen Streit hinausgegangen.

Doch so waren wir beide wütend, fühlten eine Bitterkeit in uns, die nicht von diesem kleinen Vorfall herrührte, sondern von der Erkenntnis, wie verschiedener Natur wir waren. Ein Abgrund öffnete sich zwischen uns. Die goldene Wolke war verschwunden. Ich sah Philip, wie er wirklich war. Seine billige Schule, so sagte ich mir, hat aus ihm zwar keinen gebildeten Mann gemacht, aber einen, der gern vorgibt, etwas Besseres zu sein.

»Du hast eine Szene gemacht«, meinte er nun zornig und voll Abscheu. »Was wird Miß Bede von dir denken? Du scheinst entschlossen zu sein, mir Schande zu machen. Nun komm, Florence, leg das entsetzliche Ding fort. Ich warne dich. Ich werde dieses Zimmer nicht wieder betreten, ehe du das nicht getan hast. Du kannst dann allein hier sitzen.«

Er ging in den Garten hinaus, ließ mich verstört und bekümmert zurück. Wieder spürte ich die Abgeschiedenheit einer Ehe, als wäre eine Tür zugefallen. Und diesmal spürte ich es als Bedrohung. So bald schon hatten wir gestritten! Sollten wir weiter zusammenleben, ohne Liebe, bis wir alt waren? Wie sollte man das ertragen?

»Fürchte kein Übel«, lehrte mich Miß Wheatcrofts Spruch vom Kaminsims. Müde betrachtete ich das Symbol meines zerstörten Glücks, nahm es aber nicht herunter. Nach einer Weile ging ich nach oben und nähte mit langen Stichen selbstgemachte Spitze auf mein blaues Kleid.

Anschließend schlenderte ich ruhelos bis zur Brücke hinunter. Der Abend war schwül. Niemand war zu sehen, bis Mr. Driggs Wagen erschien. Langsam fuhr er den Hügel hinab, als käme er vom Bahnhof. Diesmal war er nicht allein. Der Passagier im Wagen war eine junge Frau. Als sie vorüberfuhren, preßte sie ihr Gesicht gegen die Fensterscheibe. Sie sah so traurig aus, daß ich instinktiv winkte und lächelte, so, wie ich eine Freundin begrüßt haben würde. Sie zögerte, hob dann selbst in einer langsamen, unsicheren Bewegung die Hand. Ich war überzeugt, daß sie eine von Mr. Driggs Patientinnen sein mußte.

Sie bogen in seine Auffahrt ein und verschwanden unter den großen Eichen der Allee. Die frischen grünen Blätter stellten einen so großen Kontrast zu der kummervollen Art des Mädchens dar, daß ich ihren Ausdruck von Müdigkeit, der nach einer Reise ja ganz normal war, wohl überbewertete. Für mich hatte er etwas Flehendes, aber auch Hoffnungsloses an sich. Umrahmt von dem kleinen Fenster war sie mir als Abbild der Verzweiflung erschienen. Mir kam der schreckliche Gedanke, daß sie gegen ihren Willen hiersein könnte. Sie hatte fast so ausgesehen, als sollte sie in ein Gefängnis gebracht werden.

Es war mehr als Mitleid, das mich zu ihr hingezogen hatte: ein Gefühl, als ginge es mir wie ihr, als säße auch ich in einem Gefängnis.

8

»Oh, das ist aber hübsch.« Annie blieb auf der Schwelle stehen und schaute bewundernd zum Kaminsims hinüber.

»Mr. St. Leonard mag es nicht. Er findet es zu auffällig.«

»Das ist es schon. Deshalb gefällt es mir ja so. Man muß es einfach bemerken. Muß 'ne Menge Arbeit gemacht haben. Mutter hat mal 'n Nadelkissen in der Art gehabt. Aber nicht halb so schön.«

Ich war mehr als bereit zu einem kleinen Schwatz. Es war der Montagmorgen nach einem stummen, düsteren Sonntag. Annie hatte von der Stimmung nichts bemerkt. Sie schien sogar besonders glücklich. Als ich sie jetzt genauer ansah, spürte ich eine innere Befriedigung, die von ihr ausging. Eine Stunde später sah ich sie den Gartenweg hinuntertrotten und im Obstgarten verschwinden. Erst als ich sie ein paar Minuten später zurückkommen sah, schien ich mich zu erinnern, daß sie auf dem Hinweg etwas getragen hatte. Ein Tablett? Aber jetzt waren ihre Hände leer, und sie sang vor sich hin, mit zufriedenem Gesicht. Ich beneidete sie.

So war es um so bestürzender, als ich am selben Abend in die Küche kam und sie mit der Schürze über dem Kopf schluchzend vorfand.

»Annie! Was ist denn geschehen?«

Zuerst konnte ich mir aus ihren gemurmelten Erklärungen keinen Reim machen; bloß, daß der Herr wütend war, und sie hatte es doch nicht böse gemeint. Philip und ich hatten in frostigem Schweigen unser Abendessen zu uns genommen. Wortlos hatte er den Tisch verlassen und war in den Garten hinausgegangen. Jetzt sah ich ihn durch die offene Tür durch den Obstgarten kommen. Mein Zorn, meine Prinzipien, meine Selbstachtung, all das schützte mich nicht gegen meine Neugier.

»Was ist mit Annie los, Philip?«

Ich bin sicher, er war außerordentlich erleichtert, mich sprechen zu hören. Seine Hochmütigkeit schmolz dahin. Ich sah, wie sich sein Blick veränderte, und augenblicklich liebte ich ihn wieder. Das Lächeln, auf das ich wartete, kam zwar nicht, aber schon wurden seine Mundwinkel weicher. In einer Minute würde er mich küssen und mir verzeihen; aber zuerst wandte er sich ab, wich der Versöhnung aus.

»Annie ist sehr dumm gewesen. Wußtest du nichts davon?« Als er sah, wie verblüfft ich war, fuhr er fort: »Ganz zufällig habe ich es eben herausgefunden. Ich habe ihn fortgeschickt, ist ja klar.«

»Wen?«

»Ob du es glaubst oder nicht, sie hatte da drüben im Blumenhaus einen Knaben versteckt.«

»Annie? Einen Geliebten?«

»Nein, nein, dafür war der noch zu jung. Ein grober Kerl. Sie hat ihn doch tatsächlich gefüttert, stell dir vor! Ich weiß nicht, wie lange schon. Kannst du dir etwas Dümmeres vorstellen? Ihr zwei seid den ganzen Tag über allein hier. Das ist ja genau das, was mir immer am meisten Sorge macht. Wir können von Glück sagen, daß er uns nicht ausgeraubt hat oder noch Schlimmeres.«

Es war bestimmt unklug gewesen. Unglaublich!

»Auf jeden Fall habe ich ihn verprügelt und ihm gedroht, ihn der Polizei zu übergeben, wenn er sich hier noch einmal blicken läßt.«

»O Philip!«

In meinem Aufschrei lagen eine ganze Reihe von Gefühlen: Dankbarkeit für seinen Schutz und seine Fürsorge; Mitleid mit dem Landstreicher; Reue; Erstaunen über Annies Mangel an Urteilsvermögen; aber vor allem Freude darüber, wieder eins mit ihm zu sein. Ich hastete ins Wohnzimmer, packte Miß Wheatcrofts Geschenk und versteckte es unter einem Kissen. Dann führte ich ihn schüchtern herein, drückte ihn in seinen Sessel und küßte ihn auf die Stirn. Erst nachdem wir mehrmals die ganze Angelegenheit durchgesprochen hatten, schlich ich mich zu Annie in die Küche.

Sie saß am Küchentisch, grübelte kummervoll über die Möglichkeit nach, ihre Stellung zu verlieren. Ich beruhigte sie. Von ihrer Seite aus gesehen erschien die ganze Sache weit weniger gefährlich. Er war noch ein Junge gewesen, halb verhungert und ohne Heimat, aber weder ein Landstreicher noch ein Bettler. Man merkte ihm an, daß er herumgestoßen worden war, und jetzt – bei dem Gedanken, daß er erneut verprügelt worden war, fing Annie wieder an zu weinen. Vor drei Tagen hatte sie ihn gefunden. Er hatte zwischen den Blumentöpfen geschlafen, neben den Kartoffelsäcken.

»Man mußte dem armen Kerl einfach helfen, ihn bemuttern«, schluchzte sie. Sie hatte ihn gefüttert und ihm die alte, grüne Weste gegeben, die der Herr nicht mehr tragen wollte. »Er hatte nichts an den Füßen.« Sie hob eine halbfertige Socke hoch, mit den Nadeln, legte die Arbeit dann wieder hin. »Ich habe seinen Namen einfach nicht aus ihm rausgebracht. Er war fortgelaufen, das merkte man. Also hab' ich ihn Sam genannt, nach meinem eigenen Bruder. Er war so hilfsbereit, und ich hab' ihn das Holz hacken lassen, während Sie mit Miß Bede aus waren. Ich hab' mir nichts dabei gedacht, mich ein bißchen um ihn zu kümmern. Aber ich hab' nichts gesagt, weil der Herr doch so komisch ist, wo es um Landstreicher und Diebe geht.«

Der Junge hatte nicht viel gesagt, aber sie hatte gespürt, daß er ein anständiger Kerl war, oder wenigstens nicht schlecht, wenn man ihm nur eine Chance gab. Sie hatte ihren Schützling verloren, so ungeeignet er auch gewesen sein mochte, und lange Zeit war sie sehr bedrückt.

Für mich hatte die ganze Sache eine glücklichere Bedeutung, beendete sie doch meinen Streit mit Philip. Aber der Frieden wäre wohl auch so bald wiederhergestellt gewesen. Dennoch bedauerte ich ebenso wie Annie die Tracht Prügel, die der Junge erhalten hatte. Der Schuppen, ein steinernes Gebäude am Ende des Obstgartens, bildete einen guten Schutz für jeden heimatlosen Vagabunden. Am nächsten Morgen ging ich hinüber und stieß die Tür auf. Hier, zwischen Säcken und Spinnweben, war es warm und nicht ungemütlich. Ich stand im Sonnenschein neben dem Fenster und starrte auf eine Reihe von Blumentöpfen, fuhr zusammen, als ich in einem Sandhaufen den Abdruck eines nackten Fußes sah. Eines schlanken, jungen Fußes – und ich wünschte, daß Philip gnädiger gewesen wäre.

Meine Laune, die träumerische Zärtlichkeit, die ich dem Kind einer anderen gegenüber entwickelte, entsprang vielleicht einem Instinkt, der mich selbst betraf. Denn kurz darauf trat ein Wechsel in meinem Leben ein, verdrängte alles andere. Florence St. Leonard, die Braut, folgte Florence Lincoln, der Jungfer, in die Vergangenheit. Ein drittes Wesen tauchte auf: Eines, das noch mehr respektiert zu werden hatte, das auf unerklärliche Weise realer war, auserwählt und gesegnet. Als ich Philip die Neuigkeit mitteilte, gab es für ihn keinen Zweifel, wozu ich erwählt worden war: zur Mutter einer langen Linie von St. Leonards.

»Es wird hier in Honeywick immer St. Leonards geben«, sagte er mehr als einmal, in bereits jetzt patriarchalischer Art. Und zufällig sagte er es, oder etwas Ähnliches, auch gerade in dem Augenblick, als Annie Miß Bede ankündigte. Es war unwahrscheinlich, daß sie Philips begeisterte Art nicht bemerken sollte, selbst wenn sie seine Rede nicht vernommen hatte. Ein Flüstern, ein Nicken, ein Austausch von Lächeln machte die Lage klar. Zumindest glaubte ich, Miß Bede hätte gelächelt. Sie hatte noch keine Zeit gehabt, ihren Schleier zurückzuschlagen. Tatsächlich entschied sie sich an jenem Tage aus irgendeinem Grunde sogar dafür, den Schleier nicht zu lüften, so daß ich ihr Gesicht nicht sehen konnte. Ihre Reaktion auf unser Glück bestand in wenigen, ruhigen Worten. Sie war überhaupt ungewöhnlich schweigsam. Nicht, daß ich ausgesprochen interessiert an Miß Bedes Reaktionen gewesen wäre. Arme Frau!

Ihr verschleierter Kopf drehte sich hierhin und dahin, während sie von Philip zu mir und von mir zu Philip schaute. Das ist noch so eine Erinnerung an sie, wie die in Hut und Handschuhen, immer kurz davor zu gehen: Miß Bede, die uns still beobachtete, erst den einen, dann die andere, woraus sich die Notwendigkeit ergab, den Kopf von einer Seite zur anderen zu drehen, denn sie saß oder stand immer zwischen uns. Ich erinnere mich an das Gefühl, meinen Hals verrenken zu müssen oder die Stimme zu erheben, um mit Philip über die Barriere in Gestalt Miß Bedes sprechen zu können. Es war wie in einem Traum, in dem man mit dem Bettzeug kämpft und schweißgebadet aufwacht.

Wie gewöhnlich verstummte ich allmählich, während sie sprachen. Da ich eine geraume Weile so verharrte, ist es gut möglich, daß meine Sicht der späteren Ereignisse nicht genau ist, nicht zutreffend. Tatsächlich ist das der Kern meiner Geschichte: das Problem, zu unterscheiden, was wahr war und was wahr schien.

Worte, Satzteile drangen an mein Ohr, interessierten mich aber nicht. »Das ist äußerst freundlich von Ihnen ... Pflege und Sorge ... ständige Gesellschaft ... während ich nicht daheim sein kann.«

»... jeden Tag einen Teil meiner Zeit opfern ... auch den größeren Teil des Tages, wenn es nötig sein würde ...«

Das war nur eine von vielen, ähnlichen Unterhaltungen. Ich kann mich nicht genau erinnern, wann sie ein neues Thema aufnahmen, oder wer von ihnen es anschnitt: Den ungeheuren Vorteil, den es bedeuten würde, auf der Stelle eine Art Fahrzeug zu erstehen. Wenn der Plan, wie ich vermute, von Miß Bede herrührte, griff Philip die Idee sofort auf. Die Kosten waren nicht mehr wichtig. Ein Fahrzeug wäre in jeder Hinsicht wünschenswert; und zufällig verstand Miß Bede auch etwas von Pferden und war daran gewöhnt zu kutschieren. Florence konnte man es schnell beibringen. Und Philip konnte immer zum Bahnhof gebracht werden.

»Es ist wirklich ein Glück«, meinte Philip, »daß wir uns mit Miß Bede angefreundet haben. Ich weiß wirklich nicht, was wir ohne sie tun sollten. Sie hat mir angeboten, mich beim Kauf des Pferdes zu beraten. Ich schreibe heute noch an Pursley in Kirk Heron. Er soll mir mitteilen, wenn er etwas Passendes hat.«

Er vertiefte sich in die Martlebury und Kirk Heron Zeitung und sprach von nichts anderem mehr als von Landauern, Victorias und Gigs.

»Für fünfzig Pfund«, er sah von der Anzeigenspalte in der Kirk Heron Gazette auf, »könnten wir einen leichten Einspänner kaufen, besonders geeignet für hügeliges Gelände.«

»Oh, für viel weniger! Hier werden Phaetons für nur achtzehn Guineen angeboten.«

»Unmöglich! Ich habe nicht die Absicht, ein Gefährt zu

kaufen, dessen wir uns schämen müßten. Ich wünschte, Pursley würde sich rühren.«

Ein paar Tage später kam ein Brief von Pursley, in dem dieser mitteilte, daß er am letzten Donnerstag im Monat seine monatliche Auktion von Pferden und Wagen abhalten würde. Der Verkauf sollte um halb zwölf beginnen. Mich interessierten die Einzelheiten nicht, da es Miß Bede war, die Philip begleiten würde. Sie wollte mit ihm zusammen die Pferde ansehen und dann zurückbleiben, um zu bieten, während er in die Bank ging. Miß Bede war wirklich sehr, sehr freundlich. Wir waren ihr zu großem Dank verpflichtet.

Ich schlief noch, als sie um sieben Uhr davonfuhren, und deckte bereits den Tisch zum Abendbrot, als mich das Geräusch von Rädern zur Tür trieb. Und da waren sie, triumphierend thronten sie hinter einem Apfelschimmel. Miß Bede hielt die Zügel. Philip saß an ihrer Seite. Er hatte nicht nur das Pferd gekauft, sondern auch die Kutsche. Bloß war es nicht die niedrige oder kleine Kutsche, an die ich gedacht hatte, sondern ein grellgelbes Gig.

»Was hältst du davon?« Philip sprang ab. »Wir haben den ganzen Tag gebraucht.«

»Du willst doch nicht sagen, daß du nicht zur Bank gegangen bist?«

»Es war einfach unmöglich. Oh, ich mache das schon mit dem alten Wetherby. Wir haben davon gehört, daß dieses Gig verkauft werden sollte. Miß Bede meinte, daß du darin mehr Luft bekommen würdest als in einem geschlossenen Wagen. Es ist doch genau das richtige, findest du nicht auch? Und das ist Hector.«

Von dem Moment an, als mein Blick auf Hector und den Wagen fiel, mochte ich alle beide nicht. Ich bin klein, nicht ganz Durchschnittsgröße, und das Gig erschien mir erschreckend hoch und leicht zwischen seinen beiden großen Rädern. Was Hector anging, so waren wir von Anfang an Feinde. Ich verstehe nichts von Pferden und hatte nicht sehr aufmerksam zugehört, als Philip von seinen guten Proportionen sprach, der breiten Brust, dem schlanken Nacken und den kräftigen, geraden Beinen. Mein Instinkt sagte mir, in sein Gesicht zu schauen. Es zog mich nicht an. Seine Augen erschienen mir zu klein, zeigten eine Menge Weiß. Eine deutliche Beule zwischen ihnen gab ihm ein übellauniges Aussehen. Ich trat von seinen unruhigen Hufen zurück.

»So geht es jedem zuerst.« Miß Bede hatte meine Nervosität offensichtlich gespürt. »Sie werden sich bald an ihn gewöhnen.«

»Ich muß schon sagen, Florence, Miß Bede hat einen Blick für Pferde. Sie hat ihn ausgesucht, und er war tatsächlich noch billiger als der, den Pursley mir aufdrängen wollte. Das war ein Tier, mit dem ein Großvater hätte fahren können.«

»Ich werde es nie wagen, in seine Nähe zu gehen, Philip, und noch viel weniger, ihn anzuschirren und zu fahren.«

»Das ist vorläufig auch nicht nötig. Miß Bede hat sich freundlicherweise erboten, sich vorläufig um ihn zu kümmern.«

Ich schien mich ständig bei Miß Bede bedanken zu müssen. Auch jetzt dankte ich ihr wieder. Sie lehnte eine Einladung zum Abendessen ab, und die beiden fuhren nach Ivy Cottage hinüber. Nachdem Philip Hector selbst kutschieren mußte, auf dem Rückweg, wirkte er ein wenig bedrückt. Er blieb lange Zeit im Stall. Wir hielten sein Essen warm.

»Das Tier hat Temperament.« Schweigend aß er sein Abendbrot und stand dann geistesabwesend auf, ohne auf den Nachtisch zu warten. »Ich glaube, wir müssen uns einen Stallknecht suchen. Du kommst anfangs vielleicht nicht damit zurecht. Er ist nicht wirklich schwierig...«

»Aber die Kosten?«

»Sprich nicht immer über das Geld. Geld ist nicht alles.«

Miß Bede hatte dasselbe gesagt. Es half zwar nichts, aber es war wahr. Ich hörte also auf, von Geld zu sprechen, und gab mich meinen geheimen Träumen hin; aber ich zog mich nicht so weit zurück, daß ich nicht erkannte, daß Hector und das Gig ein kleines Vermögen gekostet haben mußten. Philip machte sich sofort auf die Suche nach einem Knecht. Es war nicht einfach. Alle Knaben passenden Alters arbeiteten auf dem Land, und unser Knecht hatte zwar keine schweren Aufgaben zu erledigen, mußte aber immer greifbar sein.

In der Zwischenzeit waren wir auf Miß Bedes Freundlichkeit angewiesen. Philip ging weiterhin jeden Morgen zu Fuß zum Bahnhof, aber Miß Bede schirrte Hector an und fuhr mich abends hin, um ihn abzuholen. Unsere Dankbarkeit wuchs. Es war Philips Idee, daß wir uns mit einem kleinen Geschenk erkenntlich zeigen müßten.

»Nur ein kleines Zeichen unserer Wertschätzung«, meinte er.

Es erwies sich als unerwartet schwierig, dieses kleine Zeichen zu finden. Während Philip eifrig in den Geschäften in Martlebury suchte, vermutete ich, daß er häufiger denn je unpünktlich in der Bank erschien. Aber ich wagte es nicht, mich einzumischen. Es war eine Erleichterung, als er endlich eine Brosche heimbrachte, die einen römischen Tempel darstellte. Sie war dezent genug für Miß Bedes Geschmack und so offensichtlich teuer, daß ich mich hütete, nach dem Preis zu fragen.

Annie fragte nicht mehr, ob Miß Bede zum Abendessen bleiben würde. Und Philip bestand darauf, daß alles vom Besten sein mußte, wenn sie bei uns war. Mein sorgfältig geführtes Haushaltsbuch wies ständig steigende Summen für Fleisch, Wein und Sahne auf. Sie kam früher und ging später. Ich vermutete, daß Philip sie gebeten hatte, ein Auge auf mich zu haben. Tatsächlich sagte er es mir sogar.

»Du bist manchmal so impulsiv. Ich bin froh, daß Miß Bede bei dir sein kann, während ich in der Stadt bin. Sie wird dich davon abhalten, etwas zu überstürzen.«

Ich weiß nicht, wie er zu der Ansicht gekommen war, ich wäre eine unfähige Kreatur, die dazu neigte, Dummheiten zu machen; aber nachdem er diesen Gedanken erst einmal gefaßt hatte, blieb er haften und hätte mich verärgert, wenn ich nicht gerade besonders friedfertig gewesen wäre.

Manchmal, wenn ich aus meiner Traumwelt zurückkehrte, war ich bedrückt. Die herrliche Einsamkeit meiner ersten Tage in Honeywick war dahin. In den kurzen Augenblicken von Miß Bedes Abwesenheit wanderte ich von einem Zimmer ins andere, genoß die Stille und dachte an mein Baby, verlor mich in einem stillen Traum, in dem Philip – seltsam, unter diesen Umständen – keinen Platz hatte. Und Miß Bede schloß ich entschieden aus.

Unser Schlafzimmer hatte einen vorspringenden Erker mit Blick über den Garten. Es war ein hübsches Zimmer mit freundlichen Tapeten. Ich liebte es, hier zu sitzen und zu stricken oder zu häkeln, oder aber an meiner Hauptarbeit zu sitzen, einem Babyumhang aus Musselin. Ich war nicht ganz allein. Häufig war da jemand bei mir. Die Ankunft von Miß Bede hatte sie für eine Weile verdrängt, doch jetzt kehrte sie zurück, stellte keine Anforderungen, war einfach da, zwischen all den Dingen, die ihr gehört hatten.

›Ich werde mein Baby Adelaide nennen‹, beschloß ich. Ich sehnte mich nach einer Tochter.

Ich schien von diesen Worten aufzuwachen, lag eine Weile

ganz still auf dem Sofa, vollkommen entspannt in Geist und Körper. Doch die Sonne stand bereits hoch am Himmel. Ich mußte aufstehen. Es wurde Zeit für die Nachmittagsausfahrt. Diesmal sollte sie ein wenig länger dauern als für gewöhnlich. Miß Bede wollte unbedingt die Umgebung erkunden. Wir hatten schon oft darüber gesprochen, nach Holleron Edge zu fahren, von wo aus die Aussicht herrlich sein sollte, vor allem, wenn die Heide in voller Blüte stand, wie es jetzt der Fall war. Und Miß Bede hatte soviel für mich getan. Ich durfte sie nicht enttäuschen. Zögernd erhob ich mich und wusch mir das Gesicht.

Annie wartete schon in der Halle.

»Sie werden den brauchen.« Damit legte sie mir einen Schal um die Schultern. »Hier unten ist es ja noch recht warm, aber am anderen Ende des Tales sieht das ganz anders aus. Ich weiß nicht, warum Sie nicht lieber hübsch gemütlich im Garten sitzen, anstatt so herumzuziehen, noch dazu in diese gottverlassene Gegend.«

Ich band einen Schal um meinen Hut und erinnerte sie daran, daß Hector Auslauf brauchte.

»Dieses Untier! Sie ist jetzt bei ihm.« Annie machte eine Kopfbewegung zum Stall hinüber. »Seien Sie bloß vorsichtig, Ma'am. Denken Sie an Ihren Zustand. Sie sehen ein bißchen mitgenommen aus.«

Sie begleitete mich zum Hof, wo Miß Bede schon im Fahrersitz auf mich wartete. Sie bestand darauf, mir auf meinen Platz zu helfen, obwohl ich noch genauso gelenkig war wie eh und je. Bloß die Stufe war wirklich hoch! Annie schien endlos weit unter mir zu sein, das Gesicht nach oben gekehrt, besorgt.

»Das Wetter ist nicht so besonders. Ich würde nicht zu weit fahren, Ma'am.« Sie breitete die Decke über meine Knie. »Soll ich Sie in einer Stunde zurückerwarten?«

»Es wird länger dauern, Annie.« Miß Bede zog an den Zügeln. »Ich möchte gern zum Edge hinauffahren, wenn möglich.«

»Das ist ein grausiger Platz. Es gibt dort nichts als ein oder zwei baufällige Hütten und ein paar schreckliche Kurven. Wenn es ein hübsches, kleines Wägelchen wäre, wie das von Mr. Drigg...« Ihre Stimme verklang, als wir über die Steine davonratterten.

Nach den ersten Wochen war meine Gesundheit hervorragend, aber diese Ausfahrten waren eine Quälerei für mich. Das Schwingen des Gigs verursachte mir Übelkeit und Rückenschmerzen. Ich hatte Miß Bede gegenüber schon angedeutet, daß dies heute unsere letzte, längere Ausfahrt sein würde. »Dann müssen wir zur Edge hinauffahren«, hatte sie bestimmt. Die Straße war mir neu. Zum Glück war sie eben und in gutem Zustand. Ich versuchte, mein Unwohlsein zu vergessen und die frische Luft zu genießen. Miß Bede und ich unterhielten uns jetzt, wo wir soviel Zeit miteinander verbrachten, nur noch sehr viel weniger. Ich gab mir Mühe, machte sie auf die Hütten aufmerksam, die hier und da standen, aber sie schien nicht reden zu wollen. Niemand war zu sehen, bis wir an einer Kreuzung auf einen Karren stießen, der am Straßenrand stand; ein dunkelhäutiger Mann mit einem roten Tuch um den Hals; eine blonde Frau in braunem Umhang; ein klapperdürres Pferd.

»Zigeuner«, meinte Miß Bede nur und trieb Hector zu schnellerem Tempo an.

Aber ich wußte es besser.

»Das sind die Badgetts. Bitte, halten Sie.«

Nancy kam näher, um mit mir zu sprechen.

»Ich freue mich ja so, Sie zu sehen, Mrs. St. Leonard. Es ging mir gegen den Strich, fortzufahren, ohne Ihnen auf Wiedersehen zu sagen, aber wir hatten wirklich keine Zeit.« Sie senkte die Stimme. Nachdem er sich umgeschaut hatte, war Laban wieder darangegangen, den Karren anders zu beladen. Kleiderbündel, Werkzeuge, Kochutensilien und Holzwaren häuften sich darauf. »Wir haben die ganze Nacht über alles vorbereitet.«

»Gab es – ein Zeichen?« Auch ich flüsterte jetzt.

Sie nickte. »Gestern abend kam er herein. Morgen ist es soweit, Nancy. Wenn wir losziehen wollen, dann müssen wir es morgen tun.«

»Aber woher wußte er das? Was hat er gesehen?«

»Edwin«, hauchte sie. »Unseren eigenen Edwin.«

»Laban hat ihn gesehen?«

»Ja, im Holleron Moor ging er davon. ›Er ist das Tal hinaufgegangen, Nancy, um uns den Weg zu zeigen‹, hat Laban gesagt.«

»O Nancy, wie merkwürdig!«

»Ich kann das auch nicht verstehen. Er kam mit leuchtendem Gesicht herein. ›Wir müssen uns fertig machen‹, hat er gesagt, ›und dem Jungen folgen.‹«

Sie rief Laban. Er kam sofort und stand barhäuptig neben uns, um sich zu verabschieden. Es war wunderbar, die Veränderung in ihm zu sehen. Seine Bewegungen waren geschmeidig, sein Gesicht wach.

»Ich möchte Ihr erster Kunde sein«, sagte ich. »Bitte. Als Glücksbringer.«

Er brachte ein Tablett mit kleinen Haushaltsartikeln, und ich kaufte einen langen Holzlöffel, glatt und schlank. Wir schüttelten uns die Hände. Aber ehe wir weiterfuhren, als Nancy und ich noch die letzten Worte wechselten, trat Laban zurück und warf einen langen, kritischen Blick auf Hector: nicht den Blick eines Hellsehers, sondern den eines Mannes, hinter dem Generationen von Pferdehändlern stehen. Er schien nicht beeindruckt von der breiten Brust und all den anderen Zügen, die Philip und Miß Bede so hoch erfreut hatten. Sein Ausdruck spiegelte nicht gerade Bewunderung wider. Ich sah, wie er tief Luft holte, als wollte er etwas sagen, wenn nicht explodieren. Auch Nancy sah es und stieß ihn an. Er schluckte, was immer er hatte sagen wollen, hinunter.

»Seien Sie vorsichtig«, murmelte er statt dessen.

Miß Bede hatte geduldig gewartet, ohne sich an der Unterhaltung zu beteiligen. Als wir davonfuhren entschuldigte ich mich, weil ich mit Nancy geflüstert hatte. »Wir wollten nicht, daß Laban uns hört.« Ich erzählte ihr von dem geheimnisvollen Zeichen. »Glauben Sie, daß es tatsächlich Edwin war, den er gesehen hat? Oder meinen Sie, daß es ein lebhafter Traum, eine Vision gewesen sein könnte?«

»Es könnte einfach eine Menge Unsinn gewesen sein.«

Miß Bedes Antwort kam scharf. Ich fragte mich, ob sie Labans kritischen Blick auf Hector bemerkt haben könnte. Schließlich hatte sie ihn ausgesucht und Philip überredet, ihn zu kaufen, entgegen Pursleys Rat.

Da sie nicht gerade bester Laune war, erging ich mich nicht weiter in Labans geheimnisvollen Kräften, sondern sagte bloß: »Irgend etwas hat ihm jedenfalls das Gefühl gegeben, daß heute ein besonderer Tag ist. Ich frage mich, ob es nur für sie ein besonderer Tag ist oder auch für andere Leute. Er hat eine Art zweites Gesicht, glaube ich. Aber ehrlich gesagt, ich möchte das eigentlich nicht haben. Es ist besser, wenn man nicht weiß, was vor einem liegt.«

Miß Bede war schweigsam. Sie starrte die lange, weiße Straße entlang, hielt die Zügel locker in der linken Hand. Zwischen ihrem Handschuh und der Manschette blitzte ein Stückchen Handgelenk: nackt und erstaunlich dick für eine Frau ihrer

Gestalt. Ich hatte sie für schlank gehalten: Ihr Gesicht war nahezu hager; aber jetzt, als ihre Schulter meine berührte, spürte ich die Kraft in ihrem Oberarm. Sie war eine starke Frau.

Die Landschaft wurde wilder. Die Hügel kamen näher, wurden schärfer, die leuchtende Heide wich an wenige, geschützte Stellen zwischen den Felsbrocken zurück. Wir hatten die kleinen Farmen und Hütten hinter uns gelassen. Die Sonne stand schon weit im Westen. Der Hügel links von uns lag bereits in tiefem Schatten. Es war auf den ersten Blick nicht leicht, die halbzerstörten Gebäude eines alten Stollens von den rauhen Vorsprüngen der Felsen zu unterscheiden.

»Sie sollten einmal die Zügel nehmen, Florence«, sagte Miß Bede, als wir uns einer grauen Felsenspitze näherten, die fünfzig Meter voraus in die Straße hineinragte. Ich schrak zusammen, wandte meine Aufmerksamkeit von dem Felsen Miß Bede zu. »Sie werden nie sicherer werden, wenn Sie nicht üben. Solange ich hier bin, brauchen Sie ja keine Angst zu haben.«

Sie fuhr an dem Vorsprung vorbei und hielt an. Wir tauschten die Plätze, ich nur zögernd. Obwohl er bei Miß Bede immer sanft wie ein Lamm war, schien Hector mich nicht zu mögen. Ich hatte es mir zur Gewohnheit gemacht, seine Ohren zu beobachten. In dem Augenblick, als er erkannte, daß ich es war, die vorsichtig an seinen Zügeln zog, zuckten sie rätselhaft. Ich fühlte ihn schaudern, mein Puls raste.

»Miß Bede würde dich nie eine Dummheit machen lassen«, hatte Philip mehr als einmal gesagt. Wie waren die beiden nur zu dem Schluß gekommen, daß ich – vor allem in Verbindung mit Hector – dazu neigte, eine Dummheit zu machen? »Wir neigen alle dazu«, hatte Miß Bede mit der Art von Humor gesagt, die ihre Augen so überhaupt nicht veränderte, »auf die eine oder andere Art eine Dummheit zu machen.«

Sie sprach jetzt beruhigend auf Hector ein, legte die Hand auf die Zügel, und er ging anstandslos weiter. Ich wurde weniger nervös und fing schon wieder an zu träumen, als das Geräusch von rauschendem Wasser mich herausriß. Wir kamen an eine Steinbrücke und damit an eine Gabelung. Der breitere Weg führte weiter ins Tal.

Wieder wortlos legte Miß Bede ihre Hand über meine und führte Hector zu der linken, schmaleren Straße hinüber. Eine Minute später waren wir am Fuß von Holleron Edge. Ein weißer Pfad – mehr war es wirklich nicht! – wand sich schlangengleich empor, bis in den Himmel hinauf, so erschien es mir, der jetzt tief hing, eine sonnenlose, graue Scheibe. Davor erhob sich die rauhe Linie der Edge. Ich legte den Kopf in den Nacken, um sie besser sehen zu können.

»Sie wollen doch nicht etwa da hinauf?«
»Es ist nicht so steil, wie es aussieht. Ich werde ihn führen. Nein, nein, bleiben Sie einfach still sitzen. Von ganz oben wird die Aussicht herrlich sein.«
»Waren Sie schon dort?«

Sie murmelte etwas über die Schulter, daß sie schon einmal zu Fuß hier gewesen sei. Ich stemmte mich mit den Füßen fest gegen den Boden und verlegte mein Gewicht, so gut es ging, nach vorn. Einmal glitt Hector auf den Steinen aus. Einmal schaute ich mich um, sah den Weg hinter mir steil abfallen und wandte mich schnell wieder um, um zwischen Hectors Ohren hindurch nach vorne zu sehen. Allmählich überkam mich ein Gefühl von Einsamkeit. Ich hatte das Gefühl, von allem fortgerissen zu werden, was ich kannte und verstand. Warum hatten wir nur diesen gottverlassenen Weg gewählt?

»Miß Bede.« Die Worte waren leise, gingen im Knarren der Räder auf den Steinen unter. Sie hatte mich nicht gehört. Sie hatte mich vergessen, hätte ebensogut allein sein können. Die Art, wie sie ihre eckigen Schultern nach vorne stemmte, den Kopf nicht links, nicht rechts wandte, erinnerte mich an jenen ersten Tag, als sie an unserem Haus vorübergegangen war, ohne es eines Blickes zu würdigen: eine gleichgültige Fremde. Wie hätte ich damals ahnen können, daß wir in so kurzer Zeit schon ständige Begleiterinnen werden würden? Nicht direkt Freundinnen, nein, irgendwie war ich ihr in die Hände gefallen. Seltsame Art, das so auszudrücken, wo sie doch immer so freundlich war! Aber ich paßte mich ihr ständig an, und sie war es, die alles anführte, so, wie sie mich jetzt durch dieses Tal führte, in das schon die ersten Schatten des Abends fielen.

Eine nach Heide duftende Brise vom Moor blies mir die Enden meines Schals ins Gesicht. Als ich sie endlich fortgeschoben hatte, bogen wir um eine weitere Kurve. Plötzlich hatte sich die ganze Aussicht geändert.

»Das ist ja wundervoll!« rief ich und erwachte zu neuem Leben. Der Pfad endete zwischen breiten Grasflächen. Miß Bede führte Hector in weitem Kreis, bis wir vor dem Weg standen, auf dem wir gekommen waren. Ich konnte meilenweit sehen: gegenüber die Mine; im Norden Steinmauern, Schafherden; im Süden Gehöfte, Vieh und Bäume. Von weit unten klangen Hammerschläge zu uns herauf, als ein Mann einen Pfosten hämmerte.

»Das hat sich wirklich gelohnt, Miß Bede. Es ist herrlich!«

Sie hielt die Peitsche unter dem Arm und war mit dem Geschirr beschäftigt, verstellte wohl den Sattelgurt. Dann trat sie zum Kopf des Pferdes, schien mit den Zügeln beschäftigt. Wieder flog mir mein Schal vors Gesicht, blendete mich. Ich zog ihn beiseite, hielt die Enden nun fest, als ich plötzlich eine Entdeckung machte. Zu meiner Überraschung stellte ich fest, daß wir nicht allein waren. Ganz still saß da im Unterholz ein Junge und beobachtete uns. Sein Schweigen, das ruhige Verharren, dazu die schäbigen Farben seiner Kleider ließen ihn mit seiner Umgebung verschmelzen. Ganz offensichtlich hatte Miß Bede ihn noch nicht gesehen, während ich...

Ich sprang auf, aber steif, weil ich so lange gesessen hatte. Die Decke glitt von meinem Schoß. Der Wagen schwankte. Ich suchte Halt. Zum Sprechen war keine Zeit mehr. Ich sehe mich noch selbst in diesem schicksalhaften Augenblick, wie ich hoch über dem Boden auf der Hügelkuppe hoch über dem Tal stehe, mich noch höher recke.

Dann – ich konnte später nie sagen, wie es geschehen ist, in welcher Reihenfolge, meine ich – das plötzliche Flügelschlagen eines Moorhuhns, das aus der Heide aufstieg; der dunkle, diagonale Flug; der warnende Schrei ›Zurück! Zurück!‹; das laute Knallen, wie ein Gewehrschuß. Miß Bede trat hastig zurück, ihr Gesicht war weiß wie die Wand, als das Pferd wieherte und sich aufbäumte.

›Der will mich umbringen‹, dachte ich noch – und dann, schmerzerfüllt – ›und mein Baby.‹

Ich hatte noch gerade genug Geistesgegenwart, um an den Zügeln zu zerren, mit all meiner Kraft, als er auf den Abgrund zuraste. Doch plötzlich hielt ich sie in meinen Händen. Ich fiel zurück; sah ein Stück Wolke; knorrigen Ginster, der über den Abgrund ragte. Die Erde stürzte unter mir davon, erhob sich dann zu dem fallenden Himmel, so heftig, daß ich es in jedem Nerv, jedem Muskel spürte, in jedem Knochen. Das Entsetzen kam so plötzlich, war so gründlich und irgendwie vertraut, daß ich das Gefühl hatte, auserwählt worden zu sein, als einzige getroffen zu werden, der grausamen Hügelwand ausgeliefert wie eine Opfergabe.

9

Dann, nach diesem Ereignis, das die Welt veränderte, kamen andere Menschen. Ich bewegte mich in sonderbarer Gesellschaft. Jenseits der Grenze aus Schmerz und Fieber befanden sich Gesichter, die auf mich herabstarrten. Die Besitzer dieser Gesichter sprachen, wollten mir aber nicht zuhören. Und dabei gab es soviel zu erklären. Die große Last, die irgendwo dicht hinter meinem Kopf drückte und mich bedrohte wie ein überhängender Felsen, war kein Felsen, sondern die Verpflichtung, zu erklären. Manchmal war es Miß Wheatcroft, die nicht zuhören wollte, wenn ich ihr von dem Tal und dem Schatten erzählen wollte, sie überzeugen wollte, daß ich alles genau wußte; und dann wieder war es Tante Adelaide, die neben mir einherschwebte; ihre Glieder brannten wie meine, ihr Körper war verwundet und schmerzte, Schweiß lag auf ihrer Stirn. Wie ich auch schauderte sie, eiskalt und glühendheiß, denn auch sie war gestürzt. Getrennt voneinander und doch in schmerzhafter Eintracht waren wir beide gestürzt. Doch der Verlust des Lebens konnte nicht geteilt werden. Schuld und Versagen lagen bei mir. Nicht ich war auf diesen Opfersteinen verschieden, sondern mein Baby. Wenn sie mich doch nur erklären lassen würden, vielleicht hätte sich die Last meiner Schuld dann ein wenig gehoben. Hätte ich mich erleichtert gefühlt.

»Ich muß ihnen erzählen, wie es passiert ist, Annie.« Erleichtert hatte ich sie erkannt und bemühte mich, mich aufzusetzen.

»Liegen Sie still, Liebe.« Sie wusch mir das Gesicht. »Und sprechen Sie nicht. Es gibt keinen Grund, irgend jemandem irgend etwas zu erzählen.«

Und tatsächlich sank ich zurück in Schwäche und Verzweiflung. Ich konnte meine Geschichte nicht erzählen; konnte nicht erklären, wie oder in welcher Reihenfolge alles geschehen war. Verwirrung quälte mich. Der Vogel; der laute Knall; das sich aufbäumende Pferd; und da war noch etwas anderes gewesen. Der Nebel lichtete sich ein wenig, vor hohem Unterholz und Farn enthüllte er ein weiteres Gesicht.

»Es war eine solche Überraschung.« Ich befeuchtete meine Lippen: Es war schwer, zu sprechen. »Ihn dort zu sehen.«

Wer war es, den ich dort gesehen hatte? Geheimnisvoll gestreift vom Schatten der grünen Blätter?

Annies Gesicht schwoll an, wurde länger, und dann verlor ich sie wieder, verlor sie für lange Zeit; ich war dazu verurteilt, immer weiter zu fallen und zu versuchen, ausgerechnet fremden Menschen zu erklären, wie alles geschehen war.

Nicht aber Philip. Ich war verloren, und doch spürte ich seine Abwesenheit. Selbst als ich zu mir kam und ihn neben dem Bett sitzen sah, wußte ich doch, daß er nicht wirklich bei mir war.

»Nun, Florence?« Er versuchte, seiner Stimme einen freundlichen Klang zu verleihen. »Es geht dir schon besser, nicht wahr?« Und ich wußte, es hatte keinen Sinn, ihm zu sagen, wie leid es mir tat, wie schuldig ich mich fühlte, wie ich mich nach unserem Baby gesehnt hatte und wie ich es von Anbeginn an geliebt hatte; daß es mein einziger Gedanke gewesen war. Er war schon wieder fort.

Doch endlich kam der Tag, an dem ich erwachte und die Blumen auf der Tapete wieder deutlich erkennen konnte, dann jenseits des Fensters eine sanfte Bewegung, zu langsam für einen Vogel, dann noch eine: Die Blätter fielen herab. Das Fieber war vergangen; Schmerzen hatte ich nur, wenn ich mich bewegte.

»Annie!«

Sie war augenblicklich zur Stelle. Hatte sie mich je verlassen?

»Gott sei Dank!« Sie bückte sich und küßte mich auf die Stirn. »Das ist wieder Ihr altes Lächeln.«

Sie wandte sich ab und betupfte ihre Augen. Dann brachte sie mir eine Tasse Brühe.

»Sie werden jetzt, wo das Fieber fort ist, schnell gesund werden. Wir dachten schon, das würde nie aufhören. Jeden Abend war es dieselbe Geschichte. Sie wanderten in weite Fernen. Der Doktor möchte, daß Sie so bald wie möglich wieder aufstehen.«

»Philip?«

»Der kommt schon.«

Doch es verging noch viel Zeit, bis er endlich heimkehrte.

»Das sind ja wundervolle Neuigkeiten, Florence.« Ich versuchte, seine Hand zu nehmen, und er ergriff meine. Aber nicht sofort, nicht herzlich. »Pst! Sag nichts.« Ich hörte ihn zu Annie sagen: »Lassen Sie sie nicht reden.«

»Sie ist wieder ganz sie selbst. Gott sei Dank«, seufzte Annie. »Sie ist bei Verstand. Da hat es keinen Schaden gegeben.«

Lange Zeit verging, ehe ich in Einzelheiten erfuhr, was geschehen war, und einiges kam nie ans Licht. Abgesehen von meinem Schock und der Gehirnerschütterung hatte ich zwei gebrochene Rippen; aber das Schlimmste war mein zerschundener Körper. In jenen ersten Tagen meiner Rückkehr ins Leben waren die Schmerzen, wenn ich mich bewegte, so stark, daß ich darum flehte, in Ruhe gelassen zu werden. Aber Dr. Slater bestand darauf, daß ich aufstehen mußte.

»Sie müssen sich Mühe geben, damit der Kreislauf wieder angeregt wird. Andernfalls wird Ihr Körper steif, und Sie bleiben vielleicht über Jahre invalid. Sie haben lange Zeit im Bett gelegen.«

Es fehlte nicht an Beweisen dafür, daß es in der Tat eine sehr lange Zeit gewesen war. Als Annie mich endlich in einen Sessel gebracht hatte, schaute ich mich um, strich dabei mein Haar zurück, das stumpf und lang geworden war, sich nicht mehr frisieren ließ. Eine Bewegung nur wenige Schritte entfernt zog meine Blicke an. Mir gegenüber saß eine alte Frau in einem blauen Morgenrock: Ein kleines, bleiches, kränkliches Wrack von einer Frau, mit der Aura des Todes um sich her. Tante Adelaide? Mein Herz klopfte plötzlich in meiner Kehle. Auch sie zuckte nervös zusammen und fuhr sich mit der Hand ans Gesicht, einer Hand, an der lose der Ehering hing. Also das war die Ehefrau, die Philip jetzt sah.

Kein Wunder, daß es für ihn einfach zuviel gewesen war. Als meine Kraft wiederkehrte, versuchte ich, den Ekel nachzuempfinden, den er ertragen hatte, ihm zu verzeihen, denn er war das Opfer seiner heiklen Natur. Die Unordnung, das Blut, die überaus persönlichen Dinge des Krankenzimmers mußten ihn abgestoßen haben. Seine Zärtlichkeit zu mir hatte das alles nicht überdauert, wenngleich er mein Leiden sah und begriff, daß meine Enttäuschung noch größer war als seine eigene. Aus welchem Grund auch immer er mich geliebt hatte, es war dahin: mein leichtes Herz, meine Schmeicheleien, mein gutes Aussehen. Und noch etwas war dahin – die Möglichkeit mußte ins Auge gefaßt werden –: meine Fähigkeit, die Mutter einer langen Reihe von St. Leonards zu werden, was er so sehr erhofft hatte. Es wäre besser gewesen zu sterben, als ein Leben lang seine Enttäuschung ertragen zu müssen, nur wir beide, ganz allein in Honeywick, bis ans Ende unserer Tage.

Jedenfalls dachte ich das. Ein paar Tage später war ich kräftig genug, um allein und ohne Hilfe ein paar Schritte zu gehen. Und mit der Rückkehr meiner Kraft kehrte auch mein Interesse an der Welt jenseits meines Zimmers wieder. Damit einher ging die schwache Hoffnung, daß die Situation sich schließlich noch ändern konnte. Wir mußten zusammen ein neues Leben beginnen. In Gedanken ging ich alles durch, sah die Zukunft als schwache, farblose Wiederholung unserer ersten Tage hier in Honeywick. Der Glanz wäre dahin, aber wir mußten versuchen, auf andere Art glücklich zu werden. Doch an diesem Punkt verließ mich immer meine Vorstellungskraft. Mein Verstand hielt sich an sichtbaren Dingen fest: den gelben, fallenden Blättern; dem Feuer; als ob eine Macht, die zu stark für mich war, meinen Geist festhielt.

»Ich werde bald wieder so gesund sein, daß ich nach unten gehen kann«, erklärte ich Annie, als sie mein Haar bürstete. »Vielleicht schon morgen – was meinst du?«

»Das ist herrliches Haar. Bald wird es wieder wie früher glänzen.«

»Morgen?«

»Ich werde ein paar von Ihren Kleidern herausholen. Wenn Sie wieder herumlaufen, werden Sie etwas Wärmeres benötigen.«

Die Macht – ich sah in ihr etwas Dunkles, Ungerührtes –, ich mußte mich ihr stellen. Ein großer Schritt mußte von mir getan werden. Der Gedanke an die Mühe trieb mir den Schweiß auf die Stirn. Ich hielt meine Hände vors Feuer und schaute auf die knochigen Finger. Es war Herbst. Die Menschen, die auf dem Lande Ferien gemacht hatten, waren gewiß alle schon fort, heimgefahren – diejenigen, die ein Heim hatten, zu dem sie zurückkehren konnten.

»Ich könnte völlig angekleidet und zurechtgemacht im Wohnzimmer sitzen, wenn er heimkommt. Das wäre eine Überraschung. Das braune Kleid wird warm genug sein, wenn ich meinen rosa Umhang dazu trage. Und kein Korsett.«

»Da ist noch etwas, was ich Ihnen noch nicht erzählt habe«, sagte Annie. »Nichts, was Ihnen Sorgen machen müßte. Es ist wohl nur vorübergehend – hoffentlich. Soweit ich das beurteilen kann, war es nie nötig, und Mutter findet das auch, aber es ist nicht meine Art zu reden und mich zurechtweisen zu lassen. Davon hatte ich schon mehr als genug in letzter Zeit. Ich muß allerdings einräumen, daß sie sich von Ihnen ferngehalten hat seit dem einen und einzigen Mal, wo sie gleich nach dem Unfall hierhergekommen ist.«

Die neue Kraft verließ meinen Körper. Meine Hände lagen kraftlos in meinem Schoß, so leicht wie trockene Blätter.

»Dann ist sie nicht fort?«

Annie legte die Bürste nieder. Als wäre sie plötzlich müde, sank sie in den Sessel neben mich.

»Wenn es Sie aufregt«, meinte sie zögernd, »werde ich mich überwinden und mit dem Herrn reden, ihm sagen, daß man Sie besser in Ruhe lassen sollte. Als Sie sie das eine Mal gesehen haben, schien Sie das fast zu Tode zu erschrecken. Das habe ich jedenfalls dem Doktor gesagt, und er hat mir aufgetragen, sie von Ihnen fernzuhalten, und mir verboten, sie auch nur zu erwähnen.«

»Ich weiß wirklich nicht, warum der Gedanke an sie mich erschreckt. Wahrscheinlich ist das der Schock. Sie war da, und deshalb kann ich nicht an sie oder ihn oder das Pferd denken.«

»Was das anlangt: Das ist tot. Und keine Sekunde zu früh, wenn Sie meine Meinung hören wollen. Dieser Teufelsbraten! Sie haben ihn erschossen. Der macht uns keinen Ärger mehr.«

War da schon jemand mit einem Gewehr gewesen? Das würde den lauten Knall erklären. Da war sie wieder, die nun schon vertraute Panik, die fieberhafte Sorge, mich in der richtigen Reihenfolge an alles zu erinnern: den Vogel, den irrsinnigen Knall, das wiehernde Pferd...

»Aber ich muß mich dem stellen, Annie. Ich muß wieder stark werden. Wie gesagt, ich werde im Wohnzimmer auf ihn warten, wenn er heimkommt. Dann wird sie ja nicht dasein...«

»Das ist es ja, Ma'am. Das versuche ich ja die ganze Zeit, Ihnen zu sagen. Sie ist jetzt immer hier.«

»Soll das heißen, sie wohnt hier? In diesem Haus?«

»Am Tag, nachdem es passiert ist, hat sie ihre Sachen hierherschaffen lassen. ›Machen Sie es für Miß Bede so bequem wie möglich‹, hat der Herr gesagt. ›Sie ist furchtbar bekümmert und möchte so gern helfen. Sie kann das Zimmer meiner Tante bekommen.‹«

Ich stellte sie mir vor, wie sie in Tante Adelaides Zimmer schlief; oder in ihrem Bett wach lag, die dunklen Augen forschend auf die unschuldige, weiße Zimmerdecke geheftet.

»Was hat sie die ganze Zeit gemacht?«

»Schwer zu sagen. Hier ist ein Buch für Sie, zum Anschauen. Die Bilder werden Ihnen gefallen.« Sie reichte mir eine Ausgabe des ›Ladies Cabinet‹. Ich blätterte darin, starrte auf die Damen in kurzen Kleidern, ohne sie wirklich zu sehen. Was nun mein Aufstehen betraf – noch ein Tag konnte nicht schaden, ich mußte ja nicht schon morgen gehen. So lange ich nur sicher hierbleiben konnte, allein mit Annie.

»Laß sie niemals hier heraufkommen, Annie. Nicht in mein Zimmer!«

»Keine Angst, meine Liebe. Sie hat das ganze übrige Haus, um darin zu stöbern.«

Wenn Annie mich mit diesen Worten hatte trösten wollen, so gelang ihr das nicht. »Das ganze übrige Haus, um darin zu stöbern.« In diesem kleinen Satz drückte sich eine ganze Welt der Unruhe aus. Der Gedanke an dieses Herumstöbern beunruhigte mich ebenso wie die Vorstellung, daß sie all die Wochen meiner Krankheit anwesend gewesen war. Sie war hiergewesen, und ich hatte es nicht gewußt. Doch trotz meiner Schwäche besaß ich noch genug Kraft, um zu sehen, daß meine Haltung Miß Bede gegenüber unvernünftig und unfair war. Das war das letzte, was ich wollte: sie Tag und Nacht im Hause haben. Oder irgend jemand anderen. Aber es würde nicht mehr lange dauern, jetzt, da es mir besserging. Wenn ich wieder gesund war, würde sie abreisen. Dieser außergewöhnliche Kummer, der den Gedanken an sie begleitete, mußte noch von dem Unfall herrühren. Es war eine ungesunde Geisteshaltung. Sie hatte nichts getan, was mein Zurückweichen vor ihr rechtfertigen konnte. Und dennoch hätte ich mich am liebsten unter meiner Bettdecke verkrochen und die Augen geschlossen, anstatt sie noch einmal zu sehen.

Aber ich mußte mich ihr stellen. Mit einem Mut, auf den ich noch heute stolz bin, bestand ich bereits am nächsten Tag darauf, angezogen zu werden, um nach unten gehen zu können. Annie frisierte mein Haar recht hübsch zu einem Chignon und hielt es mit einer rosa Schleife zusammen. Mit Schuhen statt Slippern an den Füßen fühlte ich mich gleich viel zuversichtlicher. Annie legte mir gerade mein Tuch um die Schultern, als an die Tür geklopft wurde.

Sie mußte auf der Treppe gewartet haben, gelauscht haben, um den richtigen Augenblick für ihr Klopfen zu treffen. Sie trat nicht ein, sondern wartete auf der Schwelle. Wären da nicht die langen Zähne gewesen – man hätte ihr Lächeln als wehmütig bezeichnen können.

»Liebste Florence.«

Sie streckte die Arme aus, machte aber keinen Schritt ins Zimmer, so daß ich nicht anders konnte als zu ihr zu gehen, in ihre Arme.

»So zart«, murmelte sie, »und so tapfer.«

Sie dagegen war in jeder Beziehung so stark, daß es nur natürlich schien, mich von ihr stützend nach unten begleiten zu lassen. Ehe ich mich überhaupt an Annie erinnerte, hatte sie mich schon in meinen Sessel gesetzt. Dann fiel mir das knappe Kopfschütteln ein, mit dem Miß Bede Annies Angebot zu helfen zurückgewiesen hatte. In nur wenigen Minuten hatte ich mich an Miß Bedes schlichtes Hauskleid und ihre Hausschuhe, an ihren Handarbeitskorb und den Stickrahmen gewöhnt. Ihr Blick auf die Uhr, ihre Hand am Klingelzug, ihr ruhiges ›Ein Glas Wein und Wasser für deine Herrin‹ erweckten nicht mehr als leise Überraschung in einer Situation, in der selbst mein geliebter Sessel mir neu erschien.

Als Philip heimkehrte, war mein Kopf vor Erschöpfung ganz leicht. Wie dankbar war ich, daß Miß Bede dort war! Als sie bereit waren, sich zum Essen zu setzen, trug er mich nach oben, wie er es auch früher, in einem anderen Leben, getan hatte. Mir fiel auf, daß er keuchte, als er mich auf mein Bett legte, obgleich ich an Gewicht verloren hatte und Annie sagte, ich wäre so leicht wie ein Vogel. Aber das war jetzt nicht der Augenblick ihn zu fragen, ob er mich noch liebte. Dabei sehnte ich mich so danach, wollte wissen, ob er mich je wieder würde lieben können.

Ich mußte stark sein. Die Überzeugung, daß eine künftige Schlacht all meine Kraft verlangen würde, verwandelte jeden Schluck Medizin, jeden Bissen gehorsam geschluckten Essens in einen Akt der Vorbereitung. Ich zwang mich zu laufen, zu bücken, mich zu recken, öffnete meine Fenster der kalten, reinen Luft und bestand darauf, nach unten zu gehen, erst am Nachmittag, dann zum Mittagessen, und schließlich morgens.

»Sie sind eine gute Patientin«, lobte Dr. Slater. »Sie brauchen mich nicht mehr lange. Sie sind noch einmal gut davongekommen, haben die Jugend auf Ihrer Seite. Da sollten Sie sich schon bald ganz gut erholt haben.« Als er meinen hoffnungsvollen Blick sah, fuhr er fort: »Was nun Kinder anlangt, das Risiko wäre im Augenblick noch sehr groß. Aber wer weiß? Wir dürfen die Hoffnung niemals aufgeben.«

Jetzt, da ich mich erholte, machte Miß Bede keinerlei Anstalten, uns zu verlassen. Natürlich lag kein Reiz darin, um diese Zeit des Jahres nach Ivy Cottage zurückzukehren. In Honeywick hatte sie täglich gemäß Philips Anweisungen ein Feuer in ihrem Schlafzimmer, und manchmal zog sie sich dorthin zurück; aber für gewöhnlich saßen wir zusammen im Wohnzimmer. Sie las mir aus der Zeitung vor. Auch aus Mrs. Banstocks Romanen, die sie ebenfalls kannte. Irgendwie gelang es ihr, sie zu verändern; auf jeden Fall gefielen sie mir nicht mehr.

»Ihre Freundlichkeit übertrifft wirklich alles«, meinte Philip.

»Sie ist allerdings sehr freundlich«, bestätigte ich so prompt wie eine sprechende Puppe.

Am ersten Abend, an dem ich bis zum Essen aufblieb, aßen die beiden am Tisch jenseits des Bogens, während ich neben dem Feuer saß. Als Miß Bede aus der Küche zurückkehrte – wohin sie mein Tablett gebracht hatte – zu anderen Tageszeiten überließ sie diese Aufgabe immer Annie! –, begab sie sich direkt zum Schrank, bückte sich, um ihn zu öffnen, und rief erst dann aus: »Oh, ich habe ganz vergessen...« Sie schaute zu Philip hinüber. »Vielleicht möchten Sie lieber nicht, jetzt, wo...«

»Florence wird jetzt zu Bett gehen.«

Miß Bede sah darin seine Zustimmung und holte das Schachbrett hervor, stellte es neben seinem Sessel auf, so daß er sich nicht anstrengen mußte. Lustlos machte er den ersten Zug. Sein Gesicht im Lampenschein war gewiß schmaler als zu der Zeit im April, als wir Schach gespielt hatten. Doch trotz meiner Sorge um ihn entging mir die Leichtigkeit nicht, mit der sie sich unterhielten. Dieses abendliche Spiel war ihnen zur lieben Gewohnheit geworden. Ich sollte mich daran gewöhnen, sie Gesicht an Gesicht über das Brett gebeugt zu sehen, zu beobachten, wie sich ihre Hände vor- und zurückbewegten; Philips Hände weiß und schmal, Miß Bedes Hände kräftig und eckig. Immer wieder wehrte ich mich gegen meine Müdigkeit, wollte nicht einschlafen und sie zusammen zurücklassen, nur um sie immer noch beisammen zu sehen, wenn ich dann wieder aufwachte.

Eines Nachmittags saßen Miß Bede und ich im Wohnzimmer, wie so oft. Noch immer verursachte es mir Kopfschmerzen, zu lesen, aber dennoch zog ich das Buch ›Die verlorenen Jahre‹ aus dem Regal und öffnete es dort, wo das Lesezeichen steckte.

»Vergißmeinnicht. Es ist rührend, nicht wahr, vor allem, weil kaum jemand sich an sie erinnern kann. Das sind Stielstiche wie Ihre – und auch die gleiche Art von Lochstickerei.«

Ich reichte es ihr. Sie betrachtete es und schaute dann reumütig auf ihre eigene Arbeit.

»Das ist besser als meines, fürchte ich. Aber schließlich ist es ein allgemein beliebtes Muster.«

»Ich frage mich, ob sie es wohl selbst gestickt hat.« In der Vorstellung dieser Beständigkeit lag etwas Rührendes: eine andere Frau, die im selben Zimmer auf dieselbe Weise stickte. Meine Laune hätte als sentimental bezeichnet werden können, hätte ich mich nicht bei dem leidenschaftlichen, fast heftigen Wunsch ertappt, daß jemand anderer als Miß Bede Tante Adelaides Nachfolgerin am Feuer hätte sein können. »Aber wahrscheinlich war es doch ein Geschenk«, sagte ich und unterdrückte diesen Wunsch mit Mühe. »Sie muß Freunde gehabt haben. Ich frage mich nur, wer das gewesen ist.«

Miß Bede machte keinerlei Vorschlag.

»Sehen Sie, es schneit«, sagte sie statt dessen.

Wie ein Kind kauerte ich mich in einen Sessel am Fenster, beobachtete das langsame Fallen der Flocken und überließ mich ihrer hypnotischen Wirkung. Vielleicht war ich wirklich hypnotisiert. Ein Gefühl von Unwirklichkeit wuchs in mir, ein Zweifel, warum ich hier war. Gefangen zwischen Steinwänden, und nichts war zu sehen als ein sich stetig verdichtender Schirm zwischen der Außenwelt und mir – und uns; denn natürlich saß Miß Bede am Feuer, hatte es sich gemütlich gemacht und strahlte eine Zuversicht aus, die besagte, daß sie und das Haus zusammengehörten. Sie waren sich ähnlich. Sie war das menschliche Gegenstück zum Haus. Beide trugen eine elegante Haltung zur Schau. Hatte sie, wie das Haus, verborgene Tiefen? Verbarg sich eine dunkle Stimmung tief in ihr wie Wasser, das tief im Brunnen ruht, bis der Deckel gehoben wird und man das Frische, Beängstigende und Muffige riecht?

Wenn es so war, hatte sie sich gut in der Gewalt. Sie war zurückhaltend und klug. Nur eines konnte sie nicht kontrollieren: die schiere Kraft ihrer Persönlichkeit. Selbst in ihren charmantesten Augenblicken – und vor allem dann – sickerte diese durch, breitete sich aus, so daß sie, wie das Haus, niemals übersehen werden konnte. Ich betrachtete die zarte Nadel in ihrer muskulösen Hand. Von Zeit zu Zeit sagte sie etwas, mit der Leichtigkeit eines Menschen, der den Wunsch hat zu gefallen, sich kameradschaftlich zu zeigen. Denn das waren wir – Kameraden.

»Sie wartet auf den richtigen Augenblick«, dachte ich. Dieser Satz entfernte uns noch mehr von der Realität, führte uns in ein Reich unbekannter Motive und hilfloser Opfer. Worauf, zum

Teufel, wartete sie? Als sie das Feuer schürte und den Schürhaken parallel auslegte; als sie die Kissen aufschüttelte und sie alle im selben Winkel aufs Sofa legte, dämmerte es mir, daß sie sich hier mehr daheim fühlte als ich. Ich entdeckte plötzlich, daß hier nicht nur der Wille fehlte, das Haus zu verlassen – da war nicht einmal der Gedanke an die Möglichkeit, es verlassen zu müssen. Sie beabsichtigte zu bleiben.

Diese Entdeckung kam nicht direkt als ein Schock. Es war mehr das Ergebnis einer langen Reihe von Beobachtungen. Eine tiefe Enttäuschung ließ mich dichter an die kalte Fensterscheibe rücken, als könnte ich auf den winterlichen Feldern, in den schneebedeckten Hecken Hilfe finden. Und fast augenblicklich erkannte ich das Absurde dieses Gedankens: fast zu schnell vielleicht sogar. Vielleicht wollte sie in Honeywick bleiben, aber es gab keine Möglichkeit für sie, das durchzusetzen. So sehr sie die Kissen auch umordnen mochte (wie konnte sie es wagen?), gab es doch keinen Zweifel daran, wer Herrin in Honeywick war und auch bleiben würde.

Sie war neben mir ans Fenster getreten. Kein Himmel war zu sehen, kein Hügel. Es wurde langsam dunkel. Ich erinnerte mich an die Moore, die das Dorf umgaben. Wie schrecklich und furchterregend mußte es sein, heimatlos dort draußen in der kalten Dämmerung herumzuirren. Eine Wolke hob sich von meinem Verstand.

»Ich frage mich, wo er ist.«

»Philip? Er wird in Martlebury bleiben.«

»Nein, nicht Philip.« Verwirrt legte ich die Hände an die Schläfen. Die Wolke senkte sich wieder. »Die Krankheit hat mich ganz dumm werden lassen.«

»Ihr Geist wandert noch immer ein wenig.« Sie sprach leichthin. »Sie dürfen sich deshalb keine Sorgen machen.«

Ich nahm das Riechfläschchen entgegen, das sie mir so besorgt reichte. Das Gefühl von Angst und Verlust wollte einfach nicht klar werden. Ein Geistesblitz zuckte auf, hinterließ aber nur einen Eindruck: daß es keine Nacht war, in der irgend jemand draußen sein sollte.

Aber irgend jemand war es. Wir hatten es beide gehört, das Geräusch von Rädern, vom Schnee gedämpft. Durch die beschlagenen Fensterscheiben erkannte ich die Gestalt auf dem Kutscherbock.

»Das ist Mr. Drigg. Er muß am Bahnhof gewesen sein.«

Diesmal konnten wir keinen Reisenden sehen, wenn es einen

gab, aber mir fiel das Mädchen ein, seine Patientin: ihr ans Fenster gepreßtes Gesicht; die flehende Neigung ihres Kopfes; die Eile, mit der sie auf der langen Eichenallee verschwunden war. Um nie wiedergesehen zu werden?

Das Zimmer war warm und sicher. Es gab nichts, vor dem man Angst hätte haben müssen. Miß Bede war ins Eßzimmer gegangen. Ich konnte sie durch den Mauerbogen sehen. Der schwere Goldrahmen, der das Hochlandgemälde umschloß, rahmte jetzt auch Miß Bede ein. So hörte das Bild auf, ein Landschaftsgemälde zu sein, wurde zu einem Porträt von Miß Bede mit dem Berg hinter sich, als wäre sie soeben den undurchsichtigen Wassern des Loch entstiegen.

Zwei Tage lang hielt uns der Schnee gefangen; Miß Bede und mich in Honeywick, Philip in Martlebury. Freitag abend war er soweit geschmolzen, um zu ermöglichen, daß die Züge wieder verkehrten. Philip kam später als gewöhnlich heim. Er wirkte völlig erschöpft und erklärte, daß er am kommenden Tag nicht zur Bank gehen würde, was immer der alte Wetherby auch dazu sagen würde. Er war zu müde zum Essen, trank nur eine Tasse Suppe. Irgendwann würde ich ein ernstes Gespräch mit ihm führen müssen, wegen Miß Bede, aber das war jetzt nicht der geeignete Augenblick dafür.

Zögernd ließ ich die beiden zusammen zurück, als ich nach oben ging, in das kleine Zimmer, das Philip noch immer benutzte. Ich verbrachte ein paar Minuten damit, alles so zu richten, wie er es liebte: Das Feuer prasselte, der Kamin zog gut; ich schob eine Steinflasche zwischen seine Laken. Als ich auf den Treppenabsatz zurückkehrte, hörte ich von unten leises Stimmengemurmel, überlegte, ob ich noch einmal hinuntergehen sollte; aber Philip war zornig geworden, als ich ihn gebeten hatte, sich früh zu Bett zu begeben, und ich hielt es für besser, mich fernzuhalten. So sehr ich es verabscheute, sie allein zu lassen, noch mehr haßte ich es, mit ihnen beisammen zu sein. Philip hatte es sich angewöhnt, Miß Bede anzusehen, ehe er etwas sagte, wie ein Kind, das Lob, Ermutigung oder manchmal sogar eine Zurechtweisung sucht.

Aber dafür stand ich am nächsten Morgen sehr früh auf. Zum erstenmal saß ich bereits unten, als die anderen zum Frühstück kamen. Sie schienen beide ein wenig verblüfft. Philip küßte mich automatisch auf die Wange und nahm Platz. Er sah aus, als hätte er überhaupt nicht geschlafen.

»Das ist aber eine schöne Überraschung, Florence.« Miß Bede machte den Eindruck zu lächeln, sprach mit einer Herzlichkeit, die irgendwie Ritterlichkeit gegenüber dem Schlimmsten ausdrückte. »Jetzt werden Sie bald wieder ganz die alte sein, nicht wahr, meine Liebe?«

»Genau«, antwortete ich aggressiv. Mein Ton, das Zittern meiner Hand, als ich den Kaffee einschenkte, entgingen ihr nicht. Mit einem leisen Seufzen machte sie Philip auf ihre Sorge um mich aufmerksam.

Er aß nur wenig, war schweigsam und bedrückt, und als Annie abgeräumt hatte, erklärte er abrupt: »Ich muß dir sagen, Florence, daß ich beschlossen habe, die Bank zu verlassen.«

Augenblicklich, wie auf ein Signal, erhob sich Miß Bede.

»Ich lasse Sie allein, damit Sie alles durchsprechen können. Nein, bleiben Sie sitzen.« Sie berührte Philip leicht und aufmunternd an der Schulter, als sie zur Tür ging.

»Du hast mit Miß Bede schon vor mir darüber gesprochen.«

Als erste Reaktion auf eine so überraschende Neuigkeit war es nicht so kleinlich, wie es klang. Dennoch errötete Philip vor Zorn.

»Wir haben oft darüber gesprochen, als du krank warst. Ich mache dir keinen Vorwurf, Florence, aber natürlich war es unmöglich, sich dir anzuvertrauen, deine Kameradschaft zu suchen. Miß Bedes Hilfe war überaus groß, als es für mich darum ging, eine Entscheidung zu treffen. Es war von Anfang an dumm, hier zu leben und in Martlebury zu arbeiten. Außerdem habe ich keine Lust, noch weiter die höllische Arroganz des alten Wetherby zu erdulden.«

Ich hielt den Mund. Der alte Wetherby mußte von Philips Unpünktlichkeit, seinem gelegentlichen Fernbleiben und seiner herablassenden Art hart geprüft worden sein.

»Es wird dir nicht gefallen, arm zu sein«, sagte ich.

Unerwartet keimte Hoffnung in mir auf. Mit 200 Pfund im Jahr würden wir zu arm sein, um einen Gast zu beherbergen, dessen feiner Geschmack eine Diät aus Kalbfleisch, Sahne und Wein verlangte. Oh, wie gern würde ich mich mit der Armut abfinden, wenn sie das Mittel dazu wäre, Miß Bede loszuwerden!

»Wir kommen schon zurecht«, sagte ich. »Deine Gesundheit steht natürlich an erster Stelle. Abgesehen von Annies Lohn geben wir ja nicht viel aus, und wir haben einen so vollständigen Haushalt, daß wir unser Leben lang nichts mehr dazukaufen müssen. Wenn wir beide allein sind, können wir ein recht einfaches Leben führen. Meine Kleider halten noch ewig. Weißt du, daß Wordsworth und seine Schwester jahrelang ohne Fleisch gelebt haben? Nur von Brot, Milch und Gemüse...?«

»Miß Bede hat einen Vorschlag gemacht«, unterbrach mich Philip.

Ich sammelte all meine Kraft, um ihn anzuhören.

»Wenn sie sich als zahlender Gast an unseren Ausgaben beteiligen würde, wäre das eine Hilfe. Wir könnten so weiterleben wie bisher.« Er schaute mich nicht an, sondern stützte den Kopf auf die Hand, als wäre er todmüde.

Ich war auf einen Konflikt vorbereitet gewesen. Doch dieser erste Schlag betäubte mich fast. Ich verhärtete mein Herz, ignorierte sein mitgenommenes Aussehen.

»Nein«, erklärte ich mit aller Festigkeit, die mir zur Verfügung stand. Gleichzeitig bemühte ich mich, die Zurückhaltung zu bewahren, die ich an Miß Bede so sehr bewunderte. »Nein, Philip, das ist unmöglich. Ich wollte es dir ohnehin schon sagen. Ich habe nicht den Wunsch, auf diese Art fortzufahren. Miß Bede ist lange genug hiergewesen. Sie muß gehen. Du mußt es ihr sagen – oder ich werde es tun.«

»Ich habe nicht erwartet, daß du vernünftig sein würdest, oder daß meine Interessen dir wichtiger wären als deine eigenen. Du bist nicht du selbst. Miß Bede hat mich gewarnt, daß ich damit rechnen müßte. Möchtest du lieber meine Gesundheit ruinieren, indem ich täglich in die Bank fahre, als ein vernünftiges, zivilisiertes Arrangement anzunehmen, das für uns alle von Nutzen sein wird?«

»Für uns alle?« Es hatte keinen Sinn. Solch provozierenden Worten gegenüber verlor ich jeden Wunsch, mich zurückzuhalten, wurde sogar leidenschaftlich. »Welchen Nutzen hätten wir beide, du und ich, davon, wenn sie hier wäre? Oh, du denkst an das Geld. Aber du bist es, der da nicht vernünftig ist. Wir könnten von Miß Bede nicht mehr als ein Pfund pro Woche verlangen, und das ist nur ein Drittel von deinem Gehalt in der Bank. Dafür müßten wir aber einen Lebensstil aufrechterhalten, der weit über unsere Bedürfnisse und Wünsche hinausgeht.«

»Miß Bede hat eine kleine Summe zur Verfügung«, sagte Philip mit eisiger Stimme. Noch immer sah er mich nicht an. »Sie hat angeboten – ihre Großzügigkeit überrascht mich immer wieder –, den größten Teil davon uns zur Verfügung zu stellen. Zusammen mit meinem eigenen Einkommen würde das ausreichen, um uns alle drei zu ernähren.«

»Dann wäre sie aber kein zahlender Gast«, sagte ich langsam, »sie wäre in einer ganz anderen Lage, würde überall Mitspracherecht verlangen.«

»Und was wäre daran so schlimm? Miß Bede ist eine Dame aus gutem Haus. Sie weiß, wie die Dinge geregelt werden müssen.«

»Ich könnte es nicht ertragen.« Zitternd stand ich auf. »Ich kann und werde es nicht dulden!«

»Was willst du tun?«

Ich ging und schlang meine Arme um ihn.

»Philip, mein Liebling, wie kannst du so kalt sprechen? Ich weiß, daß du seit meiner Krankheit nicht mehr dasselbe für mich empfindest wie früher. Ich bin nicht mehr attraktiv. Ich habe dich enttäuscht. Aber ich werde bald wieder ganz gesund sein. Wir werden wieder so glücklich sein wie früher, als wir allein waren. Gib die Bank auf, wenn du möchtest, aber verpflichte uns bitte Miß Bede gegenüber nicht noch mehr. Sie hat schon genug für uns getan«, fügte ich verbittert hinzu. Verzweifelt setzte ich mich auf den Stuhl neben ihm, zupfte an seinen Armen und zwang ihn, mich anzusehen. »Hör zu, ich habe etwas über Miß Bede herausgefunden.« Seine Augen waren schwer, sein Blick bereits ungläubig. Mein Ernst stieß ihn ab, erschöpfte ihn. »Sie kann kein eigenes Leben führen. Sie hat sich wie ein Schmarotzer an das unsrige gehängt. Ich will nicht sagen, daß sie unfreundlich ist. Bloß, daß sie andere Menschen braucht, an die sie sich hängen und mit deren Hilfe sie ihre Bedürfnisse decken kann. Und ich glaube, sie will dieses Haus. Manchmal benimmt sie sich, als würde es ihr schon gehören.«

Es war die Wahrheit, aber es klang nicht überzeugend. Philips Antwort überraschte mich nicht.

»Du weißt nicht, was du sagst. Das Haus hier gehört mir. Wie könnte es jemals jemand anderem gehören – solange ich hier bin? Es ist ja gerade, weil dieses Haus mir soviel bedeutet, daß ich diese Gelegenheit ergreifen will. Ich kann es nicht ohne Geld erhalten.«

»Wenn Menschen Geld wollen, dann sollen sie dafür arbeiten«, sagte ich. »Sie wird uns das Haus nehmen, wie sie dich mir nimmt. Wenn sie bleibt, Philip, dann wird mich das den Verstand kosten. Ich warne dich. Ich fühle schon jetzt...« Mein Kopf schmerzte zum Zerspringen.

Augenblicklich bedauerte ich meine Worte. Sein Ausdruck

hatte sich geändert. Er sah mich scharf an, wandte sich dann verlegen ab.

»Dieses Vorurteil, das du gegen Miß Bede hast, Florence, ist ein Wahn. Aber nach dem Sturz, den du hinter dir hast, ist es vielleicht verständlich. Wie Miß Bede sagt, kann jede Krankheit das Urteilsvermögen beeinflussen, vor allem aber eine Krankheit, wie du sie gehabt hast.«

Seine Worte ängstigten mich. Glaubten sie, ich hätte den Verstand verloren? Ich setzte zu einem wirren Protest an, brach dann aber ab. Die kleinste Kritik an Miß Bede würde seine Überzeugung, daß ich ein Vorurteil ihr gegenüber hatte, nur noch verstärken. Er sah nur ihre Freundlichkeit, ihre vollendete Höflichkeit. Das waren ihre stärksten Waffen, weitaus wirkungsvoller als meine eigene Offenheit. Ich zwang mich, nachzugeben, und versuchte, geduldig zu sein. Auch ich mußte den richtigen Zeitpunkt abwarten.

Im gleichen Maße, in dem mein Körper kräftiger wurde, nahm auch meine Konzentrationsfähigkeit wieder zu. Ich las; ich schrieb an Tante Maud; und ich sah es als wirklichen Schritt auf meine Genesung zu an, als ich ohne allzuviel Aufregung von dem Unfall sprechen konnte.

Was dies anging, erhielt ich allerdings keinerlei Ermutigung.

»Es wäre besser, vor Miß Bede nicht davon zu sprechen.« Philip war extra in mein Zimmer gekommen, um mir das zu sagen. »Es bekümmert sie so.«

»Sie ist immer da. Wie kann ich mit dir darüber reden, ohne daß sie es hört?«

»Sie kann sich nicht verzeihen, daß sie dich die Zügel hat nehmen lassen.«

Ich starrte ihn an. Trotz meines Schuldgefühls – das bei Frauen, die eine Fehlgeburt erleiden, allgemein verbreitet ist, wie ich jetzt weiß – war mir doch niemals der Gedanke gekommen, ich könnte in irgendeiner Weise für den Unfall selbst verantwortlich sein. Irgend etwas hatte das Pferd erschreckt und es steigen lassen. Ich fing an zu erklären.

»Sprich nicht davon.« Philip schnitt meine wirre Erzählung ab, nicht unfreundlich allerdings. »Wir stimmen doch wohl darin überein, daß es nicht geschehen wäre, wenn Miß Bede die Zügel behalten hätte. Sie macht sich selbst Vorwürfe. Das ist genau das, was man von ihr erwarten kann.«

Miß Bede war eine fähige, tüchtige und verantwortungsbewußte Person. Ich dagegen war, vor allem was Pferde anbetraf, nervös und flatterhaft. Ich zwang mich, die ganze Situation mit Philips Augen zu sehen, und es gelang mir auch teilweise. Kein Wunder, daß er die Geduld mit mir verloren hatte. Ich hatte ihn sein Pferd und seinen Wagen gekostet, abgesehen von der anderen, weit größeren Enttäuschung, die in Form der langen, unschönen Krankheit folgte. Niemals hatte er die Kosten auch nur andeutungsweise erwähnt, erst recht nicht sich beklagt. Es überraschte eigentlich nicht, daß er sich trostsuchend an Miß Bede gewandt hatte. Ich bemühte mich, dankbar für seine Geduld und ihre Freundlichkeit zu sein.

Dennoch – der Unfall war nicht meine Schuld gewesen! Philip mußte dazu gebracht werden, das einzusehen. Es wurde das Thema, über das ich immer reden wollte. Über die Menschen auf der Blea-Rigg-Farm zum Beispiel, die Buckles, die mich aufgenommen hatten. Mrs. Buckle hatte mich in ihrem besten Schlafzimmer untergebracht und mich mit Annies Hilfe gepflegt, bis ich mich soweit erholt hatte, um heimgebracht zu werden. Es war ein sonderbares Gefühl zu wissen daß soviel geschehen war, ohne daß ich davon wußte. Aber es war das Unglück selbst, das mich fesselte. So sehr ich es vielleicht auch wollte, ich konnte dem Thema nicht widerstehen, trotz Miß Bedes kummervollen Blicken und Philips gerunzelter Stirn. Selbst wenn ich einmal nicht darüber sprach, dachte ich doch beständig daran. Wenn ich an den langen Abenden über einem Buch saß und döste, war ich wieder dort, auf Holleron Edge, befand mich hoch in dem Gig über dem Tal. Ein Nebel umgab meinen Verstand, verhüllte die Einzelheiten. Aber in mir wuchs die Überzeugung, daß da etwas war, das mich entlasten würde, wenn ich mich nur daran erinnern könnte.

So hingen wir in dem niedrigen, warmen Zimmer Stunde um Stunde unseren Gedanken nach. Der Schein der Flammen schimmerte rot auf dem Vorhang, der vor den Rundbogen gezogen worden war und das Gemälde verbarg. Bei diesem Licht wirkte nichts schäbig, alles wurde gedämpft. Die einheitlichen Bände der Romane von Mrs. Banstock schienen zusammenzurücken; die Kissen standen gemütlich aufrecht. Jeder Gegenstand hatte sein Gegenstück: die Paare von Vasen, die Nymphen, die beiden Gestalten am Schachbrett. Ich war das einzige ausgeschlossene Element, als ich versuchte, Licht in die letzten Minuten zu bringen, ehe der Himmel auf Holleron Edge herabzustürzen und die Erde sich gegen mich zu wenden schien.

Und eines Abends, ganz plötzlich, glitt ein fehlendes Stück an seinen Platz. Es mußte mich im Halbtraum erreicht haben. Triumphierend wachte ich auf, noch immer verblüfft von einer so erstaunlichen Entdeckung.

›Ja, natürlich! Es gibt jemanden, der den Unfall tatsächlich gesehen hat: Jordan Finch!‹

10

Ich glaube, es war die Königin, auf der Miß Bedes Hand ruhen blieb. Fleisch und Elfenbein rührten sich nicht. So aufgeregt ich auch über meine Entdeckung war, spürte ich doch die Stille, die Reglosigkeit; eine bedrückende Stille, die Philip schließlich durchbrach.

»Was meinst du, Florence?«

»Ich glaube, Sie haben ihn überhaupt nicht gesehen, Miß Bede. Er hockte im Unterholz.«

»Jemand, den du gekannt hast?« Philip sprach langsam, aus irgendeinem Grunde zögernd.

»Einer der Jungen aus der Marshall Street. Ist das nicht merkwürdig? Was hat er da wohl gewollt?«

Kaum hatte ich das gefragt, kamen mir Zweifel. Nichts auf der Welt war unwahrscheinlicher, als daß Jordan Finch und ich auf Holleron Edge gewesen sein sollten. Philip hatte Miß Bede einen kurzen Blick zugeworfen, doch diese blieb reglos, die Hand auf der Elfenbeinfigur.

»Was hat er denn gemacht?«

Ein gewisser Unterton in Philips Stimme hätte mich warnen sollen. Ich glaube, er tat es auch.

»Nichts. Bloß zugeschaut.«

Wieder schaute er zu Miß Bede hinüber. Diesmal schüttelte sie kaum merklich den Kopf: ein winziges Signal, das nur von jemandem erkannt werden konnte, der ihr sehr nahestand; oder jemand, der Gefahr fürchtet und äußerst wachsam ist – wie ich es war. Mit besorgtem Ausdruck, wie ich ihn noch nie an ihm gesehen hatte, legte Philip eine Hand auf meine Stirn.

»Du bist ganz heiß, Liebes.« Er hob den Schirm zwischen das Kaminfeuer und mein Gesicht. »Komm, laß es dir bequem machen.«

Die zärtliche Art trieb mir Tränen in die Augen. Ich war immer noch leicht gerührt.

»Danke, Philip. Glaubst du –« Ich sah in sein Gesicht empor. Ausnahmsweise stand er zwischen Miß Bede und mir. »Glaubst du, wir könnten Jordan finden? Er könnte uns vielleicht genau erzählen, was geschehen ist. Siehst du, ich glaube einfach nicht, daß ich unvorsichtig gewesen bin. Irgend etwas hat das Pferd erschreckt. Da war ein lauter Knall.«

Als ich jetzt in seinem Gesicht nach Verständnis suchte, war ich entsetzt, dort statt dessen etwas anderes zu finden. Mitleid!

»Du glaubst mir nicht, Liebling. Du glaubst, ich erfinde das alles nur.«

»Bildest es dir vielleicht ein.« Er hielt meine Hand, schien ehrlich bekümmert. »Ist es denn wahrscheinlich, daß einer deiner Schüler sich genau in diesem Augenblick auf Holleron Edge aufgehalten haben soll – und im Umkreis von Meilen sonst keine Menschenseele?«

»Ich war ja auch sehr überrascht; aber ich hatte keine Zeit mehr...«

»Du hast viel von Marshall Street gefaselt, und vor allem von Miß Wheatcroft.« Er schüttelte sanft meine Hand, um mir zu zeigen, daß er mir schon längst vergeben hatte, mit Miß Wheatcroft befreundet zu sein. »Und von Tante Adelaide. Auch von ihr hast du gesprochen, meine arme Florence.«

Miß Bedes Seidenrock rauschte, als sie sich erhob. Von meinem niedrigen Sessel aus erschien sie mir groß, wie sie so über mir stand. Sie wirkten beide so groß; es war, als würde ich in einen Abgrund stürzen – oder in eine Falle. Von Panik erfüllt fühlte ich, wie die Blätter unter mir nachgaben, hörte das Knacken trockener Zweige, als ich hinabsank.

»Dr. Slater hat uns gewarnt, daß es zu einem Rückfall kommen könnte.«

Das Wort ›uns‹ beunruhigte mich. Mühsam setzte ich mich auf.

»Ich habe aber jetzt kein Fieber«, erklärte ich. »Es mag sonderbar erscheinen, und ihr glaubt mir vielleicht auch nicht. Aber Jordan Finch war da, hat uns beobachtet. Wir müssen ihn finden. Dann, wenn er wirklich nicht da war, wird er es sagen, und ich weiß wenigstens Bescheid.« Ich sah von einem zum anderen, froh über meinen so einfachen Plan.

»Sagen Sie, Florence –«, Miß Bede setzte sich auf den Diwan, so daß ihr Gesicht dem meinen ganz nahe war. Ihre Art war vernünftig, fast übertrieben vernünftig. Ich beobachtete fasziniert, wie sich ihre roten Lippen teilten und ihre langen, schmalen Zähne blitzten. » – was hatte er denn an?«

»Das ist mir nicht aufgefallen.«

»Hat er genauso ausgesehen, als du ihn das letztemal gesehen hast?«

»Als er mir die Kresse gab?« Ein kurzer Blick ging zwischen ihnen hin und her: ein Blick voll Sorge. »Ich habe es dir nicht erzählt, Philip«, erklärte ich hastig. »Es sollte ein Hochzeitsgeschenk sein.«

»Ein Strauß Brunnenkresse?« Miß Bedes Stimme klang sorgsam ausdruckslos.

»Die Kinder haben mir alle eine Kleinigkeit geschenkt...«

»Und als Sie ihn auf Holleron Edge gesehen haben, sah er genauso aus?«

»Nicht ganz.« Aber worin hatte der Unterschied bestanden? In dem schweigenden Stirnrunzeln? Er war immer schon schweigsam gewesen, hatte aber nie die Stirn gerunzelt. Sein Blick war immer sehr aufmerksam gewesen, aber nie hatte er die Stirn gerunzelt. Sein Gesicht – und nur das hatte ich sehen können – schien unverletzt. Seine nackten Füße? »Ich habe seine Füße nicht gesehen«, sagte ich. Es klang seltsam.

»Er kam Ihnen besser, lebendiger, frischer vor als im wahren Leben«, schlug Miß Bede vor, ehe ich noch etwas sagen konnte.

»Es war das wahre Leben«, berichtigte ich nüchtern. Nichts hätte realer sein können. »Das war noch vor dem Unfall, nicht erst anschließend, vergeßt das nicht.«

»Ich frage nur deshalb nach seinem Aussehen, weil da ein Junge war, der Hilfe holen lief«, erklärte Miß Bede schnell. »Ich weiß nicht, woher er kam, und obwohl Sie ohnmächtig waren, oder es zumindest schienen –« Ihre Stimme brach nach einem Blick auf Philip ab.

»Wir sollten nicht davon sprechen«, meinte der.

» – hätten Sie doch Notiz von ihm nehmen können«, fuhr Miß Bede tapfer fort. »Das erklärt vielleicht auch Ihr Gefühl dafür, ihn früher schon einmal gesehen zu haben. So etwas kommt bei Gehirnerschütterungen schon mal vor.«

So gut ich konnte, beschrieb ich Jordan.

»Der Junge, der Hilfe von der Farm holte, kannte den Bezirk. Er wußte genau, wohin er gehen mußte.«

»Was ist mit ihm geschehen?«

Sie zuckte die Achseln. »Keine Ahnung.«

»Ich würde mich sehr gern bei ihm bedanken.«
»Das dürfte nicht allzu schwierig werden. Und wie du schon gesagt hast, treibt dir das vielleicht die Vorstellungen aus.«
»Das sind keine Vorstellungen«, widersprach ich heftig.
»Wir müssen es herausfinden.«
»Ja«, stimmte Miß Bede ihm zu. »Das werden wir, nicht wahr, und jetzt sollte ich vielleicht nach Annie klingeln.«

Es war ein süßes Gefühl, Philips zärtliche Hand wieder auf meiner zu spüren. Ich klammerte mich daran, wollte ihn einfach nicht verlassen. Doch eine Schwäche überkam mich, als hätten sich meine Knochen aufgelöst.

Oben versuchte ich, Annie alles zu erzählen.

»Sie glauben mir einfach nicht, daß er da war. Wir müssen ihn finden. Er hat alles gesehen.«

»Also so etwas!« Annie zählte ein paar Tropfen einer schwarzen Flasche in ein Glas und füllte es halb mit Wasser. »Trinken Sie. Das wird Sie beruhigen.«

»Was ist das?«

»Nichts Starkes. Der Arzt hat gesagt, Sie sollen das nehmen, wenn Sie sich aufgeregt haben. ›Sie muß schlafen‹, hat er gesagt.«

Gehorsam trank ich das Glas aus und schlief gut. Am nächsten Morgen erschien Dr. Slater, obwohl es nicht die übliche Zeit für seinen Besuch war. Nach der üblichen Untersuchung fuhr er mit den Händen sorgfältig über meinen Kopf. Der sanfte Druck zerzauste zwar mein Haar, verursachte mir aber keine Beschwerden.

»Sie haben sich hervorragend gehalten«, meinte er, nahm Hut und Tasche und fügte beiläufig hinzu: »Gibt es nichts, was Sie mir vielleicht erzählen wollten? Etwas, das Sie beunruhigt?«

Ich zögerte, hätte mich gern einer so tüchtigen und objektiven Persönlichkeit anvertraut.

»Ja, es hat mich schon beunruhigt, als sie zu glauben schienen, ich...«

»Sie?«

»Mein Mann und Miß Bede – daß ich unvorsichtig mit dem Pferd gewesen bin. Das stimmt nicht, Dr. Slater, und jetzt habe ich eine Möglichkeit gefunden, das zu beweisen. Wissen Sie, es gibt einen Zeugen für den Unfall.« Wärme stieg mir in die Wangen. Ich fühlte, wie meine Augen aufleuchteten. Er hielt meine plötzliche Lebhaftigkeit vielleicht für unnatürlich.

»Aha!« Er stellte seine Tasche ab.

»Ein Junge, ein Schüler der Schule, an der ich gearbeitet habe. Er war da, im Unterholz, hat uns beobachtet.«
»Sie haben mit ihm gesprochen?«
»Dazu blieb mir keine Zeit.«
»Hat er irgend etwas gesagt?«
Ich schüttelte den Kopf. Was hätte ausgerechnet Jordan wohl sagen sollen? Er hatte nie viel gesprochen, außer mit Mr. Hawthorne, wie wir alle. Der war ein Mensch, mit dem man reden konnte, dem man absolut vertrauen konnte; man konnte sicher sein, daß er einem glaubte und einen verstand.
»Erzählen Sie mir von ihm. War er ein Lieblingsschüler?«
Ich sah Dr. Slater direkt an, sah, wie seine Augen zuckten – und beschloß, nicht mehr zu sagen. Nichts würde mich dazu bewegen, noch einmal von der Brunnenkresse zu erzählen.
»Nun ja, wir werden schon sehen«, meinte er abschließend.
Kaum hatte er mich verlassen, da kämmte ich auch schon mein Haar und ging steif die Treppe hinab. Bruchstücke einer Unterhaltung drangen von unten an mein Ohr.
»... wirrer Geisteszustand... Lassen Sie sie reden, aber ermutigen Sie sie unter keinen Umständen. Das darf kein ungesundes Interesse geben.«
»Ich versichere Ihnen, Dr. Slater«, rief ich, »daß ich nicht im mindesten wirr bin.«
»Oh!« Er schrak zusammen. »Ich bin entzückt, das zu hören, meine Liebe. Guten Tag Ihnen allen. Entzückt.« Hastig öffnete er die Tür und zog sich zurück.
Er mußte schon von Jordan gewußt haben, noch ehe ich ihm von ihm erzählte. Sie hatten es durchgesprochen und ihn um seinen Besuch gebeten! Mein Zorn, wie eine dumme, verantwortungslose Kreatur behandelt zu werden, die unter Halluzinationen litt und die ein Pferd dazu brachte, zu scheuen, wurde durch diese Schande noch angefacht. Es war schändlich, meine scheinbaren Symptome mit einer völlig Fremden zu besprechen. Und das war sie nun einmal; keine Verwandte, ja, nicht einmal eine alte Freundin. Für mich war sie nichts, rein gar nichts!
»Sie dürfen nicht wütend sein, Florence.« Ihre leise Stimme vibrierte vor Sorge. Wie immer machte ihr Verhalten es einfach unmöglich, sich ihr gegenüber schlecht zu benehmen. »Wir haben uns solche Sorgen um Sie gemacht. ›Nichts darf unversucht gelassen werden‹, habe ich zu Philip gesagt. ›Wir müssen

alles tun, damit sie wieder gesund wird. Sie ist doch Ihre liebe Frau.‹ War es denn nicht das beste, Dr. Slater zu rufen, wo Sie doch für den Augenblick – wie soll ich sagen – den Boden unter den Füßen verloren zu haben schienen? Sie hatten einen so bösen Sturz hinter sich«, sie schloß schmerzerfüllt die Augen, entließ mich – aufatmend – aus ihrem dunklen Starren, »daß da immer die Möglichkeit einer Kopfverletzung besteht.«

»Ich bin nur knapp davongekommen«, antwortete ich, »genau wie Sie, Miß Bede. Sie sind gerade rechtzeitig zurückgetreten.«

Mit einem dieser Geistesblitze der Erinnerung sah ich sie plötzlich hastig zurücktreten, die Hand vom Zügel nehmen; ihr Gesicht war so bleich, wie es die olivenfarbene Haut nur zulassen wollte. Aber so strahlend hell dieser Blitz auch sein mochte, er erleuchtete doch nicht die Bewegungen, die sie vorher oder nachher gemacht hatte.

»Daran erinnern Sie sich?« Sie war an eines der Fenster getreten und stand nun mit dem Rücken zu mir gewandt. »Sagen Sie mir, was Sie sonst noch wissen!«

»Das Moorhuhn, das aufflatterte; der laute Knall. Von einem Gewehr, nehme ich an.« Er war von links gekommen, als ich erstaunt den Kopf gewandt hatte, um diese Gestalt im Unterholz auf der rechten Seite zu betrachten. »Und Jordan, an ihn erinnere ich mich ganz genau«, erklärte ich mit fester Stimme. Ich erkannte, wie unwahrscheinlich es klang, und fügte noch einmal hinzu: »Ganz genau.«

»Sein Gesicht stand vor Ihrem inneren Auge«, sagte sie, »weil er der letzte Ihrer Schüler gewesen ist, den Sie gesehen haben. War es nicht eine ziemliche Überraschung, als er Ihnen – das Geschenk gab?«

»Die Kresse?« Wie lächerlich das klang! Aber das Ereignis hatte sich wirklich in meine Erinnerung gegraben: mehr sogar, als sie vermuten konnte. Ich hatte doch tatsächlich Jordans zerschundenes, schmutziges Gesicht geküßt, war dann hügelabwärts geeilt, sein Geschenk umklammernd. War es möglich, daß in meinem Hirn zwei Ereignisse miteinander verschmolzen, daß ich deshalb bei meinem zweiten, verhängnisvollen Abstieg das Bild von Jordan vor mir gesehen hatte? So, wie ich ihn auf der steilen, gepflasterten Straße zurückgelassen hatte?

Ich kehrte in mein Zimmer zurück, suchte die Einsamkeit, um mich mit der Möglichkeit zu befassen, daß mein Verstand – in gewisser Hinsicht – gelitten haben könnte. Philip und Miß

Bede glaubten es. Für sie war ich ein Gegenstand ihres Mitleids, Opfer meiner Fantasien, wie Philip sie so vorsichtig nannte.

»Ich weiß so wenig von deiner Familie«, hatte er an diesem Morgen erst gesagt. »Aber da hat es doch wohl nie...« Er zögerte, haßte die Frage ganz offensichtlich. Bestimmt hatte sie ihm aufgetragen, sie zu stellen. »Ich meine, da gab es doch niemanden, der nicht... äh...«

»Niemals!« rief ich, obwohl ich außer Tante Maud niemanden aus meiner Familie kannte. Die gute, vernünftige Tante Maud, Schwester meines Vaters. »Wie kannst du so etwas fragen?« Ich sah den Ausdruck von Übelkeit in seinem Gesicht. Es war, als hätten die Ereignisse seine Kraft überstiegen. Ernüchtert sagte ich mir, daß Jordan Finch nicht meine einzige Halluzination war. Täglich, ja, stündlich mußte ich gegen eine unvernünftige Abneigung Miß Bede gegenüber ankämpfen, gegen die Neigung, in ihrer sich nie ändernden Freundlichkeit etwas Ernstes, Düsteres zu sehen. »Du steckst voller Vorurteile«, hatte Philip gesagt; ich konnte es nicht leugnen.

Aber meine Überzeugung, daß sie die Absicht hegte, zu bleiben, hatte mich nicht getrogen. Es war unmöglich erschienen, und doch, da war sie, ständiges Mitglied unseres Haushalts. Schritt für Schritt war sie in unser Leben eingedrungen. Und da sich eine Unwahrscheinlichkeit nach der anderen bewahrheitet hatte, war ich gezwungen, über die nächste nachzudenken. Wenn ich auf Holleron Edge gestorben wäre, was hätte sie dann getan? Wäre sie weitergezogen? Oder eingezogen? Der Gedanke an Miß Bede und Philip allein in Honeywick kam wie von selbst und führte mich weiter zu dem nächsten: War es denkbar, daß sie mich, nachdem sie sich ins Haus manövriert hatte, in absehbarer Zeit hinausmanövrieren würde?

Ich erkannte die Idee als absurd; es wurde mir aber gleichzeitig klar, daß ich mich verzweifelt nach einem Beweis sehnte, daß man mich nicht so einfach – loswerden konnte. Es war reine Fantasie; und Fantasie kann schrecklich aufreibend sein. Tatsächlich ließ mich eine Vorahnung so sehr erschaudern, daß meine Zähne klapperten. Es bestand kein Zweifel mehr daran, daß mein Geist zeitweise tatsächlich zerrüttet war.

Es kostete mich Mut und Überwindung, in den Spiegel zu schauen. Das Gesicht war noch immer schmal, hatte aber die krankhafte Blässe verloren. Der Ausdruck war melancholisch und nachdenklich. Waren es nicht die Augen, die den Geisteszustand verrieten? Ich schien auf den traurigen Blick einer älteren, sorgenvolleren Frau zu stoßen als noch vor wenigen Monaten. Mein Leben war schon jetzt so ganz anders, als ich es vorausgesehen hatte. Der Wandlungsprozeß war so unauffällig vor sich gegangen, scheinbar unvermeidbar, und entgegen allen Gesetzen der Mathematik war hier aus zwei plötzlich drei geworden. War es möglich, daß durch dieselben unauffälligen Mittel drei plötzlich zu zwei werden konnten? Und ich war die unerwünschte Dritte – und wurde verworfen? Die Augen im Spiegel weiteten sich, zeigten mir meine eigene Angst.

Ich riß mich zusammen. Nur über meine Leiche... Nur der Tod konnte mich von hier fortreißen. Aber was dachte ich da? Philip liebte mich und würde mich immer an erste Stelle setzen, würde mich als seine Frau lieben und ehren und tun, was für mich das Beste war. Ein Mensch konnte nicht aus seinem eigenen Heim verjagt werden. Außerdem gab es nichts, wohin man mich hätte jagen können.

Ich wandte mich vom Spiegel ab und öffnete das Fenster. Miß Bede, in Hut und Mantel, trat durch das Gatter und ging übers Feld, die Röcke über das feuchte Gras erhoben. Ich redete mir ein, sie ginge für immer davon.

»Sie ist fort«, würde ich Philip erzählen, nachdem ich den Hügel hinauf und ihm entgegengeeilt war. »Sie ist fort, und mir geht es wieder gut. Ich bin glücklich.«

Ich mußte es wahr werden lassen. Aus der Tiefe meines Seins erhob sich eine Welle der Entschlossenheit, so stark, daß mein Körper bebte. Ich mußte das Haus von Miß Bede befreien und mich wieder etablieren: sofort – sobald sie zurückkam. Ich tat so, als räumte ich eine Schublade auf, versenkte mich dabei in meinen Plan; meine Entschlossenheit war nicht geringer geworden, als sich eine halbe Stunde später die Haustür öffnete und schloß. Sobald sie ihren Mantel ausgezogen hatte, wollte ich einfach nach unten gehen und ihr sagen, wie sehr mir dieses dauerhafte Arrangement mißfiel. Hatte sie nicht selbst gesagt, daß man junge Leute besser allein lassen sollte? Sie war eine vernünftige Frau; schon ihr Gang, als sie an meiner Tür vorüberkam, wies die gemessene Würde all ihrer Handlungen auf. Nur noch eine Minute, dann würde sie wieder hinuntergehen. Jetzt war der Zeitpunkt gekommen, ihr gegenüberzutreten. Es war wichtig, daß ich mir sorgfältig überlegte, was ich sagen wollte. Ich mußte die Höflichkeit erreichen, in der sie mich für gewöhnlich übertraf. Auf gar keinen Fall durfte ich die

Initiative verlieren und zornig werden, und schon gar nicht durfte ich in Tränen ausbrechen. »Unser erstes Jahr nach der Hochzeit, Miß Bede...« Schon stiegen sie auf, flossen über, ließen das Bild im Spiegel undeutlich werden, riefen eine Verzögerung hervor. Nachdem ich sie fortgewischt und mich bemüht hatte, mich zu sammeln, wurde mir bewußt, daß sich die Haustür erneut geöffnet und geschlossen hatte.

Und als ich schließlich nach unten ging, fand ich dort Miß Bede mit einem Besucher: Mr. Drigg.

11

Mir war sofort klar, daß sie ihn hergerufen hatte. Sie war nach Gower Oaks gewandert und hatte ihn gebeten, zu kommen. Er hatte keine Zeit verloren. Glücklicherweise war ich auf der Hut und trat ihm nicht als Nachbar und Pächter unseres Feldes, sondern als Feind gegenüber; schließlich war er ein Mensch, der Personen, die nicht bei Verstand waren, Asyl bot.

Miß Bede überbrückte geschickt die Gesprächspausen, während ich in eisigem Schweigen verharrte. Unter ihrem Einfluß war es unmöglich unhöflich zu sein, aber er mußte meinen Abscheu gespürt haben, als ich mit kritischen Blicken seine Erscheinung musterte. Der Mann glänzte auffallend: Sein Hemdkragen und die Manschetten waren außerordentlich weiß, sein schwarzes Haar zu großzügig mit Öl bearbeitet, seine Stimme zu voll, seine Lippen zu rot. ›Einen Kerl‹ hatte Philip ihn genannt. Seine Gesichtszüge erinnerten mich an einen Bock mit leuchtenden, übergroßen Augen. Und doch mußte Philip eingewilligt haben, daß Miß Bede ihn rief. Er würde das Beste für mich tun wollen? Panik ergriff mich von neuem.

»Ich freue mich, Sie wieder auf den Beinen zu sehen, Mrs. St. Leonard. Als ich das letztemal hier war, waren Sie noch immer sehr krank.«

Zu meiner Überraschung legte das die Vermutung nahe, daß er mehrmals hiergewesen war.

»Aber junge Leute erholen sich ausgezeichnet. Ich kann mich erinnern...« Er beschrieb sein eigenes Erlebnis mit einem scheuenden Pferd, seine Verletzungen, die Behandlung. »Ich habe seither nicht einen einzigen Augenblick lang Probleme deswegen gehabt.«

Er versuchte, mich aus der Reserve zu locken. Ich machte es ihm nicht leicht. Er strahlte Freundlichkeit aus, der ich mißtraute; eine Sanftheit, Glattheit, die ihm vielleicht Philip gegenüber helfen konnte, der sich von guten Manieren beeindrucken ließ. Er klang vernünftig, war beredt. Ein Mensch, der nicht – nun, sagen wir, ganz gesund war – könnte ihm vertrauen; könnte für Jahre unsichtbar werden; vielleicht für alle Zeiten.

»So sind Sie also jetzt ohne Fahrzeug«, sagte er, »und daher ans Haus gebunden. Es wäre mir ein großes Vergnügen, mit Ihnen auszufahren, Mrs. St. Leonard, wenn Ihr Gatte damit einverstanden ist. Hin und wieder ein bißchen frische Luft würde Ihnen guttun. Leider –« Sein Blick wanderte zu Miß Bede; mir erschien er bedeutungsvoll – »ist nur Platz für einen Passagier.«

Er war schnell zur Sache gekommen. Ich sah mich schon davonrollen, eine Eichenallee entlang. Sofort beschloß ich, niemals auch nur einen Fuß in seinen Wagen zu setzen, unter keinen Umständen.

»Ich habe im Augenblick kein Verlangen nach Spazierfahrten, vielen Dank.«

»Miß Bede kennt sich bei Pferden aus, soviel ich gehört habe.« Er hatte sich schnell ihr zugewandt. Sie schien ein wenig verblüfft, ließ sich zögernd in ein Gespräch über Zug- und Reitpferde verwickeln. Ich sah es sofort als Beweis seiner List, daß all seine Bemerkungen, Fragen und Kommentare sich an Miß Bede wandten und mich auszuschließen schienen. War sie mit diesem Teil des Landes vertraut? Kannte sie die steilen Hügel, die schlechten Straßen? War sie eine erfahrene Kutscherin? Er schien unfähig, das Thema Pferde, Unfälle und vor allem unseren Unfall zu lassen; und als er schließlich damit aufhörte, entriß er Miß Bede noch ein paar persönliche Einzelheiten über ihre Kindheit in Sussex und über Ausfahrten mit ihrem Vater.

Sein Interesse an Miß Bede (denn er hielt seine großen, überhellen Augen auf sie gerichtet, als könnte er sich nicht von ihr losreißen) war so offensichtlich, daß ich von meinen eigenen Sorgen abgelenkt wurde und mich fragte, ob sie einen Verehrer gefunden hatte. Vorsichtig erging ich mich in Träumen von einem Wirbelwind, der ihr den Hof machen und sie aus Honeywick fortholen würde, als ein gewisser Ausdruck in Mr. Driggs Augen, etwas Kühles, Beobachtendes, mich wieder zur Vernunft rief. Was auch immer Miß Bedes Motive dafür gewesen sein mochten, ihn hierherzuholen, seine Haltung ihr gegenüber war augenscheinlich nicht sehr freundlich. Sie war fast nervös, etwas, was ich an ihr noch nie zuvor bemerkt hatte. Mr. Drigg hatte soeben beschrieben, wie er das Zaumzeug zu pflegen schien. Jetzt fragte er Miß Bede nach ihrer Meinung bezüglich verschiedener Typen von Trensen. Wieso war es mir so vorgekommen, fragte ich mich jetzt, als hätten die Zügel sich gelöst, hätten plötzlich in meiner Hand gelegen, als ich daran gezogen hatte? Mußte ich nicht doch etwas Dummes getan haben? Ich durfte es auf keinen Fall jemals erwähnen.

In diesem Augenblick fuhr draußen ein Wagen vor, der die restliche Habe von Miß Bede aus Ivy Cottage herüberbrachte. Mit deutlicher Erleichterung entfloh Miß Bede, murmelte nur noch etwas davon, mit dem Kutscher sprechen zu müssen. Ich fühlte mich todunglücklich. Die Ankunft ihres Gepäcks war so endgültig. Sie würde hierbleiben. Es gab keine Hoffnung mehr.

»Woran denken Sie, Mrs. St. Leonard?« Die volle Stimme des Mannes klang verräterisch herzlich. Man sah sofort, wie erfahren er war, wenn es darum ging, sich das Vertrauen seiner Patienten zu erschleichen. Ich schüttelte den Kopf, unfähig, ihn zu belügen, aber entschlossen, ihm Widerstand zu leisten.

»Sie kommen aus Martlebury, glaube ich. Das kenne ich gut.«
Gegen meinen Willen war ich interessiert.
»Kennen Sie auch die Marshall Street?«
»Ein bißchen. Das hier ist ein völlig anderes Leben für Sie.« Die warme Stimme, der durchdringend-fragende Blick hatten eine sonderbare Wirkung. Es war, als würde ich getröstet, aber gleichzeitig unter einem Mikroskop examiniert. »Waren Sie dort glücklich? Sie haben Ihre Schüler geliebt.« Er schien es zu wissen, ohne daß ich es ihm erzählt hätte. »Sie müssen sie vermissen.«

»Heute weiß ich, daß ich glücklich gewesen bin, aber als ich noch dort war – ich konnte es kaum erwarten, allem zu entfliehen.«

»Das ist nichts Ungewöhnliches. Und sind Sie nie zurückgegangen?«

»Nein. Dabei würde ich Mr. Hawthorne so gern wiedersehen.«

»Sie mochten ihn?«

»Mehr als das.« Ich zögerte, überrascht von dem starken Gefühl, das die Erwähnung dieses Namens in mir weckte. Es war mehr als nur Mögen: da war Respekt, Liebe, Verehrung. Es hatte mich sogar vergessen lassen, wie sehr ich Mr. Drigg fürchtete und verabscheute. »Er würde mir sagen – was ich tun soll«, bemerkte ich unvorsichtigerweise.

»In welcher Angelegenheit?« fragte er ruhig; aber ich war schon wieder auf der Hut.

»Ich wollte nur sagen, daß er mir immer einen Rat gegeben hat, wenn ich ihn brauchte.«

»Es gibt Zeiten, da brauchen wir alle den Rat von anderen. Ah, Miß Bede.«

Lautlos war sie unter dem Rundbogen zum Speisezimmer aufgetaucht. Ich fragte mich, wie lange sie schon dort gewesen war. Hatte Mr. Drigg bemerkt, wie ich nervös zurückschrak?

»Bitte, vergessen Sie meinen Vorschlag nicht, Mrs. St. Leonard. Glauben Sie mir, es wäre mir eine Ehre. Eine Ausfahrt, meine ich.«

Wir hatten uns erhoben. Er sah mir offen ins Gesicht, nickte und lächelte sein zu freundliches Lächeln. Ich hatte mich lange genug mit diesem Mann befaßt, kannte aber glücklicherweise die Gefahr. Insgeheim dankte ich meinem Schicksal, das mir den kurzen Blick auf das unglückliche Mädchen, seine Patientin, gestattet hatte – dieser Blick, der mich so lebhaft an die Art seines Heimes erinnert hatte.

»Ich bin heute zu Fuß. Es würde mir aber großes Vergnügen bereiten, Sie auf einem kurzen Spaziergang zu begleiten, wenn Sie Lust dazu haben.«

Offensichtlich versuchte er, wieder mit mir allein zu sein. Nun, das konnte er haben. Ohne mich um Miß Bede zu kümmern, ging ich mit ihm in die Halle hinaus und schloß die Wohnzimmertür. Vor einer Stunde hatte ich beschlossen, in meinem Haus wieder eine Autorität zu werden. Es war an der Zeit, damit zu beginnen.

»Ich glaube, Sie haben einige Erfahrung mit Geisteskrankheiten, Mr. Drigg. Ihre Patienten sind nicht recht bei Verstand.«

»So würde ich ihre Schwierigkeiten nicht unbedingt beschreiben.« Er schien überrascht von meiner Offenheit und direkten Art. Später fragte ich mich, ob ich zu überstürzt gehandelt hatte.

»Sollten Sie Zweifel an meinem Verstand hegen, sollte man Sie hierher gerufen haben, um festzustellen, ob ich gesund bin oder nicht, dann lassen Sie mich Ihnen versichern, daß ich es bin. Ich brauche Ihre Hilfe nicht, Mr. Drigg. Meine Krankheit hat mich vorübergehend verwirrt. Aber jetzt sehe ich alles ganz klar.«

»Ich freue mich, das zu hören.« Nichts schien diesen Mann erschüttern zu können. »Ich fürchte, Sie haben den Grund meines Besuches falsch verstanden...«

»Ich verstehe vollkommen, warum Sie gekommen sind, und ich weiß auch, wer Sie gerufen hat. Guten Tag, Mr. Drigg.«

Genau in diesem Augenblick, als ich die Außentür aufriß, warf der Mann draußen seine Wagentür zu, schnalzte mit der Zunge und ließ die Peitsche knallen, so laut, daß mein Herz einen Satz machte und ich mich an der Tür festklammerte.

»Ich dachte, es wäre ein Gewehr«, murmelte ich schamrot.

Mr. Driggs Augen strahlten. »Der Knall, den Sie auf Holleron Edge gehört haben – klang das genauso?«

Er sprach eindringlich, aber ich wollte mich nicht zu einem dummen Vergleich hinreißen lassen.

»Wie könnte es?«

Er wußte besser als ich, daß kein verantwortungsbewußter Kutscher am Rande eines Abgrunds vor einem nervösen Pferd mit der Peitsche knallen würde. Ich erholte mich wieder und ging ins Haus, im seltsamen Gefühl, daß Mr. Drigg zufrieden war. Nicht erfreut; aber wie ein Arzt, dessen Patient endlich die letzten Symptome aufweist, so daß man eine Diagnose stellen kann. Ich begab mich direkt ins Wohnzimmer, entschlossen, trotz Miß Bedes Gepäck in der Halle mit ihr zu sprechen; und erst da bemerkte ich den Umschlag, den Mr. Drigg auf dem Tisch zurückgelassen hatte. Er war an Philip adressiert. Zweifellos beinhaltete er die Pacht.

War es möglich, daß sein Besuch doch ganz unschuldig gewesen war? Hatte er seine Pflicht als Pächter mit einem Freundschaftsbesuch verbunden? Oder war der Umschlag eine Entschuldigung, um mich zu beruhigen? Ich war mir nicht sicher. Aber welche Rolle spielte Miß Bede unter diesen Umständen? Ich wollte sie fragen, entschied mich dann aber doch dagegen.

»Nun, Miß Bede«, sagte ich statt dessen, »es sieht ja fast so aus, als würden wir einige Zeit zusammenleben. Natürlich kann das Haus niemals so Ihr Heim werden, wie es das meine ist, aber was mich anlangt, so werde ich versuchen, mich so zu verhalten, wie Philip es wünscht. Mehr als alles auf der Welt wünsche ich mir, daß er glücklich ist. Wenn sich die Dinge anders entwickelt hätten...« Wäre nicht der verhängnisvolle Ausflug nach Holleron Edge gewesen, hätte ich jetzt bald mein Baby in den Armen gehalten. Gegen meinen Willen versagte meine Stimme.

Sie hatte mit gesenktem Kopf gelauscht. Es kam mir vor, als hätte Mr. Driggs Besuch sie ebenfalls bedrückt.

»Arme Florence!« Ihr Mitleid war wie alles andere bei ihr zurückhaltend, und aus diesem Grunde überzeugend. Meine Abneigung kam ins Schwanken.

»Oh, Miß Bede, wir müssen Freunde werden!«

»Was könnten wir anderes sein?« Ihre Verblüffung wirkte so spontan, daß ich vollkommen beruhigt war.

»Und Philip glücklich machen«, fuhr ich fort. »Ich habe das Gefühl, er liebt mich nicht mehr so wie früher. Aber ich bin seine Frau. Ich will diejenige sein, die für ihn sorgt.«

»Aber natürlich. Sie irren sich bestimmt. Er liebt Sie über alles. Ich glaube –« Sie schien voller Reue. »– ich habe mich zuviel eingemischt. Es wird nicht wieder vorkommen. Sie sind hier die Herrin. Sie werden alle Entscheidungen treffen; aber Sie neiden mir doch meinen Platz am Kamin nicht, oder? Vergessen Sie nicht – ich habe keinen eigenen.«

Sie sprach voll Vertrauen in mein Mitleid, ergab sich in ihre Einsamkeit, daß ich mich meiner wilden Vermutungen schämte. Im Augenblick war da kein Gedanke daran, daß sie gehen könnte.

12

»Sie wollen also zur Blea-Rigg-Farm fahren?« Mrs. Blanche legte den Schürhaken nieder und nahm ihr Strickzeug wieder auf.

»Wir haben uns bei den Buckles noch gar nicht bedankt – wir hatten nach dem Unfall keine Zeit.«

»Mr. St. Leonard hat ihnen doch bestimmt geschrieben.«

»Er hatte an so vieles zu denken.«

»Und sie? Ihre Miß Bede? Konnte sie denn nicht hingehen?« Mrs. Blanche sah mich scharf an. »Wenn schon jemand um diese Jahreszeit das Tal hinaufwandern muß, dann ist sie bestimmt besser dazu geeignet als Sie.«

»Aber ich muß das schon selbst machen«, beharrte ich.

»So dankbar müssen Sie nun auch wieder nicht sein. Hattie Buckle ist bei all dem bestimmt ganz in ihrem Element gewesen. Im allgemeinen gibt es da oben ja nicht viel zu tun. Sie haben ihr Gesprächsstoff für den Rest ihrer Tage geliefert.« Sie

strickte noch eine Reihe, so schnell, daß kaum eine Pause in der Unterhaltung entstand, ehe sie fortfuhr: »Sie können immer noch hinaufgehen, wenn mal ein schöner Sommertag kommt.«
»Ich will aber jetzt gehen.«
Ich knabberte an einem Stück von Mrs. Blanches Lebkuchen. Es war mir zur täglichen Gewohnheit geworden, jetzt, da ich wieder allein hinausgehen konnte. Ihr Häuschen war für mich eine Zuflucht vor Miß Bede geworden.
»Warum tun Sie's dann nicht? Sie haben es sich in den Kopf gesetzt, also können Sie genausogut auch gehen.«
»Aber wie?«
Das Problem beschäftigte mich seit Wochen: Wie konnte ich allein zur Blea-Rigg-Farm gelangen, oder wenigstens ohne Miß Bede, und herausfinden, was das für ein Junge gewesen war, der uns aus dem Unterholz beobachtet hatte. Das Schlimmste war nicht eingetreten: Mr. Drigg war nicht zurückgekommen, sondern hatte Gower Oaks sogar verlassen, wie er es häufig zu tun pflegte. Philip zuliebe hatte ich es gelernt, mich so zurückhaltend zu benehmen, daß niemand auch nur vermuten konnte, welche Mühe mich das alles kostete. Aber niemals hörte ich auf, Miß Bedes merkwürdigen Einfluß, die Macht, die sie über ihn hatte, zu verabscheuen.
»Vielleicht wäre es gar nicht so schlecht für Sie, noch ein wenig länger in der Bank zu bleiben«, hatte sie gesagt und einen Zweifel gegen den anderen abgewogen. »Noch ein, zwei Monate. Wenn Florence es doch wünscht.« Sie hatte ihn sorgfältig gemustert, als müßte sie seine körperliche Kraft einschätzen; dann war ihr Blick zu mir gewandert, als wollte sie mir die Verantwortung dafür übertragen, daß ich ihn bis zum äußersten forderte. Sie fügte nicht hinzu: »Wir müssen Florence in ihrem gegenwärtigen Zustand bei Laune halten.« Nicht, wenn ich da war.
»Philip muß tun, was er für das beste hält«, warf ich hastig ein.
»Aber natürlich, es würde mir nicht im Traum einfallen, mich einzumischen.«
Jeden Tag schien er in meinen Augen verändert, schien körperlich schwächer zu werden, sein Husten stärker, beunruhigender, seine Augen größer. Tag für Tag zeigte sein Gesicht einen stärkeren Märtyrerausdruck, wenn ich ihn zum Abschied küßte, und Tag für Tag war sein Kuß vorwurfsvoller.
All das machte mich fertig. Aber im Innersten war da noch

eine viel größere Angst: die Angst, daß sie recht haben könnten. Wenn mein Verstand wirklich gestört war, dann konnte auch meine Ansicht aller anderen Dinge nicht richtig sein. Meine ganze Sorge richtete sich nur auf ein Problem: Ich wollte mich selbst, wenn schon sonst niemanden, davon überzeugen, daß ich vollkommen gesund war.

Der Gedanke an Jordan Finch wurde zur Besessenheit. Er war der wesentliche Teil. Wenn es wirklich Jordan gewesen war, der an jenem schicksalhaften Tag im August auf Holleron Edge gewesen war, dann konnte ich meinen Sinnen trauen; dann war ich ganz ich selbst.

Ich spürte Mrs. Blanches scharfe Augen auf mir, hätte mich ihr fast anvertraut; aber die Angst war zu groß, ich konnte sie mit niemandem teilen.

»Wie?« wiederholte ich und wischte meine Hände am Taschentuch ab.

»Es gibt immer Mittel und Wege. Wenn Sie mich fragen, Sie geben einfach ein bißchen zu leicht nach. Sie sind wie Annie. Ein bißchen weich. Jedenfalls anderen gegenüber. Wenn Sie irgend etwas tun wollen, dann tun Sie es! Mir tun die Dinge, die ich nie getan hab', heute mehr leid als die, die ich getan hab'.« Ihre Nadeln blitzten. »Tollemy Price kommt in wenigen Minuten. Heute ist Donnerstag.«

Es kostete mich einige Mühe so zu tun, als wäre ich an Tollemy Price, dem fliegenden Händler für Kerzen, Seife, Lebensmittel und Eisenwaren interessiert.

»Auf seinem Weg nach Catblake kommt er an Blea Rigg vorbei.«

»Oh, aber ich kann doch nicht...«

»Warum nicht, wenn Sie wollen? Das Wetter ist zwar nicht berühmt, aber es wird nicht schneien.« Sie schaute auf, als eine Katze aufs Fensterbrett sprang und hereinstarrte, den schwarzen Rücken wie eine Haarnadel gekrümmt. »Es wird allerdings windig werden. Die Katze da hat 'nen Sturm im Schwanz.« Steifbeinig erhob sie sich und klopfte an die Scheibe.

»Ich hole Ihnen eine Decke. Einer der Jungs kann zu Annie rüberlaufen und Bescheid sagen, wo Sie hin sind.« Sie legte eine Hand auf meine Schulter. »Ich will Ihnen was sagen. Wenn Sie erst mal dagewesen sind, den Platz gesehen haben, dann werden Sie sich beruhigt sagen, daß da immer wieder Leute hingehen, und immer kommen sie heil zurück. Dann können Sie den Unfall vergessen. Es wird wirklich Zeit.«

Eine halbe Stunde später schwankte ich zwischen den Waren auf Tollemys Karren. Ich hockte in dem uralten Lehnstuhl, den er für einen gelegentlichen Passagier bereit gestellt hatte, war in Tücher und Decken eingewickelt, und der graue Canvas schützte mich zusätzlich.

»Bequem?« wandte sich Tollemy über die Schulter an mich, ohne die Pfeife aus dem Mund zu nehmen.

»Sehr. Ich hätte nie gedacht...«

Eine Windbö fuhr unter die Plane, trieb mir Zweige vom Wegrand ins Gesicht.

»Es wird ziemlich wild werden.« Tollemy zog einen Schal aus seiner Tasche und band ihn um seinen Biberhut. »Sie sind seit dem Unfall bestimmt noch nicht viel draußen gewesen. Aber es geht nichts über frische Luft. Die wird die Lebensgeister bei Ihnen wieder wecken.«

Ich wußte inzwischen genug vom Leben auf dem Lande, um von Tollemys Bemerkungen nicht weiter überrascht zu sein. Hier kannte jeder jeden, und jeder wußte, was mit dem anderen los war. Außerdem eignete sich sein Beruf hervorragend dazu, Neuigkeiten zu sammeln. Von seinem hohen Sitz aus mußte er eine Menge zu sehen bekommen.

»Ich will mich bei Mr. und Mrs. Buckle für ihre Hilfe bedanken. Ich glaube, da war auch ein Junge, der damals losrannte, um Hilfe zu holen.«

Ich versuchte, mir Jordan als Farmhelfer vorzustellen; versuchte, mich an irgend etwas zu erinnern, mit dem er gezeigt hatte, daß er auf dem Lande leben wollte. Aber Jordan hatte niemals irgendein Zeichen irgendeines Gefühls von sich gegeben. Andererseits: Er war jung, anpassungsfähig und an Unbequemlichkeiten gewöhnt. Für jemanden, der aus eigener Kraft in Martleburys schmutzigen Straßen durchgekommen war, der die Angriffe seiner Verwandtschaft überlebt hatte, mußte es ein Kinderspiel sein, in Blea Rigg das Vieh zu hüten. War es das, was er hier oben tat? Wir konnten die Edge jetzt sehen. Aus dieser Entfernung, mit den steileren Hügeln dahinter, wirkte Holleron Edge weit weniger hoch.

Das Haus der Buckles stand rechts von der Straße, eine halbe Meile vor der Brücke, wo der Pfad nach Holleron Edge abzweigte. Tollemy würde den ebenen Weg nach Catblake nehmen. Als Mrs. Buckle die Glocken seines Pferdes hörte, öffnete sie die Tür.

»Da ist jemand, der Sie sehen möchte.«

Er überließ mich Mrs. Buckles Überraschung und dem Wind, der inzwischen mit solcher Kraft aus Südwesten blies, daß er Tollemys Wagen zum Schwanken brachte, als er davonfuhr.

»Kommen Sie herein«, forderte sie mich verblüfft auf und schloß unter Schwierigkeiten die Tür hinter uns. »Ich hätte Sie überall wiedererkannt«, sagte sie dann, als ich mich vorstellte. »Ja, das war 'ne Sache, meine Liebe! Sie hätten tot sein können.«

Die Küche auf der Rückseite des Hauses war warm und geschützt, der große Tisch wurde im Augenblick zum Pastetenmachen benutzt. Beim Anblick eines Lämmchens in einer Kiste am Kamin stieß ich einen Ausruf des Entzückens aus.

»Ja, es ist wieder Zeit für die Lämmer. Deshalb mach ich jetzt die Pasteten, weil der Ofen sowieso heiß ist. Setzen Sie sich und wärmen Sie sich auf. Da drüben haben Sie gelegen, als Sie das letztemal hier waren.« Sie deutete mit dem Kopf zum Sofa hinüber. Sie war eine kräftige Frau mit einer Menge kastanienbraunen, wirren Haares, und sie sah jung aus, wenn man bedachte, daß sie schon erwachsene Söhne hatte. Die Umstände, unter denen wir uns kennengelernt hatten, hatten ein Band zwischen uns gewebt. Da gab es keine Formalitäten. »War 'ne schlimme Sache.« Sie stäubte Mehl aus und fing an, den Teig auszurollen. »Das erste Kind zu verlieren.«

Ich vergoß ein paar Tränen; aber da war nichts mehr von der ursprünglichen Bitterkeit, von Schuldgefühl und Kummer; nein, das jetzt war nur eine instinktive Reaktion auf ihr Mitleid.

»Sie kriegen schon noch mal 'ne Gelegenheit«, und als ich den Kopf schüttelte: »Wer sagt das? Der alte Dr. Slater? Was weiß denn der schon?«

Wir unterhielten uns über Kinderaufzucht und Schwangerschaft in einer vertraulichen, offenen Weise, die mir vollkommen neu war.

»Was sein soll, wird sein.« Sie schlug die Ecken ihres Strudels ein und schob die zehn Tabletts in den Backofen. Ein Mädchen erschien und schleppte die Schüsseln und Platten davon. »Sie müssen sich beschäftigen, Mrs. St. Leonard, das ist die Antwort. Es gibt immer jemanden, um den man sich kümmern muß.« Sie füllte eine Flasche mit warmer Milch. »Hier. Füttern Sie den, während ich den Tee mache.«

Neben dem Feuer kniete ich nieder. Das Fell des Lammes war unerwartet rauh. Das war kein Schoßtier, sondern ein Gast, der mit seinen schwachen Kräften verzweifelt um sein Leben kämpfte. Zuerst saugte es nur schwach, dann immer kräftiger.

Der Kessel summte. Das Dienstmädchen sang vor sich hin, während es mit Töpfen und Pfannen klapperte. Nach der ungesunden Abgeschiedenheit von Honeywick, der eifersüchtigen Beobachtung, der unguten dreifachen Einsamkeit, hatte ich hier das Gefühl, daß die Welt wieder in Ordnung wäre.

»Ich bin gekommen, um mich bei Ihnen zu bedanken, Mrs. Buckle, dafür, daß Sie mich gerettet und aufgenommen haben. Ohne Sie wäre alles viel schlimmer gewesen, wäre ich vielleicht wirklich gestorben.«

»Da haben Sie recht, und wir haben es gern getan, mein Will und ich. Wir haben ja gesehen, daß Ihre Freundin« – Mrs. Buckle betonte dieses Wort grimmig – »von keinerlei Nutzen war. Sie saß da oben wie eine Statue, als Will auf der Bildfläche erschien. Das Pferd lag da, die Flanken bebten, und es verdrehte die Augen. Der Wagen war vollkommen zersplittert; und Sie lagen dazwischen wie eine Leiche. ›Sie ist tot‹, hat Ihre Freundin zu Will gesagt.«

»Miß Bede hatte einen entsetzlichen Schock erlitten. Das verstehe ich jetzt. Sie kann es immer noch nicht ertragen, über den Vorfall zu sprechen.«

»Schock? Nun, den hat sie verdient. Unser Will hat ihr schon die Meinung gesagt, da können Sie Gift drauf nehmen! Ist 'n ruhiger Kerl, der Will. Hab' ihn noch nie so wild gesehen seit damals, als einer der Männer den Bullen frei ließ und er fast unseren Lionel umgebracht hätte. ›Dummheit ist genauso schlimm wie ein Verbrechen‹, hat er zu ihr gesagt. ›Und das ist doch wohl die größte Dummheit: 'ne Dame in dem Zustand zur Edge hinaufzubringen, noch dazu in 'ner wackligen Gig und mit 'nem nervösen Pferd!‹«

Mrs. Buckles Worte warfen neues Licht auf die ganze Sache. Miß Bede war es gewesen, die eine Dummheit begangen hatte, nicht ich! Ich war viel zu erleichtert, um Groll gegen sie zu hegen, schob ihr nur einfach die ganze Schuld zu und dachte dabei mit einem Anflug von Boshaftigkeit, wie kräftig sie doch war, und wie wenig sie davon seit ihrem Einzug in Honeywick hatte Gebrauch machen müssen.

»›Wenn sie tot ist‹, hat Will gesagt, ›weiß ich, wer dafür verantwortlich ist.‹ Sie hat ihn bloß angesehen, hat nie auch nur einen Ton gesagt. Die Augen waren wie schwarze Murmeln. Er hat mir erzählt, daß sie ihm fast Angst gemacht hätten. Dann ist er aufs Moor hinausgelaufen und hat den alten Tim gerufen. Der haust in der alten Schäferhütte da draußen. Sie haben die

Tür rausgerissen, und als sie Sie daraufgelegt haben, hat Will gesagt: ›Gott sei Dank, sie atmet!‹ Und die ganze Zeit über hat sie da oben gesessen, als wäre sie aus Stein. Dann hat sie laut geseufzt, ist aufgestanden. ›Das Pferd muß erschossen werden‹, hat sie gesagt. Ich sag' Ihnen lieber nicht, was Will gemeint hat, wer erschossen werden sollte. Und als sie Sie dann hier runtergebracht haben und wir den Doktor riefen ließen, hat sie auch keinen Finger krumm gemacht. Kein Ton kam über ihre Lippen. Sie saß bloß da, hat wohl nachgedacht. Sah jedenfalls aus, als müßte sie alle Rätsel des Universums lösen.«

»Mir war gar nicht bewußt, wie sehr sie gelitten haben muß«, sagte ich, zufrieden und beschämt gleichzeitig. »Aber da ist noch was, Mrs. Buckle. Der Junge. Da war doch ein Junge, oder nicht? Er hat uns aus dem Unterholz neben dem Pfad beobachtet. Miß Bede sagte, er hätte Hilfe geholt.«

Mrs. Buckle reichte mir eine Tasse Tee und setzte sich mir gegenüber.

»War 'ne komische Sache mit dem Jungen. Hab' ihn nie zuvor gesehen, hab' auch keine Ahnung, wer er gewesen sein könnte. Will hat gerade einen Zaun am unteren Feld gerichtet, als es geschah. Er dachte, er hätte oben auf der Edge etwas gehört, aber wegen seinem Hämmern konnte er nicht sicher sein. Dann kam dieser Junge angestürzt, raste durch die Büsche, als wäre er direkt über die Edge gekommen. Hat sich nicht die Mühe gemacht, erst den Weg zu suchen, sondern kam einfach da heruntergeschlittert. Ist 'n Wunder, daß er selbst nicht lahm geworden ist dabei! Keuchte etwas davon, daß jemand getötet worden wäre. Mehr hat Will nicht gehört. ›Sie ist tot!‹ Seitdem hat ihn niemand mehr gesehen. Wir haben hier und da nach ihm gefragt, aber keiner wußte, wer das gewesen sein könnte.«

»Der alte Tim. Er weiß es vielleicht«, sagte ich.

»Vielleicht. Aber der kann uns nichts erzählen, so leid es mir tut.«

»Heißt das, er ist tot?«

»O nein, Tim doch nicht. Der stirbt nicht so leicht. Nee, der sitzt im Gefängnis in Kirk Heron, wegen Wilddieberei. Hat sich mit einem Hasen in der Tasche und ein paar Moorhühnern unter der Jacke erwischen lassen. An den kommen wir so bald nicht wieder ran.«

»Oh, ich hoffe bloß... Der Junge, er könnte sich schlechte Sachen angewöhnen, wenn er mit einem solchen Mann lebt.«

»Das tut er wohl sowieso, egal, wo er ist. Aber irgendwo muß er ja hingehören. Ach, dieser Wind!« Besorgt trat sie ans Fenster. »Der reißt uns die Dachziegel runter. Lauf zu, Sally, schließ das Tor vom Kuhstall! Aber paß auf deinen Kopf auf. Das wird 'ne böse Rückfahrt für Sie, Mrs. St. Leonard.«

Aber es war alles viel schlimmer, als wir es in unserer gemütlichen Küche merken konnten. Zwei Stunden später kehrte Will Buckle heim. Nach einem ganzen Tag draußen im erbarmungslosen Wind war er zu erschöpft, um mehr zu tun, als mir zum Gruß zuzunicken, ehe er sich waschen ging. Aber nachdem Hattie ihm erzählt hatte, wer ich war und ich mich bedankt hatte, hieß er mich willkommen.

»Sieht aus, als müßten Sie in Blea Rigg bleiben.«

Ich lächelte, begriff nicht gleich.

»Heute kommen Sie nicht mehr heim. Bei diesem Wetter riskiert Tollemy seinen Karren nicht. Der wird im Grey Horse bleiben.«

»Dann laß uns nur hoffen, daß er morgen früh noch in der Lage ist zu fahren. Ich kenne Tollemy, und ich kenne das Grey Horse.« Mrs. Buckle wandte sich mir zu. »Machen Sie es sich also ruhig bequem, meine Liebe. Sally! Komm, wir müssen die Decken lüften.«

Das Brüllen des Windes drang durch die schwere Tür nur gedämpft zu uns, machte uns den Luxus bewußt, es so gemütlich zu haben. Wenn da nur nicht die armen Lämmchen draußen gewesen wären...

»Die Kälte macht denen nichts aus«, klärte Mrs. Buckle mich auf, »solange es nur trocken bleibt. Es ist die Nässe, die das Unheil anrichtet.«

Wir aßen zu Abend, und anschließend kehrten die Männer aufs Feld zurück. Schläfrig lauschte ich Mrs. Buckles endlosem Redefluß. Erfreut hörte ich, daß sie Tante Adelaide gekannt hatte.

»Eine hübsche Dame, kurzsichtig und nicht sehr kräftig. Ging regelmäßig mit der alten Dame in die Kirche, und dann sind sie auch immer in ihrem Landauer spazierengefahren. Sie erinnerte mich immer an eine zermalmte Blume. Die alte Miß St. Leonard war ein bißchen steif, übervornehm, aber Miß Adelaide haben alle gemocht. Sie war schüchtern, war schon als Kind immer unterdrückt worden, aber man konnte mit ihr reden. Nicht so wie manche andere. War 'ne Schande, daß sie fortgegangen und in der Fremde gestorben ist.«

Dieses Gespräch am Feuer war ein Trost für mich. Jenseits

einer Barriere aus Wind lag Honeywick, zur Größe eines Puppenhauses zusammengeschrumpft. Aus dieser sicheren Entfernung konnte ich die beiden Gestalten am Schachbrett akzeptieren, so, wie man ein Bild in einem Märchenbuch akzeptiert. Das fünfte Rad am Wagen zu sein war nur dann unerträglich, wenn man dort war. Ein paar Stunden lang fühlte ich mich froh und sorglos. Sie brauchten mich nicht. Ich hatte zwar in Blea Rigg nicht gefunden, was ich gesucht hatte. Vielleicht würde ich nie erfahren, ob dieser Junge Jordan Finch gewesen war oder nicht; aber meine Dankbarkeit ihm gegenüber war größer denn je. Er war nicht nur gelaufen, um Hilfe zu holen: Er hatte mir auch die Entschuldigung für diesen herrlichen Aufenthalt geliefert.

Und wenn es Jordan gewesen war? Wo war er dann jetzt? Am nächsten Morgen stand ich auf der Stufe am Eingang und schaute zur Holleron Edge hinauf. Der Wind hatte sich gelegt. Der Himmel war strahlendblau, die Luft kristallklar, jeder Ton deutlich zu hören.

»Laß ihn nicht durch die Finger schlüpfen, Florence.« Ich wußte, was Mr. Hawthorne sagen würde. »Rette ihn, wenn du kannst.«

Es konnte nicht schaden, Erkundigungen einzuziehen. Ich wollte zur Mine hinübergehen. Dabei riskierte ich nicht, Tollemy zu verpassen. Ich würde ihm entweder auf der Straße begegnen oder ihn im Grey Horse antreffen. Plötzlich hatte ich das Gefühl, ich müßte Jordan unbedingt finden. Aber jetzt ging es nicht mehr um mich, sondern um ihn. Ich zweifelte nicht länger an meinem Verstand, spürte sogar bereits die ersten Regungen von Zorn, daß irgend jemand sonst daran zweifeln konnte; nein, um Jordan selbst willen wollte ich versuchen, ihn zu retten. Er hatte noch nie eine richtige Chance gehabt.

Ich wollte gerade ins Haus gehen, um Mrs. Buckle zu sagen, wohin ich gehen wollte, als Will erschien. Ich ging ihm entgegen. Er war die ganze Nacht über draußen gewesen. Seine Augen waren rotgerändert.

»Der Wind hat sich gelegt.«

»Mr. Buckle, ich wollte Sie nach diesem Jungen fragen. Wie war er?«

Er blieb stehen, nahm den Hut ab. Sein Hund ließ sich neben ihn fallen, keuchend. Einen Moment lang war es so ruhig, daß das schnelle Atmen den Morgen mit einer angstvollen Stimmung zu erfüllen schien. Ich blickte auf. Hoch droben auf

Holleron Edge hatte sich etwas bewegt. Ich starrte hinüber, bis der Berg selbst sich zu bewegen schien, aber ich sah nichts, nur Dohlen, die sich vom blassen Fels erhoben oder sich darauf senkten.

»Das ist ein Rätsel. Ich hatte den Jungen nie zuvor gesehen. Wenn er jetzt den Weg hier heraufkommen würde, würde ich ihn auf der Stelle erkennen. Aber sagen, wie er gewesen ist... ich hatte auch keine Zeit, ihn anzuhören. Er sagte bloß, daß da oben jemand läge, tot, und schon war ich fort wie der Blitz.«

»Ein dünner Junge mit blauen Augen?« Will schüttelte den Kopf, aber mehr zweifelnd als abstreitend. »Vielleicht zerlumpt? Ich frage mich nämlich, ob es ein Junge sein könnte, den ich kenne.«

»Aha! Nein, warten Sie! Er hatte eine lange, grüngestreifte Jacke an, viel zu groß für ihn. Ging ihm fast bis an die Knie.«

Dann war es nicht Jordan gewesen. Der Junge im Unterholz war der Junge, den Annie beschützt hatte. Ich erinnerte mich noch an ihr tränenreiches Geständnis. »Ich habe ihm die grüne Jacke gegeben. Sie haben sie zu den Lumpen geworfen, obwohl man die noch Jahre hätte tragen können.« Es war eine feine Jacke mit bezogenen Knöpfen gewesen. »Aber nicht die Art, die ich jetzt noch zu tragen beabsichtige«, hatte Philip erklärt, als ich Einwände machen wollte. Sie hatte nicht zu seiner neuen Rolle als Landedelmann gepaßt.

Meine erste Reaktion war Enttäuschung, doch schon bald trat ein viel einfacheres Gefühl an die Stelle des komplizierten Bedauerns. Warum hatte Philip es für richtig gehalten, den Jungen zu verprügeln und ihn fortzuschicken? Es hätte uns nichts gekostet, ihm Schutz zu gewähren. So jedoch hatten wir ihn einer Gesellschaft aus Wilddieben und schlimmerem in die Arme getrieben. Dennoch hatte er den guten Samariter gespielt. Hatte uns unsere Unfreundlichkeit mit einem Dienst vergolten, hatte sich den Felsen hinabgestürzt, ohne an Leib und Leben zu denken.

Die Morgenluft erschien mir nicht mehr strahlend: nur noch kalt. Noch immer war von Tollemy nichts zu sehen, aber aus der entgegengesetzten Richtung tauchte ein Wagen auf. Er verschwand hinter dem vorstehenden Felsen, erschien aber sogleich wieder. Mit einem unguten Gefühl erkannte ich den Wagen und seinen Kutscher, ging zum Tor.

»Ich bin gekommen, um Sie heimzuholen, Mrs. St. Leonard.« Mr. Drigg schien seine Milde verloren zu haben. »Ihr Gatte ist sehr krank.«

13

Es kam mir nie in den Sinn, an seinen Worten zu zweifeln. Die klare, scharfe Luft auf Blea Rigg hatte mein Gefühl für die Wirklichkeit wieder zurückgebracht. Dazu kam, daß Mr. Driggs Verhalten jeden Rest von Mißtrauen, ich könnte eine Gefangene in Gower Oaks werden sollen, vertrieb. Eine solche Möglichkeit kam mir überhaupt nicht in den Sinn. Ich dachte nur an Philip. Keine Minute war zu verlieren – mir blieb gerade noch Zeit, mich von den Buckles zu verabschieden. Mr. Drigg erklärte mir kurz die Lage, als er mich in seinem Wagen untergebracht hatte. Mir blieb nichts weiter zu tun, als über den Tatsachen zu grübeln.

»Ihr Mann muß seit geraumer Zeit ein kranker Mann gewesen sein«, bemerkte Mr. Drigg. »Er kehrte gestern abend sehr spät heim, war vollkommen zusammengebrochen. Hustete Blut. Ein Blutsturz, fürchte ich, hervorgerufen durch Erschöpfung.«

»Aber warum kam er so spät?«

Bei der Bahn hatte es ein Unglück gegeben. Ein Baum war umgestürzt und hatte die Schienen blockiert. Die Passagiere nach Gower Gill waren in Kirk Heron abgesetzt worden, aber kein Kutscher wollte bei solch einem Sturm von dort abfahren. So hatte Philip beschlossen, die fünf Meilen nach Honeywick zu Fuß zurückzulegen. Der größte Teil des Weges führte dabei über offenes Land, wo es keinen Schutz vor dem Sturm gab. Es war schon nach elf gewesen, als er schließlich ins Haus getaumelt war.

In die Arme von Miß Bede, nicht in meine. In dieser Krise hatte ich nicht nur ihm gegenüber versagt, sondern hatte ihr auch noch eine Gelegenheit geboten, die sie nicht einfach verstreichen lassen konnte. Als ich ins Haus stürzte, besorgt, reumütig, stand sie auch da, in der Halle.

»Warten Sie!« Sie hielt mich zurück, als ich an ihr vorbei- und die Treppe hinaufeilen wollte. »Er ruht gerade. Sie dürfen ihn jetzt nicht stören, nicht, ehe Sie nicht abgelegt und sich selbst beruhigt haben.«

»Was sagt der Arzt? Ist er noch da?«

Miß Bede schüttelte den Kopf.

»Tut mir leid, Florence, aber Sie müssen das Versprechen vergessen haben –« Sie zögerte, ehe sie traurig hinzufügte – »das zu geben Sie von mir verlangt haben.«

»Versprechen?«

»Mich niemals einzumischen. Sie haben mich daran erinnert, daß es Ihre Aufgabe ist, sich um Philip zu kümmern. Natürlich: Sie sind seine Frau. Ich respektiere Sie und Ihr Gefühl. Es war schwer zu entscheiden, was ich tun sollte; und da Sie nicht hier waren...«

»Heißt das, daß noch gar nicht nach dem Arzt geschickt worden ist?«

»Jetzt, wo Sie da sind, sollten Sie ihn wohl besser gleich rufen lassen.«

Ihre fest zusammengepreßten Lippen drückten mehr als nur Vorwurf aus; es war mehr die ernste Erkenntnis, daß Vergeltung am Werke war. Einfacher ausgedrückt: Alles war meine Schuld! Wir alle hatten darunter zu leiden, daß ich so kindisch auf meinen Rechten bestanden hatte, daß ich meine Pflichten dann so verantwortungslos vernachlässigt hatte.

»Ich wünschte, Sie hätten ihn rufen lassen.«

Alles war meine Schuld; aber ich konnte nicht verstehen, warum sie ein so großes Risiko eingegangen war.

Natürlich hatte ich sie gebeten, sich nicht mehr einzumischen. Aber ich konnte mich nicht erinnern, ihr ein Versprechen abgenommen zu haben. Sie sprach davon wie von einem heiligen Eid, der um jeden Preis gehalten werden mußte, selbst wenn Philips Leben auf dem Spiel stand. Das stand in keinem Verhältnis zueinander und vergrößerte meine Nervosität noch, als ich mit zitternden Fingern den Hut abnahm. Etwas Anormales ging von ihrer Fähigkeit aus, in Krisenzeiten reglos wie ein Bild dazusitzen.

Ich lief nach oben, holte tief Luft und öffnete die Tür.

»Philip, Liebling!« Sie hatten ihn mit Kissen gestützt. Ich hatte das Gefühl, daß er ohne ihre Hilfe nicht einmal den Kopf hätte heben können. In der kurzen Zeit, in der ich ihn nicht gesehen hatte, schien er von mir fort in eine ferne Welt gerückt zu sein, schien jetzt alle ihm verbleibende Kraft zu benötigen, bloß um zu atmen, und bei jedem Atemzug hob sich seine Brust mühsam. Ich sank neben dem Bett auf die Knie.

»Wo bist du gewesen?« Seine Lippen bewegten sich nur schwach. Kein Lächeln, keine Wärme lag in seinem Blick.

Beschämt erklärte ich es ihm.

»Aber ich wünschte – oh, Philip, ich wünschte wirklich, ich wäre hiergewesen! Du bist so krank gewesen. Ich werde dich nie, nie mehr verlassen!«

Ich legte den Kopf auf seine Hand, versuchte ihn zu erreichen. Ich war bereit, sollte es erforderlich sein, mein ganzes Leben seiner Pflege zu widmen. Als ich wieder aufsah, blickte er an mir vorbei zur Tür, erwartungsvoll, als fiebere er darauf, daß jemand anders eintreten würde.

»Dr. Slater muß geholt werden. Ich schicke Annie. Aber ich komme sofort wieder, Liebster.«

Er schloß die Augen, sagte nichts.

»Annie.« Hastig ging ich in die Küche. »Zieh dich sofort an und hole Dr. Slater.«

»Gott sei Dank, daß Sie hier sind, Ma'am!« Sie stülpte sich den Hut auf und fuhr mit den Füßen in ihre Stiefel.

»Oh, Annie! Hättest du denn nicht darauf bestehen können?«

»Ich habe es versucht.« Tränen liefen über ihr Gesicht. Sie machte sich nicht die Mühe, sie fortzuwischen. »Sie hat ihn in der Halle im Sessel sitzen gelassen. Er war ganz offensichtlich gefallen. Seine Kleider waren völlig durchnäßt. ›Ihre Herrin wird bald wieder hier sein‹, hat sie gesagt. ›Sie muß entscheiden.‹ – ›Nun, dann lassen Sie uns ihn wenigstens zu Bett bringen‹, hab' ich gesagt. ›Heute abend kommt sie bestimmt nicht wieder.‹ Sie hat an seinem Bett gesessen und ihn bloß beobachtet. Ich war es, die an Mr. Drigg gedacht hat.«

Dr. Slaters Zorn war schwer zu ertragen. Ich nahm ihn als Teil meiner Strafe hin.

»Ich kann nicht verstehen, warum Miß Bede es für wichtiger hielt, Sie bei Laune zu halten, als Ihrem Mann das Leben zu retten. Ich begreife das einfach nicht!« Er funkelte mich an. »Launenhaftigkeit und Grillen sind bei einem Kranken zu erwarten. Aber Sie sind jetzt nicht mehr krank, Mrs. St. Leonard. Sie müssen Ihren eigenen Kummer vergessen und sich um Ihren Gatten kümmern. Es ist ein Jammer, daß Miß Bede nicht in der Lage war, die Situation mit der ihr eigenen Vernunft zu meistern. Jetzt muß ich leider befürchten... Nun, Ruhe ist jetzt das Wichtigste für ihn. Das einzige. Soviel ich weiß, ist seine Mutter bei einem Blutsturz ums Leben gekommen.«

Er legte Philip Zugpflaster an die Seiten und an die Fußsohlen, verschrieb eine leichte Diät und verbot rotes Fleisch und Wein.

Miß Bede sah ihm vom Fenster aus nach. »Wenn Philip die Bank doch nur im Dezember verlassen hätte, wie ich es zuerst vorgeschlagen hatte.«

»Es war meine Schuld. Ich wollte es nicht. Ich habe mich geirrt.«

Aber es war ihretwegen gewesen. Philips Vorschlag, die Bank zu verlassen, war mit ihrer Bereitschaft einhergegangen, die Kosten für unseren Haushalt zu teilen. »Sie sollten besser noch ein wenig länger bleiben«, hatte sie gesagt, »wenn Florence es so wünscht.« Und doch war sie gekommen, mit Sack und Pack, und hatte ihren Teil des Handels erfüllt, ehe sein Rücktritt ihn erforderlich machte. Das wirre Gefühl, daß sich nichts so entwickelt hatte, wie ich es gewollt hatte, erleichterte mein Gewissen nicht unbedingt. Meine Einwände erschienen mir jetzt verachtenswert: Sie waren ein weiteres Beispiel für die Launen, die Dr. Slater mir vorwarf.

Nachdem ich mich so oft, in so vieler Hinsicht geirrt hatte, durfte mir das jetzt auf keinen Fall mehr passieren. Nur war es unter diesen veränderten Umständen schwieriger denn je, den rechten Weg zu erkennen: Sollte ich meinem Instinkt folgen und Philip ganz allein pflegen? Oder sollte ich mich Miß Bede beugen, die weitaus erfahrener war als ich, obwohl ich weniger Vertrauen zu ihrem gesunden Menschenverstand hatte als Dr. Slater?

Wie immer wurde mir die Entscheidung abgenommen.

»Ich habe mein Versprechen nicht vergessen, Florence. Nein, ich werde mich nicht dazu hinreißen lassen, mich einzumischen. Sie sollten es alles allein machen. Es ist Ihr Vorrecht und Ihre Pflicht.«

Dankbar nahm ich an. Ich würde die vollkommene Schwester sein. Hier war meine Gelegenheit, alles durch eigene Kraft wieder zurechtzurücken, nicht nur Philips Gesundheit wiederherzustellen, sondern auch all meine Fehler wiedergutzumachen. Soweit die Barriere zwischen uns durch einen Fehler meinerseits entstanden war, wollte ich ihn durch meine Ergebenheit wieder vergessen machen. Philip sollte nie wieder von mir enttäuscht werden. Vor Eifer brennend widmete ich mich ganz der Vorbereitung seiner Mahlzeiten, in denen er nur lustlos herumstocherte; der Temperatur seiner Milch; dem Alter des Huhns; der Beschaffenheit der Pfeilwurz; und schließlich wechselte ich mehrmals wöchentlich seine Bettücher, bis Mrs. Churnside sich nicht mehr darüber freute, sondern empört war.

»Sie bringen sich noch selbst um«, warnte Annie mich, »laufen treppauf, treppab; dabei sind Sie selbst noch alles andere als kräftig. Lassen Sie es mich machen – oder *sie*.«

»Ich muß es selbst tun. Verstehst du das denn nicht?«

»Ich sehe bloß, daß Sie beide vor meinen eigenen Augen dahinsiechen, während die da drüben thront wie eine Königin, die Hände im Schoß!« Zu meiner Überraschung hieb die sanfte Annie mit der Faust auf den Tisch.

Ihre wilde Beschreibung von Miß Bede brachte mich zum Lächeln. Ihre ruhige Art war zu jener Zeit vielleicht noch besonders auffallend, weil mir selbst diese Haltung völlig fehlte. Ich hastete mit Schüsseln und Bechern, mit Tabletts und Lampen von der Küche zum Schlafzimmer. Gelegentlich fiel mein Blick in einen Spiegel: das Haar ungekämmt, die Augen besorgt, das Gesicht müde. Nur ganz langsam dämmerte es mir, wie sorgfältig Miß Bede alles eingerichtet hatte. Indem sie dem Wunsch, sich einzumischen, so edelmütig widerstand, blieben ihr Stunden, in denen sie an Philips Bett sitzen konnte. Selbst wenn er schlief, schien sie immer anwesend zu sein, und wenn er erwachte, fiel sein Blick als erstes auf sie – und blieb dort ruhen.

»Sie sehen müde aus«, murmelte Miß Bede, als ich das schwere Tablett abstellte. Vor Müdigkeit konnte ich kaum noch klar sehen, ihre Brauen und ihre Augen erschienen mir wie ein dunkler Streifen über dem lächelnden Mund mit den langen, weißen Zähnen. »Sie sollten mich helfen lassen. Aber ich weiß, daß Sie alles allein machen wollen.«

Nachdem ich meine Stellung als Herrin des Hauses eingenommen hatte, übernahm ich jetzt auch die Pflichten des Hausherrn. Jeden Abend machte ich müde den Rundgang durch die anderen Gebäude; dann nahm ich den bronzenen Kerzenhalter in der Halle, ging durchs Haus, um die Uhren aufzuziehen, die Schlagläden zu schließen, die Türen zu verriegeln. Mehr als einmal mußte ich den Gedanken fortschieben, daß es bereits zu spät war: Man war schon ins Haus eingedrungen!

»Das gefällt Ihnen nicht, nicht wahr? Das machen Sie immer als letztes.« Miß Bede sah mitleidig zu, als ich, die Kerze in der Hand, die Kellertür aufstieß und mein Schultertuch fester um mich zog. »Sie sollten mich hinabgehen lassen. Mir macht es nichts aus.«

Aber sie ging nie; und allmählich vergaß ich meinen Abscheu vor dem feuchten, hallenden Ort, den Ratten und dem Geruch von Verfall. Es dauerte kaum länger als eine Minute, die Stufen hinunterzulaufen, zur Hintertür zu eilen, dabei den Steinplatten über dem Brunnen auszuweichen, und schließlich die schweren Riegel vorzuschieben. Da der Zug zwischen den beiden Türen häufig die Kerze ausblies, gewöhnte ich es mir an, sie auf halbem Weg an der Treppe stehen zu lassen. Ich hätte die ganze Sache leicht auch im Dunkeln durchführen können.

Der Februar verging, die Tage wurden länger und ich ruhiger. Die harte Arbeit, so erschöpfend sie anfangs auch gewesen war, schien mir geholfen zu haben, wieder gesund zu werden. Tiefe Befriedigung erfüllte mich, entstanden aus der Pflege meines Mannes. Seine Hilflosigkeit ließ ihn mir näher und teurer sein als zu der Zeit, als er göttergleich in der Marshall Street aufgetaucht war. Wenn die Tage auch keine Besserung seines Zustandes brachten, so schien es ihm doch auch nicht schlechter zu gehen. Wären wir allein gewesen, ich wäre wohl fast glücklich gewesen.

Jetzt war es an mir, an den Abenden mit Miß Bede zusammenzusitzen, wenn gerade keiner bei Philip war. Ich kann mich nicht mehr erinnern, wie wir die Zeit verbrachten, aber ihre Gespräche waren niemals langweilig. Wahrscheinlich betrachtete sie es als ihre Aufgabe, unsere alte Freundschaft wiederherzustellen. Ich war ihrem Charme schon immer erlegen, und jetzt, da ich mir nicht mehr so unterlegen vorkam, war ich weniger empfindlich. Schließlich tat sie auch einmal etwas Dummes, wenn man nur an unseren Ausflug nach Holleron Edge dachte! Der Ausflug nach Blea Rigg hatte mich meine natürliche Freude wiederfinden lassen. Es gab jetzt nichts – mein zuversichtlicher Blick umfaßte das gesamte Zimmer, ruhte für eine Weile auf dem zarten Stoff, an dem Miß Bede arbeitete – nichts, mit dem ich nicht fertig werden konnte.

Bloß – ihre Beziehung zu Philip war merkwürdig. Es handelte sich nicht um Liebe. Ich wußte es, zum Teil, weil keine Verzückung darin lag. Hätten sie über meinen Kopf hinweg liebende Blicke ausgetauscht – trotz des absurden Altersunterschiedes –, hätte ich die Sehnsucht und den Schmerz darin bemerkt und gespürt; sie hätten das Strahlen nicht verbergen können, das Leuchten des Glücks, das die Herzen aller, auch der unglücklichsten Liebenden, erwärmt. Aber genausowenig hätte ich den Schmerz ertragen können. Hätte ich es für Liebe gehalten, wäre ich vor Kummer gestorben. Aber keiner von ihnen war meiner Meinung nach dafür geschaffen, von Liebe besessen zu sein. Inzwischen hatte ich begriffen, daß es nicht meine Unzulänglichkeit gewesen war, die mir Philip entfremdet hatte, sondern sein eigener Mangel an Herzlichkeit; und sie – wenn sie ihn wirklich liebte –, wie konnte sie ihn sterbenskrank ohne ärztliche Hilfe liegen lassen, eine ganze Nacht lang, während sie wartete, versunken in ihre eigenen, undurchdringlichen Gedanken? Das war keine Handlung aus Liebe, und als ein Irrtum war er dümmer als üblich.

Und doch glaubte sie an Liebe auf den ersten Blick, glaubte daran, daß der Gegenstand seiner Zuneigung einen mit Haut und Haaren verschlingen konnte. Seltsam, wie sie sich damals ausgedrückt hatte! Eine traurige Affäre mußte ihre Zärtlichkeit ausgetrocknet haben. Sie lebte nun ohne dieses Gefühl, ließ die leidenschaftslosen Tage an diesem ruhigen Ort vorüberstreichen. Armut hatte sie hierher gebracht, so vermutete ich. Wie hätte sie von ihrem kleinen Jahreseinkommen leben können, wenn nicht als zahlender Gast im Heim anderer Menschen? Nein, Liebe war es nicht. Und Philip? Die Schwäche in ihm fand Antwort in ihrer Stärke. Ihre feine, vornehme Art schmeichelte seinem Snobismus. Ich sah darin zärtlich eine Schwäche, wie die Schwäche seiner Lungen.

Oben öffnete sich eine Tür.

»Mr. Drigg kommt herunter.« Miß Bede legte ihre Arbeit nieder und ging hastig in die Halle. Ich warf einen Blick auf die Uhr. Er war länger als üblich geblieben. Ich hatte nichts mehr gegen seine Besuche einzuwenden, und er kam jetzt zwei-, dreimal wöchentlich, setzte sich zu Philip und las ihm aus der *Gazette* oder dem *Cornhill* vor. Philip brauchte männliche Gesellschaft, auch wenn ich dem Mann selbst noch nicht trauen, viel weniger ihn mögen konnte. Er mußte von meiner steifen Art entmutigt worden sein, kam nur noch selten ins Wohnzimmer; aber heute erschien er an der Tür, die Miß Bede offengelassen hatte, als sie nach oben ging. Sie hatte unverzüglich die Gelegenheit ergriffen, Philip allein zu wissen.

»Mrs. St. Leonard.«

»Bitte, nehmen Sie doch Platz, Mr. Drigg.«

Er lehnte die angebotene Erfrischung ab, saß mit düsterer Miene da, den Hut in Händen.

»Ihr Gatte...«

»Es geht Philip doch nicht schlechter?« Verzweifelt sprang ich auf, aber er bedeutete mir, mich wieder zu setzen.

»Ich nehme an, Miß Bede ist zu ihm hinaufgegangen.« Es war weniger eine Frage als vielmehr die Bitte um Zustimmung. »Es ist keine äußerliche Veränderung festzustellen. Sie wissen ebensogut wie ich, Ma'am, daß seine Krankheit manchmal geraume Zeit ruht – oder aber plötzliche Fortschritte machen kann.«

»Ich muß zu ihm.«

»Bitte glauben Sie mir, es besteht kein Grund zur Aufregung. Es geht ihm nicht schlechter, er erscheint sogar lebhafter. Nachdem ich ihm vorgelesen hatte, haben wir noch über alte Zeiten gesprochen. Ihr Gatte wollte über seine Tante sprechen.«

Ich mußte ihn erstaunt angesehen haben: Philip hatte niemals Interesse an der armen Tante Adelaide bekundet.

»Kannten Sie sie?«

»Ja, allerdings. Ich war einer ihrer wenigen Besucher hier. Als Ihr Gatte sie erwähnte, bedurfte es keiner weiteren Ermunterung: Ich habe sofort von früher, von unserer Freundschaft erzählt.« Er sah sich um, mit einem Ausdruck, der auf einem anderen Gesicht wohl zärtlich gewirkt hätte. »Sie haben hier im Zimmer nichts verändert, wie ich sehe.«

»Kaum. Es kam mir immer so vor, als gehörte es ihr. Es wäre undankbar, es zu sehr zu verändern.«

Er schenkte mir einen kurzen, wohlwollenden Blick, war gleich darauf viel lockerer.

»Haben Sie sie gesehen, als sie heimkam?«

»Leider nein, zu meinem unendlichen Bedauern. Ich war zu jener Zeit in Leipzig und besuchte meinen Freund, Dr. Wilhelm Wundt. Als ich zurückkehrte, hörte ich, daß meine alte Freundin in Honeywick gewesen und bereits wieder abgereist war. Ich habe sie nie wiedergesehen. Aber die Schuld lag ganz allein bei mir. Ich war es, der ihr geraten hatte, von hier fortzugehen.«

»Warum haben Sie das getan?«

»Ich dachte, ein Urlaub würde ihr guttun. Miß Adelaide hatte mir gestanden, daß sie unter Depressionen litt. Eine alleinstehende Frau ohne familiäre Bindungen, ganz allein auf der Welt – eine wohlhabende Frau, meine ich –, lebt nicht ganz ungefährlich.« Das Wort kam unerwartet. Ich fand es übertrieben, und Mr. Drigg fühlte augenscheinlich, daß er es erklären müßte. »Entweder sie zieht sich ganz in sich selbst zurück und verliert den Kontakt zu anderen Menschen oder... Aber ich hatte nicht die Absicht, Sie mit Theorien zu behelligen, die Sie gewiß nicht so interessieren werden wie mich.«

»Was ist die andere – Gefahr?«

»Zuneigungen müssen entweder welken, aus Mangel an Nahrung, oder einen anderen Ausweg finden. Vielleicht überschüttet sie ein ungeeignetes Objekt damit, entwickelt eine starke Zuneigung, die verhängnisvoll werden kann.«

»Verhängnisvoll?«

»Das könnte zu exzentrischem oder unziemlichem Betragen führen.«

Jetzt schien er sich noch weniger wohl zu fühlen als zuvor. Im Wunsch, der Unterhaltung eine angenehmere Wendung zu geben, bemerkte ich: »Ich hatte mein Baby Adelaide nennen wollen, wenn es ein Mädchen geworden wäre.«

»Nichts hätte ihr eine größere Freude bereitet. Sie war ein warmherziges, liebevolles Wesen.«

Mr. Drigg war bestimmt kein gutaussehender Mann, aber es war grausam gewesen, seine auffallend großen Augen mit denen eines Ziegenbockes zu vergleichen. Wenn er von Tante Adelaide sprach, waren seine Augen überhaupt nicht sonderbar, sondern nur nachdenklich und sanft.

»Sie muß Ihre Freundschaft sehr geschätzt haben«, sagte ich langsam. »Wir haben sonst von keinen Freunden gehört.«

»Sie hat mir ihr Vertrauen geschenkt, hat mich sogar zu Rate gezogen, wo es um Fragen im Zusammenhang mit ihrem Besitz ging. Ich half ihr, ihr Testament aufzusetzen, als die ältere Miß St. Leonard verstarb. Das war schon vor vielen, vielen Jahren.«

»Sie haben ihr geraten, fortzugehen, und anschließend tat es Ihnen leid?«

»Ich wollte nie, daß es so lange dauern sollte. Das war auch nicht ihre Absicht, als sie aufbrach. Der Rat war gut, oder zumindest gut gemeint. Sie war nicht für Einsamkeit geschaffen, hätte auch nicht – wenn ich Ihnen das anvertrauen darf – allein bleiben müssen.« Leichte Röte färbte seine bleichen Wangen. »Aber abgesehen von materiellen Dingen, von denen sie ohnehin schon mehr als genug hatte, was hatte ich einer Dame wie ihr schon zu bieten?«

»Haben Sie sie denn nie gefragt?«

»Ich habe es nie fertiggebracht.«

»Sie hätte sich gefreut, gefragt zu werden.«

»Meinen Sie?« Sein Gesicht war weicher geworden. »Dann bedauere ich es mehr denn je, daß mir der Mut dazu gefehlt hat, obwohl es hoffnungslos gewesen wäre.«

Wenn er sie gefragt und sie seinen Antrag angenommen hätte, wäre die ganze Sache anders verlaufen. Wir wären vielleicht niemals hierhergezogen, sondern hätten weiter gearbeitet, gespart, geliebt und uns gesehnt, und da er sich mir anvertraut hatte, ging ich so weit zu sagen: »Wenn sie nur wiedergekommen wäre, hätte sie vielleicht...« Es war schwer zu sagen, daß sie ihn vielleicht geheiratet hätte. Damit hätte ich seinen Kummer noch vergrößert. So sagte ich »...hätte sie vielleicht länger gelebt und wir wären in Martlebury geblieben.«

»Wären Sie dort glücklicher gewesen?«

»Vielleicht«, erwiderte ich zögernd.

»Sie haben nicht dasselbe Gefühl für diesen Besitz wie Ihr Gatte.« Mr. Driggs Gesicht war wieder ernst geworden.

»Vielleicht nicht dasselbe.« Meine Gefühle für Honeywick waren so kompliziert, daß ich sie Mr. Drigg nie hätte beschreiben können. Ich verstand sie ja selbst nicht so recht.

»Es ist ganz natürlich, daß die Gedanken Ihres Gatten in seinem derzeitigen Zustand eine bestimmte Richtung gehen. Das war es, worüber ich mit Ihnen sprechen wollte, als ich hierher kam. Aber ich war versucht, von den alten Zeiten zu erzählen, nachdem ich eine so mitfühlende Zuhörerin in Ihnen gefunden hatte. Ihr Gatte erklärte mir, daß er Zweifel an Ihrer Liebe zu dem Haus hegte. Er macht sich Sorgen, so glaube ich, über seine Zukunft.« Mr. Drigg sprach so abgehackt, als drohten die Worte ihm in der Kehle steckenzubleiben.

»Heißt das«, – ich starrte ihn entsetzt an – »daß Philip glaubt, er würde sterben?«

Mr. Drigg mußte die Frage für naiv halten. Gewiß verriet sie, daß ich nicht in der Lage war, den Ernst von Philips Zustand zu erfassen. Noch war mir der Gedanke nicht gekommen, daß er sterben könnte, ja, würde. Es konnte nicht sein. All meine Pflege, meine Ergebenheit sollten ihn nicht retten? Ich fühlte, wie die Farbe aus meinem Gesicht wich.

Er sah schrecklich aus. Schweißperlen standen auf seiner Stirn. Jetzt zog er ein schneeweißes Taschentuch hervor und betupfte sie sich damit.

»Verzeihen Sie mir. Ich wollte Sie nicht beunruhigen. Aber

wenn ein Mann schwer krank ist, dann ist er nun einmal verpflichtet, seine Angelegenheiten in Ordnung zu bringen. Ihr Gatte bat mich um meinen Rat hinsichtlich eines Anwalts. Ich habe ihm meinen eigenen genannt, Salt, Annot und Salt aus Kirk Heron. Eine sehr ehrenwerte Kanzlei. Sie waren auch die Anwälte seiner Tante. Sie haben das Testament aufgesetzt und für die Verpachtung des Hauses Sorge getragen.«

»Aber Philip muß kein Testament machen. Er hat eines in Martlebury gemacht, sobald wir verheiratet waren. Darin hat er alles mir hinterlassen.«

»Das hat er mir erzählt. Anständig gehandelt. Und als er mich heute abend um meinen Rat gebeten hat, versuchte ich ihn zu überzeugen, daß er keinerlei Veränderungen vornehmen sollte.«

»Warum sollte er das tun wollen?«

Es quälte mich, darüber zu sprechen, aber Mr. Drigg war nun entschlossen, eine Aufgabe zu beenden, die ihm ganz eindeutig nicht behagte. Zögernd und peinlich berührt fuhr er fort: »Ich erklärte ihm, daß er in seinem derzeitigen Zustand unter keinen Umständen Vorkehrungen ändern sollte, die er bereits zu einem früheren Zeitpunkt getroffen hatte. Er hat da so eine Idee... ich bin mir nicht ganz sicher... Darf ich fragen – verzeihen Sie mir, aber die Situation ist ungewöhnlich, und meine Gefühle seiner Tante gegenüber versehen mich mit den Privilegien eines alten Freundes –, ist Miß Bede eine Verwandte von Ihnen? Oder von seiner Seite mütterlicherseits her? Vielleicht auch eine angeheiratete Verwandte? Nein? Nur eine enge Freundin?«

Es war so überaus schwierig, unsere Verbindung zu Miß Bede in Worte zu fassen, ein Arrangement zu rechtfertigen, das jetzt mehr denn je unklug erschien; so schwierig, klar zu denken, trotz meiner zunehmenden Panik und Verzweiflung, irgend etwas anderes als Philip zu sehen; so blieb ich einfach schweigend sitzen; und in dieses Schweigen hinein drangen schwache Geräusche von oben. Sie kam. Ich umklammerte die Lehnen meines Sessels, sah, wie Mr. Drigg meine weißen Knöchel anstarrte. Seine großen Augen strahlten ein Gemisch aus Beobachtung und Verständnis aus, wie ich es schon früher bemerkt hatte. Aber diesmal vertraute ich ihm, ließ mich nicht mehr davon beunruhigen.

»Wenn ich Ihnen einen Rat geben darf«, meinte er hastig, »ermutigen Sie Ihren Gatten, alles beim alten zu belassen. Auf gar keinen Fall sollte er irgendeine Treuhandschaft in Betracht ziehen. Glauben Sie mir, ein Außenseiter und älterer Mann sieht eine Situation häufig klarer. Ich konnte es nicht ablehnen, Ihrem Gatten den Namen meines Anwalts zu nennen, aber ich bin überzeugt, daß Salt und Annot ihm denselben Rat geben werden, wie ich es getan habe.«

Er brach ab, wischte sich die Stirn. Miß Bede stand im Durchbruch. Leise war sie durchs Eßzimmer gekommen. Ihre beherrschte Art stand in krassem Gegensatz zu seiner Verlegenheit.

»Philip schläft.«

Aus ihrem Mund klang das wie ein Segen, als hätte sie ihn nach den Unruhen des Tages endlich soweit beruhigt, daß er schlafen konnte; als hätte sie ihm alle Sorgen der wachen Stunden genommen; jetzt nickte sie höflich, schien Mr. Drigg damit zu entlassen, der auch gehorsam das Zimmer und das Haus verließ.

»Er ist fort. Jetzt können wir es uns endlich zusammen gemütlich machen. Und du kannst mir erzählen, was er zu sagen hatte.«

Aber ich erzählte es ihr nicht. Statt dessen ging ich in die Küche und bereitete Philips Tablett für den nächsten Morgen vor. Ich versuchte, mich dem bitteren Wissen zu stellen, daß die Tage, an denen ich das Weizenmehl für seine Grütze abmessen würde, nur noch begrenzt waren. Es konnte nicht wahr sein. Er mußte einfach gesund werden, wenn ich all meine Gedanken, all meine Energie in seine Pflege fließen ließ. Als Annie zu Bett gegangen war, hockte ich noch am Feuer. Meine Tränen fielen leise zischend auf die heißen Gitterstäbe des Kamins, bis das Eisen kalt wurde und die Kälte der Nacht mich auf allen Seiten umgab.

14

In der nächsten Woche kam Mr. Drigg häufiger. Seine Besuche verringerten die Zeit, die Miß Bede bei Philip verbringen konnte. Es gab Tage, an denen er stundenlang an Philips Bett zu sitzen schien. Ich hatte das Gefühl, daß er hoffte, Philips Gedanken in eine andere Bahn zu lenken, nicht in die von Miß Bede auserwählte. Und das gab mir das Gefühl, in ihm einen Verbündeten gefunden zu haben. Das meiste, was er gesagt hatte, hatte ich kaum beachtet. Aber was immer seine Absicht gewesen sein mochte, er hatte mir die entsetzliche Möglichkeit vor Augen geführt, daß Philip sterben würde.

Augenblicklich veränderte sich mein ganzes Leben. Ich sah nur noch Philip, größer, klarer, näher und kostbarer denn je. Wie durch ein Wunder stellte diese äußerste Konzentration meines Herzens und meiner Seele auf ihn sein Vertrauen zu mir wieder her. Es entsprach seinem Bedürfnis, geliebt zu werden, an erster Stelle zu stehen. Jetzt, wo es fast zu spät war, kehrte die alte Zärtlichkeit wieder, nicht nur meine, sondern auch seine. Wir verfielen in eine so ruhige, friedvolle Stimmung, daß man es als das perfekte Glück hätte bezeichnen können – wären da nicht die Umstände gewesen, die es geschaffen hatten: das Wissen, daß es ein Ende haben mußte – und schon bald.

Es gab Zeiten, wo er voller Zuversicht war, wieder gesund zu werden. Ich ließ mich täuschen, erkannte den hektischen Optimismus nicht, der so oft ein Symptom seiner Krankheit war. An einem der besseren Tage half ich ihm in einen Sessel in seinem kleinen Schlafzimmer mit Blick auf die Kirche. Annie hatte eine Schale mit Schneeglöckchen aus dem Garten gebracht, in dem sich schon die ersten Anzeichen des Frühlings breit machten. Aber ich blieb den ganzen Tag bei Philip, nahm auch meine Mahlzeiten mit ihm ein, aß mit ebenso geringem Appetit wie er. Hand in Hand saßen wir am Feuer, wie wir es getan hatten, als wir nach Honeywick gekommen waren, vor kaum einem Jahr.

»Du bist so still, Florence.«

»Ich habe an den Abend gedacht, als wir ankamen.« Da waren Schäfchen gewesen, wilde Blumen; die Luft war rein und klar, versprach Gutes und drohte mit Bösem; mein Körper bebte vor Leben, ich fühlte mich, als hätte ich Flügel. »Ich habe mein Hochzeitskleid nie wieder getragen, nicht ein einziges Mal. Tante Maud war so sicher, daß es genau das Richtige sein würde, für kleine Abendgesellschaften, wie sie es nannte.«

»Ich mag das blaue Kleid, das du anhast. Ist das Spitze da vorn? Warum lachst du?« Er strich mir übers Haar. »Es wird schon wieder hübsch.« Dann fügte er hinzu: »Wir haben ... Es ist nicht ganz so gewesen, wie wir es erhofft hatten, aber du bist doch nicht – unglücklich gewesen, Florence?«

Es war, als spürte er plötzlich den Aufruhr, den ich durchgemacht hatte. Sein schmerzhafter Ausdruck war mehr, als ich ertragen konnte.

»Ich habe überhaupt nicht gewußt, was Glück ist, ehe wir hierhergekommen sind.«

Er lächelte, zufrieden mit der halben Wahrheit.

»Und jetzt überanstrengst du dich vollkommen, bist immer für mich da.«

»Es gibt nichts, was ich lieber täte.«

»Als du krank warst, hab' ich nicht...«

»Das war etwas anderes«, unterbrach ich ihn hastig. »Außerdem hast du ja gearbeitet. Ich wünschte... es war bloß meine Schuld, daß du so lange in der Bank geblieben bist.«

»Und trotzdem hast du recht gehabt. Ich hätte es nicht ertragen, wieder arm zu sein.«

»Es wäre hart gewesen.«

Zumindest war uns die Qual der Armut erspart geblieben. Unsere Krankheiten hatten unsere Ersparnisse zwar angegriffen, aber es war uns gelungen, Tante Adelaides Kapital unangetastet zu lassen. Wir sprachen über die Tage in Martlebury, die Aufregung, als wir von dem Vermächtnis erfuhren, über unsere Ankunft in Honeywick; und die ganze Zeit über trillerte der Vogel unter dem Fenster: War es vielleicht dieselbe Drossel, die uns hier auch begrüßt hatte? Es war immer dasselbe im Frühling, ganz gleich, wer lebte, starb oder nicht geboren wurde.

Nur bei einem Thema gingen unsere Ansichten auseinander, hätte es zum Streit kommen können, hätte ich nicht mit jeder Faser versucht, die kostbare Harmonie zwischen uns aufrechtzuerhalten. So, wie sie jede Ritze im Haus durchdrang, war es kein Wunder, daß sie sich auch in unsere Unterhaltung einschlich. Ihr Einfluß ging weit tiefer, als ich es vermutet hatte. An den langen Abenden, die er mit ihr verbracht hatte, bereits von der Krankheit geschwächt, war er zu einem leichten Opfer für sie geworden. Sein Geist hatte bloßgelegen, bereit, ihre Ratschläge, ihre Vorschläge, ihre Ansichten anzunehmen; hatte sie aufgesogen, wie ein heller Stoff einen dunklen Flecken aufsaugt. Einige dieser Ansichten überraschten mich.

»Du wirst bald wieder gesund werden, jetzt, wo du dir keine Gedanken wegen der Bank mehr machen mußt«, sagte ich zuversichtlicher denn je, weil ich es nicht mehr glauben konnte. »Ist es nicht ein Glück, daß du ein ruhiges Leben auf dem Lande führen kannst? Wir müssen so dankbar sein.«

»Findest du das auch? Du kannst dir gar nicht vorstellen,

wie oft ich dagelegen habe, gedacht habe, welcher Segen Miß Bede für uns gewesen ist. Es war ein glücklicher Zufall, wenn es überhaupt ein Zufall war, der sie zu uns getrieben hat.«

»Was hätte es sonst sein können, wenn nicht ein Zufall?«

Die Frage erhob sich aus einer Reihe von Möglichkeiten, über die ich nicht nachgrübeln wollte, nicht jetzt, wo ich mit Philip allein sein konnte. Wer wußte, wie lange noch?

»Ich glaube, es war göttliche Vorsehung.« Philips Antwort überraschte mich. »Es gab eine Zeit, da habe ich mich über solche Dinge lustig gemacht. Aber meine Krankheit hat mich gelehrt, klarer zu denken.« Ich hielt meine Zunge im Zaum. Er hatte noch niemals klar gedacht. Ich kannte ihn jetzt, liebte ihn nur noch mehr mit seiner Starrköpfigkeit. »Sie denkt das auch. Wir haben oft darüber gesprochen. Ihr Verstand geht weit über das übliche Maß hinaus. ›Es gibt vieles‹, hat sie einmal zu mir gesagt, ›das wir nie wissen werden, das wir nur fühlen und auf das wir ohne Verständnis reagieren können.‹ Ja, ich sehe in ihrem Kommen einen Akt Gottes. Was hätte ich ohne sie getan, als du krank warst, Florence? Sie hat mir auf praktische Weise geholfen, obwohl sie alles andere als wohlhabend ist, und ich habe mich geschämt, sie für solch einfache Unterkunft zahlen zu lassen. Aber ihre Kameradschaft, ihr Einfluß sind unbezahlbar, das habe ich ihr auch gesagt. Etwas muß geschehen...«

Seine Stimme erstarb. Hysterie schüttelte mich, als ich mir vorstellte, daß er nicht sterben konnte, weil sie ihm noch nicht gesagt hatte, wie er die Welt verlassen sollte. Aber offensichtlich hatte sie ihn in gewisse Bahnen gelenkt, hatte Möglichkeiten angedeutet, an die er andernfalls nicht gedacht haben würde. Mr. Driggs Warnung wurde plötzlich klarer.

»Ihre Güte darf nicht unbelohnt bleiben.«

Ich hatte das Gefühl, sein Gesicht hätte sich seit dem gestrigen Tage schon wieder verändert. Die dunklen Höhlen an seinen Schläfen schimmerten bläulich; seine Züge waren scharf geworden. Sie verliehen seinem Gesicht einen besorgten Ausdruck.

»Denk nicht an so etwas. Nicht jetzt. Es macht dich nur müde.« Ich hielt ihn ganz fest.

»Ich habe mich manchmal gefragt – ja, wir haben sogar darüber gesprochen – ob man sie nicht im Testament bedenken könnte.«

»Du hast darüber gesprochen? Mit Miß Bede?«

»Ja. Irgendwie kam das Thema zur Sprache – die Zukunft.

Sie wies mich darauf hin, wie jung du noch bist. Wenn ich sterben würde, dann könntest du – nach einer Weile – wieder heiraten.«

Er schlug die Augen nieder.

»Wie kann sie so etwas auch nur denken?« platzte ich wütend los.

»Nun, es wäre immerhin möglich. Irgend jemand liebt dich bestimmt. In diesem Fall möchte ich aber nicht, daß das Haus an Fremde verkauft wird. Irgendwie hat es mich gepackt. Miß Bede versteht mein Gefühl; und da ihre Lage so unsicher ist, und sie kein anderes Heim hat...«

Sein Husten schüttelte ihn. Wie immer erschütterte er auch mich. Es war fast mehr, als ich ertragen konnte, zu sehen, wie sein ausgemergelter Körper sich zusammenkrampfte, wie die Schwäche Schweißtropfen auf seine Stirn trieb.

»Aber Drigg meinte, daß es Schwierigkeiten geben könnte.« Er nahm das Taschentuch von den Lippen. Zu meiner Erleichterung waren keine Flecken zu sehen. »Juristische Schwierigkeiten. Er sprach so eindringlich, daß ich verwirrt war, keine Entscheidung fällen konnte. Ich war mir dessen gar nicht bewußt geworden, sehe eigentlich auch jetzt noch nicht die Komplikationen, die er angedeutet hat. Und ich habe keine Zeit gehabt – auch keine Lust, mich darein zu vertiefen. Ich habe das Gefühl, mein Kopf würde zu wirbeln anfangen.« Er preßte eine Hand an die Schläfe. Ich half ihm ins Bett zurück. Dankbar sank er in die Kissen. Seine Augen lagen tief in den Höhlen, sein Blick war besorgt.

Ich wartete, hoffte, er würde einschlafen, als er plötzlich wieder lebhaft wurde.

»Florence.« Er ergriff meine Hand, hielt sie fieberhaft. »Sie hatte keine Heimat, und wir haben sie aufgenommen...«

Ich bekam Angst. Wie konnte ich ihm erklären, daß ihr Kommen ganz anders gewesen war? Daß sie keine Ähnlichkeit mit den Nackten und Hungrigen hatte? Den Heimatlosen und Unterdrückten? Ob er sie nun als künftigen Wächter von Honeywick sah, den ihm der Himmel gesandt hatte, um das Haus vor Fremden zu beschützen, oder aber als wurzellosen Ausgestoßenen, den er unterstützen und beschützen mußte – keine dieser Ansichten gefiel mir. Ich war stolz darauf, Miß Bede als das zu sehen, was sie wirklich war: eine charmante, intelligente, aber übermächtige Besucherin, die ihren Besuch über alle Maßen ausgedehnt hatte. Und ich wünschte von ganzem Herzen, daß sie ihren Charme und ihre Intelligenz anderswo einsetzen würde. Aber es war sinnlos, darauf zu hoffen. Und vor mir lag eine Zukunft, die so schmerzhaft schien, daß nicht einmal Miß Bede sie noch schlimmer machen konnte. Im nächsten Augenblick wurde diese Überzeugung auf die Probe gestellt.

Philip hatte mich besorgt beobachtet.

»Versprich mir«, sagte er plötzlich, »daß du sie nicht fortschicken wirst, wenn ich nicht in der Lage bin, etwas für sie zu tun.«

Ich konnte kaum antworten. Der Gedanke, daß ich für Miß Bede verantwortlich sein könnte, die man wie ein Telegramm oder einen unerwünschten Dienstboten fortschicken konnte, erschütterte mich; ebenso wie die Erkenntnis, daß ich sie immer, für alle Zeiten, um mich haben würde, wenn ich sie jetzt nicht fortschickte. Die Zukunft schien plötzlich noch düsterer, als ich sie vorausgesehen hatte. Mein Schweigen bekümmerte Philip. Er bemühte sich, sich aufzusetzen.

»Lieg still. Sonst mußt du wieder husten.«

Er murmelte etwas von Salt und Annot, davon, sie nicht nach Ivy Cottage zurückzuschicken.

»Ich muß noch einmal mit Drigg sprechen. Es muß überlegt werden. Du schickst sie doch nicht fort, Florence? Versprich es mir.«

Ich zögerte noch immer. Trotz meiner Liebe zu ihm, trotz meiner Hoffnung, daß er wider alle Wahrscheinlichkeit am Leben bleiben würde, sagte eine leise, vernünftige Stimme in mir, daß er sterben würde, ob ich es ihm nun versprach oder nicht. Wenn ich es versprach, würde er von uns gehen und mich mit der völlig unerwünschten Miß Bede zurücklassen. Nie wieder wäre ich frei von ihrem dunklen, beobachtenden Blick. Ich sah sie schon als meine Gesellschafterin, die mich durchs Wohnzimmer hinweg anstarrte; aber wir paßten nicht zusammen, waren kein Paar, sondern zwei Teile, die zufällig zusammengebracht worden waren. Dann sah ich Philips Augen, die unglücklich auf mir ruhten. In ihrer Tiefe entdeckte ich ein Flehen, so jammervoll, daß ich ihm nicht widerstehen konnte. Ich konnte ihn nicht enttäuschen, durfte ihn nicht beunruhigen. Nicht jetzt. Und um ihn zu trösten, setzte ich sorglos meine Zukunft aufs Spiel.

»Ich werde sie nicht fortschicken. Aber laß mich nicht allein, Philip! Bleib bei mir, bitte. Versuche, mich nicht allein zu lassen.«

Er lächelte, schien seinen Frieden gefunden zu haben. Ein paar Minuten später fiel er in erschöpften Schlaf. Es gab wirklich nichts mehr, was ich für ihn hätte tun können. Und wenn er erst von uns gegangen war, so dachte ich, krampfhaft bemüht, ein Hoffnungskörnchen zu finden, dann würde sie nicht bleiben wollen. Genau wie ich würde sie das Haus ohne ihn unmöglich finden: leer, trotz all der übervollen Räume, eine schöne Hülle, die nur Erinnerungen barg. Ich kauerte neben dem Bett, den Kopf an die Seite gelehnt. Und so schlief ich ein, träumte von unserer Hochzeit, ein Traum vom Anfang, und erwachte, um dem Ende gegenüberzustehen.

Und schließlich und endlich war ich dann sogar froh, daß sie da war, und wenn nicht froh und dankbar, dann hatte ich mich doch zumindest damit abgefunden. Wenn es so ausgesehen hatte, als wollte sie mir nehmen, was mir gehörte, dann hatte sie versagt. Ganz am Ende war es meine Hand, nach der Philip suchte, nicht ihre. Mein Name war das letzte Wort, das er sprach. Wir waren allein zusammen, vereint in einer Umarmung waren wir uns so nah wie nie zuvor. Das Beste in ihm blieb bei mir. Doch ein Teil von mir erstarb, zurück blieb nur mein Körper. »Meine Jugend ist vorüber«, dachte ich im ersten Schmerz über den Verlust. »Von nun an werde ich immer alt sein.«

So kam es, daß Miß Bede und ich uns in gewisser Weise ähnlicher wurden. Die Kluft der Jahre zwischen uns verkleinerte sich. Jetzt, wo er tot war, wurde Philip zu einem Band zwischen uns, während er zu Lebzeiten Rivalinnen aus uns gemacht hatte. Ohne sie hätte ich niemanden gehabt, mit dem ich über ihn hätte sprechen können, niemanden, der ihn gekannt hatte. Sie war ein Teil des Hauses geworden. In meinem Kummer gab es Zeiten, da bedeutete sie für mich nicht mehr als ein Bild an der Wand oder ein Porzellanfigürchen; aber sie war doch immerhin ein Gegenstand, mit dem man reden konnte, der sich bewegen und mich vor der erdrückenden Stille bewahren konnte: Das war nicht nur das Fehlen jeglichen Geräusches, sondern ein Element wie Wasser, das mich manchmal zu bedrohen schien, als stiege es aus der Erde empor, um die Halle und die Treppe, ja, das ganze Haus zu überfluten und mit dem Gestank des Verfalls zu erfüllen.

Dieser Eindruck beruhte nicht nur auf Einbildung. In dieser Jahreszeit, im Frühling, und auch noch mal Anfang Herbst, gab es tatsächlich Bewegungen des Wassers zu verzeichnen, Feuchtigkeit drang durch die Ritzen im Boden der rückwärtigen Küche, stand einige Tage zentimeterhoch, ehe es als Antwort auf mysteriöse Gesetzmäßigkeiten wieder verschwand.

Wenn ich meine nächtliche Runde machte, war der Boden des Kellers so feucht, daß er die dünnen Sohlen meiner Hausschuhe durchtränkte. Es war schrecklich hier unten. Wenn ich die Außentür verriegelt hatte, rannte ich immer erleichtert die Treppe hinauf. Und doch war dieser Rundgang meine Verbindung zu Philip. Für ihn war er wichtig gewesen, und ich fühlte mich zu dieser kleinen Aufgabe verpflichtet, zur heiligen Erinnerung an ihn. Manchmal, wenn ich mich umdrehte, glaubte ich ihn die Treppe heraufkommen zu sehen, die blassen Lippen zu einem Lächeln verzogen; und wenn ich dann in die warme Halle trat, erinnerte ich mich traurig, wie er gesagt hatte: »Nichts kann uns jetzt noch trennen«, als er die Arme um mich gelegt hatte, genau hier, am Fuß der Treppe.

Aber jetzt war es oft Miß Bede, die dort in der Wohnzimmertür stand, bereit, sich zu unterhalten. Aber nicht zuviel. Sie wirkte bedrückt, doch etwas anderes als Trauer schien der Grund dafür zu sein. Mein Kummer blendete mich nicht so sehr, daß ich nicht gemerkt hätte, wie wenig sie trauerte. Wenn sie um Philip weinte, dann tat sie das, wenn sie allein war. Niemals sah ich Tränen in ihren Augen. Erst sehr viel später fiel mir ihr merkwürdiges Verhalten gegen Ende zu ein. Dr. Slater hatte uns erklärt, daß es nun nicht mehr lange würde dauern können: Philip war nicht mehr bei klarem Bewußtsein. Der Arzt und ich gingen anschließend wieder ins Schlafzimmer zurück. Miß Bede folgte, stand am Bett und starrte auf Philip hinab. Dann ging sie ohne ein Wort hinaus und schloß die Tür hinter sich. Sie war nie mehr zurückgegangen, hatte ihn nie wieder angesehen. Es war, als hätte sie eine Episode abgeschlossen, als sie die Tür hinter sich schloß: als wollte sie unserem instinktiven Bedürfnis entgegenkommen, sie zu vergessen. Oder – mein Standpunkt hat sich seither verändert –, als wäre ihr bewußt geworden, daß, was immer möglich gewesen wäre, nicht wahr geworden war – noch nicht. Man konnte sie sich vorstellen, wie sie Wasser aus ihrem Krug in die Schüssel goß und sich gründlich die Hände wusch. Nach der Beerdigung erweckte sie mehr denn je den Anschein, ganz in ihren eigenen Gedanken aufzugehen – oder waren es Pläne? Ihre Zurückhaltung und ihr Schweigen paßten mir gut. Ich hatte gefürchtet, sie könnte versuchen, meinen Verlust mit mir zu teilen.

Ich hatte mich an sie gewöhnt. Ich freute mich nicht, sie hierzuhaben; Freude war unmöglich, aber ich war dankbar und konnte manchmal sogar glauben, was Philip gesagt hatte: daß ihr Kommen schicksalhaft gewesen war.

15

Ein paar Wochen nach der Beerdigung stand ich eines Morgens am Wohnzimmerfenster, als ich Mr. Drigg zur Haustür fahren sah. Er stieg aus, ließ einen Passagier in seiner Kutsche zurück.

»Wenn es Ihnen recht wäre, Mrs. St. Leonard«, fing er in seiner ernsten, umständlichen Art an, als Annie ihn hereingeführt hatte, »könnten Sie vielleicht eine Dame empfangen... nur wenige Minuten... wir sind auf dem Weg zum Bahnhof.«

Ich ging hinaus, wartete auf der Treppe, als er ihr aus dem Wagen half.

»Miß Fairfold wollte Sie unbedingt kennenlernen.«

Verwirrt streckte ich meine Hand einer gutgekleideten, dunkelhaarigen Frau in etwa meinem Alter entgegen.

»Erinnern Sie sich nicht an mich?« Sie lächelte. »Ich habe Sie letzten Sommer einmal unten an der Brücke gesehen. Sie haben mir zugewinkt. Es überrascht mich nicht, daß Sie mich nicht wiedererkennen. Es war am Tag meiner Ankunft, und ich war damals so krank...«

»Und jetzt geht es Ihnen besser. Das freut mich.« Als ich sie so lächelnd und gesund aussehend vor mir sah, war ich wirklich froh.

»Ich habe immer gehofft, ich würde Sie noch einmal sehen, damit ich mich bei Ihnen bedanken kann. Ja, ja«, als ich protestieren wollte, »ich weiß, es war nur eine kleine Geste. Aber zu jener Zeit war es genau das Richtige, die einzige Art von Botschaft, die mich erreichen konnte, denn mir fehlte die Kraft zu reden, zu handeln, ja, selbst der Wunsch zu leben. Sie schienen aus einer anderen Welt herüberzulächeln und zu winken, einer Welt, die ich verlassen oder verloren hatte, und Sie schienen so voll Leben. Sie haben mich daran erinnert, was es bedeutet, wirklich lebendig zu sein.«

»Sie müssen viel gelitten haben.«

»Sollten wir uns einmal wiedertreffen, werde ich Ihnen davon erzählen. Es war zuviel für mich. Man mußte mir helfen. Und als Mr. Drigg mir nun erzählte, daß Ihr Gatte gestorben sei, wollte ich Ihnen deshalb sagen, wie leid es mir tut. Aber nicht nur das.« Sie legte ihre Hand auf meine. »Jetzt ist es an mir, Ihnen zu sagen, daß man – nicht auf dieselbe Weise glücklich sein kann, aber man kann sich erholen, seinen Frieden finden, wieder zufrieden werden.«

Sie erzählte von der heilsamen Atmosphäre in Gower Oaks, von Mr. Driggs Klugheit und der Freundlichkeit seiner Haushälterin und Bediensteten.

»Ich fahre jetzt heim. Wenn ich doch nur Gelegenheit gehabt hätte, Sie besser kennenzulernen! Aber Sie waren selbst krank, und dann Ihr Gatte. Ich glaube, Sie haben eine Freundin, die bei Ihnen lebt? Eine gute Freundin? Das muß ein großer Trost sein.«

Sie reichte mir ihre Karte und bat mich, sie im Haus ihrer Eltern zu besuchen, wann immer ich in Martlebury wäre. »Sollten Sie jemals einen Rat benötigen, vertrauen Sie sich Mr. Drigg an. Er hat tiefes Verständnis für alle Menschen, vor allem aber für diejenigen, die traurig und nicht ganz sie selbst sind.«

Während wir uns unterhielten, hatte Mr. Drigg die Gelegenheit ergriffen, Miß Bede in ein Gespräch zu verwickeln. Sein Interesse an ihr hatte augenscheinlich nicht nachgelassen. Jetzt kam er herbei, um Miß Fairfold zu erinnern, daß sie fahren mußten. Diesmal war sie es, die lächelte und winkte, als sie davonfuhren.

»Wenn man bedenkt, daß ich den armen Mr. Drigg nicht mochte!« bemerkte ich Miß Bede gegenüber. »Und Philip auch nicht. Man weiß doch wirklich nie, wie sich Menschen entpuppen. Es ist alles nur eine Frage des besseren Kennenlernens.«

»Da mögen Sie wohl recht haben.« Trocken fuhr sie fort: »Aber in Mr. Driggs Fall hoffe ich, daß wir ihn nicht allzuviel besser kennenlernen werden. Sie neigen dazu, zu extrem in Ihren Urteilen zu sein, Florence. Ein impulsives, kleines Ding.«

Ich reagierte nicht auf ihr spöttisches Lächeln, sondern floh in den Garten hinaus, schlenderte die Wege auf und ab. Vom Gartentor aus konnte ich zum Friedhof hinübersehen, wo Philip lag. Der Garten hinter mir leuchtete frühlingshaft, doch der Duft der Blumen wurde vom trockenen Geruch meines schwarzen Trauergewandes verschluckt. Wie konnte Miß Fairfold davon sprechen, daß man wieder zufrieden sein konnte, seinen Frieden finden konnte? Das alte Tor knarrte unter meinem Gewicht. Ich stieß es auf, trat auf das Feld hinaus, blickte zu den unveränderten Hügeln jenseits des Kirchturms empor; aber ich konnte an nichts anderes als die Veränderung in mir selbst denken, daran, was für ein anderer Mensch ich an jenem sonnigen Morgen gewesen war, als Miß Bede dieses Tor entdeckte, hindurchtrat und zwischen den Grabsteinen verschwand, als wollte sie fortgehen, wirklich fortgehen...

Mr. Drigg kehrte eines Morgens zurück, als ich gerade den Inhalt von Philips Schreibtisch in dem kleinen Zimmer, das ihm als Arbeitszimmer gedient hatte, durchsah. Ich rief Annie zu, ihn heraufzuführen. Hier würden wir allein sein. Für eine dritte Person war kein Platz in diesem winzigen Raum. Und hier schnitt er zum ersten Mal das Thema einer Luftveränderung an.

»Ach, ich weiß nicht. Sie haben auch Tante Adelaide geraten fortzugehen«, erinnerte ich ihn, »und hinterher tat es Ihnen leid.«

»Der Rat war gut, was immer daraus geworden ist.« Mr. Drigg war immer ein wenig ernst, aber jetzt sah er so traurig aus, daß ich es bedauerte, Tante Adelaide erwähnt zu haben. »Es ist mir niemals in den Sinn gekommen, daß sie fortbleiben würde. Sie brauchte eine Abwechslung, brauchte anregende Gesellschaft – und Sie tun das ebenfalls.«

»Das hier sind die Briefe von ihrem Anwalt.« Sie waren mir gerade erst zurückgeschickt worden, zusammen mit einem ganzen Stapel anderer Dokumente und einem Brief von Philips Rechtsberater in Martlebury, in dem er mich darüber aufklärte, daß noch ein kleiner Punkt zu klären wäre, mit Miß St. Leonards Anwalt, ehe Philips Testament vollstreckt werden konnte. Ich löste das rote Band, mit dem Philip sorgfältig die Briefe zusammengebunden hatte, die sich auf Tante Adelaides Besitz bezogen. Sie waren alle im vergangenen Jahr im Februar und März geschrieben worden. Das Geschäftliche war samt und sonders schriftlich abgewickelt worden. Da die Bank Philip nicht für mehr als einen Tag beurlauben wollte, war es ihm nicht möglich gewesen, am Begräbnis seiner Tante teilzunehmen oder ihre Anwälte aufzusuchen. »Ich wollte Sie etwas fragen, Mr. Drigg, das mich erstaunt. Ist es eigentlich üblich, mehr als einen Anwalt zu haben?«

»Nein, jedenfalls nicht gleichzeitig. Oder meinen Sie, ob es häufig ist, daß man von einem zum anderen wechselt? Das kommt natürlich vor. Ich persönlich habe allerdings nie das Bedürfnis gehabt.«

»Aber Tante Adelaide muß sie gewechselt haben. Sie hat mindestens drei Anwälte beschäftigt.«

»Drei!«

»Sie sagten doch, daß sie bei Salt und Annot in Kirk Heron war, nicht wahr? Nun, Annie hat mir erzählt, daß der Mann, der die Inventarliste angefertigt hat, aus Cheltenham kam. Das war kurz nachdem Annie hierhergekommen ist. Und diese Briefe hier sind von Bretherby und Butterwick aus Matlock, wo sie gestorben ist.«

»Sie überraschen mich.« Mr. Drigg schien beunruhigt von dieser Unbeständigkeit seitens Tante Adelaide. »Was kann der Grund dafür gewesen sein? Ich kann mir nicht denken, warum sie in jedem Kur- oder Badeort des Landes einen neuen Anwalt nehmen mußte.«

»Nicht in jedem.«

Indem sie auch nur drei Anwälte beschäftigt hatte, hatte die arme Tante Adelaide offensichtlich gegen die Etikette verstoßen. Da ich von solchen Angelegenheiten nichts verstand, wandte ich meine Aufmerksamkeit Philips Korrespondenz mit Bretherby und Butterwick zu. Sorgfältig las ich ihren ersten Brief. Er war am 27. Februar 1873 geschrieben worden, um Philip vom Tod seiner Tante in Kenntnis zu setzen, ebenso von der Tatsache, daß er der alleinige Erbe wäre. Der zweite Brief hatte offensichtlich eine Abschrift ihres Testaments enthalten und informierte ihn außerdem darüber – wahrscheinlich als Antwort auf Philips Anfrage –, daß seine Tante nach kurzer Krankheit verstorben wäre, die Krankheit Ergebnis eines Sturzes. Messrs. Bretherby und Butterwick erwarteten den baldmöglichsten Besuch von Mr. St. Leonard und würden sich freuen, ihm dann Antwort auf weitere Fragen zu geben.

»Wie egoistisch wir doch waren!« Ich reichte den Brief an Mr. Drigg weiter. »Wir haben so gut wie gar nicht an Tante Adelaide gedacht.«

»Es hat mich sehr bekümmert, daß ich nicht rechtzeitig von ihrem Tod erfahren habe, um an ihrem Begräbnis teilzunehmen.« Mr. Drigg klang noch reumütiger als ich. »So eine teure Freundin! Aber als ich die Nachricht erhielt, war es bereits viel zu spät.«

Ich öffnete das Testament. Das Datum überraschte mich: Es

war der 26. Februar 1873, ein Tag vor ihrem Tod. Für eine vermögende Frau hatte sich Tante Adelaide viel Zeit mit ihrem Testament gelassen; fast zu viel, was uns anging. Aber bei genauerem Nachdenken wurde mir klar, daß Philip auch alles geerbt hätte, wenn sie kein Testament gemacht hätte, denn er war der einzige Blutsverwandte gewesen.

»Sie muß gewußt haben, daß sie sterben würde«, sagte ich, »und daß ihr keine Zeit mehr blieb, einen Anwalt aus Kirk Heron oder Cheltenham kommen zu lassen. Ich hätte eigentlich gedacht, daß sie schon viel früher ihr Testament gemacht hätte.«

»Aber das hat sie doch auch. Darf ich?« Ich reichte ihm das Dokument. Hastig überflog er die Abschnitte. »Das ist haargenau das Testament, das Salt und Annot für sie aufgesetzt haben, als die ältere Miß St. Leonard starb. Das ist jetzt fünfzehn Jahre her – wenn nicht mehr. Wir haben es gemeinsam besprochen.«

»Aber warum sollte sie sich dann die Mühe machen, alles noch einmal durchzugehen? Kann es sein, daß sie es vergessen hatte?« Mir fielen meine eigenen Unsicherheiten und Zweifel ein. »Vielleicht war ihr Verstand nicht mehr ganz klar, als sie krank war.«

»Bretherby und Butterwick müssen sich vergewissert haben, daß sie in der Lage war, ein Testament aufzusetzen.« Er zögerte, schien beunruhigt. »Vielleicht verspürte sie den dringenden Wunsch, eine Entscheidung zu widerrufen, die sie bedauerte.«

»Wollen Sie damit sagen, daß sie vielleicht in der Zwischenzeit ein anderes Testament gemacht hatte, eines, das sie jetzt ablehnte? Ich weiß – in Cheltenham! Dann hatten wir ja noch mehr Glück, als wir wußten!«

Ein kurzes Zögern auf Tante Adelaides Seite hätte Philip sein gesamtes Erbe kosten können. Wahrscheinlich wäre es statt dessen an eine wohltätige Organisation gefallen, die Tante Adelaide plötzlich und unerwartet auf der Schwelle ihres Todes mißfallen hatte; oder, was wahrscheinlicher war, ihre letzten Augenblicke waren von einem starken Familiengefühl verklärt worden. Und so hatte sie die Sache der Gefallenen Mädchen – oder was immer es war – im Stich gelassen und hatte sich ihrem Clan zugewandt, den St. Leonards.

Ich hing noch diesen Gedanken nach, als Mr. Drigg mich unterbrach. Er hatte die Dokumente säuberlich gefaltet und in einer Reihe auf den Tisch gelegt. Ich griff mir den zweiten Brief, warf einen Blick auf den letzten Satz.

»Die verbleibende kleine Angelegenheit kann warten, wie Sie vorschlagen, bis Sie uns die Ehre erweisen, uns aufzusuchen...«

Philip war niemals in Matlock gewesen. Nur ein Jahr später war er ebenfalls verpflichtet gewesen, Honeywick House mit allem, was dazu gehörte, weiterzugeben – ausgerechnet an mich. Es bedrückte mich, so schnell von einer Rolle in die andere gedrängt worden zu sein. Plötzlich war ich eine führende Person hier im Haus. Ich war unfähig, alles zu erfassen, was das bedeutete, und so fiel mir nichts anderes ein, als es von mir zu schieben.

»Vielleicht werde ich wirklich fortfahren, Mr. Drigg.« Ich sammelte die Papiere ein und legte sie wieder in den Schreibtisch. »Tante Maud hat mich nach Surrey eingeladen. Sie wohnt dort bei einer Verwandten, Cousine Helena...«

Mr. Drigg seufzte förmlich auf vor Erleichterung, als wäre es ihm wirklich nicht gleichgültig, was aus mir wurde.

»Das wäre ausgezeichnet. Davon bin ich überzeugt. Tatsächlich fällt mir im Augenblick keine andere Lösung ein.«

»Lösung?« Mir war kein Problem bewußt gewesen, abgesehen von meinem ureigensten, dem Leben mit Miß Bede.

»Wohl das falsche Wort«, meinte er hastig. »Aber Sie brauchen eine Abwechslung – müssen einen neuen Weg für sich finden.« Dann erzählte er mir von seinen eigenen Plänen. Er würde schon bald wieder nach Deutschland fahren, um seinen alten Freund Dr. Wilhelm Wundt zu besuchen. Gemeinsam wollten sie einen Artikel herausbringen, der ein Meilenstein in der neuen Wissenschaft zur Erforschung des Geistes darstellen würde. »Nicht, daß mir irgendeine Theorie behagen würde, die versucht, den menschlichen Geist zu erfassen«, fügte er jedoch hinzu. »Sagen Sie, würde es Ihnen möglich sein, schon recht bald nach Surrey zu fahren? Ich meine, ehe ich selbst abreise. Es gibt keinen Grund zur Verzögerung, und wenn Sie Ihren Entschluß gefaßt haben, wäre es gut für Sie, wenn Sie mit Packen beschäftigt wären. Ich nehme an, Miß Bede wird ihre eigenen Pläne haben.«

»Ich habe noch nicht mit ihr darüber gesprochen.«

»Denken Sie an einen langen Besuch? Zwei, drei Monate vielleicht? Dann bin ich gewiß vor Ihnen wieder zurück. Und außerdem ist da natürlich noch Annie Blanche. Eine wirklich gute Frau, vernünftig und zuverlässig.« Der Gedanke an Annie schien ihn zu erfreuen.

Er verabschiedete sich von mir, aber ich erinnere mich, daß er täglich kam, bis ich abreiste. Es war, als wollte er ein nachbarliches Auge auf mich haben. Doch schließlich wollte es das Schicksal, daß ich gar nicht nach Surrey fuhr. Nachdem mein Brief ein, zwei Tage unbeendet gelegen hatte, verspürte ich ein wachsendes Zögern in mir. Ich war zu unruhig, um mich einem fremden Haushalt einzufügen; so kamen Tante Maud und ich schließlich überein, statt dessen zusammen Ferien zu machen. Annie wollte die Gelegenheit ergreifen, nach Cheshire zu fahren, um alte Freunde zu besuchen. Ein paar Tage lang war sie so aufgeregt, daß mein Mißtrauen wohl geweckt worden wäre, wäre ich nicht mit meinen eigenen Vorkehrungen so beschäftigt gewesen. Da Annie nicht da sein würde, sah es zuerst so aus, als müßte ich das Haus schließen. So war es fast eine Erleichterung, als Miß Bede sich erbot, zu bleiben, auch wenn das bedeutete, daß sie selbst für sich sorgen mußte.

Tante Maud überließ mir die Wahl eines Ferienortes. Zuerst hatte ich keine rechte Lust dazu, dann beschloß ich, Tante Adelaide wählen zu lassen; ich wollte ihren Spuren folgen, persönlich diesmal, wie ich es schon mit den Büchern von Mrs. Banstock getan hatte. Matlock war der letzte Ort gewesen, den sie besucht hatte. Wenn überhaupt, dann würde ich dort eine Spur von ihr finden. Der Gedanke erfreute mich zu einer Zeit, als kaum etwas anderes es tat.

»Also Matlock«, erzählte ich Miß Bede beim Frühstück.

»Matlock!« wiederholte sie schließlich. Ich hatte schon gedacht, sie würde überhaupt nichts sagen, hatte mich gefragt, ob sie eine heimliche Abneigung gegen den Gedanken empfand, alleingelassen zu werden.

»Waren Sie schon einmal dort?«

»Ja, das war ich allerdings.« Der Ton ihrer Stimme verriet mir, daß meine Wahl ihr nicht besonders behagte. »Aber das ist schon lange her. Vielleicht hat es sich verändert.« Sie schien es zu hoffen, als sich ihre langen Zähne in eine Scheibe Toast gruben und sie zerstörten. »Ziemlich langweilig und nichtssagend, fand ich.«

»Aber vielleicht treffe ich dort sogar Leute, die Tante Adelaide gekannt haben. Schließlich ist es erst ein Jahr her, daß sie gestorben ist.«

Es war ein strahlend schöner Morgen. Die Sonne schien voll ins Fenster, ließ unerwartetes Grün und Blau auf dem Hochland-Gemälde aufleuchten. Die einsame Perle auf Miß Bedes schwarzem Jabot schimmerte kalt. Sie hatte den Smaragd abgelegt, da er in einem Trauerhaus unpassend war.

»Ich kann mir wirklich nicht vorstellen, warum Sie ausgerechnet dorthin wollen.« Sie reichte mir ihre Tasse. Ich füllte sie, und sie nippte langsam, nachdenklich daran.

»Ich bin fest entschlossen.«

»Wenn es sein muß –« Sie zuckte mit den Achseln. »Aber dann bleiben Sie besser im Hydro. Das ist eine eigene, kleine Welt für sich. Dort haben Sie genug Gesellschaft, brauchen die Gärten nicht zu verlassen und können auch das Quellwasser trinken.«

»Sie bleibt allein hier, was?« Annie schien Zweifel zu hegen. »Na ja, wenn die Hähne tropfen, kann sie sich darum kümmern, denke ich, und bestimmt kann sie dafür sorgen, daß sich keine Mäuse in der Speisekammer tummeln. Mrs. Churnside wird täglich kommen, wenn es ihre Zeit erlaubt. Aber wenn wir wiederkommen, muß gründlich geputzt werden.«

»Wie schön«, meinte Tante Maud, »daß du eine Freundin hast, die sich um das Haus kümmert, während du fort bist! Da mußt du dir keine Sorgen wegen Einbrechern machen! Man hört ja schlimme Geschichten. Es gibt so viele böse Menschen heutzutage. Wir werden uns eine Menge zu erzählen haben, und ich wollte schon immer mal nach Matlock fahren.«

»Sie haben das Haus ganz für sich«, sagte ich, als Miß Bede die letzte meiner Taschen in den Wagen reichte.

Sie stand auf der sonnigen Terrasse, der Fuchskopf blickte über ihre Schulter. Als wir den Hügel hinauffuhren, beugte ich mich aus dem Wagen, um zu winken. Aber sie war bereits ins Haus gegangen und hatte die Tür hinter sich geschlossen.

16

Die Musik des Trios war so, daß man ihr nur in Ruhe zuhören konnte, sie war gemütlich wie die gut gepolsterten Sessel, aber weniger robust, schien manchmal fast zu verstummen, als wäre sie überwältigt von den dicken Teppichen, den mahagonigetäfelten Wänden. Dann erholte sie sich, erstreckte sich bis zu den langen, offenen Fenstern, verschmolz mit dem warmen Dämmerlicht. Durch einen kleinen Wald von Zweigen und Blumen in orientalischen Vasen konnte ich, wenn ich meinen Hals verrenkte, das ferne Profil des Pianisten sehen, die Handgelenke des Geigenspielers. Jetzt verbeugte er sich strahlend.

»Ich muß sagen«, ergriff Tante Maud die Gelegenheit, um mir beim leisen Applaus der anderen zuzuflüstern, »es ist teuer, aber es ist jeden einzelnen Pfennig wert.«

»Ich bin froh, daß es dir gefällt.«

»Ich meine«, sie schaute sich um, ängstlich besorgt, nicht gehört zu werden, »wir hätten natürlich ein billigeres Hotel finden können, aber schließlich kann man hierüber reden, hat etwas zu erzählen, wenn man im Hydro abgestiegen ist. Weißt du, es paßt einfach zu mir.«

Auch ihr grünes Seidenkleid und die schwarze Spitzenkappe standen ihr, paßten zu ihr, wie ihr Leben in Surrey es scheinbar tat, denn sie schien bester Gesundheit.

»Es gibt gleich Tee«, meinte sie erfreut.

Diese Belohnung vor uns spazierten wir in den Garten hinaus und erforschten wieder einmal seine Grotten und Teiche, die Blumenbeete und Sträucher. Tante Maud hatte bereits die Bekanntschaft anderer Gäste gemacht, von denen einige wie wir einfach als Gäste gekommen waren; andere, krank oder alt, waren hier, um eine Thermalkur zu machen. Ich fand es ein wenig hart, daß Tante Maud als Neuankömmling so viel gesünder aussah als jene, die schon Winter und Frühjahr hier verbracht hatten. Aber sie genoß die Ferien, freute sich, schon am frühen Morgen ihr bestes Kleid tragen zu dürfen, ihre Mahlzeiten in dem mit Plüsch und Mahagoni eingerichteten Speisesaal zu sich nehmen zu können, Zeit zu einem Schwätzchen hier und da zu haben oder gutgemeinte Ratschläge erteilen zu können.

»Sie zahlen so viel Geld hier«, sagte sie gern, »da wollen wir hoffen, daß Sie bald eine Besserung verspüren.«

Sollte die Pflegerin sie wütend anschauen, wenn sie dann den Rollstuhl davonschob, und sollte die Patientin eine besorgte Miene machen, so bemerkte Tante Maud es nicht, denn sie hatte schon wieder einen anderen Rat zu geben.

»Ah, Mrs. Weller, Sie sehen besser aus! Ich hatte schon Angst, das Fleisch wäre zu fett für Sie gewesen. Wissen Sie, in unserem Alter muß man vorsichtig sein.«

Ihre offene, direkte Art hätte mich früher verlegen gemacht.

Tante Maud war weder vulgär noch grob, aber sie ließ sich auch nicht von anderen Menschen einschüchtern, war sich nicht einmal der gesellschaftlichen Unterschiede bewußt, auf die ich bis vor kurzem so große Rücksichten genommen hatte. Aber inzwischen hatte ich erkannt, wie hohl vieles davon war; hatte genug von Andeutungen anstelle offener Rede. Tante Maud konnte tun, was ihr gefiel, so lange sie nicht Miß Bede war, deren Abwesenheit ich heilsamer fand als einen ganzen Ozean Quellwasser. An Tante Mauds Seite schlenderte ich durch die Tage; bewunderte die Gegend; lauschte dem Trio; sehnte mich die ganze Zeit über nach Philip; aber Geist und Körper erholten sich, wurden wieder kräftig allein aus Erleichterung, nicht mehr mit Miß Bede zusammenzusein.

Doch in einer Hinsicht hatte sie recht gehabt. Das Hydro war eine Welt für sich, bot denjenigen, die es den steilen Sträßchen und Hügeln von Matlock vorzogen, alles, was sie benötigten. Ein Aufstieg durch die Dob Lane an unserem ersten Morgen erwies sich für Tante Maud als ausreichend.

»Wenn du die Gegend erkunden willst, Florence, dann mußt du das ohne mich tun«, keuchte sie. »Ich bleibe lieber im Garten. Dort bin ich völlig glücklich. Aber ich wünschte, du hättest jemanden, mit dem du gehen könntest. Es ist nicht gut für dich, so ganz allein umherzuwandern.«

Eines Morgens wanderte ich an der alten Kirche vorüber und stieg den steilen Pfad hinauf bis zu einer Stelle, von der aus man eine herrliche Aussicht über das ganze Tal hatte. Es war offensichtlich ein beliebter Spazierweg. Ich beobachtete andere Feriengäste, die zu zweit oder in kleinen Familiengruppen hinaufkletterten oder triumphierend den Abstieg antraten. Dann war ich ein paar Minuten allein, bis mich Schritte veranlaßten, den Blick nach oben zu richten. Ein schlanker, braunbärtiger Mann in Tweedjacket und Knickerbockers kam den Weg herunter. Er hatte ein Fernglas umgehängt und trug in der anderen Hand ein Gefäß, in dem er offensichtlich Pflanzen gesammelt hatte.

Ich glaubte meinen Augen nicht trauen zu dürfen. Dann stand ich auf, stellte mich ihm mitten in den Weg. Mit schnellen Schritten näherte er sich mir; sah mich; erkannte mich. Wir sprachen beide gleichzeitig.

»Florence!«
»Mr. Hawthorne!«

In meiner Freude streckte ich ihm beide Hände entgegen. Er

ergriff sie. Sein Ausdruck veränderte sich, wechselte von überraschtem Entzücken zu Sorge – ja, Betroffenheit.

»Irgend etwas ist Ihnen zugestoßen – Sie tragen ja Trauer!«

Für ihn bedeutete das zwei verschiedene Dinge – einmal, daß ich mich verändert hatte, zum andern, daß es nicht nur durch den Verlust gekommen war.

»Philip«, erklärte ich.

»Meine arme Florence. Ich wußte ja nicht... Und Sie sind krank gewesen, wie ich sehe. Kommen Sie«, er zog mich auf eine Bank, »Sie müssen mir alles erzählen.«

»Oh, Mr. Hawthorne, ich bin ja so froh, Sie zu sehen. So schrecklich froh. Wissen Sie, es war... So viel ist geschehen..., und ich konnte mit niemandem darüber reden.«

Er nahm seinen Feldstecher ab, legte ihn zusammen mit seinem Hut und dem Behälter mitten auf die Bank, was geraume Zeit dauerte. Ich wußte, daß er es mir ermöglichen wollte, mich zu fangen. Erst dann setzte er sich am entgegengesetzten Ende nieder.

»Erzählen Sie«, forderte er mich knapp auf.

Ich wischte meine Augen und gehorchte.

»Zuerst waren wir – überaus glücklich – und in gewisser Weise – auch am Ende.«

»Dann sind Sie glücklicher gewesen als die meisten anderen, Florence, ganz gleich, was in der Zwischenzeit passiert ist. Fahren Sie fort.«

Ich fuhr fort, ließ mir Zeit mit meiner schmerzvollen Erzählung. Dabei stellte ich fest, daß es einfacher war, über die Geschehnisse als über meine Gefühle zu sprechen; und daß die Geschehnisse, wenn sie nicht von meinen Gefühlen verzerrt wurden, keinen wirklichen, wahrhaftigen Eindruck vom Leben in Honeywick House vermittelten. Aber ich mußte es doch ganz gut getroffen haben, denn ich erweckte Mr. Hawthornes Interesse ebenso wie sein Mitleid und Verständnis.

»Eigentlich ist mit Miß Bede alles in Ordnung«, erklärte ich und machte eine Pause, um über diese Aussage nachzudenken. Meine einfache Erzählung hatte sie all der kleinen Eigenschaften beraubt, die sie als – nicht direkt falsch, aber eben doch nicht ganz – richtig auswiesen. »Jetzt, wo ich fort von ihr bin, kann ich ihre guten Eigenschaften erkennen. Philip hat wirklich das Beste getan, als er sie zu uns hat ziehen lassen. Es war bloß...«

»Selbst wenn sie die entzückendste Person der Welt gewesen wäre – wenn sie eine Heilige gewesen wäre, was nicht unbedingt dasselbe sein muß –, hätten Sie sie unter diesen Umständen verabscheut. Was nun Philip angeht, so war es nicht verwunderlich, daß sie einen so starken Einfluß auf ihn hatte. Es ist noch nicht so lange her, daß seine Mutter verstorben ist. Er war an die ergebenen Aufmerksamkeiten einer älteren Frau gewöhnt.«

»Und er hat sich auch nie beklagt, daß der Unfall so viel Arbeit und Kosten verursacht hatte. Aber die Krankheit hat mich verändert. Sie haben es ja selbst gesehen, Mr. Hawthorne. Es hat mich beunruhigt zu sehen, wie langweilig, nichtssagend ich geworden bin. Aber jetzt ist das natürlich nicht mehr wichtig.«

»Nichtssagend?« Er musterte kritisch mein Gesicht, den Kopf schräg gelegt, als stände er vor einem Porträt. Dann lächelte er. »Das war allerdings nicht die Veränderung, die ich gesehen habe. Was nun den Unfall und den Jungen im Unterholz angeht – das war zweifellos Jordan Finch. Ebenso der Junge im Gewächshaus.«

»Glauben Sie das wirklich? Natürlich! Ich hätte es wissen müssen. Der arme Jordan!«

»Er ist nie wieder in der Marshall Street gewesen, seit Sie fort sind, Florence. Sie waren es, die ihn dort gehalten hat. Er muß das Gefühl gehabt haben, daß alles, was wir ihm zu bieten hatten, ohne Sie wertlos war, zumindest für ihn. Und vielleicht hat er sogar recht gehabt. Jordan wird auch ohne die Schule alles lernen, was er noch lernen muß. Er ist schlau genug, um herauszufinden, wohin Sie gefahren sind und um Ihnen zu folgen. Der Name Gower Gill reicht da schon aus. Er wäre nicht der erste, der aus einem romantischen Gefühl heraus so handelt – und wohin hätte er sich sonst wenden sollen? Aber ich muß gestehen, daß es mich bekümmert, daß er irgendwohin gezogen ist im Glauben, seine geliebte Miß Lincoln wäre tot. Wie mag sich das auf ihn ausgewirkt haben? Ich wünschte, Sie hätten ihn gefunden. Er ist uns durch die Lappen gegangen.«

Dann erzählte er mir von der Arbeit der Gesellschaft zum Schutz notleidender Knaben, in deren Vorstand er war.

»Von all den Hunderten allein in Martlebury können wir nicht mehr als zweiundzwanzig aufnehmen, und selbst deren Zukunft ist alles andere als gesichert. Das Heim selbst ist so mitgenommen, daß es kaum besser ist als die Slums, aus denen sie kommen. Wenn es nachts regnet, liege ich wach und frage mich, ob die Zimmerdecke im Schlafsaal aushalten wird. Das

Dach leckt an fünf Stellen. Abgesehen von dem Einkommen aus dem Vermächtnis von 1832 haben wir keinen Penny zur Verfügung.« Wir seufzten beide beim Gedanken an die notleidenden Knaben. »Ich vermisse Sie, Florence. Sie waren immer...« Er erzählte mir nicht, was ich immer war, aber zusammen wurden wir doch fröhlicher. Ich erkundigte mich, ob sich meine Nachfolgerin gut in der Marshall Street eingelebt hätte.

»Ach, Miß Partridge.« Mr. Hawthorne raufte sich das Haar. »Eine sehr ernste, junge Frau, ausgezeichnet als Musiklehrerin. Aber eine feine Frau, auf die ich da gestoßen bin. Sie erzählt mir fast täglich, daß sie eine private Stellung in einer guten Familie vorziehen würde, in der Musik geliebt würde. Wenn ich also nicht für das Dach des Heimes bete, dann bete ich, daß Miß Partridge sich aufschwingt und zu neuen Gefilden aufbricht.«

Wir lachten so sehr über Miß Partridge, daß ich es ihr verzieh, meinen Platz eingenommen zu haben. Anschließend unterhielten wir uns über Matlock und die feinen Gräser, die er oben am Berg gefunden hatte, und schließlich fühlte ich mich so froh und normal wie schon lange nicht mehr.

Dann erzählte er mir, daß er und seine Mutter in Matlock Bath wohnten.

»Viel hübscher als Matlock, finden Sie nicht? Und nicht so teuer. Ich fahre jedes Jahr für ein, zwei Wochen mit Mutter hierher. Wir wohnen im Cliff Foot, bescheidener als das Hydro, aber sauber und gemütlich.«

Bisher hatte ich ihn außer in der Marshall Street nie gesehen. Ob es an der frischen Luft lag, an der Bewegung oder einfach an der Ferienlaune – auf jeden Fall erschien er mir jünger und sorgloser, während ich in einem kurzen Jahr gealtert war. Aber vielleicht war das in mancher Hinsicht auch eine Verbesserung. Ich verlor keine Zeit, Mrs. Hawthorne aufzusuchen. Reumütig dachte ich daran, wie ich Marshall Street verlassen hatte, ohne mich von ihr zu verabschieden. Bei meinem ersten Besuch begleitete mich Tante Maud. Wir wurden so herzlich willkommen geheißen, daß ich von nun an fast ebensoviel Zeit im Cliff Foot wie im Hydro verbrachte.

»Sie müssen sich von Giles die Sehenswürdigkeiten zeigen lassen«, meinte die alte Dame. »Ihre Gesellschaft ist genau das richtige für ihn. Er ist nie zufrieden, wenn er nicht jemandem etwas beibringen kann, und er hat immer viel von Ihnen gehalten.«

Ich hatte nicht das Gefühl, unterrichtet zu werden, obwohl

ich von Mr. Hawthorne viel über Blumen und Fossilien und andere Dinge hörte, als wir die Höhlen und Klippen erforschten, auf Hügel und Berge stiegen. Das alles lenkte mich ab, hinderte mich am Grübeln und ließ die Welt wieder in einem schöneren Licht erscheinen.

Und was konnte interessanter sein, so seltsam es klingen mag, als der Effekt von Kohlensäure auf Wasser, das durch Kalkstein rinnt; vor allem, weil es durch den versteinernden Brunnen am Fluß noch demonstriert wurde. Das war eine große, graue Untertasse im Felsen, auf der unaufhörlich Wasser auf eine merkwürdige Ansammlung von Gegenständen sprühte, sie mit Kalk überzog, verkrustete und ebenfalls grau werden ließ; da waren eine verlassene Puppe, ein Schuh, ein Vogelnest... Sie faszinierten mich, stießen mich aber gleichzeitig auch ab.

»Eine merkwürdige Sammlung«, meinte Mr. Hawthorne. Er fand es abscheulich, Dinge zu erhalten, die von der Natur zum Verfall bestimmt waren.

»Wie wir?« fragte ich.

»Genau. Ich habe die Idee der Einbalsamierung nie gemocht – wenngleich der menschliche Gegenpart hiervon eine Totenmaske sein würde. Es wird ja nicht wirklich zu Stein, sondern nur überkrustet, das aber so dick, daß es aufs selbe hinauskommt.«

Aber mir gefiel es hier, das Verwunschene des Ortes. Es machte Spaß, die steinernen Relikte zu identifizieren, sich zu fragen, wer sie dort zurückgelassen hatte – und warum.

»Ich glaube, Sie sind närrisch genug, selbst etwas hineinwerfen zu wollen«, meinte Mr. Hawthorne ernsthaft.

»O nein! Nicht direkt. Nun ja, vielleicht, eigentlich sollte ich es tun«, erklärte ich trotzig. »Ehrlich gesagt, ich würde es sehr gern tun.«

»Dann will ich Ihnen ein angemessenes Souvenir kaufen. Eines, das ohne Bedauern geopfert werden kann.«

Wir suchten die Schaufenster ab, diskutierten über Vorteile und Nachteile einzelner Gegenstände. Wir suchten einen Gegenstand, der vollkommen nutzlos, gleichzeitig aber auch von allem das billigste sein mußte. So wurde die Entscheidung von Tag zu Tag hinausgeschoben, während wir lachend versuchten, zwischen einer Teekanne in Form einer Windmühle, einer mit Federn geschmückten Zigarrenschachtel und einem Pappmachémodell des Schlosses zu entscheiden. Gerade noch rechtzeitig, am letzten Tag, fanden wir es: einen Tonteller in Form eines Frosches, in grellem Grün und Gelb bemalt.

»Es ist eine Schande«, meinte das Mädchen, das uns das Geld abnahm, als wir ihr am Tor den Teller reichten. »Sind Sie auch sicher?«

»Ganz sicher«, erklärte Mr. Hawthorne. »Das ist endlich einmal etwas, das sich nur zum Besseren verwandeln kann.«

»Sie müssen nächstes Jahr wiederkommen. Bis dahin werden Sie es kaum noch wiedererkennen.«

»Das wäre ein Segen.«

»Ich suche einen guten Platz dafür.« Sie war ein freundliches Ding und schien uns ins Herz geschlossen zu haben. »Wenn Sie gern sitzen möchten? Da drüben machen sie guten Tee.« Sie wies mit dem Kopf auf einen Holzpavillon am Fluß.

»Der Petrifyin Tea-Room zweifellos. Wie könnten wir dem widerstehen«, meinte Mr. Hawthorne.

Wir setzten uns an einen der Tische mit weißer Decke, und augenblicklich kam dasselbe Mädchen und stellte eine dampfende Kanne vor uns. Ihr Rat war nicht ganz uneigennützig gewesen.

»Arbeiten Sie hier auch?«

»Richtig.« Sie blieb noch mit dem leeren Tablett bei uns stehen. Wir waren die einzigen Gäste. »Mr. Tanner hat mich angestellt, damit ich in allen Bereichen helfe. Ihm gehören auch die Boote auf dem Fluß.«

»Sie müssen ja ein interessantes Leben führen«, meinte ich.

»Nicht direkt das, was ich gern habe. Die meiste Zeit ist es hier recht ruhig. Ich habe immer in privaten Diensten gearbeitet, bis vor anderthalb Jahren. Aber schließlich kann man nicht alles haben.« Ihre Stimme war leise, atemlos, so daß jeder Satz in einem Seufzer erstarb. Ihr Gesicht war ziemlich lang und oval, mit leicht vorstehenden, grauen Augen. Es war ein sensibles, melancholisches Gesicht.

»Ich fürchte, sie hat recht.« Mr. Hawthorne hätte fast ebenfalls geseufzt. Auf jeden Fall war sein Lächeln mit einer Spur Bedauern gemischt. »Sie hat eine harte Lektion erlernt: daß man sich nichts zu sehr wünschen darf. Das ist sehr vernünftig, wenn man danach leben kann.«

»Aber es hört sich schrecklich langweilig an. Ich frage mich, ob sie wirklich gelernt hat, hinzunehmen, was sie haben kann, ohne sich mehr zu wünschen.«

Das Mädchen war zum Geländer der Veranda getreten, starrte ein bißchen abwesend in den Fluß hinunter.

»Solange sie nur nicht den Fehler macht, das Falsche zu wünschen – wie Faust.«

»Ich glaube, sie ist ganz und gar nicht wie Faust.«

»Verstehen Sie, die Gefahr dabei ist doch, wenn man eine Sache zu sehr wünscht, daß man sie am Ende vielleicht bekommt – und mit verheerenden Ergebnissen, wenn es die falsche Sache war.«

»Aber woher soll man wissen – was man sich nicht wünschen darf?«

»Die Sache an sich ist vielleicht weder falsch noch richtig, weder gut noch schlecht, aber der Wunsch danach kann falsch sein. Sich nach einer Sache zu sehnen, über alle Maßen, bis jeder andere Impuls unterdrückt wird ...«

»Bis die ganze Natur darin aufgeht.«

»Eine ausgezeichnete Art, es auszudrücken«, lobte Mr. Hawthorne.

»Das ist nicht von mir. Ich muß es irgendwo gelesen haben.«

»Interessant. Was haben Sie denn in letzter Zeit gelesen?«

Schamrot gestand ich es ihm.

»Das klingt aber nicht nach Mrs. Banstock. Ihre Romane sind Mutters Lieblingsbücher. Sie müssen sich mit ihr darüber unterhalten. Aber ich fürchte, dazu bleibt jetzt nicht mehr viel Zeit. Ich muß mich bei Ihnen bedanken, Florence, daß Sie so viel Zeit mit ihr – und mir – verbracht haben.«

»Es war ein wundervoller Trost für mich.« Ich war so niedergeschlagen, daß ich kaum sprechen konnte. »Erinnern Sie sich noch an den Tag, als ich die Schule verlassen habe? Sie haben gesagt, sollte ich jemals Hilfe brauchen, sollte ich mich an Sie wenden.«

»Ich erinnere mich. Aber Sie sind nicht gekommen.«

»Nicht tatsächlich, aber ich habe oft an Sie gedacht, mich an Ihre Gedanken und Ideen erinnert. Sie sahen so ernst aus, als Sie das sagten, als hätten Sie wirklich geglaubt, ich würde Hilfe benötigen.«

Er war wieder ernst geworden, aber seine Augen blickten mich ebenso klug und freundlich an wie damals.

»Sie haben ganz recht. Ich hatte eine Vorahnung, wenn Sie es so nennen wollen. Ihre Art, sich in die Zukunft zu stürzen, war zu – übertrieben, zu plötzlich. Und dann wußte ich gerade genug über Philip, um zu erkennen, daß es um seine Gesundheit nicht zum besten stand. Er sah nicht aus, als würde er alt werden, Florence. Ich habe in Martlebury so viele mit seiner Krankheit gesehen.«

Ich nickte, unfähig zu reden.

»Ich spürte, daß kein Mann den Anforderungen gerecht werden konnte, die Sie an ihn stellten. Denken Sie daran, wenn Sie jemals das Gefühl haben sollten, er wäre nicht so, wie Sie es erhofft hatten. Denken Sie auch daran, daß er bereits krank war, in den Klauen einer schrecklichen Krankheit. Sie müssen auf Ihre eigene Gesundheit achten, Florence.«

Wir hatten den Park inzwischen verlassen und spazierten zu seinem Hotel zurück. Doch jetzt blieb er mitten auf dem Fußweg stehen, ohne sich um Vorbeigehende zu kümmern.

»Vielleicht gab es auch noch einen anderen Grund, warum ich Sie drängte, sich an mich zu wenden, sollten Sie Hilfe brauchen. Eines der traurigen Dinge im Leben eines Schulmeisters ist es, daß er immer zurückgelassen wird. Vielleicht wollte ich nicht, daß Sie mir ebenso durch die Finger schlüpfen wie Jordan.«

»Oh, das werde ich nicht. Ich habe eine prächtige Idee. Warum kommen Sie und Mrs. Hawthorne mich nicht in Honeywick besuchen? Glauben Sie, das würde ihr gefallen?«

»Davon bin ich überzeugt.«

Die letzte Viertelstunde unseres Beisammenseins verbrachten wir mit der Planung ihres Besuches. Wir trennten uns in der freudigen Erwartung eines baldigen Wiedersehens.

Doch mein Glücksgefühl verging, als ich langsam zu Tante Maud zurückkehrte. Den Rest unserer Ferien würde ich nur in ihrer Gesellschaft verbringen. Das Wetter änderte sich. Ich war noch ein gutes Stück vom Hydro entfernt, als es zu regnen anfing. Da ich keinen Schirm dabei hatte, sah ich mich nach einem Unterschlupf um. Zu meiner Linken stand eine Tür offen. Vorsichtig stieg ich die Treppe hinauf. Ein Messingschild verriet mir, daß es sich nicht um ein Privathaus handelte.

Ich wartete, daß der Regen aufhören würde, aber vergebens. Fünf lange Minuten verstrichen. Gähnend starrte ich das Messingschild an. *Bretherby und Butterwick* stand dort vorwurfsvoll und erinnerte mich daran, warum ich mich im ganzen Land ausgerechnet für Matlock entschieden hatte.

Ich drückte auf die Klingel.

17

Der Anblick einer jungen Frau in tiefer Trauer (wenngleich ich den Schleier inzwischen abgelegt hatte) erweckte in Mr. Butterwick Kavaliersgefühle. Er erhob sich und führte mich zu seinem Sessel. Sein Ausdruck war mitfühlend und gleichzeitig angemessen aufmerksam den Wünschen einer zukünftigen, möglichen Klientin gegenüber. Aber sein Verhalten wurde starr, als ich ihm meinen Namen nannte.

»Ah, ja. Wir haben vom Anwalt Ihres verstorbenen Gatten gehört.« Er klingelte nach einem Angestellten und bat ihn, die Akte St. Leonard zu bringen. »Wir korrespondierten mit Ihrem Gatten bezüglich des Nachlasses seiner Tante. Das liegt nun über ein Jahr zurück, wenn mein Gedächtnis mich nicht trügt. Unser letzter Brief wurde, soviel ich mich erinnere, nicht beantwortet. Wir hatten einen Besuch von Mr. St. Leonard erwartet...«

Ich erklärte. »Es war nachlässig, Mr. Butterwick, aber wir hatten an so vieles zu denken, und dann gab es nichts...« Ich brach ab, war verlegen. Es schickte sich nicht, ihm die Wahrheit zu erzählen, daß wir es nämlich, nachdem wir im Besitz all dessen waren, was Tante Adelaide hinterlassen hatte, für unnötig hielten, ihm noch einen Brief zu schreiben, sei es auch nur, um seinen Brief zu bestätigen. Unser Verhalten war schandbar gewesen. Und jetzt erfuhr ich, daß es nicht einmal auf einer richtigen Vermutung beruht hatte. Das Haus und sein Inhalt waren nicht alles, was Tante Adelaide hinterlassen hatte.

»Eine Truhe mit der persönlichen Habe der Dame«, informierte mich Mr. Butterwick kühl, »wurde versiegelt im Tresor der County Bank hier in Matlock untergebracht. Alsdann erwarteten wir Mr. St. Leonards Anweisungen. Aus seinem letzten Brief schlossen wir, daß er beabsichtigte, uns aufzusuchen – so schrieben wir ihm, erklärten ihm, daß die noch offenstehenden Fragen besprochen werden könnten, wenn er uns diese Ehre erweisen würde.«

»Es war dumm von uns, überhaupt nicht an die Dinge zu denken, die sie bei sich gehabt hat. Möchten Sie, daß ich dafür sorge, daß diese Truhe abgeholt wird?«

Ob Mr. Butterwick darin nun ein weiteres Zeichen für unsere herzlose, egozentrische Art sah oder nicht, er hob jedenfalls die Hand, ehe ich geendet hatte.

»Einen Augenblick, Mrs. St. Leonard. Wie mir die Anwälte

Ihres Gatten mitteilen, ist sein Testament noch nicht vollstreckt.«

»Ich glaube, ein kleiner Punkt steht noch aus.«

»Ein Punkt«, klärte mich Mr. Butterwick majestätisch auf, »bezüglich dessen wir mit seinen Anwälten in Verbindung stehen.« Jetzt dämmerte es mir, um was es hier gehen mußte. »Sie müssen verstehen, daß die Truhe nicht Ihr Eigentum ist, Ma'am, so lange die Angelegenheiten Ihres Gatten nicht vollständig geregelt sind. Und es war uns nicht möglich, die Geschäfte mit Ihrem Gatten abzuschließen, solange ein Teil von Miß St. Leonards Besitz sich noch in unseren Händen, das heißt unter Verschluß in der Bank, befindet.«

Unsere Sorglosigkeit hatte uns offensichtlich in eines dieser juristischen Dilemmas geraten lassen, die endlos dauern können. Ich konnte die Truhe nicht abholen lassen, ehe Philips Angelegenheiten geordnet worden waren, und das konnte erst geschehen, wenn die Truhe abgeholt worden war.

»Was schlagen Sie vor?« Es war überraschend, wie sehr mir Mr. Butterwick schon nach dieser kurzen Bekanntschaft zuwider war.

»Wenn Sie es wünschen, können wir dafür sorgen, daß die Truhe den Anwälten Ihres Gatten ausgehändigt wird. Sie dürfen sich den Inhalt jedoch in meiner Gegenwart ansehen.«

»Vielen Dank. Ich habe es nicht eilig, sie zu sehen. Aber ich würde gern meine Rechnung mit Ihnen begleichen, sobald Sie sich in der Lage sehen, sie unseren Anwälten zukommen zu lassen«, erklärte ich würdevoll und erhob mich, um zu gehen. Von Mr. Butterwick würde ich wohl kaum die interessanten Einzelheiten über Tante Adelaide erfahren, die ich so gern hören wollte. Als Quelle jeglicher Information über menschliche Situationen durfte man Mr. Butterwick wirklich nicht ansehen. Sein Betragen ließ mich Tante Adelaide fast wieder vergessen. Doch nachdem ich schon so weit gegangen war, wäre es eine Schande gewesen, die Gelegenheit ungenützt verstreichen zu lassen, zumindest die näheren Umstände ihres Todes in Erfahrung zu bringen.

»Sie haben Miß St. Leonard gesehen, ehe sie starb...« fing ich an.

»Nur an dem Tage, an dem wir ihr Testament aufgesetzt haben.« Es war eine überstürzte Sache in letzter Minute gewesen, um Mitternacht. Die Hand schon am Türgriff, erinnerte sich Mr. Butterwick voller Abscheu an die Gelegenheit. Miß St.

Leonard war noch recht neu in Matlock, eine Besucherin, eine völlig Fremde für ihn. Doch der Arzt versicherte ihm, daß sie bei klarem Verstand war, wenngleich ihr körperlicher Zustand zu wünschen übrig ließ. Tatsächlich war er selbst ebenfalls vom Geisteszustand der Klientin überzeugt. Davon abgesehen hatte er ganz offensichtlich kein Interesse an einer Klientin, die ihm die Nachtruhe raubte.

»Was nun den Inhalt der Truhe angeht – sie beinhaltet alles, was wir in ihren Zimmern fanden, nachdem ihre Vermieterin uns nach dem Hinscheiden unserer Klientin informierte. Es war eine Situation, die für uns als Testamentsvollstrecker überaus unbefriedigend war. Wir mußten uns auf die Ehrenhaftigkeit derjenigen verlassen, die um sie her waren, und da es keine Verwandten gab...« Er öffnete die Tür und verbeugte sich, warf dabei einen Blick auf seinen Schreibtisch, als hätte er es eilig, sich den Angelegenheiten bedeutenderer Klienten zuzuwenden.

Seine Gleichgültigkeit belebte in mir erneut die Sorge um Tante Adelaide, die Hoffnung, daß ein sensiblerer Mensch als Mr. Butterwick ihr ihre letzten Stunden erleichtert hatte. Ich war entschlossen, das herauszufinden.

Wenigstens konnte er mir sagen, daß sie in Masson View gelebt hatte, einem Haus, dessen ersten Stock sie gemietet hatte. Ich verließ ihn, entschlossen, bei erster Gelegenheit dort vorzusprechen, und eilte durch den Regen ins Hydro. Ich hatte die Nase voll von Anwälten, wahrscheinlich war es Tante Adelaide nicht anders ergangen. Nur das Wissen, daß sie im Sterben lag, konnte sie veranlaßt haben, Mr. Butterwick mitten in der Nacht zu sich zu rufen. Eine Woge des Mitleids für sie verdarb mir den Appetit aufs Essen. Andererseits wäre sie nicht in diese scheußliche Lage geraten, wenn sie sich mit dem Testament zufriedengegeben hätte, das sie fünfzehn Jahre zuvor aufgesetzt hatte; oder wenn sie nicht plötzlich das Gefühl gehabt hätte, daß ihr zweites Testament, das voraussichtlich in Cheltenham entstanden war, so nicht stehenbleiben konnte.

»Die Leute ändern nun mal ihre Meinung«, meinte Tante Maud, als ich ihr erzählte, was ich am Morgen erlebt hatte. »Und da wir gerade dabei sind: Meine Habe soll zwischen dir und Helena aufgeteilt werden. Es wird ein bißchen Geld da sein, wenn ich bis dahin nicht alles ausgegeben habe. Es ist alles geregelt. Und *ich* werde meine Meinung nicht mehr ändern. Du sollst das Tee-Service deiner Mutter mit den Rosenknospen bekommen.« Sie bediente sich von den Erbsen. »Und den sechseckigen Tisch. Vergiß nicht, daß alle Schubladen vorgetäuscht sind, mit einer Ausnahme. Und dann dachte ich, dir würde auch der Spiegel gefallen.«

Ich bedankte mich und fragte mich insgeheim, wo um alles in der Welt ich das Teeservice und den Tisch unterbringen sollte, wo ich doch schon viel zuviel Glas, Porzellan und Möbel besaß. Mehr denn je war ich froh, daß Tante Maud so gut aussah und höchstwahrscheinlich noch geraume Zeit leben würde.

»Aber es stimmt einen nachdenklich.« Tante Maud beendete ihr Mahl. »Stell dir mal vor, du würdest plötzlich tot umfallen.« Sie dachte gründlich über diese Möglichkeit nach. »Es ist ja nicht wahrscheinlich, aber alles ist möglich. Was würde dann mit all deinen Sachen in Honeywick House geschehen – und mit dem Haus selbst? Wenn die Dinge anders gelaufen wären... aber so, ohne Familie... Wenn du mich fragst, je früher du dein Testament machst, desto besser.«

Ich bedeutete dem Kellner, meinen kaum angerührten Teller fortzunehmen.

»Du kannst dir gar nicht vorstellen, wie satt ich es habe, von Testamenten zu sprechen, Tante Maud.«

Sie musterte mich mit demselben Ausdruck, mit dem sie mich angesehen hatte, ehe sie mich als Kind zur Schule geschickt hatte. Kritisch, konzentriert, ganz auf meine Interessen eingehend, wie früher, als sie meine Mütze zurechtrückte, den Kragen glattstrich: ein Blick, der mir warm ums Herz werden ließ. Ich hatte ihn vermißt.

»Mir wird erst jetzt bewußt, was du durchgemacht hast. Möchtest du, daß ich mit dir nach Gower Gill zurückkehre? Ich habe Helena versprochen, in drei Wochen wiederzukommen. Seit diesem Schlaganfall ist sie von mir abhängig, und ein Diener allein kann nicht alles erledigen, das weißt du ja selbst. Aber sie würde es bestimmt verstehen.«

»Das ist nicht nötig, Tante Maud. Aber ich würde mich freuen, wenn du kommen würdest. Du hast Honeywick ja noch nicht einmal gesehen. Wenn es Cousine Helena besser geht, könntet ihr doch beide zu Besuch kommen.« Ich brach ab, fragte mich, was Tante Maud zu Miß Bede sagen würde. Weit weniger zuversichtlich fügte ich dann hinzu: »Ich komme schon zurecht. Du mußt dir meinetwegen keine Sorgen machen.«

»Nun, wir werden ja sehen, was die Zukunft bringen wird. Du siehst auf jeden Fall besser aus als an dem Tag unserer Ankunft hier. Das hat mir einen schönen Schrecken eingejagt, als ich dich so heruntergekommen und schwach gesehen habe. Nur gut, daß du diese Miß Bede hast. Zuerst fand ich es ja recht merkwürdig und unklug, einen zahlenden Gast aufzunehmen, aber so, wie sich alles entwickelt hat, brauchst du eine ältere Frau zur Gesellschaft, vor allem an einem so ruhigen, abgelegenen Ort.«

»Außerdem ist da ja auch noch Annie. Sie ist so zuverlässig. Ich weiß nicht, was wir ohne sie getan hätten.«

Das Schicksal wollte es, daß ich das bald herausfinden sollte. Wir hatten den Speisesaal noch kaum verlassen, als mir ein Brief von Annie selbst überbracht wurde. Sie war überraschend und unerwartet aus Cheshire zurückgekehrt.

»Es wird sicher eine Überraschung sein... Mr. Hunter... habe darüber nachgedacht... beschlossen, anzunehmen...«

»Annie wird heiraten, sehr bald schon, den Kutscher aus dem Haus in Cheshire, wo sie früher gearbeitet hat.«

Verblüfft las ich den Brief noch einmal. Mr. Hunter und seine Frau waren langjährige Freunde gewesen. Jetzt war er Witwer. Annie verlor keine Zeit, mich zu informieren, damit ich mich nach jemand anderem umschauen konnte. Es war unvernünftig, daß ich mich nicht nur im Stich gelassen fühlte, sondern sogar von Panik ergriffen wurde. Ich las den Brief mehrmals durch, versuchte, mich mit Annie an ihrem Glück zu freuen: ein hübsches kleines Haus im Park, ein Zimmer für Mrs. Blanche, eine angesehene Position. Schon jetzt entdeckte ich in Annies etwas steifem Stil eine neue Art von Zuversicht und Selbstvertrauen. Der Brief war in der Tat eine Kündigung, ein wirklicher Schlag für mich. Ein Leben ohne Annie in Honeywick konnte ich mir nicht vorstellen. Sie hatte sich bereits ›die Freiheit genommen‹, ihre Sachen aus dem kleinen Zimmer über der Küche abzuholen. Jetzt sollte ihre Mutter umziehen, nach Cheshire, mit Sack und Pack.

Sollte ihr Kummer, mich zu verlassen, nicht so deutlich in ihrem Brief hervortreten, dann hätte ich eigentlich die erste sein müssen, die das verstand. Denn schließlich war ich genauso kopflos aus der Marshall Street fortgelaufen wie Annie jetzt von mir.

Ich schrieb ihr sofort, schrieb ihr, wie leid es mir tat, und wie ich mich andererseits für sie freute. Dann schrieb ich auch an

Miß Bede, die die Neuigkeit sicher schon direkt von Annie vernommen haben würde. Es wurde ein langer Brief, in dem ich ihr von meinem Zusammentreffen mit den Hawthornes und meinem Gespräch mit Mr. Butterwick erzählte, ebenso wie von meiner Absicht, Masson View aufzusuchen.

Tante Maud lehnte es ab, mich zu begleiten.

»Es ist mir zu anstrengend, anschließend die Dob Lane hinaufzusteigen. Du kannst mir ja alles erzählen.«

Nach diesen Worten begab sie sich mit ihrem Handarbeitskorb in den Garten hinaus, wo sich ihre Stimme unter das Gemurmel der anderen Gäste mischte.

Masson View stand ein wenig abseits der Straße, eines in einer ganzen Reihe von weißen Häusern. Die samtbehangenen Fenster, die breiten, flachen Stufen, Steinsäulen und Portal verliehen dem Gebäude eine ruhige Würde. Nichts Schmutziges schien von dem Ort auszugehen, an dem Tante Adelaide ihre letzten Tage verbracht hatte. Die edle Holztür stand offen, um die warme Nachmittagsluft ins Haus strömen zu lassen, und man konnte eine schwarz-weiß gekachelte Halle sehen, mit einem Leopardenfell am Boden, einem Messinggong und großen, blauen Vasen mit Pampasgras.

Die Zofe forderte mich auf, hier zu warten, während sie ihrer Herrin meine Karte bringen würde. Sie kehrte gleich darauf zurück.

»Mrs. Catchbent wird Sie empfangen, Ma'am. Würden Sie bitte mitkommen?«

Ich folgte ihr eine ungewöhnlich steile Treppe hinauf zu einem Wohnzimmer, von dem aus man den Garten überblicken konnte.

»Mrs. St. Leonard, Ma'am.«

Ich wollte gerade das Zimmer betreten, als sich am anderen Ende des Ganges etwas bewegte; ein Kopf spähte um eine Tür, ein Frauenkopf. Er verschwand augenblicklich wieder, und die Tür wurde leise geschlossen.

Mrs. Catchbent war eine ältliche, weißhaarige Frau. Ich erkannte in ihr sofort eine Dame, die großen Wert auf korrektes Verhalten legte, auf gepflegte Sprache und Erscheinung. Die äußeren Umstände hatten sie offensichtlich dazu gezwungen, ihr unzureichendes Einkommen dadurch aufzubessern, daß sie einen Teil ihres Hauses vermietete, aber die Würde ihrer in ein Korsett gepreßten Gestalt, das Rascheln ihres Seidengewandes und die Ringe, die schwach durch ihre Spitzenhandschuhe schimmerten, machten mir klar, daß Mrs. Catchbent sich in besseren Tagen nur in der allerbesten Gesellschaft bewegt haben mußte.

Sie war zu wohlerzogen, um mich aufzufordern, Platz zu nehmen. Vielmehr teilte sie es mir durch eine leichte Verlagerung ihres Gewichtes mit – ohne wirklich aufzustehen – und nickte leicht zu dem Sessel hinüber, den sie mir zugedacht hatte. Ich bemühte mich, so höflich zu sein, wie ich es eben vermochte, entschuldigte mich für mein Eindringen.

»Aber vielleicht können Sie sich den Grund meines Kommens schon denken, nachdem Sie meinen Namen gelesen haben.«

Das war eine allzu vorsichtige Art, als daß Mrs. Catchbent sie hätte durchgehen lassen können.

»Sie sind Mrs. Philip St. Leonard aus Honeywick House, Gower Gill«, erinnerte sie mich.

Ich verneigte mich, konnte ihr nicht widersprechen. »Ich glaube, Sie kannten die Tante meines Mannes, Miß Adelaide St. Leonard.«

»Das ist richtig.«

Ich wußte jetzt, daß Mrs. Catchbents Zurückhaltung nicht nur darauf beruhte, daß sie als Kind dazu erzogen worden war. Ich spürte, daß sie keine willige Zeugin abgab.

»Hat sie hier gewohnt?«

»Miß St. Leonard bewohnte die vorderen Räume im ersten Stock für die Dauer von zwei Monaten.«

»Ich glaube ... äh ... sie starb doch auch hier?«

Der Besenstiel in Mrs. Catchbents Rücken schien noch steifer zu werden. Ihre Augen nahmen ein kälteres Blau an. Wenn das überhaupt noch möglich war, zog sie sich noch mehr zurück, neigte aber dennoch leise zustimmend den Kopf. Schließlich war der Tod eine unleugbare Tatsache.

»Ich möchte nicht auf die Mühe hinweisen, die Last, die dies gewiß gewesen ist«, sagte sie. »Unter meiner persönlichen Überwachung und in Anwesenheit von Mr. Butterwicks Assistenten wurde Miß St. Leonards Besitz zusammengepackt. Da keine Verwandten bekannt waren, habe ich dafür gesorgt, daß keinerlei Verantwortung an die Dienerschaft fiel. Ich persönlich rief einen Wagen, den ich selbst zahlte, und fuhr zu Messrs. Bretherby und Butterwick, wo ich eine Truhe abgab.«

Ich dankte ihr.

»Sie müssen eine Menge Ärger und Arbeit gehabt haben.«

Wenn meine Art zu herzlich und damit plebejisch war, dann lag es daran, daß ich erkannt hatte, daß es keinen Sinn hatte, auch nur zu versuchen, Miß Catchbents Niveau zu erreichen. »Aber ich bin nicht hierhergekommen, um mich nach Miß St. Leonards Vermögen zu erkundigen. Ich wollte nur etwas über sie selbst erfahren. Was war sie für ein Mensch...«

Ein Ausdruck des Abscheus durchdrang Mrs. Catchbents Zurückhaltung: keine Abscheu, die sich auf Tante Adelaide bezog – das erkannte ich schnell –, sondern Abscheu vor dieser Frage. Keine persönliche und damit unangemessene Bemerkung würde je über diese Lippen kommen.

Ich versuchte es erneut. »Und wie ist sie gestorben?« Selbst ich hörte aus dieser Frage etwas leicht Beleidigendes. Mrs. Catchbents Nasenflügel bebten angewidert.

»Dr. Archibald hat sich um Miß St. Leonard gekümmert«, überwand sie sich zu einer Antwort. »Fragen in bezug auf ihre Krankheit sollten Sie besser ihm vorlegen.«

»Es war nur eine kurze Krankheit?«

»Miß St. Leonard war keine zwei Tage krank. Natürlich tat ich alles, was man erwarten konnte, aber Sie müssen wissen, daß das hier keine Pension ist. Miß St. Leonard hatte eine Suite gepachtet.«

Genau in diesem Augenblick, als ich fast von dem Gefühl überwältigt wurde, mit meinen schwachen, kümmerlichen Pfeilen auf eine starke Festung zu zielen, wurden wir unterbrochen. Eine Zofe trat ein.

»Verzeihung, Ma'am. Der Herr aus Staindrops.«

Mrs. Catchbent nickte, schaute mit höflichem, kaltem Blick auf meinen Sessel, als wäre ich schon nicht mehr dort, sondern hätte bereits Platz für den nächsten Besucher gemacht. Und ohne zu wissen, wie es geschehen war, fand ich mich tatsächlich schon an der Tür.

»Eines noch, Mrs. St. Leonard.« Mrs. Catchbent hob tatsächlich die Hand, um mich zurückzuhalten. »Der Teppich auf der Treppe war damals, im Februar vor einem Jahr, genau derselbe wie der, über den Sie soeben hier heraufgekommen sind. Von bester Qualität und fast neu. Bitte betrachten Sie ihn genau, wenn Sie nach unten gehen. Sie werden keine abgewetzte Stelle finden, keine lose Stange. Und so, wie es heute ist, so war es auch damals. Mehr muß ich wohl nicht dazu sagen. Guten Tag, Ma'am.«

Diese Information verwirrte mich, so bedeutend schien sie zu

sein. Ich trat auf den Flur hinaus, als der Herr aus Staindrops die
Treppe heraufkam und ins Zimmer geführt wurde. Das Mädchen wurde noch kurz von seiner Herrin aufgehalten. Ich
zögerte noch, wußte nicht, ob ich allein aus dem Haus gehen
sollte, als sich die Tür am anderen Ende des Ganges öffnete, ein
Kopf erschien und eine Stimme meinen Namen zischte.

»Das sind Sie doch, oder? Mrs. St. Leonard, meine ich.« Eine
kleine Dame mittleren Alters tauchte auf, kam hastig auf mich
zu. Sie war nach der neuesten Mode gekleidet und hatte eine
Menge Schmuck angelegt. »Ich hörte, wie Minnie Sie angemeldet hat. Das muß eine Verwandte sein, sagte ich zu mir selbst.
Von Miß St. Leonard. Solch ein vornehmer Name. Ich heiße
Petch. Mrs. Petch. Kommen Sie herein. Ich sehne mich danach,
zu reden.« Sie nahm mich bei der Hand und schleifte mich
förmlich in ihre Wohnung. »Sehen Sie, das hier waren ihre
Zimmer, und dort«, sie wies enthusiastisch auf die Schlafzimmertür, »dort ist sie gestorben!«

18

Eine so plötzliche Veränderung der Lage war beunruhigend.
Anstelle der mühsam erkämpften, spärlichen Informationen
von Mr. Butterwick und Mrs. Catchbent sah ich mich nun der
Person von Mrs. Petch und damit einem gewaltigen Redefluß
gegenüber.

»Wenn ich es nur geahnt hätte! Möchten Sie Tee? Mein
Mädchen ist aus, aber es dauert nur eine Minute.« Ich flüchtete
mich zum Fenster, während sie Schreibutensilien vom Tisch
räumte und Teetassen aus einem Schrank nahm. »Das Wasser
wird bald kochen, glücklicherweise habe ich immer ein Feuer
brennen. Das Klima hier ist nicht mild, aber ich mag es, genau
wie Miß St. Leonard. Ich nehme an, Sie wohnen im Hydro?
Finden Sie es nicht völlig überheizt? Miß St. Leonard mochte es
auch überhaupt nicht! ›Niemals das Hydro‹, sagte sie oft – und
lachte. Ein ansteckendes Lachen. ›Genausogut könnte man ins
Gefängnis gehen, wie sich da einschließen lassen‹, meinte sie
immer.«

»Waren Sie befreundet?«

»Da, er summt schon.« Sie hatte den Kessel auf die Kohlen
gestellt. »Befreundet? Sie war eine äußerst angenehme Person.
Ich vermisse sie. Aber es ist natürlich ein riesiger Vorteil, diese

Zimmer zu haben. Ich wohnte damals unten, wissen Sie, und ich habe diese Suite immer bewundert. Schon wegen der Aussicht...«

Sie war prächtig, die riesigen, baumbewachsenen Felsen, das Grün, das hier und da von nacktem Kalksandstein durchbrochen wurde wie von einer Narbe. Ich brachte ein angemessen bewunderndes Murmeln zustande, fühlte mich aber alles andere als wohl. Um die Wahrheit zu sagen, fing das in dem Augenblick an, als ich die Schwelle zu Mrs. Petchs Räumlichkeiten überschritten hatte. Das Zimmer schien von kleinen, rastlosen Bewegungen und kaum hörbaren Geräuschen erfüllt zu sein. Ich teilte das Fenster mit einem grünen Papagei in einem Käfig. Seine Stange war genau auf meiner Höhe. Unsere Blicke trafen sich, meine verlegen und wachsam, sein Blick ein freches Starren. Er erweckte den Eindruck, als würde er jeden Augenblick anfangen zu reden oder zumindest einen schrecklichen Schrei ausstoßen. Die weißen Spitzengardinen waren zu sehr gestärkt, um in der Brise, die durch den Spalt im Fenster hereinwehte, zu flattern; und doch hingen sie nicht ruhig, sondern schienen leise zu atmen, ein und aus, als wären sie nur gerade noch am Leben. Ein paar grüne Glasvasen auf dem Kaminsims waren da schon entgegenkommender: Ihr unaufhörliches leises Klirren, dazu das Rascheln von Mrs. Petchs Seidenkleid, das Summen des Kessels, das Ticken einer Uhr, das Knarren der Schlafzimmertür, als sie ein und aus ging, schafften eine unruhige Atmosphäre.

»Ich will nur eben alles in Ordnung bringen«, erklärte sie, als sie zum dritten Mal verschwand. Vor mir erstand die entsetzliche Vorstellung, daß sie damit beschäftigt war, die Szene von Tante Adelaides Tod zu rekonstruieren, glücklich beschäftigt, denn ich merkte ihr an, daß sie noch immer froh und glücklich war, die unerwartete Gelegenheit bekommen zu haben, sich dieser Räumlichkeiten zu bemächtigen.

»Möchten Sie Kekse?« Sie kehrte zurück und legte vier Kekse aus einer mit Samt bezogenen Dose auf einen Teller. »Sagen Sie«, ihre Augen funkelten, »wie steht es mit ihrem Schmuck? Sie sind doch wohl eine angeheiratete Verwandte, denke ich mir. Sie hatte ein paar reizende Sachen. Ihre Broschen! Und ihre Spitze! Meine Güte! Und ich kenne mich da aus.« Sie warf einen Expertenblick auf meine Kleidung. »Natürlich können Sie das nicht tragen, wenn Sie in Trauer sind.

Ihr Gatte? Das tut mir leid. Aber es ist ein Jammer, daß Sie die Sachen nicht tragen können.«

»Die Sachen müssen noch in der Truhe bei der Bank sein.«

»Ich hoffe nur, daß tatsächlich alles dort ist. Da waren keine Angehörigen, und ich muß schon sagen, Mrs. St. Leonard, was die Zofe anging, Bella, war ich mir nie so ganz sicher. Sie war sauber und mochte Miß St. Leonard, aber – nun ja – wie soll ich es ausdrücken? Sie hatte zuviel Fantasie für ihre Stellung.«

»Wollen Sie damit sagen – daß sie gelogen hat?«

»Das weiß ich wirklich nicht. Ihre Herrin hat ihr vertraut, aber man sollte die Möglichkeit eines unehrlichen Dieners niemals ausschließen, besonders bei einer solchen Gelegenheit.« Mrs. Petch goß Wasser in die Teekanne, um sie anzuwärmen, spülte sie aus, schien nachdenklich. Der grüne Glaslüster bewegte sich, funkelte und klirrte.

»Aber Mrs. Catchbent hat Tante Adelaides Habe höchstpersönlich eingepackt.«

»Alles, was sie in diesen Räumen gefunden hat.« Mrs. Petch nickte vielsagend. »Es wird interessant sein zu sehen, was tatsächlich in der Truhe ist, wenn man sie öffnet – und was nicht. Aber Sie können natürlich nicht Bescheid wissen, nicht wahr? Und mich geht es ja nichts an.« Zum ersten Mal zeigte sie so etwas wie Bedauern.

»Wo ist Bella jetzt?«

»Ich glaube, sie ist in Matlock geblieben, aber ich habe sie seither nie wieder gesehen. Oh, ich möchte das Mädchen nicht schlecht machen, aber es war doch gewiß eine Versuchung – und es würde schwierig sein, etwas zu beweisen, nicht wahr? Vor allem jetzt. Da war eine besonders hübsche Brosche...«

Wenn sich doch nur nicht immer die Reichtümer in den Weg stellen würden, wenn man etwas über Tante Adelaide erfahren wollte! Sie schienen ein unüberwindliches Hindernis. Ich versuchte, das Thema ihrer Krankheit anzuschneiden, mußte aber abwarten, bis mir alles über Broschen und Spitzen berichtet worden war. Ich konnte schon dankbar sein, wenn Mrs. Petchs Redefluß dabei die eine oder andere Tatsache über die Besitzerin dieses Schmuckes einfließen ließ.

»Es ging alles so schnell«, erzählte sie mir, als ich endlich eine Frage einschieben konnte. »Eine Lungenentzündung kam dazu. Das ist ja häufig der Fall. Sie hatte keine Chance, aber ich nehme an, Mrs. Catchbent hat Ihnen das bereits gesagt.«

»Mrs. Catchbent hat mir eigentlich überhaupt nichts gesagt. Sie schien – beleidigt.«

»Sie hassen den Tod. Vermieterinnen, meine ich. Sie hassen ihn einfach. Natürlich. Dabei war ich hier und bereit, alles zu übernehmen. Ich kann mir die Miete für diese Zimmer hier leicht leisten. Mr. Petch hat mich wohlversorgt zurückgelassen, und diese Zimmer entsprechen genau meinem Geschmack. Natürlich habe ich ihr gegenüber nicht geschwärmt, aber sie hatte keinen Grund zur Klage. Sie hat durch Miß St. Leonards Tod nichts verloren. Und was das anging, so gab es für sie einfach nichts zu tun. Man hat sich gut um die Tante Ihres Gatten gekümmert. Aber da war natürlich das Kommen und Gehen, der Arzt, der Anwalt, und das alles noch mitten in der Nacht, und schließlich die Männer des Bestattungsinstitutes. Es waren Bretherby und Butterwick, die sich um die Beerdigung gekümmert haben. Ist alles anständig erledigt worden, aber ich glaube, es gibt noch immer keinen Grabstein. Sind Sie vielleicht deshalb nach Matlock gekommen?«

Das ungute Gefühl hielt an. Nichts von ihrem Geschwätz konnte mich trösten. Ich wandte mich von ihr ab, schaute hinaus, oder vielmehr, starrte in das drohende Antlitz des Felsens, der im selben Augenblick einen Schritt vorwärts zu tun schien, mich wütend anfunkelnd: Nach Luft ringend erkannte ich, warum mich diese Klippe mit den herausragenden Felsvorsprüngen so erschreckte. Die Erinnerung an Holleron Edge ließ mich schwindlig werden, meine Knie zitterten. Gleichzeitig kehrte eine andere Erinnerung zurück, ein Umstand, an den ich nie bewußt gedacht hatte, obwohl er mich im Delirium nach meinem eigenen Sturz gequält hatte: Auch Tante Adelaide war gefallen. Kein Wunder! Die Häuser selbst schienen hier zu fallen, hockten gefährlich zwischen den Bäumen über einem Abgrund; Wege führten steil nach unten, alte Stufen, von Moos bedeckt, führten in Höhlen, in denen sich Teiche von unergründlicher Tiefe befanden. Wo anders in der Welt würde eine Frau leichter zu Tode stürzen als hier – von Masson Hill – oder High Tor – oder den Heights of Abraham?

»Sie ist gestürzt, berichtete der Anwalt.«

»Genau!« Triumphierend stellte Mrs. Petch die silberne Teekanne ab und zog einen zweiten Sessel an den Tisch. »Nehmen Sie Zucker? Ja, sie ist gestürzt, die Arme, und das hat die

Lungenentzündung hervorgerufen, abgesehen von der gebrochenen Hüfte. Und natürlich anderen Verletzungen. Sie war äußerst kurzsichtig und hatte scheinbar ihr Lorgnon verlegt. Sie war niemals bereit, eine Brille zu tragen. Das war natürlich eitel, aber wer wollte ihr daraus schon einen Vorwurf machen? Sie sah immer so reizend aus. Man muß nicht jung sein. Das war etwas, was ich von Miß St. Leonard gelernt habe. Aber feine Stoffe und prächtiger Schmuck schmeicheln natürlich, und sie war nicht direkt alt, nicht wahr? Ich würde sagen, ein wenig auf der falschen Seite der Fünfzig, meinen Sie nicht auch? Aber Sie haben sie ja nie kennengelernt. Ihr Gatte würde es wissen. Und sie hatte so viel, für das es sich zu leben lohnte. Soviel ich weiß, hatte sie ein hübsches Haus, in dem sie leben wollte, wenn sie älter und seßhafter war.«

Ich überließ dem Papagei die Aussicht und setzte mich an den Tisch.

»Sagen Sie, Mrs. Petch, wo ist der Unfall geschehen?«

»Nun, hier natürlich, in diesem Haus hier. Stellen Sie sich vor, sie fiel die Treppe hinunter. Genau die, über die Sie nach oben gekommen sind. Sie muß gestolpert sein...«

»Über den Treppenläufer?«

In spielerischer Zurechtweisung drohte mir Mrs. Petch mit der Zuckerzange.

»So etwas darf man nicht einmal andeuten. Die Möglichkeit überhaupt nicht erwähnen. Genausogut kann sie auch über ihren Rock gestolpert sein. Bloß – ich kann mir nicht denken, warum sie überhaupt mitten in der Nacht nach unten wollte. Das ist mir schon immer ein Rätsel gewesen.« Sie bot mir die Kekse an. »Ich wachte von dem Lärm auf. Unglaublich! Wie sie das überlebt hat, meine ich. Die Treppe ist so steil, und sie stürzte krachend von ganz oben bis unten. Ich habe damals noch unten gewohnt, müssen Sie wissen. ›Das kann kein Mensch gewesen sein‹, sagte ich mir und setzte mich im Bett auf. Es hörte sich eher an wie ein Sack Kartoffeln. Eine Minute später war ich schon da, als erste. Nun ja, wenigstens fast. Es gibt da gewisse Dinge, die muß man einfach tun, ehe man hinauslaufen kann. Und da kamen die anderen auch schon.«

»Die anderen?«

»Nun, Bella. Sie rannte einfach in ihrem Nachthemd nach unten. Eine Dienerin kann das, wissen Sie. Sie kniete neben ihr. ›Oh, Ma'am‹, hat sie gesagt, ganz zärtlich, ›was haben Sie nur getan? Oh, meine arme, kleine Herrin!‹ Es war rührend.« Mrs.

Petch war wieder ganz gerührt und kniff tatsächlich die Lippen zusammen. Die kleinen, aufgeregten Geräusche des Zimmers konnten wieder vernommen werden – die Bewegungen von Klauen und Federn und Schnabel, als der sprachlose Papagei sich anschickte, etwas zu sagen. Jede Minute würde er ein Wort kreischen, einen Namen ...

»Dann – es war eine Erleichterung, das kann ich Ihnen sagen –« Mrs. Petch bückte sich, um einen heruntergefallenen Teelöffel aufzuheben, und mir entging ein Wort. »... Sie hatte offensichtlich tief geschlafen. Sie knotete noch den Gürtel ihres Morgenmantels und schien ganz benommen.«

»Wer, sagten Sie? Mrs. Catchbent?«

»Nein, nein.« Mrs. Petch starrte mich an. »Miß Goodlock.«

Ich vermute, es war der Aufschrei des Papageis, der mich in erster Linie erschreckte, obwohl ich damit hätte rechnen können; aber auch das vollkommen unerwartete Auftauchen von Miß Goodlock auf der Szene erschreckte mich. Ich hatte einfach vergessen, daß zu Tante Adelaides Haushalt noch ein drittes Mitglied gehörte.

»Tante Adelaides Gesellschafterin?«

»Die arme Miß Goodlock! Mit ihr habe ich Mitleid gehabt. Ich habe immer schon gedacht – und das auch zu Mr. Petch mehr als einmal gesagt –, daß es nichts Deprimierenderes geben kann als das Leben als bezahlte Gesellschafterin; tagein, tagaus zur Verfügung zu stehen, abhängig von den Launen eines anderen Menschen; dafür bezahlt zu werden, daß man freundlich ist, eine gute Gesellschafterin. ›Das wird niemals dein Schicksal sein, meine Liebe‹, hat Mr. Petch dann immer gesagt. Nicht, daß Miß St. Leonard rücksichtslos gewesen wäre. Sie war mehr wie eine Freundin für die arme Miß Goodlock. Was ich meine, ist bloß –, als Miß St. Leonard krachend die Treppe hinunterstürzte, war auch Miß Goodlocks Leben zerstört.«

»Sie meinen, weil sie ihre Stellung verloren hatte?«

»Ihren Lebensunterhalt, Unterkunft; und alles immer so luxuriös! Dieser Schock! Sie mußte gewußt haben, daß sie niemals mehr eine solche Stellung finden würde. Wenn man schon als Gesellschafterin arbeiten muß, dann konnte sich wohl kaum jemand glücklicher schätzen als sie, mit dieser Herrin! Ich habe oft an sie gedacht.«

»Hat sie eine andere Stellung gefunden?«

»Ich weiß es nicht. Das war praktisch das letzte, was ich von ihr gesehen habe; oben an der Treppe, wie sie herabstarrte, das

Gesicht weiß wie die Wand. Sie reiste ab, ohne sich auch nur zu verabschieden, zwei Tage später, als Miß St. Leonard starb. Sie wartete nicht einmal die Beerdigung ab. Ich vermute, sie konnte es einfach nicht länger ertragen.«

Das schien typisch für ihre untergeordnete Rolle, dieses stille Verschwinden ohne Abschied. Dieses Sich-in-Luft-Auflösen. Aber dennoch wünschte ich, sie wäre ein wenig länger geblieben, hätte die Frau, mit der sie soviel Zeit verbracht hatte, bis ans Ende begleitet. Trotzdem, Mrs. Petch, Mrs. Catchbent, Mr. Butterwick und Bella – nicht gerade eine trostreiche Personenliste – hatten die Plätze der Verwandten ausgefüllt. Mir war es überlassen, einen angemessenen Grabstein für sie zu bestellen. Das war das mindeste, was ich für sie tun konnte, nach allem, was sie für mich getan hatte. Ich griff nach meinen Handschuhen.

»Müssen Sie schon gehen?«

»Ich habe Sie schon viel zu lange aufgehalten.« Jetzt, wo ich Tante Adelaide ein wenig nähergekommen und sie mir hier vorgestellt hatte, fragte ich mich, ob ich ihre Gegenwart in Honeywick noch immer so stark spüren würde, wenn ich zurückkehrte. Das drückende Gefühl, es wäre ihr Heim, nicht meines, ließ mich ausrufen: »Ich wünschte, sie hätte kein so unstetes Leben geführt. Warum sollte sie es vorziehen, in gemieteten Zimmern zu leben, anstatt in ihrem wunderschönen Heim? Hat sie das jemals gesagt? Wäre sie je zurückgekehrt, wenn sie länger gelebt hätte?«

»Merkwürdig, daß Sie das fragen. Ich habe mich oft dasselbe gefragt. Tatsächlich haben wir sogar manchmal darüber gesprochen. ›Goodie drängt mich auch die ganze Zeit‹, sagte sie dann immer. Das war ihr Name für Miß Goodlock. ›Goodie drängt mich die ganze Zeit, nach Honeywick zurückzukehren und mich dort niederzulassen.‹ ›Und warum tun Sie es nicht?‹ fragte ich mehr als einmal. Dann lachte sie, dieses charmante Lachen. ›Es ist so schrecklich vollgestopft mit Dingen, Mrs. Petch‹, sagte sie. ›Diese Besitztümer erdrücken mich. Eines Tages muß ich die Last wieder auf mich nehmen, aber für eine Weile ist es herrlich, nur ein paar wenige Dinge von Ort zu Ort mitzunehmen. Wir sind wie zwei Schnecken, sage ich immer zu Goodie, strecken unsere Fühler aus und kriechen von einem Kurort zum andern.‹ Ja, sie wäre schließlich wieder heimgekehrt. Nur ist das Ende dann doch ganz anders gekommen.« Als spürte sie die Tragik, machte Mrs. Petch eine kurze Pause, ehe sie sich wieder in Trivialitäten flüchtete. »Kommen Sie doch einmal wieder!« Zögernd öffnete sie die Tür, wodurch Zugluft entstand, die die Glaslüster klirren und den Papagei zornig aufkreischen ließ. »Sie haben das Schlafzimmer gar nicht gesehen.«

»Ein anderes Mal... Sie waren sehr freundlich.«

»Na ja, von ihr ist nichts mehr hier. Überhaupt nichts. Oh, das heißt, doch, eines noch. Warten Sie. Ich habe es hier irgendwo hingelegt.« Sie trottete zu einem Schrank hinüber und zog ein halbes Dutzend Schubladen heraus. »Hier. Keine große Erinnerung, aber vielleicht möchten Sie gern etwas haben, was ihr gehört hat.«

Ich nahm es entgegen: verdrehter Golddraht am Ende eines Elfenbeingriffes. Ein Lorgnon.

»Wir haben das Glas entfernt. Es war zertreten. Meine Zofe hat es ganz hinten unter dem Schrank gefunden, als sie mit einem Besen darunterfuhr. Sie ist ausgesprochen gründlich, das muß man schon sagen. ›Sieht aus wie eine Brille‹, sagte sie. ›Muß fallen gelassen worden sein – und dann ist jemand daraufgetreten.‹«

Ich brauchte keine Erinnerung an Tante Adelaide, hatte schon mehr als genug, aber dieses hier hatte etwas ganz Persönliches. Es war der einzige Gegenstand, den sie immer bei sich getragen hatte, der einzige Gegenstand, ohne den sie nicht ausgekommen war.

»Es ist mir ein Rätsel, wie es dort hingekommen ist«, sagte Mrs. Petch. »Ganz hinten noch dazu. Ohne das Glas war sie verloren. Vollkommen hilflos. Sie war doch so kurzsichtig. Kein Wunder, daß sie gefallen ist.«

19

Jetzt kenne ich sie. Eine Dame Anfang Fünfzig; elegant gekleidet, freundlich, nett zu ihren Bediensteten, im Besitz eines charmanten, ansteckenden Lachens; eine Dame, die die Unabhängigkeit gemieteter Zimmer der überheizten Atmosphäre des Hydro vorzog; eine, die ein Leben liebte, das zu extravagant war, um lange zu dauern, und die es um so mehr liebte, weil sie in der Kindheit unterdrückt worden war, weil sie wie eine welke Blume an Tante Thoras Seite im Landauer gesessen hatte. Ihre einzigen Zerstreuungen damals waren (soviel ich wußte) die Sonntagsschule und die Romane von Mrs. Banstock gewesen. Der Tod hatte sie einer unbekannten Zahl harmloser, glücklicher Jahre beraubt, hatte sie aber auch davor bewahrt, ihre Tage inmitten all der weltlichen Güter zu beenden, die Tante Thora ihr hinterlassen hatte. Wir waren uns sehr ähnlich, Tante Adelaide und ich, empfanden unser Erbe als Last.

Aber der Eindruck, den ich mit mir nahm, als ich vorsichtig die Treppe hinunterging, war weitaus beunruhigender: Ich sah eine hilflose Frau, die sich halbblind auf der Suche nach ihrem Augenglas vorwärts tastete; die dann in der Dunkelheit stürzte, die Treppe hinabfiel wie ein Sack Kartoffeln. Aber selbst ohne ihr Augenglas mußte sie ihre Umgebung gekannt haben. Man mußte schon sehr kurzsichtig sein, um nicht mehr zu wissen, wo die Treppe war. Es schien wahrscheinlich, daß sie die Absicht gehabt hatte, nach unten zu kommen, daß sie von einem offenen Saum verraten worden war; mit dem Absatz hängengeblieben war... oder mit der Fußspitze? Es war gewiß sonderbar, daß sie zu solch später Stunde noch nach unten kommen wollte, wo doch all ihre Räume im ersten Stock lagen!

Nachdem ich sicher unten angelangt war, drehte ich mich noch einmal um und sah hinauf. Es war eine ungewöhnlich lange und steile Treppe. Für Miß Goodlock, die benommen und mit weißem Gesicht oben an der Treppe gestanden hatte, mußte sie schier endlos erschienen sein. Und ganz unten lag Tante Adelaide, eine Masse aus Spitze, aus Seide und Leinen, zerschlagen, verletzt, vielleicht sogar bewußtlos; und neben ihr Bella, die bereits als erste erschienen war, während Mrs. Petch noch notwendige Vorkehrungen traf, auf die ein Diener keine Rücksicht zu nehmen brauchte. Niemand hatte eine zerbrochene Lampe erwähnt, die Gefahr von Feuer – einen beschädigten Teppich oder vergossenes Öl. Tante Adelaide mußte ihren Weg nach unten nicht nur ohne ihr Lorgnon, sondern außerdem noch ohne Lampe angetreten haben. Aber es war natürlich möglich – ich fühlte mich schon wohler, als ich in die warme Nachmittagsluft hinaustrat –, es war gut möglich, daß sie ihr Lorgnon bei sich gehabt hatte, als sie die Treppe hinunterkam, und daß es erst bei ihrem Sturz zerbrach. Und später war es dann zufällig unter den Schrank gerutscht – bei all der Aufregung war wohl jemand dagegengetreten, so heftig, daß es gleich bis in die hinterste Ecke geglitten war.

Auf jeden Fall war sie wenigstens niemals allein gewesen:

niemals einsam. Niemand, der für Gesellschaft zahlte, würde je allein sein müssen; genausowenig wie die bezahlte Gesellschafterin es konnte, ein Geschöpf, dessen Erfolg im Beruf davon abhing, daß es fähig war, im Hintergrund zu verschwinden, sich wie ein Schirm zwischen die Herrin und die Einsamkeit zu schieben. Mein Interesse wandte sich Miß Goodlock zu. Es war ein Tribut an ihre Fähigkeit, unauffällig zu bleiben, daß Mrs. Catchbent sie nicht einmal erwähnt hatte. Allerdings war es auch nicht gerade Mrs. Catchbents Stärke, jemanden zu erwähnen. Dennoch, sie und Tante Adelaide hatten Jahre zusammen verbracht; ihre Beziehung mußte eng gewesen sein; Miß Goodlock hatte durch Tante Adelaides Tod am meisten zu verlieren.

Diese Überlegungen belasteten mich ein wenig und verdarben mir die letzten Tage meiner Ferien. Es gab keinen Grund, warum ich nicht noch bleiben sollte, nachdem Tante Maud abgereist wäre. Das hatte sie mehrmals gesagt und wiederholte es auch noch einmal, als ich mich am Bahnhof von ihr verabschiedete.

»Ich bin nicht so recht zufrieden mit dir.« Sie beugte sich aus dem Abteilfenster. In ihrem Hut mit der riesigen Feder und dem grauen Umhang sah sie zuverlässig und vertrauenserweckend aus wie eine vernünftige Glucke. »Du hast so einen merkwürdigen Ausdruck. Ich wünschte, ich hätte dich überreden können, mit mir heimzukehren. Willst du deine Meinung nicht doch ändern und in ein, zwei Tagen nachkommen? Nun schön, warum bleibst du dann nicht noch etwas im Hydro? Bloß um dich auszuruhen? Ohne deine Annie hast du noch eine Menge Arbeit.«

Ich schüttelte den Kopf, gestand ihr weder mein Zögern ein, heimzukehren, noch sagte ich ihr, wie sehr es mir widerstrebte, hierzubleiben.

»Wir sehen uns bald wieder.«

Sie stieg noch einmal aus und umarmte mich. »Ich weiß nicht, wann ich je eine so schöne Zeit gehabt habe. Vielen Dank. Obwohl ich eigentlich nicht hergekommen war, um selbst eine schöne Zeit zu verbringen. Glaub nur nicht, ich hätte nicht gespürt, wie sehr du um deinen Philip trauerst. Aber du hast nicht andere Leute mit deinem Kummer belastet. Du bist schon immer ein liebes, anständiges Mädel gewesen. Ich hoffe bloß ..., ich habe mich oft gefragt, ob er überhaupt gewußt hat, welchen Schatz er da in Händen hielt. Aber jetzt mußt du mir versprechen, uns bald besuchen zu kommen – und du schreibst doch?«

»Oft. Und vielen Dank, Tante Maud. Ich werde dich schrecklich vermissen.«

Sie ließ mich einsam und ruhelos zurück. Das Hydro schien noch größer geworden zu sein, als ich traurig dorthin zurückkehrte. Allein an meinem Tisch im Speisesaal fühlte ich mich abwechselnd wie eine Maus und ein Monster. Tante Mauds Freunde, eine überraschende Zahl, drängten mich, mich zu ihnen zu gesellen, aber sie hätten mich alle für langweilig gehalten. Als mein Koffer gepackt und vorausgesandt worden war, verbrachte ich die meiste Zeit damit, Spaziergänge zu wiederholen, die ich mit Mr. Hawthorne genossen hatte. Auch ihn vermißte ich.

Schon spürte man morgens und abends den nahen Herbst. Die windstillen Tage verhießen ein Ende. Ich war fast froh, als mein letzter Tag herankam, wenngleich er mich der Aussicht näherbrachte, den Winter in Honeywick ohne Philip, dafür aber mit Miß Bede verbringen zu müssen. Ich mußte ihr bezüglich meiner Rückkehr schreiben.

Aus diesen düsteren Gedanken flüchtete ich mich in Handlungen. Ehe ich Matlock verließ, war ich entschlossen, den Inhalt von Tante Adelaides Truhe zu sehen, selbst wenn ich ihn nicht in meinen Besitz nehmen konnte. Da Mr. Butterwick selbst zu beschäftigt war, um mich in die Bank zu begleiten, kam sein junger Assistent, Mr. Bretherby, mit mir. Die Truhe wurde aus dem Tresor geholt, aufgesperrt, und unter seinem freundlichen Blick durchsuchte ich den Inhalt.

Tante Adelaide war mit leichtem Gepäck gereist, wenn man hiernach gehen wollte. Selbst wenn man von ihrer Abscheu vor Besitztümern wußte, so erschienen mir die Vorkehrungen, die sie für eine Abwesenheit von zehn Jahren getroffen hatte, doch überraschend sparsam; besonders für eine Dame, die im Ruf stand, immer gut gekleidet zu sein und Spitzen und Schmuck zu lieben. So sehr, daß sogar eine Kennerin wie Mrs. Petch davon beeindruckt war. Da waren ganze Stapel von Unterwäsche, die Mrs. Catchbent eigenhändig gefaltet hatte – oder Bella? –, und Kleider, alle modisch und kaum getragen. Sie war offensichtlich schlank geblieben: abgesehen von der Länge hätten sie auch mir gepaßt. Welches Kleid hatte sie getragen, als sie gestolpert und gestürzt war? Ich fuhr mit den Fingern an den

Säumen entlang, fand jedoch keine unterbrochene Naht; aber da waren so viele Unterröcke, daß man sie nicht alle untersuchen konnte. Ein weißes Papierpäckchen enthielt Spitzenjabots und -manschetten, aber alle waren vergilbt. In einer abgenutzten Schmuckschatulle fand ich einen Siegelring, ein schlichtes Medaillon und eine Kette und ein Granatdiadem. Daneben gab es nur noch ein paar Bücher, ein Maniküreset und Nähzeug, Schreibutensilien und ein Bündel Briefe, die mit einem Band zusammengehalten wurden. Nichts Wertvolles. Das Beste war verschwunden. Vielleicht war es das Parfüm, das noch immer in den Unterröcken und Kleidern hing, das dieses Eindringen in ihre letzten Tage so deutlich machte: der leichte, süße, abgestandene Duft von Maiglöckchen.

Ich zögerte, ehe ich die Briefe öffnete. Sie waren nicht für mich bestimmt. Es war schwer zu sagen, wem sie jetzt eigentlich gehörten.

»Darf ich?«

»Aber gewiß, Mrs. St. Leonard«, versicherte mir Mr. Bretherby eilig. Er war ein freundlicher, junger Mann.

Ich warf nur einen kurzen Blick auf die Briefe; aber eine Unterschrift zog mein Interesse an. Der Brief war aus dem Jahr 1861, die Tinte schon verblaßt. Abel Drigg. Ich mußte ihm erzählen, daß sie diesen Brief aufgehoben hatte. Es würde ihn trösten, war wie ein Gruß von einer alten Freundin über die Jahre hinweg. Mit Mr. Bretherbys Hilfe legte ich alles wieder zurück.

»Ich bin sicher, Sie werden nicht mehr viel länger warten müssen«, fing er an.

»Oh, ich möchte diese Dinge gar nicht, Mr. Bretherby, nichts von all dem. Ich habe schon so viel. Ich wollte nur herausfinden...« Aber es erschien mir doch klüger, nichts zu erklären. Es gab kaum einen Zweifel daran, daß Tante Adelaide beraubt worden war. Wie Mrs. Petch schon angedeutet hatte, gab es gewisse Versuchungen. Sie hatte Bella in Verdacht gehabt – aber war das jetzt noch wichtig?

Außerdem war in all dem nervtötenden Geplapper von Mrs. Petch eine Bemerkung gewesen, die mich getröstet hatte: »Oh, meine arme, kleine Herrin«, hatte Bella zärtlich gesagt, nachdem sie Hals über Kopf im Nachthemd die Treppe hinuntergestürzt war, auf eine Art, die sich für Mrs. Petch und Miß Goodlock nicht ziemte. Dafür waren sie zu vornehm. Mein Herz erwärmte sich für Bella; aber die Vernunft sagte mir, daß auch

Zärtlichkeit und Zuneigung für die lebende Herrin niemanden davon abhalten müssen, die tote zu berauben.

»Wenn es irgend etwas gibt, das ich für Sie tun kann, Mrs. St. Leonard...« Nachdem er die Truhe verschlossen hatte, schien Mr. Bretherby noch etwas bleiben zu wollen. Es schoß mir durch den Kopf, daß Bella vielleicht noch in Matlock war, daß er dann der Richtige sein könnte, um mir zu helfen, sie zu finden. Aber ich war entschlossen, am kommenden Tag abzureisen; und wenn es auch interessant sein würde, mit Bella zu reden, so war es vielleicht doch auch peinlich, die Wolke zu durchdringen, die Mrs. Petch über sie gezeichnet hatte. Erkundigungen bezüglich Tante Adelaide hätten bereits ein Jahr zuvor, im Februar, eingezogen werden müssen. Die plötzliche Erinnerung an unsere sorglose, gleichgültige Art erfüllte mich mit so schmerzlicher Trauer, daß ich mich mit nur einem kurzen Wort des Dankes von Mr. Bretherby verabschiedete und davonging. Ich merkte kaum, welche Richtung ich eingeschlagen hatte, bis ich mich in der Hauptstraße wiederfand, die am Fluß entlang verlief, und gleich darauf kam ich an den Vergnügungsplatz.

Nur wenige Besucher waren zu sehen, selbst am Brunnen. Aus einem Impuls heraus zahlte ich meinen Eintritt und ging hinüber, um mir noch einmal die merkwürdige Sammlung überkrusteter Gegenstände anzusehen. Unser Teller blitzte noch gelb und grün und zuversichtlich. Aber war er nicht schon ein bißchen blasser geworden?

»Das wäre noch zu früh. Sie dürfen nicht erwarten, schon einen Unterschied zu sehen.«

Die melancholische junge Frau war mir gefolgt und starrte nun ebenfalls auf die Gegenstände.

»Ich schlage nur meine Zeit tot«, erklärte ich ihr.

»Sie sind heute ja allein. Ich nehme an, der Herr ist bereits abgereist. Ein netter Herr«, bemerkte sie düster. »Sie kommen und gehen. Gibt nicht mehr viele davon.« Sie schaute sich um, so daß es nicht ganz klar war, ob sie sich auf die Seltenheit netter Herren oder den Mangel an Besuchern bezog. »Möchten Sie eine Tasse Tee?«

»Nein, ich glaube nicht.«

»Sie würden bestimmt überrascht sein, aber all diese Dinge haben eine Geschichte.«

»Das kann ich mir denken.« Tatsächlich war es, als wären die graue Spielzeugtrompete, der Hut und die Kohlenschaufel stumme Zeugen einer zu Stein gewordenen Gesellschaft.

»Die meisten Menschen werfen Dinge dorthin, die sie nicht mehr haben wollen. Aber ich – ich bin anders. Was ich hingelegt habe, war mir wertvoll. Ich habe es dorthin gelegt, damit es ewig hält.«

Es überraschte mich nicht, daß der Ort selbst sie bedrückte, vor allem jetzt, wo es so ruhig war. Eine Weile sagte keine von uns ein Wort.

»Ich sehe es jetzt gerade an.« Sie lenkte ihren Blick zum Teich hinüber. Aber bei so vielen Gegenständen konnte ich mir nicht sicher sein, welchen sie meinte; wußte auch nicht, ob es falsch wäre, sie einfach direkt danach zu fragen.

»Ist es so kostbar, weil es Sie an jemanden erinnert?« erkundigte ich mich statt dessen. »Es war Ihnen wertvoll, weil der Mensch, der es Ihnen gegeben hat, wertvoll war?«

»Ja, ja, ich glaube, so ist es. Es ist mir nicht direkt gegeben worden, aber es hat jemandem gehört, der mir sehr teuer war, dem Liebsten, was ich auf der ganzen Welt besaß.«

Sie ließ mich stehen und ging um den Tümpel herum.

»Da ist es.« Sie wies auf einen nahezu ovalen Gegenstand. »Seit über einem Jahr liegt das jetzt schon hier, aber es kommt mir so vor, als wäre es kaum zwei Tage her, daß ich ihn auf ihrem Kopf gesehen hätte. Das ist der, den sie immer in die Kirche getragen hat. ›Den werde ich nehmen‹, beschloß ich. ›Nicht zu modisch und mit einer gewissen religiösen Ausstrahlung.‹ O ja, sie war mir sehr wichtig. Mehr als zehn Jahre lang habe ich mich um sie gekümmert, und jetzt ist sie fort, und ich finde einfach nicht zu mir selbst. Das ist das einzige von ihren Sachen, was ich hatte. Es konnte ja niemandem mehr nützen. ›Nimm ihn‹, würde sie gesagt haben. Sie hat immer wieder Sachen fortgegeben. Und als ich dann hierher kam, erschien es mir gerade das richtige, um es hierhin zu legen, nachdem doch niemand da war, der einen Grabstein für sie errichtet hätte. Das ist besser als eine Statue oder eine Urne; ungewöhnlicher. Jedesmal, wenn ich ihn sehe, denke ich an sie, an meine kleine Herrin, die jetzt tot ist.«

Ein schwacher Verdacht keimte in mir auf, wurde zur Gewißheit, als sie sprach.

»Dann müssen Sie Bella sein?« Die Frage wäre nicht nötig gewesen. Ich war schon sicher, noch ehe sie nickte und mich mit überraschten Augen ansah.

Was nun das kostbare Ding anging, das dort verkrustet vor uns lag – schaudernd erkannte ich darin Tante Adelaides

Sonntagshütchen. Es war absurd, eine monströse Art der Erinnerung, und doch machte es mir klar, daß Bella Tante Adelaide als einzige wirklich betrauert hatte.

Was nun ihre Ehrlichkeit anging – war es möglich, daß sie den besten Schmuck ihrer Herrin stehlen würde, um sich dann in sentimentalen Reden über deren Sonntagshütchen zu ergehen? Möglich war es schon. Aber in diesem Augenblick dachte ich weniger an ihre Moral, als vielmehr an ihre Zärtlichkeit Tante Adelaide gegenüber. Wer konnte sagen, ob sie schon immer die sonderbare Kreatur gewesen war, die jetzt vor mir stand? Wie Mrs. Petch es ausgedrückt hatte, mußte sie jedenfalls schon immer zuviel Fantasie besessen haben. Vielleicht waren wir uns ähnlich. Tatsache ist, daß ein Teil von mir dazu neigte, ihr jedes Wort zu glauben, als wir jetzt nebeneinander dort standen. Man kann sich kaum eine weniger vernunftgelenkte Einstellung zum Leben vorstellen, als sie sie hatte – und doch interpretierte sie die Tatsachen so, daß ich sie akzeptieren konnte, so, wie sie ohne große Überraschung akzeptierte, daß ich mit ihrer ehemaligen Arbeitgeberin verwandt war.

War es Fatalismus? Oder mehr? Das Gefühl, nichts würde ohne Sinn und Zweck geschehen, das sie sagen ließ: »Ich habe es immer gewußt – habe es gefühlt, hier drinnen – daß das noch nicht abgeschlossen ist.«

Niemand war zu sehen, nicht einmal Mr. Tanner. Ich setzte mich an einen der Tische und bat sie, mir gegenüber Platz zu nehmen, damit wir uns unterhalten konnten. Sie kam nicht sofort zur Sache. Doch ihre ganze Art, ihr Zögern, das Gefühl, daß hier etwas lange Zeit unterdrückt worden war, all das überzeugte mich davon, daß es einen Kern der Sache geben mußte. Sie fummelte mit dem Schlüsselbund herum, der an einer Kette um ihre Taille hing, schluckte nervös, als wollte sie Zeit gewinnen, fing dann ganz plötzlich an, auf für mich überraschende Weise.

»Sie sind die Frau – oder besser: Witwe – von Madams Neffen.« Ihre Augen füllten sich mit Tränen. Sie war wirklich äußerst gefühlvoll. »Dann müssen Sie in Honeywick House wohnen. Ich frage mich, ob es noch immer so ist wie früher.«

»Sie kennen Honeywick? Ja, natürlich, Sie müssen mit Miß St. Leonard dortgewesen sein.«

Nicht, als sie in Gower Gill wohnte, berichtete Bella. Sie war erst in Bath in Tante Adelaides Dienste getreten, vor ungefähr zehn Jahren. Aber ein Jahr später war sie mit ihrer neuen Herrin nach Honeywick gefahren, für einen kurzen Besuch, ehe sie weiterzogen nach Cheltenham.

»Es war eine Abwechslung. Es war Frühling, als wir hinfuhren, und alles stand in Blüte. Man konnte an der kleinen Tür im Garten stehen und den Kuckuck aus dem Wald rufen hören.«

»Es ist herrlich dort im Frühling. Es ist immer herrlich.«

»Das fand ich auch. Aber es war ruhig. Wir haben kaum jemanden gesehen, außer einer alten Frau, die Kartoffeln, Eier und Honig gebracht hat.«

»Mrs. Blanche.«

»Ja, so hieß sie. Das wäre mir nicht eingefallen, wenn Sie es nicht gesagt hätten. Ich habe immer an der Hintertür mit ihr geplaudert, aber sie wollte nie ins Haus kommen. Als wir schon einige Zeit dort waren, fing es an zu ... aber ich weiß nicht. Man kann das Haus kaum beschuldigen.«

»Beschuldigen?«

»Wenn ich jetzt so darüber nachdenke, es war schon merkwürdig.« Sie blickte über den Fluß hinweg, aber mit einem Ausdruck, als sähe sie die Straße, die sich von Gower Gill hinabwand, sähe das Haus auf halbem Wege. Auch ich sah es, die Sonne glitzerte im Erkerfenster; und wieder verspürte ich das vertraute Gefühl, daß seine Räumlichkeiten mehr beinhalteten, als man sehen konnte, mehr verbargen, als man wußte.

»Ich habe manchmal versucht, herauszufinden, ob ein Ort schlecht sein kann, meine ich, oder ob die Menschen ihn nur dazu machen: ein böser Mensch. Vielleicht treffen auch beide zusammen, der Mensch und der Ort.«

»Wollen Sie mir sagen, daß in Honeywick etwas geschehen ist? Etwas Böses?«

»Dort hat es angefangen.«

Vielleicht würde ich später wieder zur Vernunft kommen. Schon jetzt war das Gefühl von Unwirklichkeit so stark, daß ich wachsam wurde, mir sagte, daß ich einer von Bellas Geschichten lauschte; und es ging um eine Situation, der man leicht mit Unglauben begegnen konnte: Da waren Einsamkeit, ein Wald voll von Blättern, die atemlos darauf warteten, zu fallen, Nebel über dem Fluß, der Boote und Mauern und Kamine verschluckte, ein diffuses Licht, das Einzelheiten eher verschleierte als klärte.

»Hat sich Miß St. Leonard gefreut, wieder daheim zu sein?«

»Wenn sie sich gefreut hätte, wäre sie ja wohl dortgeblieben, nicht wahr? Ich weiß beim besten Willen nicht, ob es vielleicht besser gewesen wäre, wenn sie dortgeblieben wäre.« Sie warf mir einen kurzen, flehenden Blick zu, als sehnte sie sich danach, sich dieser Bürde zu entledigen.

»Und Miß Goodlock? Hat es ihr in Honeywick gefallen?«

Meine Vorstellung von ihr, die ruhig ihren kleinen, täglichen Pflichten nachging, bereitete mich nicht auf Bellas Antwort vor.

»Sie war wie im Himmel, als ob sie auf Luft wandeln würde.« Sie zeichnete dieses unerwartete Bild vor mir, aber so ernst, als wären die Gedanken, die sie hegte, alles andere als himmlisch.

Ich erriet, daß Miß Goodlock auflebte, sich in einem Zustand höchster Freude befand, reinster Ekstase, wie auch ich ihn erlebt hatte. War ich nicht ebenfalls berauscht gewesen von dem kalten Zwielicht im Frühling, von den milden Nachmittagen, dem Mondschein und den Sternen über den samtigen Bäumen, den Vögeln, Lämmern; vom Sonnenschein auf Porzellan und Silber? Und wenn das Schicksal es nun gewollt hätte, daß ich es – genau wie Miß Goodlock – nach einem Monat bereits wieder verlieren sollte, hätte es nicht auch mich heimgesucht? Verfolgt, als hätte ich einen Blick in den Garten Eden getan? Und ganz genauso erschien mir jetzt der erste Monat in Honeywick: wie ein verlorenes Paradies.

Und nicht nur mir.

»Immer hat sie die Herrin zu überreden versucht, dorthin zurückzukehren. Ein Hinweis hier, ein Hinweis dort. Sie schimpfte über alles, was schiefging, wenn wir in gemieteten Räumen lebten; über die Wäsche, die Zugluft. ›Sie gehören nicht hierhin‹, pflegte sie zu sagen.«

Trotz ihrer hoffnungslos untergeordneten Stellung als eine Abhängige ohne Rechte oder Erwartungen, war es Goodie zweifellos gelungen, Mittel und Wege zu finden, um eine so freundliche und rücksichtsvolle Herrin zu lenken. Aber offensichtlich nicht in dem Punkt, der ihr am wichtigsten war.

»›Dann laßt uns weiterziehen‹, hatte die Herrin erwidert. ›Wir fahren nach Tunbridge Wells. Ich weiß, was du gern hättest, Goodie, aber jetzt, wo ich meine Flügel ausgebreitet habe, gedenke ich nicht, ins Nest zurückzukehren, noch nicht. Nicht, ehe ich alt bin‹, sagte sie immer. Sogar am Tag vor ihrem Tod hab' ich sie das sagen hören.« Bellas Gesicht verdüsterte sich. Sie starrte auf die Schlüssel auf ihrem Schoß. »Es war Miß Goodlocks Geburtstag. Vor dem Essen machten sie noch ein paar Besuche, und anschließend unterhielten sie sich. ›Es hat keinen Zweck, Goodie‹, hat die Herrin gesagt. ›Du wirst mich nie dazu überreden.‹ Ich habe ihnen noch eine Kanne heiße Schokolade gebracht, ehe ich zu Bett ging. Sie blieben lange auf.«

Ich hatte also recht gehabt mit der Vermutung, daß Tante Adelaide heiße Schokolade liebte, aber was Miß Goodlock anging, war ich mir jetzt weniger sicher. Abgesehen von ihrer Begeisterung für Honeywick schien sie ein Mensch zu sein, den man nur mit negativen Bezeichnungen beschreiben konnte, von denen die auffälligste wohl ihre Inaktivität war – und jetzt ihre Abwesenheit. Merkwürdig, daß wir nur so wenig von ihr gehört hatten: Das heißt, überhaupt nichts, soweit es Philip und mich betraf. Sie war noch vor der Beerdigung abgereist, erinnerte ich mich. Zehn Jahre lang an Tante Adelaides Seite, und dann – hui! – verschwunden, aufgelöst wie eine Rauchwolke. Man hätte doch wohl von ihr erwarten können, einer so netten, freundlichen Herrin wenigstens die letzte Ehre zu erweisen. Sie konnte es einfach nicht länger ertragen, hatte Mrs. Petch gemeint; aber wenn ich es genauer überlegte, kam es mir mehr so vor, als hätte sie ihre Hände reinwaschen wollen. Dieser Gedanke erinnerte mich an etwas, was erst kurz zurücklag, mir aber nicht mehr einfallen wollte.

»Soviel ich weiß, ist Miß Goodlock sehr plötzlich abgereist und nicht mehr zum Begräbnis geblieben. Ich nehme an, sie war sehr bekümmert. Haben Sie noch Verbindung zu ihr?«

»Bekümmert?« wiederholte Bella scharf. »Verbindung?«

Ihr plötzlich wütender Blick, die Art, wie sie zurückschreckte wie vor einer Schlange, erstaunten mich.

»Heißt das«, versuchte ich es vorsichtig, »daß Sie sie nicht mochten?«

Bella holte tief Luft, schien durch mich hindurchzusehen und etwas so Abstoßendes zu erblicken, daß selbst ihre Lippen bleich wurden.

»Nein«, erklärte sie verbittert, »sie ist nicht zum Begräbnis geblieben. Ich habe die ganze Nacht über bei meiner lieben, kleinen Herrin gesessen. Sie starb beim Morgengrauen. Kaum eine Stunde später war Miß Goodlock fort, mit Sack und Pack. Niemand weiß, wie sie ihre Koffer nach unten gebracht hat. Auf der Straße hat sie sich einen Mann gerufen, der ihre Sachen zum Bahnhof gebracht hat – und nicht nur ihre eigenen Sachen. Da müssen auch noch die gewesen sein, deren sie sich bemächtigt hatte«, schloß sie leise und voll Abscheu.

»Beschuldigen Sie sie des Diebstahls?«

Ich mußte nicht lange rechnen. Wenn Bella ehrlich war, dann war Miß Goodlock es nicht. Mir war überhaupt nicht in den Sinn gekommen, daß sie beide gleichermaßen in Frage kamen.

»Warum haben Sie es nicht dem Anwalt erzählt?«

»Ich habe versucht, es der Dame unten zu sagen. Es hätte keinen Sinn gehabt, es Mrs. Catchbent zu erzählen. Die ist etwas zu Feines, um für jemanden wie mich Augen und Ohren zu haben. Aber Mrs. Petch hatte sich ein bißchen mit meiner Herrin angefreundet, obwohl sie weit unter ihr stand. ›Keine von deinen Geschichten, Bella‹, hat sie gesagt, ›es ist doch wohl kaum wahrscheinlich, daß sich eine Dame wie die arme Miß Goodlock so erniedrigt?‹ Sie warf mir einen bösen Blick zu. ›Diebe‹, erklärte sie dann, ›sind immer schnell bereit, jemand anderen zu bezichtigen.‹ Also hab' ich den Mund gehalten. Für die einzige, auf die es ankam, war es ohnehin egal. Und mir wurde dadurch klar...«

Offensichtlich sollte noch etwas kommen, etwas, das nur schwer in Worte zu fassen war. Ich ertappte mich dabei, daß ich mich vorbeugte und an Bellas Lippen hing.

»Mir wurde dadurch klar, daß es auch keinen Sinn hatte, das andere zu erzählen, was ich wußte.« Bella sah mich plötzlich flehentlich an. »Obwohl es wie ein schweres Gewicht auf meinem Herzen gelastet hat. Doch der Tag wird kommen, so dachte ich, wo der HERR mir jemanden senden wird, der mir zuhört und mir glaubt.«

»Erzählen Sie es mir.«

Wieder schluckte sie nervös, fürchtete vielleicht, daß ich zuhören, aber nicht glauben würde, was sie mir sagen wollte.

»Sie haben sie nicht gekannt. Es ist schwer zu erklären, wie sie gewesen ist.«

»Sie? Sprechen Sie von Miß Goodlock?«

»Dieser Teufel! Sie konnten auf nichts den Finger legen, so schlau war sie. Es war immer da, aber ich spürte es das erste Mal, als wir auf dem Lande waren. Ich habe es Ihnen ja schon gesagt. Wenn wir zurückgegangen wären...«

»Es war gewiß böse, ihre Herrin zu berauben, nachdem sie sie so freundlich behandelt hatte. Miß St. Leonard muß sie recht gern gehabt haben.«

»Die Herrin hat sie geliebt«, sagte Bella trotzig, als wäre sie gezwungen, die bittere Wahrheit zu sagen. »Wie eine Schwester geliebt. Sie dachte immer, aus ihr schiene die Sonne.«

»Ich glaube, Sie übertreiben ein bißchen, Bella«, meinte ich nach einer Pause. »Nach allem, was ich weiß, war Miß St. Leonard eine reizende, liebevolle Person. Trotzdem...«

Wie alle guten Geschichtenerzähler spürte Bella sofort, als ihr Zauber nachließ. Sie wurde direkter. Sie beugte sich vor. Ich sah einen Nerv unter ihrem rechten Auge zucken. Ihre Lippen bebten.

»Sie hat sie so sehr geliebt, daß sie ihr alles hinterlassen hat, jeden Pfennig, jede Tasse und Untertasse, alles, was sie am Leibe trug. Sie hätte das alles haben können, Mrs. St. Leonard, wenn sie nur gewartet hätte.«

»Heißt das, sie hat gestohlen...?«

»Was ist schon stehlen?« fragte Bella verächtlich. »Es gibt Schlimmeres als Stehlen. Die Herrin hat ein Testament gemacht – in Cheltenham war das – nachdem wir Gower Gill verlassen hatten. Das Haus sollte an Miß Goodlock gehen. Ich hörte sie darüber sprechen. ›Du liebst es mehr als ich, Goodie‹, sagte sie. ›Es soll deine Belohnung sein, aber hab' noch Geduld. Eines Tages wird es dir gehören.‹ Aber sie konnte nicht warten. Ich erzähle Ihnen die heilige Wahrheit. Sie konnte nicht warten.«

Bella war aufgestanden, die Schlüssel klirrten. Ich streckte die Hand aus und ergriff ihren Arm.

»Kommen Sie«, befahl ich, zerrte so heftig an ihrem Ärmel, daß die Naht platzte – und auch ich stand jetzt auf. »Sagen Sie mir, was das heißen soll. Was war dieses andere, was Sie niemals erzählt haben?«

Meine Ernsthaftigkeit rief einen Ausdruck wilden Triumphes in ihrem bleichen Gesicht hervor.

»Es heißt, daß Miß Goodlock nicht warten konnte, bis ihre Herrin starb. Sie hat sie ermordet. Das heißt es. Es war Mord. Mord!«

»Wie können Sie etwas so Entsetzliches behaupten? Woher wollen Sie das wissen?«

»Weil meine Herrin es mir gesagt hat. Daher weiß ich es.« Bellas Worte waren schlicht und einfach. »Ich hielt sie in meinen Armen, und sie hat es mir erzählt. ›Sie wollte mich umbringen, Bella‹, hat sie gesagt. ›Ich will nicht mehr leben. Sie hat mir das Herz gebrochen.‹«

20

Es war das gebrochene Herz, das ich betrauerte, mehr als den zerschundenen Körper. Der heftige Schlag von hinten, der Tante Adelaide die steile Treppe hinunterstürzen ließ, war nicht rücksichtsloser als der Verrat, der dahinterstand. Die körperliche Gewalt und die verachtenswerte Grausamkeit waren beide gleichermaßen verderbt und abscheulich. »Nach all den Jahren, Bella«, hatte sie schwach gemurmelt. »Ich habe sie so geliebt, all die Jahre lang...«

Nachdem sie die jahrelange Last losgeworden war, brach Bella schluchzend zusammen. Ich wartete – schockiert, entsetzt, erschüttert, fast überzeugt, vollkommen überzeugt, solange Mitleid und Vorstellungskraft meine anderen Eigenschaften beherrschten – und ich schien wie Tante Adelaide unter einem Schlag zusammenzubrechen, der mehr als körperlich war. Selbst als ich wieder anfing klar zu denken, konnte ich nicht anders, als es glauben. Es war unmöglich, Bellas zuckende Schultern, das tränenüberströmte Gesicht zu sehen und ihr nicht zu glauben.

Außerdem wurde ihre Geschichte noch durch sichtbare Fakten unterstrichen, allen voran die Tatsache, daß Bella hier war. Ob Tante Adelaide nun ermordet worden war oder nicht, ganz gewiß hatte man sie beraubt. Wenn Bella sich den kostbaren Schmuck ihrer Herrin angeeignet hätte, wäre es unwahrscheinlich, daß sie hiergeblieben wäre, jederzeit erreichbar. Außerdem hätte sie es dann nicht nötig gehabt, für Mr. Tanner als Kellnerin und Kassiererin zu arbeiten. Andererseits war es fast ein Schuldeingeständnis von Miß Goodlock, verschwunden zu sein. Die pflichtbewußte, zurückhaltende Miß Goodlock war verschwunden, hatte sich in Luft aufgelöst, als hätte es sie niemals gegeben, außer in meiner Einbildung; aber wie hätte ich sie mir so vorstellen können, wie sie wirklich war – schlau, gerissen, gewalttätig vor allem. Und sie hatte durch Tante Adelaides Tod nicht das meiste zu verlieren, sondern als Haupterbin das meiste zu gewinnen.

»Es war das Haus, das sie wollte«, sagte Bella, »auf das sie nicht länger warten konnte. Sie haben sich bis spät in die Nacht darüber unterhalten. Für gewöhnlich haben sie noch Karten gespielt, aber an jenem Abend war das nicht möglich, weil Madam ihr Augenglas verloren hatte. Für mich ist das alles ganz klar.« Sie hob das tränenverschmierte, verquollene Gesicht.

»Dieser Teufel hatte es an sich genommen. Ich habe überall danach gesucht und es nicht gefunden, und später habe ich nochmals gesucht. Es macht mir Angst, wenn ich an die Herrin denke, wie sie da sitzt und redet, unfähig, den Ausdruck auf diesem bösen Gesicht zu sehen. Was sie getan hat, muß beabsichtigt gewesen sein, und niemand hätte geglaubt, daß es kein Unfall gewesen wäre.«

Ganz gewiß hätte niemand Bella geglaubt. Ihre gefühlvolle Art entsprach nicht der Zurückhaltung, die man von einem Bediensteten erwartete. Sie war immer viel zu sehr sie selbst gewesen, um die Billigung von Mrs. Catchbent oder Mrs. Petch zu haben, und bei weitem zu gefühlvoll für Mr. Butterwick. Der Gedanke, daß Tante Adelaide sie gemocht und ihr vertraut hatte, machte mir Tante Adelaide noch liebenswerter; ich nehme an, das war ein Zeichen dafür, daß auch ich Bella vertraute. Auf jeden Fall war ich froh zu hören, daß ihre treuen Dienste belohnt wurden.

»Da ist Geld in mein Korsett eingenäht«, hatte Tante Adelaide gesagt. »Siebzig Pfund in Scheinen. Nimm es! Es gehört dir. Sie soll nichts bekommen, nichts!« Und dann hatte sie nach dem Anwalt geschickt.

»Ich hab's noch immer, Ma'am«, meinte Bella unglücklich. »Ich war mir nie ganz sicher, aber sie hat gesagt, daß ich es haben soll, ich schwöre es, so wahr mir Gott helfe.«

»Es besteht kein Zweifel daran: Das Geld gehört Ihnen, Bella.«

Es befriedigte mich zutiefst, daß Miß Goodlock alles so überstürzt hatte. Als Mörderin war sie nicht nur verabscheuungswürdig, sondern auch unfähig. Tante Adelaide hatte noch lange genug gelebt, um ihren bösen Plan zu vereiteln. Mehr denn je war mir plötzlich deutlich, daß wir Honeywick nur um Haaresbreite bekommen hatten. Ein böser und doch etwas zu schwacher Schlag, eine unerwartete Härte seitens Tante Adelaide, wahrscheinlich ein unerwartetes Aufflackern des Geistes, das sie lange genug am Leben erhalten hatte, um ihre Angelegenheiten neu zu ordnen: All das hatte Miß Goodlock nicht nur ihres Erbes beraubt, sondern sie noch in die Flucht getrieben, nur mit den Dingen, die sie in ihren Koffern hatte mitnehmen können. Das, was sie am meisten begehrt hatte, war für immer für sie verloren: Honeywick.

Was mich anging, so blieb mir keine andere Wahl, als zurückzukehren. Es war außerordentlich schwer, aufzustehen und Bella zurückzulassen, mich mit den trivialen Aufgaben des Packens und den Reisevorbereitungen zu befassen. Doch dann kam mir plötzlich eine bemerkenswerte Idee. Ich konnte zwei Probleme auf einmal lösen. Ich brauchte eine Dienerin; Bella hatte gelitten, hatte schweren Kummer und Leid hinter sich: Es erschien mir fast wie meine Pflicht, sie nicht hier zu lassen.

»Bella! Hätten Sie Lust, als mein Mädchen mit mir nach Honeywick zu kommen?« Ich erklärte es ihr, erwärmte mich für die Idee. »Für Sie wäre es wie in alten Zeiten. Zwischen all den Sachen in ihrem Heim würden Sie sich Miß St. Leonard nahe fühlen. Und ich glaube, wenn sie es wüßte, wäre das genau das, was sie gern sehen würde.«

Ihr Gesicht strahlte auf.

»Ich kann es mir genau vorstellen.« Ihre Augen blickten verträumt. Sie wischte sich die Tränen von den Wangen. »Vor allem das Wohnzimmer. All diese hübschen Sachen! Oh, das Staubwischen!« Sie erinnerte sich mit gewisser Begeisterung daran. »Irgendwie wäre es wieder wie in alten Zeiten. Und doch wäre es ein neuer Anfang. Hier gibt es nichts, was mich halten würde.«

»Ich muß morgen heimreisen, und Sie müssen natürlich hier noch kündigen, aber ich werde Ihnen schreiben und Ihnen genau mitteilen, wann Sie kommen sollen...«

Wir besprachen die Stellung noch genau, auch ihre Situation. Sie hatte keine Verwandten, abgesehen von ein paar Cousinen in Bath, von wo sie kam. Mein Plan gefiel mir immer besser. Eine gut ausgebildete, treue Dienerin war mir in den Schoß gefallen, und Bella selbst verdiente ein bißchen Glück wie dieses hier. Es schoß mir noch durch den Kopf, daß man Mr. Drigg konsultieren könnte, wenn sie weiterhin so deprimiert sein würde. Oh, es war eine ausgezeichnete Idee, die sogar die düstere Stimmung unserer Unterhaltung ein wenig erhellte; aber nicht viel: Als ich mich von der Straße aus noch einmal umsah, hatte Bellas Gestalt schon die klare Kontur verloren, wirkte in dem diffusen Licht über dem Wasser unirdisch, prophetisch, als hätte sie ihre Rolle gespielt und würde nun mit der grauen Luft verschmelzen. Der Ort, die Stimmung sind auf ihre merkwürdige, entsetzenerregende Art traumhaft geblieben.

»Dieser Brief müßte Sie morgen vormittag erreichen«, schrieb ich an Miß Bede, »aber ich komme am Abend. Es wird einen Aufenthalt in Kirk Heron geben. Ich werde um zehn vor acht in Gower Gill eintreffen. Es ist nicht nötig, einen Wagen zu bestellen. Ich nehme an, daß mein Koffer bereits eingetroffen ist, und so habe ich nur eine Tasche bei mir.

Die vergangenen Tage waren erschütternd. Ich habe eine Menge über Tante Adelaide herausgefunden, was mich zutiefst bestürzt hat, und was ich nicht in einem Brief mitteilen kann. Aber das Merkwürdigste ist, daß ich ihre Zofe gefunden und sie an Annies Stelle eingestellt habe. Ist das nicht ein Glück? Wir haben uns ganz zufällig kennengelernt. Ich hätte ebensogut abreisen können, ohne sie überhaupt gesehen zu haben. Aber wie würde das Tante Adelaide gefallen! Es schien das mindeste, was ich tun konnte, sie unter meine Fittiche zu nehmen, und es schien fast vorherbestimmt, wo wir doch Annie verloren haben...«

Ich konnte meinen Brief gerade noch dem Angestellten in der Hotelhalle des Hydro überreichen, ehe er seine Posttasche schloß.

»Da ist auch einer für Sie, Madam. Er kam mit der letzten Post.«

Er war von Mr. Drigg, eine kurze Nachricht nur aus Gower Oaks. Er erinnerte mich an mein Versprechen, ihm den Tag meiner Rückkehr mitzuteilen und bot mir sogar an, mich in Matlock abzuholen und heimzubringen. Hätte es etwas Freundlicheres geben können? Ich bat den Angestellten um Feder und Papier, um eine kurze Antwort zu schreiben.

»Tut mir leid, aber für die Abendsendung ist das zu spät, Madam.«

Noch als er sprach, ging die Tür auf, ein Beamter erschien, um die versiegelte Tasche zur Post zu bringen.

»Das macht nichts.«

Abgesehen von dem Wunsch, ihm meine Dankbarkeit zu zeigen, hatte ich keinen Grund, an Mr. Drigg zu schreiben, den ich ohnehin schon bald wiedersehen würde. Und so kam es, daß niemand in Gower Gill von meiner Rückkehr wußte – außer Miß Bede.

21

Sie wartete am Bahnsteig, als mein Zug in Gower Gill einlief: eine unaufdringliche Gestalt in einem Umhang und mit einer alten, breitrandigen Kappe, die das Gesicht beschattete. Sie sah weniger elegant als zuverlässig und tüchtig aus. Ich freute mich fast, sie zu sehen. Wenigstens würde ich nicht in ein leeres Haus heimkehren.

»Willkommen daheim, Florence!«

Ihre Stimme war so ruhig und tief wie immer: Sie war niemals aufdringlich; aber sie war praktisch.

»Sie sagten, es wäre nicht nötig, einen Wagen zu mieten. Aber es sah nach Regen aus, und da habe ich das mitgebracht.«

Ich stieg aus, und sie half mir hinein: in einen Kapuzenmantel.

»Wie nett!« Es war ein hübsches Kleidungsstück, taubengrau, mit blauer Seide eingefaßt. »Und wie schön das duftet! Wie Blumen. Ich habe Sie nie darin gesehen.«

»Er ist mir zu eng – jetzt«, fügte sie nachträglich hinzu – überflüssigerweise, denn er mußte ihr irgendwann einmal gepaßt haben.

»Abgesehen von der Länge hat er fast meine Größe.«

Er verhüllte mein schwarzes Kleid und meine Jacke vollkommen. Es würde anstrengend sein, ihn die ganze Zeit über hochzuhalten. Und wie warm es war, als sie mir auch noch die Kapuze über meinen Hut zog! Aber ich konnte nicht protestieren, wo sie ihn doch den ganzen Weg von Honeywick bis hierher getragen hatte. Nachdem sie mich hineingewickelt hatte, nahm sie meine Tasche auf.

»Oh, bitte, lassen Sie ...«

»Unsinn. Sie ist doch federleicht. Geben Sie mir Ihre Karte!«

Es war schön, daß sich jemand so um mich kümmerte. Wir folgten dem halben Dutzend anderer Reisender durch die Barriere. Für mich waren es lauter Fremde, Gäste auf dem Weg zu einer Jagdeinladung zweifellos, denn Diener schleppten ihr Gepäck zu einem wartenden Wagen. Der Bahnbeamte, der die Karten in Empfang nahm, war zu beschäftigt, um mich zu grüßen, obwohl er mich gut kannte; vielleicht hielt er mich auch für einen der Gäste. So, wie wir gekleidet waren, mußte es wirken, als ob eine Dame mit ihrer Zofe reiste, beide gut gegen jegliche Unbill des Wetters geschützt.

Zu gut geschützt, denn von Regen war weit und breit nichts zu sehen. Ein heftiger Wind schlug uns entgegen, als wir den Hügel hinaufgingen: ein trockener, nach Staub riechender Wind, der in den Bäumen rauschte und die ersten, lockeren Blätter zur Erde taumeln ließ. Tiefe Wolken verhießen frühe Dunkelheit.

»Dann haben Sie meinen Brief erhalten? Es gibt so viel zu erzählen.«

»Das glaube ich wohl. Geht es Ihrer Tante gut?«

Geschickt wie immer lenkte sie die Unterhaltung auf Tante Maud – eine vor allem unter diesen Umständen nette Alternative zu Tante Adelaide. Jetzt, wo ich keuchend und in meinem dicken Mantel bereits schwitzend den Hügel hinaufstieg, war sicher nicht der rechte Augenblick, um die schreckliche Geschichte zu erzählen, die ich in meinem Brief angedeutet hatte.

»Sie hatten recht, was das Hydro angeht. Es hat Tante Maud ausgezeichnet gefallen.«

Aber Tante Adelaide nicht, erinnerte ich mich. Genausogut hätte man ins Gefängnis gehen können, hatte sie gemeint, ohne zu wissen, was um einen her geschieht. Wäre ich sicher im Hydro geblieben, hätte ich Bella vielleicht niemals getroffen.

»Es freut mich, daß Sie es bequem hatten. Sie müssen mir alles erzählen.«

Doch als wir oben auf dem Hügel angelangt waren, verspürte ich nicht mehr den Wunsch zu reden. Der traurige Duft welkender Heide, in der Ferne schwach zu erkennende Grabsteine auf dem Friedhof erfüllten mich mit plötzlicher, schmerzlicher Sehnsucht nach Philip. Honeywick lag unter uns, ohne Licht im Innern. Ein grauer Glanz fiel auf das Erkerfenster, ließ es dann wieder ins Dunkel zurückgleiten, als die Wolken über den farblosen Hügeln weiterzogen.

Ich fuhr zusammen, als eine jagende Eule von einer bleichen Birke zu unserer Linken herabstieß, über unsere Köpfe glitt: trotzig, ungreifbar, kaum gesehen und schon wieder verschwunden.

»Lassen Sie mich die Tasche nehmen.« Mir fiel Miß Bede wieder ein. »Ich sollte das nicht zulassen.«

»Aber ich bestehe darauf. Ich bin viel stärker als Sie.« Trotz der Tasche war sie sehr schnell ausgeschritten, als würde sie von einer Woge der Energie getragen. Es fiel mir schwer, mit ihr Schritt zu halten. »Außerdem sind wir schon fast da.«

Im Schatten der Ostveranda grinste der Fuchskopf, leuchtete so hell – nein, heller – wie immer. Die Steine, die weiße Farbe, die Tür, die Blumentöpfe, alles war makellos, als wäre es gerade erst gefegt worden, gewischt, gegossen und von welken Blättern und Blüten befreit.

»Mrs. Churnside ist also regelmäßig gekommen«, bemerkte ich.

Miß Bede stellte die Tasche ab, zog einen Schlüssel aus der Tasche, öffnete die Tür und schob mich wie einen Gast ins Haus.

»Ich habe ihr gesagt, daß ich gut ohne sie zurechtkomme.«

Die Halle roch nach Bienenwachs und Blumen. In einer Schale standen altmodische Moosröschen, ganz frisch geschnitten.

»Dann haben Sie alles allein gemacht?«

Das hätte ich nicht erwartet. Wenn ich daran dachte, wie gut Miß Bede ruhig hatte sitzen können, die Hände im Schoß, war es sogar – erstaunlich. Ein ungutes Gefühl durchzuckte mich; eine Warnung, daß sich einiges geändert hatte, wenn auch nicht körperlich. Die Halle war fast dunkel. Nur durch ein einziges, niedriges Fenster fiel etwas Licht herein. Das Gefühl des Hauses war in keiner Weise verändert, war mir nur jetzt vertrauter. Wieder atmete ich die dichte Atmosphäre von Teppichen und Läufern, von Türmatten und Fußvorlegern; von schweren Vorhängen, Bildern, Spiegeln. Miß Bede zündete die Lampe an, und da war das Wiesel, kauernd, mit gebleckten Zähnen, als wäre es dazu verurteilt, für alle Zeiten zu fauchen.

»Aber Mrs. Churnside wird enttäuscht gewesen sein. Sie braucht doch das Geld«, meinte ich.

»Ich habe ihr etwas gegeben, damit sie zufrieden ist – und mich zufrieden läßt.«

»Dann waren Sie die ganze Zeit über ganz allein.«

Das Lampenlicht warf seinen Schein in die Halle. Miß Bede nahm ihre Kappe ab, und zum ersten Mal an diesem Abend sah ich sie deutlich. Sie war dünner und irgendwie verändert. Nicht, daß sie jünger ausgesehen hätte. Sie gehörte zu dem Typ ohne Alter.

»Ich war beschäftigt.«

Sie drehte sich um, nachdem sie den Docht gerichtet hatte, und als sie mich im Lampenlicht erblickte, hielt sie den Atem an, als wäre sie überrascht, mich dort zu sehen.

»Das glaube ich Ihnen gern. Aber es ist doch wunderbar, daß Bella zu uns kommen wird, nicht wahr? Es war wirklich ein Glück, daß ich sie getroffen habe.«

»Ach ja, Bella«, meinte sie. »Ich bringe Ihre Tasche nach oben.«

Ich hatte erwartet, daß sie mehr sagen würde. Leichten Schrittes ging sie die Treppe hinauf. Vom Fuß der Treppe aus sah ich ihr nach, bis sie in der Dunkelheit des oberen Flures verschwand. Im Geiste suchte ich nach einem Schlüssel für die Veränderung in ihr. Sie war nicht nur dünner geworden; sie war auch – verinnerlicht; weniger aufgeschlossen. Es war, als wäre sie kein Wesen aus Fleisch und Blut mehr, sondern die Verkörperung einer Idee oder einer Laune. Die lange Zeit, in der sie das Haus für sich gehabt hatte, hatte ihr gefallen. Es hatte ihr immer gefallen; sie liebte es, hier zu sein.

Ich wandte mich um, sah in dem langen Spiegel hinter mir, was sie gesehen hatte, und hielt ebenfalls den Atem an: Da stand eine gesichtslose Frau in einem Kapuzenumhang. Das hätte – jeder sein können. Eine Frau mit Kapuze sieht wie die andere aus, hatte Mrs. Blanche erklärt. Wie ein Blitz durchzuckte mich die Erinnerung an die Frau, die Laban Badgett an jenem Abend im Februar auf dem Feldweg gesehen hatte, zwischen dem Haus und dem Friedhof. Jetzt wußte ich, wer es gewesen sein könnte. Nicht Tante Adelaide, die zu jener Zeit bereits tot gewesen war; auch kein körperloses Phantom oder eine von Mr. Driggs Patientinnen, sondern Miß Goodlock in ihrem Reisekleid, die gekommen war, um einen letzten Blick auf das Erbe zu werfen, nach dem sie sich so gesehnt, für das sie so viel riskiert und das sie schließlich verloren hatte.

Der Gedanke gewann schnell Gestalt. Ich war wie davon besessen. Die verhaßte Miß Goodlock hier, in Gower Gill! Ich war mir dessen fast sicher. Irgend etwas in ihrer Erscheinung dort auf dem Pfad, der nirgendwohin führte, hatte in Laban eine Erinnerung wachgerufen, war ihm vertraut erschienen und hatte ihn irrtümlich annehmen lassen, daß es sich um die Herrin des Hauses handelte. Es wäre typisch für Miß Goodlock gewesen, dachte ich verbittert, tatsächlich die Kleider von Tante Adelaide zu tragen; irgend etwas, das sie gestohlen hatte, die gemeine Diebin, die sie war – und Schlimmeres.

Das Böse, das sie getan hatte, erfüllte die Luft, drohte mich zu ersticken. Ich ging ins Wohnzimmer, öffnete langsam den Mantel. Miß Bede kam die Treppe herunter und ging eilig in die Küche.

»Ich habe Ihnen noch gar nicht erzählt«, bemerkte ich über die Schulter, »was ich herausgefunden habe. Es war – ach, einfach schrecklich!«

Meine Stimme erstarb in einem Seufzen. Sie hatte mich nicht gehört; zumindest antwortete sie nicht.

»Es hat nicht geregnet«, rief ich zu ihr hinüber, als ich den Mantel zusammenfaltete und aufs Sofa legte. Ein niedriges

Feuer brannte im Kamin. Ich war froh, einen Punkt zu haben, auf den ich den Blick richten konnte, sank in meinen grünen Sessel, um sogleich beim Anblick von Philips leerem Ohrensessel neuen Kummer zu verspüren. Seine Hand, die liebkosend über mein Haar streichelte, fehlte mir. Es war ein Gefühl, so grausam wie ein Schlag. Nach dem geräumigen Hydro war das Wohnzimmer hier klein und vollgestopft. Zum Glück konnte ich den Blick zu dem Durchbruch zum Eßzimmer wandern lassen. Doch dort stand – Miß Bede.

»Merkwürdig, nicht wahr, daß ich ausgerechnet Bella getroffen habe? Sie hat im Vergnügungspark gearbeitet.«

»Ich begreife nicht, wie Sie sie erkennen konnten!« Miß Bede stellte die Lampe auf den Schreibtisch. »Und sie kann Sie auch nicht wiedererkannt haben.«

»Sie hat irgend etwas gesagt. Und plötzlich paßte alles zusammen. Ich war schon in Tante Adelaides Zimmer in Masson View gewesen, verstehen Sie? Hatte dort mit den Leuten gesprochen.« Ich hatte ziemlich lebhaft angefangen, brach aber jetzt ab. Es war einfach alles noch zu viel, ich konnte es nicht erzählen – noch nicht. »Sie muß einen Monat im voraus kündigen, Bella, meine ich. Aber sie glaubt, daß ihr Arbeitgeber, Mr. Tanner, sie vielleicht schon früher gehen läßt, weil die Saison fast vorüber ist. Ich habe versprochen, ihr dann den Lohnausfall zu ersetzen...«

»Schreibt sie Ihnen?« Die Frage klang ganz beiläufig. »Oder kommt sie einfach plötzlich an?«

»Ich habe ihr das Fahrgeld bereits gegeben. Sie wird aber noch schreiben, zumindest sagte sie das. Trotzdem würde es mich nicht überraschen, wenn sie einfach ohne Vorwarnung hier auftauchen würde. Sie ist ein seltsames Mädchen. Aber ich bin überzeugt, daß sie Tante Adelaide eine treue Dienerin war und sie heiß geliebt hat. Ich bin gespannt, was Sie von ihr halten. Ich habe Ihnen noch gar nicht erzählt, was sie mir über Tante Adelaides Tod berichtet hat.«

Ich schauderte, hatte plötzlich keine Lust mehr, die Geschichte zu erzählen.

»Haben Sie Lust, hier am Feuer zu essen? So wie damals, als Sie krank gewesen sind? Ich habe das Tablett schon fast fertig.«

»Das wäre sehr schön. Ich helfe Ihnen.«

»Nein, Sie bleiben schön hier sitzen. Ich mache das schon.«

Ihre Freundlichkeit rührte mich. Wie rücksichtsvoll sie doch war! Leichtfüßig, als wandle sie auf Wolken, ging sie ins

Eßzimmer hinüber, kam mit einer Serviette und Besteck zurück. Ich sah zu, wie sie den kleinen Tisch aufstellte.

»Wie schön Sie alles gehalten haben!« Tischdecke und Servietten waren frisch gewaschen und gebügelt, die Messer geschliffen, die Gabeln poliert.

Ihr Lächeln war zärtlich, als sie sich umsah. Wieder entdeckte ich darin, oder vermeinte zu entdecken, eine Spur von unterdrückter Erregung, von Euphorie, die sie nicht ganz unterdrücken konnte. Konnte es sein, daß sie tatsächlich aufgeregt war, weil ich wieder daheim war? Unsinn! So freundlich sie auch war, aufmerksam meinen Bedürfnissen gegenüber, so war es doch fast, als bemerke sie mich gar nicht: Florence – ihre Vermieterin, dachte ich, und wurde dadurch wieder an Mrs. Catchbent erinnert. In dieser ersten Stunde nach meiner Rückkehr war ich noch immer ein Eindringling in das Leben, das Miß Bede für sich selbst entwickelt hatte, während sie allein war. Eine Frau, die allein lebte, so hatte Mr. Drigg gesagt, war leicht abnormen Reaktionen unterworfen. Ich unterdrückte ein weiteres Gähnen, war mir ihrer Energie bewußt, als sie herein- und hinausschwebte.

Sie hatte das Haus genossen. Und das Haus sie. Nie hatte dieses Zimmer schöner ausgesehen. Es verschmolz auf perfekte Weise Natürliches und Künstliches miteinander, war eine wunderbare Sammlung von Porzellan, Glas, Stoff und Holz, die in totaler Harmonie mit der Umwelt lebte, zu einem Kunstwerk durch die Generationen hindurch verschmolzen war. In meiner losgelösten Stimmung entdeckte ich dies alles wie ein Neuankömmling, verstand plötzlich, daß sich ein Mensch darin verlieben konnte, vor allem ein Mensch, der sonst nichts zu lieben hatte, nichts, für das es sich zu leben lohnte, kein Heim, das er sein eigen nennen konnte: eine Abhängige, die dafür bezahlt wurde, in den Heimen anderer Menschen freundlich zu sein. Nur konnte es verhängnisvoll sein, wenn man etwas zu sehr begehrte; und es am Ende zu besitzen – das konnte eine Katastrophe nach sich ziehen, wenn es zufällig das Falsche war, was man sich wünschte: der Besitz, das Eigentum eines anderen.

Der Gedanke war merkwürdig und bedrohlich. Er schien mich auf Pfade zu lenken, denen ich noch nicht gewachsen war. So zog ich das nächststehende Buch von Mrs. Banstock hervor. Das bestickte Lesezeichen flatterte zu Boden. Vergiß-meinnicht, flehte es.

Und augenblicklich gehorchte ich, erinnerte mich an sie. Ich fühlte, wie sich der Raum bevölkerte. Da waren all die Menschen, die ihn verlassen hatten. Gab es etwas Wahrscheinlicheres, als daß dieses Lesezeichen ein Geschenk der treuen Gesellschafterin an Tante Adelaide war? Ich ließ es fallen wie eine glühende Kohle. Mir wurde übel, als ich daran dachte, daß nicht nur Tante Adelaide und Bella dieses Zimmer gekannt und geliebt hatten, sondern auch Miß Goodlock. Sie hatte hier gesessen. Wo? Unwillkürlich setzte ich mich hinüber in Philips Sessel. Hier würde ich von nun an immer sitzen, beschloß ich und lehnte meinen Kopf an die Lehne, wo auch sein Kopf geruht hatte. Hier fühlte ich mich sicherer, konnte den Sessel nicht mehr in all seiner Leere sehen, der geliebten Gestalt meines Gatten beraubt. Und da es der bequemste Sessel war, hatte gewiß immer Tante Adelaide darin gesessen. *Sie* – die andere – mußte ihr gegenüber gesessen haben. Doch nur Leere bot sich mir dar. Nichts, keine einzige Einzelheit ihrer Erscheinung, tauchte aus der Leere auf, in der sie versunken war. Eine schlicht gekleidete Frau, mit leiser Stimme, den Kopf über ihre Handarbeit gebeugt; aber auch eine kräftige Frau, die ihre Koffer eigenhändig über Mrs. Catchbents steile Treppe nach unten tragen konnte; eine Frau mit festen Handgelenken und starken Schultern.

Abgesehen vom Ticken der Uhr und dem gelegentlichen leisen Zischen der Kohle, die zu Asche wurde, hörte man keinen Laut im Zimmer. Doch so müde ich auch war, konnte ich doch nicht schlafen, konnte der Schläfrigkeit nicht nachgeben, sondern saß steif aufgerichtet da, kämpfte gegen den wachsenden Abscheu beim Gedanken dieser teuflischen Anwesenheit – hier. Kein Bild tauchte vor mir auf, weder ihr Gesicht, noch ihre Gestalt; doch das Wissen, daß sie sich ihren Weg hier in dieses Haus gebahnt hatte, machte mich krank, als wäre ein verabscheuungswürdiges, ekelerregendes Wesen aus den Tiefen des Kellers hier heraufgekrochen. Da war sie also tatsächlich hier gewesen: die Frau, die später zu Tante Adelaides Mörderin werden sollte. Sie hatte auf dem Kaminvorleger gestanden, um ihre Hände am Feuer zu wärmen, oder im Durchgang, die Hand am Vorhang – und wenigstens einmal hatte sie sich seither draußen herumgetrieben, war von Laban Badgett gesehen und fälschlicherweise für Tante Adelaide gehalten worden. Und danach...? Sie mußte fortgefahren sein.

Aber nicht, um fortzubleiben. Würde sie sich nicht wie ein

Insekt immer wieder hierhergezogen fühlen, in die Nähe des unwiderstehlichen Lichtes und der Wärme des Ortes, in den sie sich so verliebt hatte? Einfach hier zu sein, bedeutete für sie bereits das Paradies; sie würde mit leichteren Schritten gehen; würde wie auf Wolken schweben. Man kann etwas sehen und sich auf der Stelle darin verlieben; nicht nur in einen Menschen kann man sich verlieben, sondern auch in einen Ort, ein Haus. Man konnte sich danach verzehren, konnte Pläne schmieden, täuschen und morden um den Gegenstand seiner Sehnsucht zu bekommen; und hätte man versagt, würde man es noch einmal versuchen. Ein Ort würde seine Schönheit nicht verlieren, wie es bei einem Menschen der Fall sein könnte. Alter würde seinem Charme nur noch mehr Reiz geben; und je länger man wartete, desto unwiderstehlicher würde er sein.

»Solche Liebe hält, meinen Sie nicht?« Ich war es gewesen, die diese Frage gestellt hatte. Doch ich hatte an eine andere Art von Liebe gedacht, als ich gedankenverloren in die Ecke zwischen dem Tisch und dem Schrank starrte.

»Für alle Zeiten«, hatte sie geantwortet, hatte den Blick unwillig von den grünen Hügeln und Feldern gerissen, die vom Fenster eingerahmt wurden. »Man ändert sich nie.«

Nicht Miß Goodlock: Miß Bede.

Ein leises Geräusch riß mich aus meinen Gedanken: eine sanfte, gleitende Bewegung zu meiner Linken, als der Umhang vom Sofa zu Boden glitt. Dort lag er nun, als wäre er ohnmächtig geworden – oder gestorben –, ließ einen schwachen, blumigen Duft zurück, wie er einem Begräbnis angemessen gewesen wäre. Maiglöckchen?

Im einen Augenblick atmete ich noch in der vertrauten Welt, die ich kannte, obwohl ihre Wege jetzt dunkler und furchterregender waren, als ich sie mir vor noch kurzer Zeit hätte vorstellen können. Einen Augenblick später tat sich ein Abgrund vor meinen Füßen auf. Meine Lungen füllten sich mit dem Gestand des Bösen hier, in diesem Haus.

Sie war tatsächlich nach Honeywick zurückgekehrt, hatte den Makel des Mordes hier in mein Heim gebracht. Ein Gefühl der Scham, als hätte sie mich in ihre Grausamkeit Tante Adelaide gegenüber mit einbezogen, ließ mich physisch krank werden. Über ein Jahr lang hatte ich mit ihr gelebt, hatte die Broschen, die Ringe, die Spitze, den Sonnenschirm bewundert, Dinge, die sie einer sterbenden Frau gestohlen hatte, einer freundlichen, unschuldigen Freundin.

»So! Jetzt können wir es uns gemütlich machen.«

Meine Kameradin hatte Essen und Kakao in einer Silberkanne gebracht. Am letzten Abend, hatte Bella erzählt, hatten sie noch lange aufgesessen, hatten heiße Schokolade getrunken und sich unterhalten. Ich verlor fast den Kopf; wagte es nicht, sie anzusehen; wagte es nicht, fortzusehen; wagte nicht, stumm zu bleiben, sondern stürzte mich in ein Gespräch, sagte das erste, was mir in den Kopf kam.

»Da war eine Truhe mit Tante Adelaides Sachen. Sie haben mir erlaubt, sie anzusehen.« Mit irrer Sorgfalt drapierte ich den Umhang über die Rückenlehne des Sofas, meine Hände waren steif und taub. »Da war praktisch nichts. Mrs. Petch hat mir erzählt, sie haßte es, zuviel zu besitzen. Mrs. Petch, das ist die Frau, die ihre Zimmer übernommen hat. Tante Adelaide wollte immer nur die wenigen Sachen haben, die sie leicht mitnehmen konnte.«

Miß Bede war nur halb dabei, konzentrierte sich darauf, den Tisch zu decken. Als sie dann sprach, erkannte man, daß sie eine Person war, die ihr Leben damit verbracht hatte, freundliche Phrasen zu dreschen.

»Wie eine Schnecke«, schlug sie vor, »die von Ort zu Ort kriecht und dabei alles mitnimmt.«

Dieser Vergleich überbrückte die Entfernung zwischen Matlock und Gower Gill, zwischen Vergangenheit und Gegenwart, zwischen Toten und Lebenden. »Von Kurort zu Kurort kriecht«, hatte Tante Adelaide gesagt. Ich hatte den Vergleich mit der Schnecke nicht gerade treffend gefunden, als Mrs. Petch ihn wiederholte. Jetzt war er genausowenig treffend. Die Worte waren ihr automatisch über die Lippen gekommen.

»Kommen Sie, setzen Sie sich.«

Ich zwang mich, sie anzusehen, als sie die Schokolade in zwei Tassen schenkte. Ihr halbes Lächeln, das zufriedene Seufzen, die kühle Art, in der sie meine Gegenwart zur Kenntnis nahm, ohne sie wirklich zu fühlen, all das ließ mich eine Veränderung in ihr spüren, die sie nicht kontrollieren konnte.

»Sie haben mich gefragt, ob irgend etwas geschehen ist, während Sie fort waren.« Sie spielte mit der silbernen Zuckerzange, einfach aus dem Vergnügen heraus, das sie bei der Berührung empfand. »Nichts. Absolut nichts.« Sie lachte leise, freute sich, weil ihr kostbares Honeywick sich nicht verändert hatte. »Abgesehen davon, daß der Boden in der Küche erneut überflutet worden ist. Vielleicht könnte man das unterbinden, indem man den Brunnen trockenlegt.«

Sie sprach von Pumpen und Rohren und Quellen. Aber ich hörte nicht zu. Da war noch etwas anderes als nur die Überflutung der Küche passiert. Allein hier in dem Haus, das sie begehrte, mit dessen Launen sie eins war, das sie putzen und polieren und aufräumen konnte, in dem sie von einem Zimmer ins andere wandern konnte, hatte sie die Schwelle zwischen Wünschen und Besitzen überschritten. Die Zeit des Planens und Sehnens war vorüber. Sie hielt sich tatsächlich für die Herrin, fühlte, daß es so war. Ihre Vorbereitung des Mahles, ihre ganze Art, mich willkommen zu heißen, war nicht darauf abgezielt, daß ich mich wohl fühlte: Sie entsprachen einfach ihrer Rolle. All dies wurde mir klar, als ich dort saß und sie mit solcher Intensität haßte, daß es eigentlich hätte sichtbar sein müssen. Sie mußte es merken, mußte es selbst durch den Dunst der Unwirklichkeit spüren, der sie zu umgeben schien.

»Sie essen ja überhaupt nichts.«

Das Lächeln, das fragende Emporziehen der Augenbrauen waren mir vertraut, aber sie sprach aus einer Abgeschiedenheit, war mir fern wie früher, als sie noch den Schleier trug, den ich so bewundert hatte. Nicht die Sonne war es, vor der sie sich versteckt hatte, sondern die scharfen Augen von Mrs. Blanche. Es bestand die Möglichkeit, daß die alte Dame sie kurz gesehen hätte, als sie Honig und Eier zur Hintertür brachte. Doch wie leicht war die Täuschung gewesen. Was waren wir doch für gutgläubige Babys gewesen, Philip und ich! Unschuldige Lämmer, die den Wolf einluden und willkommen hießen! Aber jetzt fühlte sie sich sicher, und dadurch war sie ein wenig taub und blind geworden. Sie ahnte nichts von dem Tumult, der in meinem Innern tobte. Sie hatte sich so sehr daran gewöhnt, uns zu täuschen, daß sie meine Dummheit für gegeben hinnahm. So kam es, daß der Vorteil ausnahmsweise auf meiner Seite lag. Ausnahmsweise wußte ich, was sich hinter ihrem rätselhaften, dunklen Starren verbarg; welche Gedanken sie beschäftigten; wohingegen sie die meinen nicht erraten konnte.

»Ich habe keinen Hunger«, erklärte ich und sah mich selbst, mit grünem Gesicht, im Spiegel über dem Kamin, während ich zum Fenster ging und es aufstieß.

»Ist es Ihnen zu warm?« Der Ton war der einer Gastgeberin, die sich um das Wohl ihres Gastes sorgt, weil es so üblich ist.

Die frische Luft belebte mich wieder. Auf der anderen Seite der Straße knackten die Dornen im warmen Wind. Der Himmel im Osten wies die ersten Sterne auf. Ich fühlte, wie fern sie mir waren, wie fern mir alles war, das schön und gut war. Was würde sie sagen, wenn ich einfach behaupten würde: »Sie sind Miß Goodlock. Sie haben Tante Adelaide getötet.«

»Sie sind doch nicht Sie selbst, Florence, noch nicht ganz.« Ich kannte ihren Ton genau. Sie würde sich vernünftig anhören, tröstend und gleichzeitig verletzt: Das war auch keine Bemerkung, die man ohne Protest hinnehmen konnte.

Wahrscheinlicher aber war es, daß sie mich töten würde, oder es zumindest versuchen würde, und zwar nicht zum ersten Mal. Ich stellte fest, daß das bleiche Gesicht von Miß Goodlock am Kopf der Treppe in Mrs. Catchbents Haus nicht von dem bleichen Gesicht von Miß Bede auf Holleron Edge zu trennen war. Für mich war es jetzt vollkommen klar, daß der Unfall absichtlich herbeigeführt worden war. Philip hatte damit geprahlt, daß es in Honeywick immer St. Leonards geben würde. Eine neue Generation: das war das letzte, was sie wollte. Hinter ihrem Schleier hatte sie überlegt und entschieden. Ich sollte als erste beiseite geräumt werden. Es durfte keinen Erben geben. Philip würde später an die Reihe kommen.

»Ich habe mir solche Mühe gemacht.« Es klang bekümmert, aber spielerisch. »Und Sie haben keinen Bissen gegessen.«

Als ich mich umdrehte, sah ich, wie sie meinen Teller und meine Tasse besorgt ansah.

Ich hätte mich auf sie stürzen können, ihr die Haare ausreißen, sie mit dem Schürhaken bearbeiten können; und sie, die so viel stärker war, hätte mich umgebracht, hätte mich vielleicht erwürgt. Das hätte nichts gemacht; aber es war undenkbar, den stillen Raum mit heftiger Bewegung und mit Lärm zu erfüllen; oder besser gesagt: Ich konnte es mir nicht vorstellen, und so wurde ich der Wildheit beraubt, die das einzige war, was mich dazu hätte bringen können, Hand an sie zu legen – sie zu berühren.

»Möchten Sie früh zu Bett? Sie sind sehr müde und so still!«

»Es war alles so unschön, so traurig – mit Tante Adelaide.«

Sie war es gewesen, die mich gelehrt hatte, so auszuweichen. Ich formte die Worte mit steifen Lippen. Es schien unmöglich, daß sie den Haß und die Verachtung nicht spürte, die in meiner Kehle anschwollen. »Und dann noch die Reise.«

»Ihr Urlaub hat Ihnen nicht gerade gutgetan. Überhaupt nicht.«

Sie trank ihre Tasse leer, stellte dann das Geschirr geschickt und vorsichtig wieder aufs Tablett zurück, glaubte, daß all dies ihr gehörte. Sofort trug sie die Sachen davon, schritt unter ihrem Durchbruch hindurch, durch ihr Eßzimmer und davon in ihre Küche.

Ja, zum ersten Mal war ich im Vorteil. Sie konnte keine Ahnung haben, daß ich Bescheid wußte. Sie hatte mir auch die Kunst beigebracht, Zeit zu schinden, sich zu gedulden, wenngleich mir das schwerfiel. Enttäuscht stellte ich fest, daß man das Ende der Situation nicht vorhersehen konnte. Vielleicht wäre es gerade noch möglich gewesen, hier zu leben, allein mit einer Mörderin, mit ihr zu leben und die Mahlzeiten mit ihr zu teilen, wenn ein Ende abzusehen gewesen wäre, ein Datum, ein Tag, an dem es zum Höhepunkt kommen würde.

Doch all diese Worte reichen nicht aus, um meine völlige Hilflosigkeit zu beschreiben. Ich wußte einfach nicht, wie ich mit ihr umgehen sollte. Sie sollte angezeigt werden, eingesperrt, vor Gericht gebracht werden. Aber wie sollte das geschehen? Es gab auch nicht den leisesten Schatten eines Beweises ihrer Schuld. Nichts an Miß Bedes Verhalten war sichtbar falsch gewesen. Es gab nichts, was sie mit Miß Goodlock verbunden hätte. Und was konnte man Miß Goodlock beweisen? Man konnte sie ja nicht einmal finden. Sie hatte wahrscheinlich zu existieren aufgehört, als sie Miß Bede wurde; oder war es Miß Bede, die niemals wirklich existiert hatte? Es war sonderbar und entsetzlich, sich vorzustellen, daß beide nur eine Person waren; es war wie ein zweiköpfiges Monstrum, doppelt so zerstörerisch, wie ein einziger Feind sein konnte. Sie beide, ganz gleich, bei welchem Namen man sie nannte, waren verantwortlich für die Zerstörung meines Lebens.

Und nie zuvor in meinem Leben hatte ich mich so vollkommen allein gefühlt. Niemand wußte, daß ich heimgekommen war. Nicht einmal der Bahnbeamte hatte mich erkannt, so verhüllt, wie ich gewesen war, dank des Kapuzenmantels, den Miß Bede so vorsorglich mitgebracht hatte. Mrs. Churnside war bezahlt worden, um dem Haus fernzubleiben. Die Badgetts waren fort. Seit dem Unfall, an dem Tag ihrer Abreise, war ich monatelang ans Haus gefesselt gewesen, hatte dadurch den Kontakt mit den Dorfbewohnern verloren, mit Ausnahme von Mrs. Blanche. Auch sie war fort, genau wie Annie. Mr. Drigg wußte nicht, wo ich war. Philip war tot, tot. Da saß ich nun, eine Viertelmeile entfernt von der nächsten Ansiedlung, von der Außenwelt abgeschnitten.

Ich kehrte zum Feuer zurück und starrte auf den Kaminsims, so vollgestellt mit Gegenständen, daß kaum noch Platz für meine Fingerspitzen blieb. All die hübschen Sachen! Und plötzlich fiel mir zu meiner Erleichterung Bella ein.

22

Meine Qual würde also doch ein Ende haben. Eine andere Person hier zu haben, wen auch immer, würde die unerträgliche Spannung mildern. Aber in diesem Dilemma war Bella die einzige, die die Kluft zwischen Matlock und Gower Gill überbrücken konnte. Sie würde auftauchen und Miß Goodlock erkennen.

Ich sah es ganz deutlich vor mir: ihr blasses, melancholisches Gesicht; die großen Augen, die unter der einfachen Kappe nervös flackerten, denn sie würde noch immer ihre Reisekleidung tragen; ihr plötzliches Zurückschrecken wie vor einem Schlangenbiß; ihr Abscheu; ihre Wut. Ich sah sogar den Ausdruck zorniger Anklage, mit dem sie sich mir zuwenden würde, denn sie würde das Gefühl haben, selbst verraten worden zu sein.

An dieser Stelle verließ mich meine Vorstellungskraft: Ich konnte nicht sagen, wie es weitergehen würde. Das klare Bild von Bellas Ankunft zerfiel zu bedeutungslosen Stücken. Sie würde niemals glauben, daß ich sie unwissend hierhergerufen hatte, ohne zu wissen, daß die andere Dame in unserem Zwei-Personen-Haushalt ausgerechnet Miß Goodlock war. Doch das war das kleinste meiner Probleme. Wenn Bella nun, hin- und hergerissen zwischen Überraschung und Wut, ihren Feind bezichtigt hatte, was dann? Ich konnte mir nicht vorstellen, daß die, die sie anklagte, einfach passiv bleiben würde, mit gesenktem Kopf vor dem anklagenden Finger stehen würde; es war ebenfalls unmöglich, sie sich geschlagen vorzustellen. Die Vorstellung, Bella könnte Miß Bede tatsächlich angreifen, konnte ebenfalls nicht ausgeschlossen werden – ebensowenig wie andersherum. Von den beiden war es Miß Bede – oder Goodlock – gewesen, die bewiesen hatte, daß sie zu körperlicher Gewalt fähig war. Ich krümmte mich bei dem Gedanken; und in meiner Feigheit klammerte ich mich an den einzigen Strohhalm, der mir einfiel: daß ich nicht die einzige war, die sich über Bellas Ankunft Gedanken machte. »Kommt sie einfach so an?« hatte sie beiläufig gefragt. Sie mußte Bella sofort als Bedrohung angesehen haben. Sie würde damit fertig werden. Es gab nichts, mit dem sie nicht fertig wurde.

In meiner Erregung konnte ich mich nicht mehr erinnern, was ich mit Bella abgemacht hatte. Ich mußte ihr schreiben, jetzt, sofort, und den Brief am Morgen zur Post bringen. Er würde sie frühestens übermorgen erreichen. Mir war die Ironie gar nicht bewußt, daß ich heimlich meinen Brief zur Post bringen und dann heimkehren wollte, um mit der Frau zu essen, die Tante Adelaide getötet hatte. Ich machte mir nur Gedanken darüber, was ich schreiben sollte. Bella mußte gewarnt werden. Mein Herz krampfte sich zusammen, als ich daran dachte, in was ich sie da hineinreißen könnte; und doch wollte ich, daß sie kam. Ja, sie mußte kommen und tun, was niemand sonst tun konnte: Miß Goodlock identifizieren. Doch die Pläne, die ich für ihre, meine eigene und Miß Bedes Zukunft geschmiedet hatte, waren fehlgeschlagen. Nichts war da, was sie hätte ersetzen können. Abgesehen von der offensichtlichen Tatsache, daß Miß Bede – oder Miß Goodlock – verjagt werden mußte, hatte ich nichts mehr im Sinn, hatte auch nicht die geringste Ahnung, was ich jetzt tun sollte, in dieser Minute.

Die Uhr auf dem Kaminsims zeigte halb zehn. Neptun schlug an. Die Töne drangen an mein Ohr wie Klänge aus längst vergangener Zeit. Automatisch verglich ich die Uhr mit meiner Armbanduhr, wie ich es jeden Abend getan hatte, seit Philip krank geworden war. Es war seine Angewohnheit gewesen, die ich dann übernommen hatte. Es beruhigte meinen Geist, sagte mir, was ich zu tun hatte. Solange sie nicht vermutete, daß ich Bescheid wußte, mußte alles seinen gewohnten Gang gehen, bis hin ins kleinste Detail. Außerdem würde mich die alte Routine davor bewahren, mit ihr reden oder sie ansehen zu müssen. In einer halben Stunde könnte ich auf mein Zimmer gehen, könnte mich allein hinsetzen und überlegen, ehe ich Bella schrieb.

Ich ging in die Halle hinaus. Wie immer stand der Kerzenhalter auf dem Tisch, poliert und ohne Wachsflecken. Neue Kerzen waren hineingesteckt worden. Ich zündete die Kerze in dem großen, bronzenen Halter an.

»Florence! Sie wollen doch nicht...« Sie kam aus der Küche,

band die Schürze ab. »Nicht heute abend. Sie sind viel zu müde.«

»Das ermüdet mich nicht.« Ich fühlte, wie sie mich beobachtete, als ich nach oben ging.

Von allen Erinnerungen an Honeywick, die mich verfolgen – glücklichen, schmerzhaften, entsetzlichen – ist dies die Erinnerung, die am tiefsten verankert ist: das allabendliche Ritual. Philip hatte mehr als eine einfache Hausarbeit daraus gemacht, die Schlagläden und Türen zu sichern, die Feuerstätten zu bedecken. Für ihn war es eine Entschuldigung, ein Vorwand gewesen, um noch einen letzten, liebevollen Blick auf das Haus zu werfen, am Ende eines jeden Tages. Für mich wurde es ein Tribut, den ich Philip und meiner Liebe zu ihm zollte; so war es immer eine Aufgabe, die mit Liebe einherging. Und ich bin froh, daß ich gerade an diesem Abend für kurze Zeit die zärtliche Stimmung früherer Tage wiederfand, daß ich trotz allem sogar ein Gefühl für das Haus selbst aufbringen konnte, wenngleich ich damals so wenig wie immer verstand, welcher Art mein Gefühl dafür war.

Ich ging von Zimmer zu Zimmer, sperrte die Dunkelheit, den Wind, die Gärten, Hügel und den Himmel aus. Ich bildete mir ein, daß jeder Raum darauf wartete, bis die Reihe an ihn kam; seine blassen Wände und die dunklen Möbel dem schwachen Licht der Kerze darbot; das Eindringen der Schatten duldete, wissend, daß es nichts zu verbergen gab. Sie alle waren makellos. Sie hatte das Haus voll Zärtlichkeit und Ergebenheit versorgt. Etwas wie Bewunderung ließ mich an der Tür zu ihrem Zimmer verharren. Ich konnte mir vorstellen, wie sie während meiner Abwesenheit Nacht für Nacht hier – oder dort – gestanden hatte, sich an neuen Ausblicken und Winkeln ergötzte. Ich konnte ihre Leidenschaft fast verstehen.

Als ich nach unten kam, war sie in der Halle.

»Lassen Sie mich den Rest erledigen. Ich bin in der Küche fertig.« Sie streckte die Hand nach dem Leuchter aus. »Kommen Sie! Ich bestehe darauf.«

Diesmal verärgerte mich ihre besitzergreifende Art. Sie mußte gewußt haben, daß sie das tun würde. Meine Sympathie verging. Dieser Hohn! Ihre Haltung berührte mich mehr als alle anderen, weitaus schlimmeren Beleidigungen es vermocht hatten.

»Jetzt, wo ich wieder daheim bin, muß ich alles wie immer auf meine Art erledigen«, erklärte ich entschieden.

Sie gab augenblicklich mit einer halb humorvollen Geste nach.

»Ja, ja, natürlich. Ich mische mich schon wieder ein. Ich dachte bloß ... dieses eine Mal.«

»Es wird nicht lange dauern.«

Sie öffnete die Kellertür. Ihre dunklen Augen waren das letzte, was ich sah, ehe ich nach unten ging.

Hinter mir fiel die Tür zu, schloß sich mit einem leisen Klicken. Gleich darauf verlöschte die Kerze in einem Windstoß, der durch die Haustür hereinkam. Aber ich konnte es nun kaum erwarten, meine Aufgabe und den unschönsten Teil davon hinter mich zu bringen. Es wäre nicht zum ersten Mal, daß ich im Dunkeln bis zur rückwärtigen Tür vorgegangen wäre. Sie stand ein paar Zentimeter weit auf und ließ ein wenig Licht einfallen, so daß ich die Umrisse der Steinbänke erkennen konnte. Da drüben waren die Wannen, dort links, hinter der Hoftür, standen Besen und Mop.

Die Luft war kalt und klamm wie in einer Höhle. Stufe um Stufe stieg ich hinab, bemüht, nicht an die schweren Steine zu stoßen, die den Eichendeckel über dem Brunnen an seinem Platz hielten. Erinnerung kehrte zurück, Routine ergriff die Oberhand. Ich hatte gelernt, fünf Schritte vorwärts zu gehen, dann um den Deckel herum, ihn zu meiner Linken liegenzulassen, während ich mich der Außentür zuwandte. Dann würde ich diese zuziehen, die Riegel vorschieben und zurückkehren, diesmal den Brunnen zu meiner Rechten am Fuß der Treppe.

Mich ekelte plötzlich vor diesem schrecklichen Ort, und ich beschloß, daß heute das letzte Mal sein sollte. In Zukunft wollte ich die Hoftür ständig verschlossen halten. Es war unnötig, den Keller für Eimer und Gartengeräte zu benützen, wie Annie es getan hatte. Zum einen war es hier zu feucht für die Korbstühle, und zum anderen gab es genügend Nebengebäude. Es war nur eine Frage von wenigen Schritten. Ich wollte es Bella sagen.

Der Gedanke an Bella lenkte mich vorübergehend von meiner Umgebung ab. Ich hatte die abnorme Situation für einen Augenblick vergessen. Bella würde kommen und damit eine böse Krise hervorrufen. Ich mußte mich darauf konzentrieren. Und was machte ich? Plante ihre Pflichten, als gäbe es an nichts anderes zu denken.

Ich blieb abrupt stehen. Es war der Geruch, der mich warnte: der kalte Geruch von Wasser, der aus der Tiefe der Erde zu mir drang; ein fauliger Geruch nach Verfall, so durchdringend, daß mir noch kälter wurde: Der Brunnen war unbedeckt!

Ich tastete mit meinem linken Fuß, berührte die Holzplatte nur zwei Schritte vor der untersten Stufe. Die Steine waren beiseite geschoben worden, der Deckel fortgezogen. Jetzt konnte ich es sogar sehen, das große, schwarze Loch inmitten der grauen Steine. Wäre ich um den Deckel herumgegangen, solange er diese Lage hatte, wäre ich direkt in den Brunnen hineingestolpert. Wenn ich die Treppe hinuntergerannt wäre, durch den Keller gehastet wäre, wie ich es sonst immer zu tun pflegte ... Selbst jetzt konnte ich keinen weiteren Schritt mehr riskieren.

Ich lauschte, vermutete, daß sie auf der anderen Seite der Kellertür ebenfalls die Ohren spitzte. Das war der Augenblick, den sie vorbereitet hatte, als sie die Steine von ihrer Stelle zerrte, der Stelle, auf der sie seit Jahren gelegen hatten; als sie dann den schweren Deckel beiseite gewuchtet hatte, bis der Brunnen klaffend offen lag; ein Sturz von fünfzig Fuß in die Tiefe: Vergessen. Wenn ich dann gefallen war, würde sie kommen, würde die Tür öffnen und die Treppe hinunterkommen, ihre Kerze abstellen, einen Blick in den Brunnen werfen, vielleicht eine Spur sehen, und dann würde sie befriedigt den Deckel wieder über die Öffnung schieben, würde ihn mit den Steinen beschweren. Niemand würde wissen, wo ich war, würde erfahren, was ich über sie herausgefunden hatte. Wenn ich jetzt, nachdem ich meinem Schicksal entkommen war, in die Halle zurückkehren würde, würde sie mich wieder hinabschleifen und in den Brunnen stoßen. Es wäre leichter, nicht ganz so unerfreulich, wenn ich allein zu Tode stürzen würde; aber ihre sonderbare Erregung würde nicht lange von der unschönen Aufgabe unterdrückt werden. Und wenn man ihr später Fragen stellen würde, dann würde sie Antworten parat haben. »Mrs. St. Leonard ist nicht zurückgekommen ... Florence ist immer noch fort ... Sie hat geschrieben ... Sie hat nicht geschrieben ... Ich werde mich um ihre Sachen kümmern, bis sie zurückkommt ...«

All das durchschaute ich mit der Einsicht eines Menschen in höchster Gefahr. Einen Moment länger noch, und ich wäre nicht mehr vor Entsetzen wie gelähmt, sondern rasend vor Wut gewesen. Als ich da unter dem niedrigen Gewölbe stand, an der Schwelle des Todes, wurde ich zur Besessenen. Das Böse, das ich immer für einen Feind von außen gehalten hatte, griff mich nun von innen her an, packte mein Herz, meine Seele, erfüllte mich mit einem inneren Brennen. Nichts hier im Haus übertraf mich an Boshaftigkeit, nicht einmal sie, die Tante Adelaide ermordet, mein Baby getötet, Philip verhext, unsere Ehe zerstört hatte. So sündig sie war, kam sie mir doch nicht gleich, wenn es um die Macht des Hasses ging.

Das Haus über mir war still. Sie wartete. Ich durfte sie nicht enttäuschen. Sie mußte zufriedengestellt werden. Im selben Augenblick, in dem ich ihre Absicht durchschaute, wußte ich auch schon, wie ich mich rächen würde. Ich war rücksichtslos und listig wie sie, bebte vor Entschlossenheit, als ich meinen makabren Plan schmiedete. Die Gefahr dabei, eine Sache zu sehr zu begehren, war die, daß man sie bekommen konnte – mit verheerendem Ergebnis. Sie sollte genau das haben, was sie sich wünschte; das Haus, nach dem sie getrachtet und für das sie ihre Seele riskiert hatte, das Haus, komplett mit all seinen Gegenständen und einer zusätzlichen Errungenschaft: einem ermordeten Mädchen.

Leise stellte ich den schweren Kerzenhalter ab, trat in sichere Entfernung vom Brunnen zurück, öffnete meinen Rock und stieg hinaus, dann aus meinem weißen, seidenen Unterrock. Ich bewegte mich schnell und präzise, als wäre ich ein Instrument dessen geworden, was von mir Besitz ergriffen hatte. Zwei, drei Minuten vergingen. Ich mußte mich beeilen; und doch – sie würde, konnte nicht kommen – noch nicht! Sie würde warten, mit bleichem Gesicht, verblüfft von der Stille...

Ich zog die Schuhe aus, wickelte sie zusammen mit dem Kerzenhalter in meinen Rock und Unterrock. Dann, nicht ohne zu zittern, als wäre es ein wirklicher Tod, schlug ich gegen den Eichendeckel, als wäre ich im Dunkel dagegen gestolpert, kniete nieder, hielt mich mit einer Hand am Rand des Brunnens fest, umklammerte mit der anderen das Bündel. Und schließlich – und das war das Schlimmste – beugte ich mich über den Rand. Kopf und Schultern hingen über der Leere. Ich schrie. Ich weiß nicht, was das für ein Laut war, der von den Steinwänden widerhallte, weiß nicht, ob er laut oder hohl oder schrill oder erstickt war. Aber ich habe Grund zu der Annahme, daß er echt klang, daß er die Stille durchschnitt wie der Schrei eines verängstigten Geschöpfes, das diese unsere Welt verläßt. Ich habe ihn noch oft gehört, wenn ich des Nachts aufwache, habe gehört, wie er in meinem Schädel widerhallte, verzweifelt und einsam wie das Heulen der Hyänen. Die kalte Luft drang in meine Kehle. Endlich – fast hätte ich es vergessen – ließ ich das Bündel fallen, hörte es nach einer Weile aufs Wasser aufschlagen. Ich wagte es, hinabzuschauen, konnte aber nichts sehen als tiefe Dunkelheit. Aber vielleicht würde sie einen kurzen Blick auf einen weißen Unterrock erhaschen, wenn sie sich schaudernd über den Brunnen beugte, ehe sie den Deckel wieder zurückschob.

Schon hörte ich sie rufen. »Florence. Florence!« Das Geräusch noch im Ohr schlich ich zur Hoftür und hinaus in die frische Luft, in den Garten, der nach Pfefferminz duftete, in den Wind. Ich schlich um den Busch herum zum Tor im Gartenzaun. Dort wartete ich. Später waren meine Füße und Knöchel rot und geschwollen von den Brennesseln, aber im Augenblick spürte ich ihr Stechen nicht.

Das Fenster in der Halle war noch offen; gemütliches, gelbes Licht fiel heraus. Am hinteren Fenster des Wohnzimmers sah ich das gleichmäßigere Licht einer Lampe. Ich duckte mich in die Hecke. Kurze Zeit später änderte sich das Licht in der Halle. Sie mußte die Kerze genommen haben, mußte die Kellertür geöffnet haben und ein paar Schritte hinabgegangen sein. Ein paar Minuten verstrichen. Dann wurde die Hoftür von innen zugeworfen; der Riegel glitt an seinen Platz. Es verging noch geraume Zeit, ehe mich ein dumpfes Kratzen und Knirschen erreichte und mir verriet, daß der Deckel wieder über den Brunnen geschoben wurde. Dann kam ein Krachen, gleich darauf ein zweites, als die beiden schweren Steine wieder auf ihre Plätze gehievt wurden. Alles war sicher. Ein Körper konnte langsam dort unten vermodern, und niemand würde es je erfahren. Genausowenig, wie sie jemals erfahren würde, daß niemand dort unten war. Sie brauchte niemals abzureisen; würde es niemals wollen. Sie konnte mir nichts mehr tun. Ich würde sie niemals wiedersehen. Niemals mehr.

Das Rattern der Jalousien in der Halle brachte mich in die Gegenwart zurück.

Der Zorn wich. Schaudernd schleppte ich mich in Strümpfen und Unterrock den Feldweg entlang, vorbei an den Ginstersträuchern und hinauf zum Friedhof. Fledermäuse flatterten um die Bäume. Ich suchte mir meinen Weg zwischen den Grabsteinen hindurch, bis ich an Philips Grab kam. Dort fiel ich nieder, das Gesicht ins Gras gepreßt.

Jetzt, wo ich ihm so nah war, fühlte ich die Entfernung zwischen uns so deutlich wie nie. Noch ein, zwei Zentimeter, ein einziger, weiterer, unvorsichtiger Schritt in der Dunkelheit, und ich wäre ihm gefolgt, wohin auch immer er gegangen war. Doch statt dessen war ich vor dem Abgrund zurückgewichen, wußte jetzt, daß ich die Kluft zwischen uns nicht überbrücken konnte. Indem ich mich selbst gerettet hatte, hatte ich ihn noch einmal verloren. Schlimmer noch, ich war froh darüber. In meiner zunehmenden Dankbarkeit dafür, noch am Leben zu sein, war ich mir seines Todes klarer denn je bewußt. Und jetzt und hier, mit dem Gesicht im Gras, umgeben nur vom Rascheln der trockenen Blätter im Wind, nahm ich wirklich Abschied von ihm.

Dann drehte ich mich um, sah die Sterne am blauen Himmel kommen und gehen. Das dünne Blöken eines Schafes drang an mein Ohr. Nachtluft stahl sich durch die schlafenden Felder, berührte meine Wangen und meine Stirn, brachte mir eine Botschaft: ein neues Gefühl. Ich fühlte mich leicht und zum ersten Mal in meinem Leben wirklich frei; so frei, wie eine Frau nur sein kann.

23

»Ich mache mir die größten Vorwürfe«, erklärte Mr. Drigg. »Es muß eine Möglichkeit gegeben haben, um Sie vor diesem Erlebnis zu bewahren. Nicht, daß ein vernünftiger Mensch diese Bosheit hätte voraussehen können.«

Ich beruhigte ihn noch einmal mehr. Der Wein hatte mir gutgetan; aber ich glaube, selbst ohne ihn wäre dieses Gefühl der Leichtigkeit bestehen geblieben: die Erleichterung, eine Last abgelegt zu haben, die zu schwer war, um von mir allein getragen zu werden.

»Trotzdem«, beharrte er, »war es falsch von mir, nur zu beobachten. Obwohl es tatsächlich wenig gab, was man hätte tun können. Dennoch, der Fall ist so außerordentlich interessant.«

Seine Augen leuchteten auf. Er stand auf, holte ein weiteres Kissen, obwohl ich schon so bequem saß, wie es nur möglich war. Ich trug einen Rock seiner Haushälterin und war in eine Decke gehüllt. So saß ich vor dem prasselnden Feuer, dem Mr. Drigg jetzt ein weiteres Holzscheit hinzufügte. Gedankenverloren wischte er seine Finger am Anzug ab; ein sicheres Zeichen der Erregung bei einem so heiklen Mann.

»Bloß«, fuhr er fort, »ist das kein Fall, wie ich mir immer wieder selbst sagen muß. Man darf an die Frau nicht als an eine Patientin denken. Hier liegt eine moralische Unordnung vor...«

Ich lehnte sein Angebot von noch mehr Wein ab. Ich brauchte ihn nicht, wurde von einer neuen, inneren Kraft aufrechtgehalten. Schließlich kommt es nicht jeden Tag vor, daß man seiner eigenen Ermordung entgeht. Und diese letzte Flucht war nicht einmal meine erste. Zu meiner Dankbarkeit darüber, zweimal gerettet worden zu sein, gesellte sich ein willkommenes Gefühl darüber, sie von Mr. Drigg behandelt zu sehen, wie Mr. Darwin eine haarlose Hunderasse behandelt haben mochte. Sie rückte dadurch in sichere Ferne, was Mr. Drigg vielleicht auch beabsichtigt haben mochte, als er jetzt wieder Platz und das Thema erneut aufnahm, von einem Standpunkt aus, der erfrischend anders war als der meine.

»Jedes Individuum ist einzigartig. Wir sind alle die Alleinerben besonderer Umstände; und denken Sie nun einmal an die besonderen Umstände dieses Falles, Mrs. St. Leonard. Oder besser: dieser Frau.«

Um die Wahrheit zu sagen: Ich war es müde, daran zu denken. Doch ein Umstand war mir entgangen, der das besondere Interesse Mr. Driggs erregte.

»Der angenommene Name.« In einer unterdrückten Geste des Applauses schlug er die Handflächen zusammen. »Das bedeutet eine Menge. Immer wieder überraschte mich eine Eigenschaft an ihr, die ich nicht definieren konnte. Verstehen Sie, sie konnte einfach niemals natürlich sein. Immer war da diese undurchdringliche Schale. Aber in dem Augenblick, als Sie mir von dem Wechsel des Namens erzählten... Aha! dachte ich, das ist es. Man weiß noch nicht recht, wie sehr unser Gefühl für Wirklichkeit und unsere Fähigkeit, akzeptieren zu können, daß wir sind, wie man uns nennt, miteinander verknüpft sind.«

Es erfreute ihn offensichtlich, eine Entschuldigung für sein Versagen gefunden zu haben, ins Herz dieser Frau vorzudringen.

»Sie dürfen sich keine Vorwürfe machen, Mr. Drigg«, sagte ich, als er es weiterhin tat. »Wir haben nur die Folgen unserer eigenen Dummheit und Fehler zu tragen gehabt. Wie hätten Sie wissen können, mit welch einer Person wir uns eingelassen hatten?«

»Wie? So schwierig hätte das nicht sein sollen. Wissen Sie, da ist etwas, was ich Ihnen noch nicht erzählt habe. Ein Geständnis, wenn Sie so wollen.« Als ich ihn überrascht anstarrte, fuhr er kummervoll fort: »Ich bin gewarnt worden.«

»Vor ihr?«

»Vor ihr. Es war eine klare Warnung – die ich nicht hätte übersehen dürfen. Ich wollte Ihnen die Geschichte schon seit langem erzählen, und seit Sie heute abend hierhergekommen sind, ist mein Wunsch größer denn je.« Er schüttelte den Kopf bei der Erinnerung an meine Erscheinung vor seinem Haus, wild blickend und ohne Schuhe, in meinem schwarzen Mieder und dem weißen Baumwollunterrock. »Sind Sie zu müde, um es jetzt anzuhören? Vielleicht sollte ich bis morgen früh warten?«

»Nein, jetzt bitte.« Ich rätselte, wer ihn gewarnt haben könnte.

»Also bitte.« Er legte die Hände auf die Knie und beugte sich zu mir vor. Seine ungewöhnlich großen Augen hatten einen warmen, milden Blick, als er sein professionelles Gehabe ablegte und zu dem warmherzigen Mann wurde, der er ebenfalls war. »Ich habe schon seit Jahren die Angewohnheit, zu Anfang des Herbstes einen Monat oder auch sechs Wochen mit meiner Schwester und ihrem Mann zu verbringen. Sie wohnen in Hammerdale, ungefähr zehn Meilen nördlich von Catblake. Meine Schwester freut sich immer auf meinen Besuch. Sie sagt, er hilft ihr, dem Winter entgegenzusehen. Da oben sind die Winter lang. Und so wird es bald wieder Zeit für mich, hinzufahren.

Doch zurück zum Thema. Es war auf meinem Rückweg im letzten August, als es geschah. Damals schien es in keinerlei Zusammenhang mit Gower Gill oder irgend jemandem hier zu stehen. Ich nahm nicht die Straße, die durchs Tal führt, sondern die obere Strecke. Ich besitze da oben zwei oder drei kleine Hütten und nahm die Gelegenheit wahr, mich wegen einiger Reparaturen zu erkundigen. Eine der lieben Frauen lud mich zu einem Essen ein, und so verließ ich sie viel später, als ich es geplant hatte. Ich kam ans Holleron Moor und dann zu dem Pfad, der den Hügel hinab nach Catblake führt – eine kürzere, und wie ich immer meine, sicherere Straße als die Straße, die Sie ja selbst kennen.« Mr. Driggs Gesicht verdüsterte sich. »Auf jeden Fall war Daisy auf dem grünen Weg glücklicher, und ihre Hufe machten kaum Lärm; so kam es, daß ich aus den Büschen links vom Weg ganz deutlich ein vollkommen unerwartetes Geräusch hörte. Schluchzen! Ich hielt an und sah einen Knaben, der mit dem Gesicht nach unten am Boden lag, vollkommen in seinem Kummer aufgehend.«

»Ein Knabe in einer grünen Jacke?«

»Ja. Dann wissen Sie, wer es war?«

»Da war ein Junge, der nach dem Unfall davongelaufen ist, um Hilfe zu holen«, sagte ich vorsichtig. Ich war fast ebenso überrascht wie Mr. Drigg selbst. Wenn der Junge in der grünen Jacke derjenige war, für den ich ihn hielt, dann paßte das Schluchzen überhaupt nicht zu seinem Wesen.

Mr. Drigg nickte und fuhr fort: »›Komm, mein Junge‹, sagte ich. ›Was ist denn los?‹ Er schien mich nicht zu hören. Ich stieg aus und ging zu ihm. Ich konnte sehen, daß er in ausgesprochen schlechtem Zustand war, halb verhungert und vernachlässigt, um nicht zu sagen, verwahrlost. Zuerst dachte ich, sein Kummer wäre auf seine Erschöpfung und Verzweiflung zurückzuführen. Aber es steckte mehr als das dahinter. Ich gab ihm Brandy aus meiner Taschenflasche – und das war wahrscheinlich ein Fehler. Es schien seine Sinne zu verwirren, jedenfalls dachte ich das damals. Trotzdem gelang es mir, ihn auf die Füße zu stellen. Er war zutiefst entsetzt, und es war schwer, auch nur ein Wort aus ihm herauszukriegen, bis er plötzlich losplatzte: ›Sie ist umgebracht worden.‹ ›Wer ist umgebracht worden, mein Junge? Erzähl es mir.‹ Dabei dachte ich an seine Mutter oder Schwester. Er hätte einer der Jungs aus der Mine sein können. Tatsächlich dauerte es eine Weile, bis mir der Gedanke kam, daß dies nicht der Fall war. Er nannte einen Namen. ›Slink?‹ wiederholte ich, und er mußte es noch ein paarmal sagen, bis ich Miß Link oder so etwas daraus machen konnte.«

»Lincoln«, sagte ich, »mein Mädchenname.«

»Natürlich! Damals sagte mir der Name nichts. Er erzählte eine wilde Geschichte von einem scheuenden Pferd, von einer Dame, die dabei getötet worden war – und von einer anderen Frau. Die Böse, hat er sie nur genannt. Er war durchs Moor gestreift, vermutete ich, als er den Wagen den Hügel heraufkommen sah. Da hatte er sich im Gebüsch versteckt, hatte zugeschaut. Wahrscheinlich hat er gehofft, er könnte sich einen Penny verdienen, indem er das Pferd hielt. Er sah, was geschah, und offensichtlich hatte er die Damen erkannt. Er behauptete, die Böse hätte die Trense gelöst, desgleichen die Zügel, hätte dann mit der Peitsche geknallt, um das Pferd zu erschrecken, und hätte schließlich zugesehen, wie es auf den Abgrund zuraste. Ich habe übrigens allmählich erst diese Geschichte zusammengesetzt, denn was er damals murmelte, waren nur ein paar abgehackte Sätze, die für mich keinen Sinn zu ergeben schienen. ›Sie steht nachts draußen und beobachtet‹, sagte er. ›Wo draußen?‹ fragte ich, und er deutete vage das Tal hinunter. Ich war davon überzeugt, der Brandy hätte seine Zunge gelöst und wäre ihm zu Kopfe gestiegen – und habe ihm nicht geglaubt.«

»Der arme Jordan«, murmelte ich. Er mußte gesehen haben, wie sie draußen vor dem Haus stand, mußte sie beobachtet haben in der Zeit, als er sich im Gewächshaus verborgen hielt. Das war, ehe sie nach Honeywick gezogen war. Wie ein verschmähter Liebhaber war sie des Nachts ums Haus geschlichen: Bei Tage war sie daran vorbeigegangen, ohne sich etwas anmerken zu lassen, ohne überhaupt hinzuschauen. Es war, als könnte sie es sehen und doch nicht haben.

»Ich muß wohl nicht erst sagen, daß mir die Geschichte des Jungen heute weit mehr sagt. Er wies immer wieder auf den Hügel, die Klippe, eine Meile entfernt, aber ich hatte weder Zeit noch Lust, von meinem Weg abzugehen. Außerdem war es schon zu spät. Er sagte etwas von einem Bauern, und ich nahm an, daß er bereits Hilfe geholt hatte. So nahm ich ihn hinter mir in den Wagen und fuhr weiter nach Catblake. Da gibt es eine Art Gasthaus, das Grey Horse. Ich gab dem Wirt einen Shilling und befahl ihm, dem Jungen zu essen und eine Matratze zu geben. Ein Herr unten im Tal hätte ihn verprügelt, so erzählte er, weil er sich auf seinem Besitz herumgetrieben hatte. Ich kannte niemanden mit dem Namen Link oder Slink, und als ich Ende September heimkehrte und erfuhr, daß die junge Mrs. St. Leonard krank war, brachte ich sie überhaupt nicht mit diesem Vorfall in Verbindung. Ich hatte den Jungen zu dieser Zeit überhaupt schon vergessen.

Nun stellen Sie sich meine Gefühle vor, als Miß Bede mich aufsuchte und berichtete, ihre junge Freundin litte an Halluzinationen, nachdem sie aus dem Wagen geschleudert worden war. Sie hielt es für das beste, wenn sie einige Zeit in Ruhe und Abgeschiedenheit in Gower Oaks verbringen würde. Trotzdem –« Er zuckte verzweifelt mit den Schultern, »– ich hatte nicht mehr als die Geschichte eines herumstreunenden Jungen, vom Hunger verzehrt und vom Brandy halb betrunken. Und die sollte nun mein Zutrauen in eine Dame von hervorragendem Benehmen und feiner Art erschüttern. Aber ich war erschüttert. Von Anfang an war ich vor ihr auf der Hut. Mein Mißtrauen wuchs noch, als ich die betreffende junge Dame vorfand und nichts weiter feststellen konnte als Vernunft und Mut. Körperlich war sie zwar zart, und gewiß auch nervös. Ohne auch nur das leiseste Recht zu haben, mich einzumischen, interessierte es mich doch, was dies hervorgerufen haben könnte. Und was nun den Knaben anging – er hatte etwas an sich, trotz seiner abgerissenen Erscheinung, das mich berührte. Er war nicht genauso, wie ich ihn beschrieben habe. Da war eine Art – Mauer, die nur von einem sehr, sehr starken Gefühl hatte unterminiert werden können, einem Gefühl, wie es die Sorge um seine arme Miß Lincoln war.« Mr. Drigg seufzte. »Eine tiefe Sorge.«

Ich war gerührt. Jordan Finch, der tapfere, gleichgültige Jordan mit dem Herzen aus Stein, hatte geweint. Nicht um seinetwillen, sondern wegen mir. Und so groß meine Sorge um ihn auch war, verspürte ich doch auch eine selbstsüchtige Freude. Ohne es zu verdienen, hatte ausgerechnet ich die schwache Seite in Jordans Rüstung gefunden. Das Gefühl, geliebt und vermißt worden zu sein, tröstete mich, wärmte mich mehr als Feuer und Wein. Als Mrs. St. Leonhard hatte ich so manches Mal versagt. Als Miß Lincoln war ich vielleicht erfolgreicher gewesen – nicht nur, wenn es um Rechenaufgaben und Geographie ging. Es gab einen Platz auf der Welt, den ich zum Nutzen anderer ausgefüllt hatte. Mein Selbstvertrauen kehrte zurück; und Jordan war es, der mir dazu verholfen hatte. Ich staunte darüber, daß er immer in den kritischen Augenblicken meines Lebens aufgetaucht war, und ich bedauerte es um so mehr, daß er sich davongestohlen hatte im Glauben, ich wäre tot.

»Ich habe ihm gesagt, wo ich wohne«, erzählte Mr. Drigg, als wir die ganze Episode durchgesprochen hatten. »Habe ihn sogar den Namen wiederholen lassen. Wir hätten hier schon eine Aufgabe für ihn finden können.«

»Und er ist nie gekommen?«

»Leider nein. Ich habe ihn beim Grey Horse zurückgelassen. Er lehnte an der Wand, die Kappe über die Augen gezogen, die Hände in den Taschen...«

Ich konnte nicht hoffen, ihn jetzt noch zu finden, ein ganzes Jahr später. Es war unwahrscheinlich, daß ich ihn je wiedersehen würde. Er war aus meinem Leben verschwunden, aber nicht, ohne es vorher zu verändern. Er hatte ihm eine andere Richtung gegeben. Wie ein Straßenschild, ein Wegweiser, der im Nebel vor dem Reisenden auftaucht, hatte er mir den Weg gezeigt, den ich einschlagen mußte. Ich zweifelte nicht daran, daß es der richtige sein würde.

»Wir müssen überlegen, was für Sie jetzt am besten ist«, meinte Mr. Drigg, als ich schließlich aufstand. Die übrigen Mitglieder des Haushalts waren längst schlafen gegangen. Es war schon ein Uhr vorbei. Ich entschuldigte mich dafür, ihn so lange aufgehalten zu haben. »Morgen, nicht jetzt! Sie dürfen nichts überstürzen. Und was sie angeht –« Er schüttelte den Kopf, »wir müssen noch darüber reden. Sie können sich auf meine Hilfe verlassen.«

»Ich sollte Ihnen für Ihren Rat dankbar sein, Mr. Drigg. Aber ich habe meine Entscheidung schon getroffen – wie es für sie – und auch für mich – weitergehen soll.«

Ich erzählte es ihm, sah seine Verblüffung, seine Sorge und Mißbilligung.

»Sie dortzulassen, als gehörte es ihr, allein mit den Folgen ihrer eigenen Missetat! In gewisser Weise ist das wohl Gerechtigkeit, vorausgesetzt... Nehmen Sie da nicht etwas als gegeben hin? Ihre Reue, meine ich. Ist es klug, und auch sicher, anzunehmen, daß sie so fühlen wird – wie sie fühlen sollte?«

Er wartete ein wenig besorgt auf meine Antwort. Aber ich war es müde, zu denken und zu reden. Er muß meine Stimmung gespürt haben.

»Sie sind überanstrengt, meine Liebe. Aber was Sie da vorschlagen, ist gewiß ungewöhnlich. Bestimmt kein Weg, den ich vorgeschlagen oder zu dem ich Ihnen geraten hätte. Eine Entscheidung nicht von dieser Welt. Aber im Augenblick mag es die richtige sein, wenigstens für Sie, wenngleich sie auf den ersten Blick weltfremd und überspannt wirkt. Was aber sie angeht...« Seine Augen leuchteten auf, als sähe er sich einem Fossil gegenüber, »...so wird es interessant werden, außerordentlich interessant.«

Wir stimmten also überein, wenn auch aus verschiedenen Motiven heraus. Seine Warnung hatte mir nichts bedeutet. Ich war felsenfest von Miß Bedes Reue überzeugt. Die Seelenqual dieser Reue sollte ihre Strafe sein. Es heißt doch, daß Peiniger und Opfer in einer Folterkammer oft eine unnatürliche Nähe erreichen. Heute verstehe ich, daß Miß Bedes Persönlichkeit so wichtig für mich geworden war, daß sie unzertrennlich von mir wurde. Doch jetzt waren unsere Rollen vertauscht, war ich der Peiniger, sie das Opfer. Doch ich war viel zu aufgewühlt von

Zorn, Furcht und Verzweiflung, um sie zu beurteilen, um zu erkennen, wie unwahrscheinlich es war, daß sie wirklich so fühlte, wie ich es getan hätte, wäre ihre Schuld die meine gewesen.

»Jeder«, behauptete ich Mr. Drigg gegenüber, »wie böse er auch sein mag, muß ein Gewissen haben.« Er sah mir nachdenklich nach, als ich in mein Zimmer ging.

Aber nicht zu Bett. An Schlaf war nicht zu denken. Ich saß noch vollständig angekleidet in Mrs. Townleys Rock und Umschlagtuch am Tisch, als der Himmel heller wurde. Ich beugte mich aus dem Fenster, schaute gen Süden, hinüber nach Honeywick. Zuerst war es unsichtbar, dann undeutlich, doch mit zunehmendem Licht wurden seine Konturen immer schärfer; eine Mauer, ein Giebel, ein Kamin. Es war, als wüchse das Haus aus dem Feld hervor, oder als hätten sich die Felder geteilt, um es sichtbar zu machen. Es schien dazu bestimmt, so lange zu leben wie diese Hügel, die Erde und das Wasser in ihrer Tiefe; doch im graublauen Licht des frühen Morgens wirkte es wie aus Luft, herzlos und perfekt, wunderschön, aber gleichgültig jenen gegenüber, die darin lebten, ganz gleich, ob sie es verließen oder blieben.

Auch ich konnte herzlos sein. Der neue Tag fand mich wie versteinert. Sie sollte bleiben, wo sie es gewünscht hatte. Sie würde mit einem Damoklesschwert über dem Haupt leben. Ich würde dafür sorgen, daß keine der Fragen, die sie erwartete, je gestellt werden würde, daß niemand Erkundigungen einholte. Sie würde Stunde um Stunde, Tag um Tag, darauf warten, zur Rechenschaft gezogen zu werden – vergebens. Die Lügen, Täuschungen, Ausflüchte, die sie sich ausgedacht hatte, würden auf keinerlei Widerstand stoßen. Das Schwert würde nie fallen. Sie hatte das perfekte Verbrechen begangen, so glaubte sie, und würde dafür nun die perfekte Strafe erleiden: würde als Mörderin leben, in einsamer Abgeschiedenheit, mit dem Opfer immer in ihrer Nähe. Alles, was ich tun mußte, um sie ihrem endlosen Leiden zu überantworten, war, dafür zu sorgen, daß sie die lebende Florence nie wiedersehen würde.

Nachdem ich zu diesem Entschluß gekommen war, sah ich zu, wie sich sanftes Blau am Herbsthimmel ausbreitete. Eine weiße Rauchsäule stieg von Honeywicks Küchenkamin auf; sie zeigte das erste einer lebenslangen Reihe einsamer Feuer an. Ich sah den Rauch ohne Mitleid aufsteigen, legte mich dann hin und schlief.

24

Es war erst später Vormittag, aber wir hatten schon die Gaslampen entzündet. Das gelbe Licht fiel gegen die verhangenen Fensterscheiben und die feuchten Wände. Wir hatten die feuchtesten Tücher ans Feuer gehängt. Die nassen Stiefel standen in ungerader Reihe darunter. Die kleinsten ihrer Besitzer wurden vorgezogen, saßen im Halbkreis um den Ofen, die nackten Füße der Wärme entgegengereckt; getrennt von uns anderen durch einen schwachen Dampf, wie schäbige Engelchen auf einer Wolke. Es regnete noch immer.

Wir waren immer ein bißchen angespannt, wenn Miß Wheatcroft die Verantwortung hatte, wie es jetzt der Fall war. Mr. Hawthorne war gezwungen gewesen, auszugehen. Vor einer Viertelstunde war er davongegangen, in Galoschen und Regenmantel. Er wirkte bedrückt, denn er befand sich auf dem Weg zu einer außerordentlichen Versammlung der Gesellschaft zum Schutz bedürftiger Knaben.

»Ich fürchte, es wird schlechte Nachrichten geben«, hatte er gesagt. »Das Wetter ist gegen uns. Als ich gestern abend den Regen gehört habe, wußte ich, daß wir uns dem Ende nähern. Es gibt keine Hoffnung mehr für die Decke im Schlafsaal, überhaupt keine Hoffnung mehr, und die Reparatur übersteigt unsere Mittel.«

»Das tut mir leid«, hatte Miß Wheatcroft gesagt. »Die Gesellschaft hat Ihnen so viel bedeutet. Wenn man an die immensen Summen denkt, die lasterhafte Menschen verschwenden, so ist es wirklich eine Schande.«

»Denkt doch nur mal an die Knaben. Zweiundzwanzig, die irgendwo untergebracht werden müssen! Wir können sie nicht einfach wieder auf die Straße setzen. Ach ja.« Er öffnete seinen Schirm. »Wir müssen retten, was zu retten ist. Ich verlasse mich auf Sie, Miß Wheatcroft, um für Ordnung zu sorgen.«

Miß Wheatcroft verbeugte sich, wurde auf mysteriöse Art mehr zu einem eigenständigen Wesen. Wir alle erstarrten, wie als Antwort auf ein Anzeichen innerer Sprungfedern.

»Er spürt es«, bemerkte sie, als die Außentür hinter Mr. Hawthorne ins Schloß fiel. »Es gibt immer irgend etwas, was ihm Sorgen bereitet. Aber in letzter Zeit sah er glücklicher aus. Wir waren beide erleichtert, als Miß Partridge ging. Sie hatte keine Ahnung ... einfach keine Ahnung.«

Sie strich die Weltkarte glatt und nahm ihren Stock auf.

»Unter einem transitiven Verb«, klärte sie die sechste Klasse auf, »verstehen wir ein Verb, durch das eine Handlung vom Subjekt zum Objekt übertragen wird. Der Hund beißt den Jungen.« Sie wies auf die Tafel und vollführte mit dem Stock eine Kurve von dem Wort ›Hund‹ zu dem Wort ›Jungen‹.

Eine gedachte Linie trennte das Klassenzimmer. Miß Wheatcroft und ich, sechs Schritte nebeneinander, hörten und ignorierten einander wie rivalisierende Händler auf einem Markt.

»Legt eure Stifte hin«, sagte ich zu meiner eigenen Gruppe, als ich am Ende des Diktats angelangt war, »und lehnt euch zurück.«

Als jeder Griffel auf dem Tisch lag, als alle Arme vor der Brust ihrer Besitzer gefaltet waren, gab ich das Signal, und tosend stürzten sich meine Schüler in die Pause. Ich schickte mich an, die Diktate zu korrigieren. Heute morgen waren es sechzig Stück.

»James Caudle ißt Bonbons«, flüsterte mir Miß Wheatcroft aus dem Mundwinkel zu, als ich vorbeiging. »Verhalten Sie sich vorsichtig, sonst fängt er noch an zu husten, und dann gibt es wieder endlos Ärger. Er kommt aus einem anständigen Haus, aber der Galgenvogel steht ihm im Gesicht geschrieben. Ich frage mich manchmal, ob all dies Gerede über Vererbung...« Ohne ihre Tätigkeit dabei auch nur zu unterbrechen, schrieb Miß Wheatcroft jetzt in ihrer regelmäßigen Schrift: »Der Bauer säte das Korn. Der Koch buk den Kuchen. Das Eichhörnchen versteckte eine Nuß.«

Ich sah James Caudle an, dessen Kiefer aufhörten zu malen.

Es wurde Essenszeit, ehe Miß Wheatcroft dazu kam, das Thema Vererbung und James Caudle abzuschließen.

»Man kann nie wissen, welche Dinge sich durchsetzen.« Sie wickelte ein Käsebrot aus einer weißen Serviette. »Oder warum. Vielleicht entwickelt sich in ihm etwas, von dem seine Eltern nichts wissen, an dem sie völlig schuldlos sind.«

Unwissentlich zog sie ihre Knöpfstiefel auf die oberste Sprosse ihres Stuhles hoch, obwohl kaum die Gefahr von Mäusen bestand, nachdem das Klassenzimmer halbvoll mit Kindern war, die sich lieber ihre Pasteten und Äpfel mitgebracht hatten, als noch einmal naß zu werden.

»An Tagen wie diesem«, Miß Wheatcroft wies auf das regennasse Fenster, »müssen Sie besonders froh sein, wieder zurück in der Stadt zu sein.«

Der Geruch eines brennenden Stiefels bewahrte mich vor

einer Antwort, doch nachdem ich das gute Stück gerettet und an den rechtmäßigen Fuß geschoben hatte, kam sie auf das Thema zurück.

»Ich habe schon immer ein bißchen daran gezweifelt, daß Sie sich fürs Landleben eignen. Selbst wenn alles gutgegangen wäre, meine ich. Sie sind in der Stadt groß geworden, genau wie ich. Man kann es nicht leugnen, das Leben in der Stadt ist so viel – wie soll ich es sagen?« Sie kaute gründlich, dachte nach.

»Sicherer«, hätte sie vielleicht sagen können. Ich nieste vorsichtig in mein Taschentuch. Ich hatte mich schon wieder erkältet! O ja, viel sicherer!

»Ruhiger. Vor allem jetzt, wo wir die Pferdebahnen haben. Übrigens, fühlen Sie sich wohl in Ihrem Zimmer? Ich frage nur, weil es in meinem Haus eines zu vermieten gibt. Es ist größer als meins, und die Miete beträgt zwei Shilling mehr pro Woche. Aber Sie müssen jetzt ja nicht mehr auf den Pfennig schauen. Um die Wahrheit zu sagen: Das Zimmer ist nicht so gut wie meines. Es liegt nach hinten hinaus, deshalb hat man von dort keinen Blick auf den Kanal, aber es hat einen sehr tiefen Schrank. Ich muß gestehen, daß dieser Schrank mich schon gereizt hat – oder es zumindest getan hätte, wäre da nicht die höhere Miete. Seit ich mit dem Teppichknüpfen angefangen habe, fällt es mir manchmal wirklich schwer, mich – nun ja, überhaupt zu rühren.«

»Es muß schwierig sein, Platz für die Rahmen und anderen Materialien zu finden, zusätzlich zu Ihren Malerei- und Nähsachen.«

»Das ist es wirklich. Aber andererseits hat es den Vorteil, immer alles griffbereit zu haben. Ich habe meiner Wirtin versprochen, Ihnen gegenüber das Zimmer zu erwähnen. Im Augenblick sind Sie ja ziemlich weit entfernt von der Marshall Street.«

»Schon, aber die Fairfolds haben mich so freundlich aufgenommen und es mir so gemütlich gemacht. Im Vertrauen gesagt: Die Miete ist weit geringer, als sie für ein so großes Zimmer in einem so hübschen Viertel wie Barton Square sein könnte.«

»Sie haben wirklich wieder Glück gehabt«, bemerkte sie neidlos. Das Glück konnte ich nicht leugnen, aber das Wort ›wieder‹ stimmte mich nachdenklich. »Und da Sie Ihr eigenes vermietet haben, brauchen Sie sich ja auch keine finanziellen

Sorgen zu machen. Sie können sich einen interessanten Zeitvertreib leisten.«

Sie wies mich auf die Vorteile des Teppichknüpfens hin. Ja, ich fühlte mich ganz sicher mit Miß Wheatcroft. Sie war Zeugin meines Stapellaufs geworden, hatte mich in ferne Gewässer aufbrechen sehen; und mit demselben, ruhigen Interesse hatte sie hier am Kai gestanden, um mich wieder willkommen zu heißen; denn ich glaube, sie war froh, wenn auch nur, weil ich Marshall Street Gower Gill vorzog. Was das anging, war sie ganz anders als Mr. Hawthorne gewesen. Für ihn bedeutete meine Entscheidung einen Schritt zurück, und das beunruhigte ihn.

»Sie sind noch jung, Florence, und sollten vorwärtsgehen, vor allem, weil Sie die Mittel dazu haben. Natürlich bin ich entzückt, Sie wieder hierzuhaben. Es war ein glücklicher Zufall, daß sich Miß Partridge gerade zu diesem Augenblick entschlossen hat, uns zu verlassen. Unter uns gesagt: Jeder Augenblick wäre der richtige dafür gewesen.« Jetzt konnte er schon wieder lächeln, wenn er an Miß Partridge dachte. »Aber ob es richtig von Ihnen war, was Sie da getan haben...«

Ich hatte mich ihm nicht anvertraut. Nur Mr. Drigg wußte, wie mein Leben in Honeywick geendet hatte; oder, besser gesagt, fast geendet hätte. Ich hatte an Bella geschrieben, hatte ihr erklärt, daß sich meine Lebensverhältnisse plötzlich geändert hatten. Sie antwortete auf einem abgerissenen Stück Notizpapier, daß es nicht wichtig wäre: Mr. Tanner war ›wütend‹ gewesen, als sie auch nur eine Kündigung erwähnte; und das war kein Wunder, da er Bella offensichtlich zärtliche Gefühle entgegenbrachte. Seinem Ausbruch war zu Bellas Erstaunen eine Liebeserklärung und dann ein Heiratsantrag gefolgt. Bella schrieb mehr resignierend als verzückt:

»Er hat beschlossen, nach Amerika zu ziehen. Das Geschäft hier geht so schlecht. Er hat dort drüben einen Bruder im Hotelgeschäft.« Sie wußte nicht genau, wo das war. »Auf jeden Fall gibt es da einen großen Wasserfall. Einen sehr großen. Ich hab' das Wasser satt, nach dem Fluß und den Booten hier, und es dreht mir den Magen um, wenn ich an den ganzen Ozean denke.«

Das war das letzte, was ich je von Bella gehört habe. Aber ich habe oft an sie gedacht, mit ihren besorgten Augen, ihrer weltfremden Art.

Auf Mr. Driggs Rat hin hatte ich Mary Fairfold beim Wort

genommen und sie im Haus ihrer Eltern am Barton Square aufgesucht. Sie waren alle so nett und freundlich zu mir gewesen, als würden wir uns schon ein Leben lang kennen. Man nahm an, daß Honeywick wieder einmal vermietet worden war, diesmal an die Freundin, die das Haus mit uns geteilt hatte.

»Sie sind ja schon wieder erkältet«, bemerkte Miß Wheatcroft, als ich erneut nieste. »Das Leben auf dem Lande hat Ihre Gesundheit untergraben. Das hab' ich sofort gesehen. Es wird eine Weile dauern, bis Sie wieder ganz die alte sind. Haben Sie es schon einmal mit einem Strumpf um den Hals versucht, wenn Sie zu Bett gehen? Auch eine gekochte Zwiebel hilft tatsächlich.«

Ich biß in mein eigenes Käsebrot und warf einen flüchtigen Blick ins Geschichtsbuch, auf die Daten der Plantagenet-Könige. Es ging nicht an, Miß Wheatcroft merken zu lassen, daß meine Erinnerung an die Henrys zu verschwimmen drohte. Tatsächlich war mir Heinrich III. entschlüpft. Schniefend und kauend hielt ich ihn bei 1216 fest, nicht ohne Erleichterung. Und plötzlich, in diesem unruhigen Raum, in dem sich der Geruch abgetragener Kleider und feuchter Haare, die Gerüche nach Mäusen und Käse und Kindern mischten, fühlte ich mich wieder so glücklich wie früher. Doch das Glück ging diesmal mit einem ungewohnten Hauch von Erwartung und Vorfreude einher. Ich blickte zur Tür.

»Er sollte schon wieder zurück sein«, bemerkte Miß Wheatcroft. »Aber wenn die Gesellschaft tatsächlich aufgelöst wird, dann wird es eine lange Versammlung sein. Sollte er wirklich erst sehr spät wiederkommen, dann wäre es wohl das beste, wenn Sie den ganzen Nachmittag über mit den Mädchen handarbeiten, während ich ...«

Welches Schicksal sie den Jungen auch zugedacht haben mochte, die Ankunft von Mr. Hawthorne bewahrte sie davor. Wir hörten ihn auf der Veranda. Irgend jemand lief zur Innentür, um sie zu öffnen. Ein anderer nahm ihm seinen Schirm ab. Aus dem Korridor erreichte uns seine Stimme, ungewöhnlich hoch und laut, aber nicht vor Zorn; dessen war ich sicher und setzte mich auf. Ich konnte es kaum abwarten.

»Sie lächeln ja«, bemerkte Miß Wheatcroft.

»So? Nun, bloß, weil Mr. Hawthorne so – aufgeregt klingt.«

Und da war er auch schon, stürzte ins Zimmer mit regennassem Mantel.

»Miß Wheatcroft! Miß Lincoln! Ich meine, Mrs. St. Leonhard! Florence! Was glauben Sie? Sie können es nicht erraten! Es ist unglaublich, erstaunlich...«

Regen tropfte aus seinen Ärmeln, von seinen Stiefeln. Sein Gesicht strahlte. Strahlend kam er auf uns zu, hinterließ feuchte Spuren am Boden. Wir warteten. Miß Wheatcroft blieb ruhig, hielt aber ihr Brot auf halbem Weg zum Mund in der Luft. Meine Wangen wurden heiß und rot.

»Das Dach?« drängte ich listig. »Die Decke im Schlafsaal?«

»Oh, die Decke ist eingestürzt. Niemand ist verletzt worden, zum Glück. Überall standen Eimer.« Er klang fast vergnügt.

»Ziehen Sie Ihre nassen Sachen aus, Mr. Hawthorne«, schlug Miß Wheatcroft vor, »und dann erzählen Sie uns, was geschehen ist.«

Er sah triumphierend von ihr zu mir. »Wir haben einen Wohltäter gefunden. Die Gesellschaft hat wieder Geld. Ja, wir sind sogar reich. Es war ein Geschenk. Wir haben ein prachtvolles Geschenk erhalten – in der allerletzten Minute. Wissen Sie, wieviel?« Seine Stimme brach ab. Er wischte sich das Gesicht.

»Wie könnten wir das, Mr. Hawthorne?« meinte Miß Wheatcroft.

»Viertausendneunhundert Pfund. Sehen Sie! Ich wußte, daß Sie überrascht sein würden.« Er mühte sich aus seinem Mantel. Irgend jemand hängte ihn auf. »Ich muß Ihnen davon erzählen. Alle fünf Treuhänder waren da. Wir kamen in Beerdigungsstimmung dort an. Alle waren sehr besorgt. Der Hausherr und die Vorsteherin hatten die Betten aus den Pfützen geschoben und versucht, die Decken zu trocknen, als sie hörten, daß eine Versammlung einberufen worden war. Natürlich fürchteten sie das Schlimmste. Na ja, wir sahen alle das Ende vor uns. ›Ich habe Neuigkeiten für Sie, meine Herren‹, sagte Bolding, der Sekretär, und zog einen Brief der Martlebury und District Bank aus der Tasche. Er las ihn laut vor. Ich kann nicht leugnen, daß ein ziemlicher Wirbel entstand. Irgend jemand jubelte laut. Wir alle klatschten, klopften uns gegenseitig auf den Rücken, gratulierten dem Herrn, der Vorsteherin. Sie brach in Tränen aus...«

»Ein reicher Fabrikbesitzer«, rätselte Miß Wheatcroft. »Einer, der aus der Gosse kommt, und der seine Herkunft nicht vergessen hat, wie so viele von ihnen.«

»Vielleicht. Gut möglich, daß Sie recht haben, Miß Wheatcroft. Für gewöhnlich haben Sie es.«

»Dann wissen Sie es nicht?«

»Die Spende ist anonym. Meiner Meinung nach ist sie dadurch noch wertvoller. Sie muß im Geiste reinster Wohltätigkeit gegeben worden sein, nicht, um die Öffentlichkeit zu beeindrucken. Aber der Spender wird gesegnet sein, wer immer es ist. Stellen Sie sich doch nur vor – jetzt müssen wir keine Unterkünfte für zweiundzwanzig Jungen suchen, sondern können sogar noch mehr aufnehmen. Können ein besseres Haus suchen. Die Aussichten sind herrlich.«

»Haben Sie eine Ahnung, wer dahinterstecken könnte?«

»Keine Ahnung, Miß Wheatcroft.« Er wandte sich so abrupt zu mir um, daß ich zusammenschrak. »Wissen Sie, Florence, ich fühle mich genauso wie damals, als Philip und Sie von dem Erbe erfuhren. Es ist, als wenn das Glück vom Himmel fällt. Erinnern Sie sich noch an dieses Gefühl?«

»Ja.«

»Sie sagten, viertausendneunhundert Pfund«, bemerkte Miß Wheatcroft.

»Genau. Und Sie, Miß Wheatcroft, werden gewiß keine Schwierigkeiten haben, zu berechnen, wieviel Zinsen das bringen wird. Kommen Sie, Florence, bei vier Prozent Zinsen?«

Ich hatte allen Grund, es zu wissen; aber ehe ich ihn mit meinen schnellen Rechenkünsten beeindrucken konnte, meinte Miß Wheatcroft: »Das erscheint mir eine merkwürdige Summe.«

»Merkwürdig? In welcher Beziehung? Ungewöhnlich? Da kann ich nur zustimmen.«

»Ich meine merkwürdig, weil es keine runde Summe ist. Ich würde meinen, ein reicher Wohltäter würde fünftausend geben. Es kommt mir so vor, als hätte man aus irgendeinem Grund einhundert Pfund abgezogen.«

»Wir dürfen nicht nörgeln, Miß Wheatcroft. Ein Viertel dieser Summe wäre schon äußerst großzügig gewesen. Aber wenn Sie mich jetzt bitte entschuldigen, ich muß ins Haus hinüber.«

»Dann weiß Mrs. Hawthorne es noch nicht?« Meine Stimme bebte trotz meiner scheinbaren Ruhe.

»Es wird eine große Freude für sie sein. Oh, welch ein schöner Tag ist das heute!«

Damit lief er davon. Wie Miß Wheatcroft erklärte, sah er zehn Jahre jünger aus.

»Er hat immer so viele Probleme, daß man ihn unwillkürlich für einen alten Mann hält, oder jedenfalls für älter, als er ist. Ich weiß zwar nicht, wie alt er genau ist, aber auf jeden Fall noch unter vierzig. Mrs. Hawthorne hat mir einmal erzählt, daß er am selben Tag Geburtstag hat wie die Prinzessin, aber das kann man natürlich nicht vergleichen... Trotzdem, die Summe erscheint mir merkwürdig...«

Ich mußte ihr recht geben. Mein Respekt für Miß Wheatcrofts Scharfsichtigkeit wuchs noch. Nach sorgfältigem Nachdenken hatte ich einhundert Pfund von Tante Adelaides Kapital behalten und mit Bretherby und Butterwick Vorkehrungen dafür getroffen, daß ein Grabstein auf Tante Adelaides Grab kam. Eine kleine Summe gab ich aus, um mir angemessene Kleider für mein Leben als Lehrerin zu kaufen, und der Rest sollte mir als Notgroschen dienen.

Ich hätte nicht erklären können, warum ich es für notwendig hielt, alles aufzugeben: das Haus, mit allem Drum und Dran, und auch das Geld. Aber eigentlich hatte es mir nie richtig gehört. All das hatte nichts als Ärger und Sorgen gemacht. Mein Instinkt riet mir, mich davon zu befreien. Und jetzt hatte die ganze Sache doch wenigstens noch ein gutes Ende gehabt. Zweiundzwanzig Jungen – und mehr – würden Unterkunft finden, konnten eingekleidet und mit Essen versorgt werden. Ihnen konnte man ersparen, was Jordan wie einen Ausgestoßenen in die Wildnis getrieben hatte. Mr. Hawthorne war glücklich. Jetzt konnte auch ich wieder damit anfangen, glücklich zu werden.

Miß Wheatcroft schwelgte noch in ihrem täglichen Luxus: einem Pfefferminz. Sie warf einen Blick auf ihre Armbanduhr, strich sich das ohnehin schon glatte Haar glatt, betupfte sich mit einem Taschentuch die Mundwinkel, stand dann von ihrem Stuhl auf, strich die Weltkarte glatt und läutete die Glocke, um mit dem Nachmittagsunterricht zu beginnen.

25

Nach diesem einen dramatischen Tag fielen wir wieder in unsere monotone Routine zurück. Es fiel mir so leicht, mich dem Leben in der Marshall Street wieder einzufügen, als hätte ich es nie verlassen. Ich hatte keine Zeit, an irgend etwas anderes zu denken. So war es wenigstens bei Tage möglich, die Vergangenheit zu vergessen.

Es war Mary Fairfold, die mir half, die Abende zu überstehen. Wir hatten uns augenblicklich zueinander hingezogen gefühlt, als Mr. Drigg sie nach Honeywick gebracht hatte, und jetzt wurden wir Freundinnen. Als ihre Eltern mir großzügig ein Zimmer in ihrem Haus anboten, dachten sie dabei vielleicht ebensosehr an ihr Wohlergehen wie an meines. Mary ging es wieder gut, sie beschäftigte sich mit einer Anzahl von wohltätigen Werken, aber ihre Fröhlichkeit blieb doch immer ruhig, als läge noch der Schatten jener Erfahrungen darüber, die zu ihrem Zusammenbruch geführt hatten. Jetzt kannte ich sie. Seit ihrer Schulzeit war sie einem Cousin verbunden gewesen, einem Marineoffizier, mit dem sie sich schließlich verlobt hatte. Sie waren oft und lange getrennt, aber der Tag ihrer Hochzeit stand schon fest, als man ihnen mitteilte, daß er bei einem Unfall im Chinesischen Meer ums Leben gekommen wäre. Monate vergingen. Mary hatte sich mit ihrem Schicksal abgefunden und bemühte sich, zu ihrem normalen Leben zurückzufinden, als die Nachricht kam, daß er in Sicherheit war. Sie hatte kaum Zeit gehabt, sich darüber zu freuen, als sie hörte, daß er auf dem Heimweg an einem Fieber gestorben war. Die Tragödie hätte auch eine stärkere Frau zusammenbrechen lassen. Mr. Drigg hatte sie gerettet, hatte sie aus einem Zustand geistigen und körperlichen Kummers gerissen, der sie – wie sie selbst sagte – alt für ihre Jahre werden ließ.

Wir unterhielten uns endlos. Unsere Geschmäcker waren ähnlich, und wir hatten fast dasselbe Alter. Immer wieder staunten wir darüber, daß wir in Martlebury aufgewachsen waren, ohne uns jemals zu begegnen; aber eigentlich war es nicht sonderlich überraschend. Als einzige Tochter eines reichen Stahlmagnaten bewegte sich Mary in ganz anderen Kreisen als ich; aber sie war dazu erzogen worden, ein einfaches Leben zu führen, war mit der Armut und Krankheit in Martleburys Slums vertraut; und so waren wir uns ähnlicher, als es normalerweise der Fall gewesen wäre. Ich glaube, sie beneidete mich sogar ein wenig.

»Ich spiele nur die Nützliche«, sagte sie einmal.

»Aber du bist doch für viele Leute wirklich von Nutzen gewesen, und vor allem zu mir warst du sehr gut.«

Die Fairfolds hatten einen großen Freundeskreis und waren sehr gastfreundlich. Aber ich erinnere mich, wie überrascht ich war, als ich beim ersten Musikabend, an dem ich in ihrem Haus teilnahm, Mr. Hawthorne traf. Er kannte die Fairfolds scheinbar schon seit Jahren, und sie hatten einige gemeinsame Interessen.

»Vater hält sehr viel von ihm«, erzählte mir Mary. »Er hat

versucht, ihn zu überreden, sich eine bessere Stellung in einem schöneren Viertel zu suchen. Bei seiner Begabung würde er das ohne Schwierigkeiten finden, aber er will die Marshall Street einfach nicht verlassen. Ich habe noch nie einen Mann kennengelernt, dem sein eigener Vorteil so wenig wichtig ist. Und dabei ist er so charmant und amüsant. Du hast wirklich Glück, Florence, daß du nicht nur mit ihm arbeitest, sondern auch noch von ihm ausgebildet worden bist.«

Die Bewunderung beruhte auf Gegenseitigkeit.

»Mary Fairfold ist ein ungewöhnlicher Mensch«, sagte Mr. Hawthorne, als ich einmal die Gelegenheit hatte, sie zu erwähnen. »Sie hat eine Menge durchlitten, ohne darüber ihre natürliche Herzlichkeit und ihr Interesse für andere Menschen zu verlieren. Ja, ihr Mitgefühl ist sogar noch tiefer geworden. Ihr Leid hat sie ohne Bitterkeit zurückgelassen – und das ist nicht immer der Fall.«

Betonte er das Wort ›sie‹? Aus irgendeinem Grunde, obwohl ich vollkommen mit Mr. Hawthorne einer Meinung war, fühlte ich mich anschließend nicht so recht wohl. Zumindest schien er an *Mary* nichts zu finden, was er nicht gutheißen würde, dachte ich ein wenig zornig. Er hatte so herzlich von ihr gesprochen wie sie von ihm; vielleicht sogar noch herzlicher? Nichts erschien mir wahrscheinlicher, als daß sich ihre gegenseitige Bewunderung schließlich in Liebe wandeln würde, wenn das nicht bereits geschehen war. Sie war schön und gut, sagte ich mir, und bemühte mich tapfer, ebenso selbstlos zu werden wie sie – aber es gelang mir nicht ganz. Er würde sie trösten und beschützen. Noch nie hatte ich Mr. Hawthorne in solchem Licht gesehen, aber jetzt kam mir der Gedanke, daß sich jede Frau glücklich schätzen konnte, die ihn zum Ehemann gewann.

Es kam häufig vor, daß Mary, ich und Mr. Hawthorne nach einem Konzert zusammen zum Barton Square zurückkehrten. Ich beobachtete die beiden genau. Es gab keinen Grund, warum sie nicht zusammenpassen sollten. Sie mußten heiraten. Ich sah es als meine Pflicht an, die Angelegenheit ein wenig voranzutreiben. Wäre die Situation anders gewesen, hätte Mary herausgefunden, daß Mr. Hawthorne sich in mich verliebt hätte, hätte sie nicht alles darangesetzt, mein Glück zu unterstützen? Ich mußte sie als mein Vorbild sehen – und das tat ich, wenn auch nicht ohne ein leises Gefühl von Ungerechtigkeit. War es denn etwa nicht hart, von den Händen einer der gemeinsten Frauen ohne Erholungspause zum Leben mit den

Besten und Edelsten übergehen zu müssen? Dennoch, ich mußte an dieser Lage wachsen. Vorsichtig – und wie mir schien recht geschickt – streckte ich die Fühler aus. Soweit ich wußte, waren Mary und Mr. Hawthorne erst in letzter Zeit Freunde geworden, obwohl sie sich seit Jahren kannten.

»Seit du aus Gower Gill heimkehrtest?« meinte ich, nachdem ich dafür gesorgt hatte, daß das Thema auf ganz unauffällige, natürliche Weise angeschnitten wurde, als wir eines Abends wie so oft gemütlich vor meinem Kaminfeuer plauderten.

»Sogar noch später«, antwortete Mary nach kurzem Nachdenken. Sie sah entsetzlich verlegen aus. »Wir haben in letzter Zeit – er ist viel öfter gekommen.«

Ihr Zögern vertiefte meinen Verdacht nur noch.

»Er hat nie geheiratet. Findest du das nicht merkwürdig?«

Wieder spürte ich ihre Verlegenheit, als müßte sie verschiedene Antworten überdenken, ehe sie sagte: »Ach, ich weiß nicht.«

»Er kann es sich leisten zu heiraten. Nicht, daß er reich wäre. Aber das war Philip auch nicht, als wir uns verlobt haben.« Mir kam eine neue Idee. »Aber wenn er sich nun in eine Frau verliebt, die finanziell besser dasteht, dann findet er es vielleicht nicht richtig, ihr einen Antrag zu machen.«

»Da könntest du recht haben.« Zu meiner Überraschung sprach Mary mit fester Stimme. Es war fast, als wäre sie erleichtert, mit mir über ein Thema sprechen zu können, über das sie selbst auch schon nachgedacht hatte. »Es könnte sein, wie du sagst. Er würde das windige Schulhaus wohl kaum für das passende Heim für eine Frau halten, die an etwas Besseres gewöhnt ist; an – schöne und bequeme Umgebung.«

Nachdenklich sah sie mich an, als suchte sie eine Bestätigung. Ich war ein wenig überrascht, daß sie das Haus am Barton Square als ›schön‹ bezeichnete, aber bequem war es gewiß. Doch sofort wandte sich meine Aufmerksamkeit etwas anderem zu, das sie gesagt hatte.

»Ich würde es nicht windig nennen.« Ich fühlte mich aus irgendeinem Grunde genötigt, das Schulhaus zu verteidigen. »Es ist nicht schlimmer als andere, kleine Häuser dieser Art. Und so klein ist es eigentlich auch nicht. Eine Frau muß sich dem Lebensstil ihres Mannes anpassen. Es kann nicht so viel schwieriger sein, seinen Lebensstandard einzuschränken, als sich an ein besseres Leben zu gewöhnen. Das kann sehr schwer sein. Und wenn Mr. Hawthornes Frau reich ist, muß sie sich wenigstens nicht immer Gedanken darüber machen, dankbar sein zu müssen.«

Mary nickte, schien zufrieden und froh über meine Worte.

»Mrs. Hawthorne hat ein Wohnzimmer in schöner Größe«, fuhr ich fort, »und es ist sehr gemütlich, vor allem an Winterabenden. Wenn das Schulhaus gut genug ist für Mrs. Hawthorne und mich – wenngleich ich natürlich nicht viel bedeute«, fügte ich bescheiden hinzu, »dann ist es gut genug für jeden.«

Meine Hitzigkeit schien Mary fröhlich zu stimmen.

»Ich weiß, daß du Mrs. Hawthorne gerne besuchst. Du magst die alte Dame, nicht wahr?«

»Sehr sogar. Wir haben uns recht gut kennengelernt, als wir zusammen in Matlock waren. Man würde gut mit ihr auskommen, als Schwiegermutter, meine ich, wenn Mr. Hawthorne heiraten sollte. Aber ich fürchte, sie wird jetzt sehr alt. Tatsächlich hat sie erst neulich abend zu mir gesagt, wie sehr es sie beunruhigt, daß sie ihn verlassen muß. ›Er denkt nie an sich selbst‹, sagte sie. ›Und wenn er keine Frau hat, die sich um ihn kümmert...‹«

»Er wird sehr einsam sein«, meinte Mary mitfühlend.

Nachdem ich auf so diplomatische Weise schon zwei mögliche Hindernisse überwunden hatte, die ihrer Ehe mit Mr. Hawthorne im Wege stehen mochten, griff ich ein drittes an.

»Meiner Meinung nach kann es ein Vorteil sein, wenn der Mann älter als seine Frau ist, älter, als es für gewöhnlich der Fall ist. Philip war drei Jahre älter als ich, aber wir waren beide dumm und unerfahren. Ich glaube, selbst vierzehn Jahre könnten noch günstig sein«, fügte ich nach kurzer Berechnung hinzu.

Wieder schien Mary froh zuzustimmen.

»Vor allem«, meinte ich taktvoll, »wenn die Frau Kummer und Leid erfahren hat. Dadurch wird sie reifer. In einem solchen Fall würde der Altersunterschied noch weniger ins Gewicht fallen.«

»Ich bin sicher, er wäre überhaupt nicht wichtig«, erklärte Mary entschieden. »Nicht für zwei Menschen, die sonst in jeder Beziehung perfekt zueinander passen.«

Die Schranken fielen ohne den geringsten Widerstand. Es war fast zu leicht, sie zum Einsturz zu bringen. So schön es auch war, Mary auf diese Weise zu helfen, nach allem, was sie für mich getan hatte, so fühlte ich mich doch merkwürdig niedergeschlagen und mußte mich zwingen, das letzte Hindernis in

Angriff zu nehmen. Es war das schwierigste überhaupt, aber wenn es erst einmal hinter uns lag, mußte Mary sehen, daß es nichts gab, was sie hätte hindern können, Mr. Hawthorne zu heiraten. Ich würde mich über ihr Glück freuen, als wäre es mein eigenes. Und doch, in dem Maße, wie meine Überzeugung wuchs, verging mein Enthusiasmus.

»Die Ehe ist eine so ernste Sache, viel ernster und voller Schwierigkeiten, von denen man im voraus nichts weiß«, fing ich an.

»Ja, ich habe mich schon oft gewundert, wie leichten Herzens viele Menschen sie beginnen. Aber wenn ein Mann so viele gute Eigenschaften hat...«

Sie hatte es offensichtlich sorgfältig durchdacht. Ich durfte nicht den Anschein erwecken, sie entmutigen zu wollen. Mühsam fuhr ich fort:

»Ich meine, wenn eine Frau in der Vergangenheit jemanden geliebt hat, dann empfindet sie es vielleicht als Untreue, jetzt jemand anderen zu lieben.« Es war außerordentlich schwierig, es so auszudrücken, daß sie nicht beleidigt werden konnte, und ich hätte am liebsten aufgegeben. Schließlich ging es mich nichts an. Und doch...

»Ich glaube nicht, daß es ein Zeichen von Untreue wäre, unter anderen Umständen und auf andere Weise noch einmal zu lieben«, meinte Mary ernst. Ihr schien es nicht schwerzufallen, die rechten Worte zu finden. »Wenn ich gestorben wäre, und John wäre noch am Leben, dann würde ich es nicht als Untreue empfinden, wenn er eines Tages eine andere lieben würde. Nichts könnte jemals seine Liebe zu mir oder meine für ihn ändern; und ich bin sicher, daß du genauso empfindest, was Philip betrifft.«

Ich war überrascht von ihrer Offenheit. Ganz offensichtlich hatte sie diese Situation sorgfältig durchdacht, während ich mich impulsiv wie immer hineingestürzt hatte. Bestimmt brauchte sie keine Hilfe von mir.

»Du bist müde, Florence, und ich habe dich schon lange genug aufgehalten.« Sie ging zur Tür. »Jede Frau, die die Liebe eines solchen Mannes wie Mr. Hawthorne gewinnen kann, kann sich glücklich schätzen«, erklärte sie noch.

Genau das hatte ich auch gedacht, hatte es ihr sagen wollen. Scheinbar hatte ich recht gehabt, was ihr Gefühl für ihn anging; ich gratulierte mir selbst, als ich noch lange aufsaß und dem sterbenden Feuer zusah, gratulierte mir dazu, die Dinge so hingestellt zu haben, daß ihr leichter ums Herz geworden war. Sie war ganz eifrig gewesen, als ich das Schulhaus gelobt hatte, hatte mir zugestimmt, daß das Alter nicht so wichtig wäre und hatte selbst darauf hingewiesen, daß ein Mensch noch ein zweites Mal lieben könnte, ohne dem Toten gegenüber untreu zu werden. Ich war froh, dazu beigetragen zu haben, daß sie zu diesem Schluß gekommen war; froh, den beiden Menschen geholfen zu haben, die ich jetzt mehr liebte als alles andere auf der Welt. Und dieses Gefühl war auch nötig, um sich gegen die merkwürdige Traurigkeit aufzulehnen, die über mich gekommen war: Es war ein Gefühl, wie ein Anwalt es wohl haben mochte, wenn er für den falschen Klienten aussagen mußte.

Die Erwähnung von Matlock hatte mich an den absurden Teller erinnert, der die Form eines Frosches hatte, und an unsere Suche danach, als wir von einem Schaufenster zum anderen schlenderten. Trotz all ihrer Tugend – oder gerade ihretwegen – hätte Mary das nicht so lustig gefunden wie Mr. Hawthorne und ich. Aber sie kannte ihn ja auch nicht so gut wie ich. Sie sah ihn nicht täglich. Jeden Morgen, wenn ich ankam, saß er bereits an seinem Pult im Flur; und er war auch da, um sich von mir zu verabschieden, wenn ich abends ging. Ich konnte mir sein Bild in Sekundenschnelle vor Augen rufen: das schmale Gesicht, den braunen Bart, die grauen Augen, denen nichts entging. Als ich jetzt vor dem kalten Kamin träumte, sah ich sie zärtlich werden, fühlte, wie sich meine Lippen zu einem Lächeln verzogen. Er war nicht so gut aussehend wie Philip, man konnte sie einfach nicht vergleichen; aber er drückte ein Gefühl von Stärke und Energie aus. Niemand konnte ein besserer Gesellschafter sein – für einen Menschen, der ihn gut kannte. Mary kannte ihn kaum.

Wenn sie eine Abmachung getroffen hatten, dann hatten sie es jedenfalls nicht eilig, sie bekanntzugeben. Die Abende wurden heller und länger, wir schlenderten durch den Botanischen Garten oder den Park, und häufig kam Mr. Hawthorne zum Abendessen nach Barton Square. Das anschließende Gespräch war anregend und nicht auf die Herren beschränkt. Mary und ich wurden ermutigt, unsere Meinung zu Büchern und sogar zur Politik zum besten zu geben. Gelegentlich fand ich Mary in eine Unterhaltung mit Mr. Hawthorne vertieft; zog mich dann hastig zurück, verlegen, weil ich sie gestört hatte. Als wir uns trennten – die Sommerferien hatten begonnen –, verabschiedete ich mich mit der stillen Überzeugung, daß sie ihre Verlobung bekanntgegeben haben würden, wenn wir uns wiedersahen.

Ich verbrachte einen Monat bei Tante Maud und Cousine Helena in Surrey, ohne jemals zu erzählen, was aus Philips Erbe geworden war. Ich schämte mich häufig, doch statt mich Tante Maud anzuvertrauen und mir das Herz zu erleichtern, ließ ich die Tage mit seichtem Geschwätz vorüberstreichen.

»Du scheinst die Sprache verloren zu haben, Florence«, sagte Tante Maud mehr als einmal. »Wir müssen uns ausführlich unterhalten.«

Es gehörte schon einiges Geschick dazu, dafür zu sorgen, daß es niemals dazu kam. Unweigerlich mußte ich Ausflüchte und sogar Lügen erfinden.

»Ich hoffe, du verlierst nicht das Interesse an Kleidern. Du scheinst nur sehr wenig mitgebracht zu haben. Helena hat sich so darauf gefreut, jemanden hier zu haben, der jung und hübsch angezogen ist. Oh, du siehst schon hübsch aus. Das hast du schon immer getan. Und du gehörst zu den glücklichen Frauen, die immer schöner werden, je älter sie sind. Das muß an den Wangenknochen liegen. Aber du darfst dich nicht vernachlässigen, schon gar nicht mit all dem Geld hinter dir.« Ein neuer Gedanke schoß ihr durch den Kopf. »Ich nehme doch an, daß Miß Bede regelmäßig ihre Miete bezahlt?«

»Oh, die Miete – jaja.«

»Wieviel zahlt sie denn?«

In die Ecke getrieben, suchte ich verzweifelt nach einer Summe, erinnerte mich, daß sie dreißig Shilling die Woche gezahlt hatte, als wir noch zu dritt im Haus lebten, und verdoppelte die Summe.

»Philips Tante hat sehr gut von ihren Mieteinnahmen gelebt, nicht wahr? Und den Zinsen aus ihrem Kapital. Ich verstehe wirklich nicht, warum du so hart arbeiten mußt. Natürlich finde ich es richtig, daß du dich beschäftigst, aber es gibt so viele Dinge, die du machen könntest, ohne von morgens bis abends auf den Beinen zu sein. Und außerdem hast du dich in diesem feuchten Martlebury immer erkältet. Du mußt irgendwann wieder nach Honeywick zurückkehren. Aber nun ja, es ist ja noch früh. Und das Haus läuft dir nicht davon.«

Genausowenig wie seine Bewohnerin, fügte ich insgeheim hinzu. Sie würde niemals fortgehen, und ich könnte ihr niemals gegenübertreten. Meine Gedanken entfernten sich von diesem Problem, als wären sie nicht in der Lage, sich damit zu befassen.

»In ein paar Monaten kannst du die Trauerkleidung ablegen«, erinnerte mich Tante Maud. Sie sprach von Kleidern; davon, welche meiner Kleider sich dazu eigneten, für die Halbtrauer geändert zu werden. »Da war das graue Taftkleid. Es hat dir so gut gestanden. Dein Hochzeitskleid kannst du nicht gebrauchen, aber ich würde dich so gern noch einmal darin sehen. Du sahst bildschön aus, Florence. Hast du es überhaupt noch einmal für einen kleinen Empfang angezogen?«

»Ich hatte nie Gelegenheit dazu.«

Das Hochzeitskleid war schuld, daß ich plötzlich in Tränen ausbrach. Ich mußte an den sanft fallenden, glänzenden Stoff denken, an Annies Begeisterung über die Braut.

»O je, das tut mir nun aber leid. Ich habe dich aufgeregt«, meinte Tante Maud.

Es war schon hart, sagte ich mir, nachdem sie mich alleingelassen hatte, daß ich nichts hatte, was mir selbst gehörte; nicht einmal Philips Foto; oder meine Hochzeitsgeschenke; ja, nicht einmal den Holzlöffel, den ich den Badgetts als Glücksbringer abgekauft hatte. Irgendwo in einer Schublade, in dem Zimmer mit Blick über den Garten, lag, sorgfältig in Leinen eingewickelt, der unfertige Babyumhang. Es war wirklich hart. Aber es ließ sich nun einmal nicht ändern.

Nachdem ich nun an all die einfachen Dinge gedacht hatte, die mir selbst gehört hatten und die mir teuer gewesen waren unter all dem anderen, das ich nie gewollt hatte, wanderten meine Gedanken zu meinem Rock, dem Seidenunterrock und den Schuhen. Wie konnte ich Tante Maud jemals erklären, daß es mir in diesem Augenblick am Brunnen alles so logisch erschienen war? Wie konnte ich ihr in einfachen Worten klarmachen, was dazu geführt hatte? Jetzt, wo ich fern war, sah ich den Alptraum mit anderen Augen, sah meine Flucht, wie ein Außenstehender sie gesehen haben würde: als einen Akt des Wahnsinns. Aber auch eine schlaflose Nacht half mir nicht, das Problem zu lösen, was ich sonst hätte tun können. Dazu kam, daß ich nicht einmal mehr die Gewißheit hatte, daß die Angelegenheit damit abgeschlossen war. Sie war es nicht. Ich war Miß Bede nicht losgeworden, hatte sie noch immer in der Hand. Ihre Strafe würde vielleicht endlos sein; aber genauso endlos war auch meine mißliche Lage.

»Du mußt sie einfach rauswerfen«, würde Tante Maud sagen. »Ich komme mit dir. Wir werden auf sie aufpassen, während sie ihre Sachen packt. Sie kann nicht viel besitzen, nach allem, was du mir erzählt hast. Du kannst die Augen offenhalten, damit sie nicht noch etwas mitgehen läßt. Sie kann von Glück sagen, so leicht davonzukommen – sie gehörte ins Gefängnis. Aber sie dort zu lassen – wirklich, Florence, ich frage mich, ob du noch bei Verstand gewesen bist...«

Die Angst, daß schon wieder jemand an meinem Verstand zweifeln könnte, ließ mich erschauern.

»Aber es wäre unmöglich, gesetzlich gegen sie vorzugehen, Tante Maud«, würde ich erklären. »Nichts kann bewiesen werden. So, wie es ist, befindet sie sich im Gefängnis, leidet die Qual der Reue, denn sie weiß, daß sie einen Menschen ermordet hat und glaubt, daß sie zwei ermordet hat.«

Es war ein Fehler, die Dinge in Worte zu fassen, selbst im Geiste. So ausgedrückt erschien die Strafe ebenso kaltblütig wie das Verbrechen, ließ mein Verhalten ebenso schlecht erscheinen wie das ihre. Qualen, Folter lassen sich niemals rechtfertigen. Dennoch konnte ich mich solcher Wahrheiten eher stellen als Miß Bede. In Honeywick angekommen, zusammen mit Tante Maud, während die Kutsche an der Tür wartete, zu klopfen – oder würde Tante Maud darauf bestehen, einfach ins Haus zu gehen? – und meiner Mieterin gegenüberzutreten, diese Aussicht war weitaus entsetzlicher als die ferne Aussicht, meinem Schöpfer gegenüberzutreten zu müssen, all meine Irrtümer, Schwächen und Sünden beichten zu müssen.

Tante Maud achtete sorgfältig darauf, die Vergangenheit nicht noch einmal aufzurühren. Aber als wir uns voneinander verabschiedeten, warf sie mir einen ihrer scharfen, kritischen und doch zärtlichen Blicke zu.

»Es hat keinen Sinn, alles in sich hineinzufressen«, erklärte sie.

Sonst explodiert man eines Tages, dachte ich. Aber dazu wäre ein Höhepunkt vonnöten gewesen, und der würde in diesem Fall nicht kommen, wenn ich ihn nicht herbeiführen würde.

Während der langen Heimfahrt nach Martlebury hatte ich mehr als genug Zeit, über einen Besuch in Honeywick nachzudenken. Wieder und wieder kam ich zu dem Schluß, daß ich es einfach nicht tun konnte. Aber ich hatte auch Zeit, bis zum Kern meines Dilemmas vorzudringen. Indem ich die Frau allein gelassen hatte, hatte ich sie strafen wollen. Sie sollte Reue empfinden und auskosten, bis zum letzten Tropfen. Doch Tatsache war, daß ich wieder einmal meinen Willen dem ihren gebeugt hatte.

Auch ohne Tante Mauds Unterstützung wären die Erinnerungen zurückgekehrt. Doch sie war die erste, die sich direkt auf das Thema Honeywick einließ, seit ich vor über einem Jahr mit Mr. Drigg darüber gesprochen hatte. Kaum hatte Tante Maud ihren Namen erwähnt, da tauchte Miß Bede auch schon vor meinem geistigen Auge auf. Sie schien nichts von ihrer Macht über mein Privatleben verloren zu haben. Der Anblick einer völlig Fremden mit einem Rubens-Hut ließ mich zusammenfahren. Als ich am Barton Square eintraf und direkt in mein Zimmer ging, stöhnte ich auf, als ich eine Frau in einfachem Kleid und flachen Schuhen im Sessel vor dem Kamin sitzen sah.

»Was ist denn bloß los, Florence?« Mary stand auf und umarmte mich. »Du siehst aus, als hättest du ein Gespenst gesehen. Ich hätte nicht hier hereinkommen sollen, aber ich wollte die erste sein, die dich willkommen heißt.«

»Ich war noch nie im Leben so froh, dich zu sehen.«

Nach außen hin hatte mein Leben in Martlebury alles, was man sich nur wünschen konnte. Wenn überhaupt, dann hatte es sich in meinem zweiten Jahr an der Schule in der Marshall Street noch verbessert. Mein Freundeskreis vergrößerte sich. Mr. Hawthorne kam oft ins Haus, nicht nur, wenn auch andere Gäste anwesend waren. Doch der Frieden, den ich erhofft und fast schon gefunden hatte, hatte mich wieder verlassen und wollte sich nicht mehr einstellen. Ich war gereizt. Einmal erwartete ich, jeden Augenblick von der Verlobung zwischen Mary und Mr. Hawthorne zu hören – erwartete und fürchtete es. Es würde auch für mich eine Veränderung bedeuten, und ich redete mir ein, daß ich allein aus diesem Grunde lieber nicht davon hören wollte. Aber die Angelegenheit machte keine Fortschritte.

Einmal überwand ich mich dazu, Mary gegenüber Mr. Hawthornes Absichten anzudeuten.

»Du bist eine kleine Gans, Florence«, sagte sie bloß.

Es wäre typisch für sie, ihre Heirat aus Rücksicht auf Mrs. Hawthorne zu verschieben. Die alte Dame wurde in diesem Winter immer schwächer. Ich verbrachte soviel Zeit wie möglich bei ihr, blieb oft den ganzen Abend über im Schulhaus.

Trotz Marys ziemlich verächtlicher Beschreibung liebte ich das alte, schäbige Haus, seine Gemütlichkeit, wenn die Vorhänge vorgezogen waren, das Gefühl von Sicherheit, wenn gedämpfte Geräusche von draußen durch die dicken Wände hereindrangen. Um acht Uhr brachte mir Mr. Hawthorne dann meinen Hut und Mantel, und wir kehrten durch die von Gaslampen gesäumten Straßen zum Barton Square zurück.

Ich gewöhnte es mir an, noch im Klassenzimmer zu bleiben, nachdem die Kinder und sogar Miß Wheatcroft schon heimgegangen waren. Es gab immer eine Menge zu tun, und Mr. Hawthorne saß immer an seinem Pult im Flur. Ich konnte das Knirschen seines Stuhles hören, wenn er näher zum Ofen rückte; oder wieder fort vom Ofen, in die Zugluft hinein; bis schließlich die Frau des Hausmeisters mit ihrem langen Besen kam und uns hinausfegte. Wenn er hereinkam, um sich mit mir zu unterhalten, während ich die Tintenfässer nachfüllte oder sonst etwas machte, lenkte ich das Thema manchmal auf Mary; ich lobte sie, hoffte halb, aber wünschte es eigentlich nicht, daß er darauf ansprach.

»Ich wollte es Ihnen schon lange sagen, Florence«, würde er vielleicht eingestehen; oder »Sagen Sie mir ehrlich, meinen Sie, ich sollte...?« Aber er sagte nie mehr als »Ich bin froh, daß Sie eine so gute Freundin gefunden haben«, oder etwas Ähnliches. Und einmal meinte er: »Sie haben Glück mit der Wahl Ihrer Freundin gehabt«, und zu meiner Überraschung fügte er noch hinzu: »Diesmal.«

Er konnte es nicht beabsichtigt haben, aber der Ausdruck erinnerte mich an eine frühere Freundin, die ich lieber vergessen hätte. Wenn sie bei der leisesten Erwähnung wiederauftauchte, dann doch wohl, weil sie immer da war, gleich unter der Oberfläche des Bewußtseins. Zu meinem Schrecken drang sie jetzt sogar ins Klassenzimmer ein, wo ich bislang Ruhe vor ihr gehabt hatte; drohte, eine meiner Beschäftigungen zu verderben, an der ich eine Menge Freude gefunden hatte.

Ich hatte es übernommen, den Wandkalender für die jüngeren Kinder zu erneuern: eine Serie langer, fahnengleicher Zeichnungen, eine für jeden Monat, mit passenden Szenen und einem dazugehörigen Reim. Die Arbeit machte mir Spaß, und ich verbrachte viel mehr Zeit damit, als nötig gewesen wäre. So kam es, daß ich an einem Abend Ende Mai noch nicht mit meiner Zeichnung für den Monat Juni fertig war.

Miß Wheatcroft war pünktlich wie immer gegangen, um vierundzwanzig Minuten nach vier. Diese Zeit hatte sie mit Hilfe mysteriöser Berechnungen herausgefunden und hielt sich nun immer daran, auf die Sekunde genau. Als Vorbereitung für den Unterricht am nächsten Tag hatte sie den oberen Teil ihrer Tafel mit der Deklination des Verbes ›wissen‹ ausgefüllt. Das war der Hintergrund für meine Gedanken, als ich jetzt mein Papier ausbreitete und die Farben aufstellte.

Zuerst war die Arbeit interessant gewesen, aber ich merkte, daß ich immer mehr die Lust daran verlor, und manchmal saß ich minutenlang da und fragte mich, was mir an den kleinen Szenen, die ich entworfen hatte, mißfiel – abgesehen von meinem nur mäßigen Talent zum Zeichnen. Während ich noch überlegte, wie ich den Monat Juni am besten für Kinder darstellen konnte, die noch niemals einen Tag auf dem Lande verbracht hatten, trat Mr. Hawthorne ein. Er strich die Weltkarte glatt, machte eine Runde durch den Raum, musterte die Zeichnungen, die ich bereits fertiggestellt hatte – für die ersten fünf Monate des Jahres –, und er schenkte ihnen so viel Aufmerksamkeit, als wären es fünf Meisterwerke in einer Galerie. Ich war verlegen, folgte ihm mit den Augen, sah, was er sah: braune Hühner im Gras; eine Brücke; eine Holzbank unter schattigen Bäumen; Ginsterbüsche, gelb und grün; alles so harmlos und unschuldig wie nur möglich. Doch plötzlich, als ich alle Zeichnungen auf einmal sah, erkannte ich, warum die Arbeit zur Last geworden war. Die Wahl der Bilder war fast unbewußt erfolgt, aber zusammen deuteten sie auf eine Zeit und einen Ort hin, den ich nicht hatte malen wollen. Gemeinsam bildeten sie den Hintergrund, in dem nichts weiter fehlte als die zentrale Gestalt. Sie war die ganze Zeit über dagewesen, auf der Bank, der Brücke, entschlossen, einzudringen – sogar hier.

Ich setzte mich ruhig nieder, zwang mich, die Furcht unter Kontrolle zu bringen – es war eine Art Hysterie, die meinen ganzen Körper zittern ließ. Es war, als wären all die Disziplin, die harte Arbeit, die Einflüsse der letzten beiden Jahre nicht gewesen. Der Zorn und die Bitterkeit hatten mich verlassen, aber ich erinnerte mich noch daran und schämte mich ihrer; und wieder spürte ich fast die Panik, die mich fortgetrieben hatte.

»Und das hier ist wohl Ihr Haus – und dies – und dies?« Mr. Hawthorne deutete darauf.

Da war ein Giebel; ein Kamin mit Wolken darüber; ein Tor in der Dornenhecke; alles wies auf die Existenz eines Hauses hin, das sich gerade eben außerhalb des Blickfeldes befand, aber das nicht als das angesehen werden konnte, was es war, nämlich einfach eine Sache aus Mörtel und Steinen, Ziegeln und Holz.

»Sie sind keine Künstlerin, Florence, aber Sie haben den Geist des Landlebens erfaßt. Ist es wegen Philip, daß Sie es nicht ertragen, zurückzukehren?«

»Nein.« Ich war so überrascht, daß ich ehrlich und offen antwortete. »Nein, das ist es nicht.« Meine Stimme bebte.

Er trat neben mich.

»Aber es gibt einen Grund? Es muß einen geben. Ich dachte, daß Sie vielleicht glaubten, Sie könnten die Erinnerung unverändert festhalten, wenn Sie nicht mehr dorthin zurückkehrten.«

Ich konnte nur den Kopf schütteln.

»Andernfalls würden Sie doch gewiß Ihren Besitz sehen wollen, vor allem, wenn es sich um einen so schönen Ort handelt.« Er wartete. Ich versuchte zu sprechen, hatte das Gefühl, Honeywick wäre mir nähergekommen, drohte wieder einmal, mich mit seinem ganzen Gewicht zu zermalmen. Seine nächsten Worte kamen ganz leise: »Ich habe nie ein schöneres Fleckchen gesehen.«

Ich sah auf, nicht nur verblüfft, entsetzt.

»Sie kennen es?«

»Ein bißchen. Sie haben mich einmal eingeladen, erinnern Sie sich?« Sein Ton war ein bißchen vorwurfsvoll, aber er schien ganz ernst, hatte eine steile Falte zwischen den Brauen. »Als aus der Einladung nichts wurde, habe ich eben allein einen Tag dort zugebracht, bald, nachdem Sie hierher gekommen waren, als ich herausfand, daß mit Ihnen nicht alles in Ordnung war.«

»Ich dachte nicht...«

»Sie haben nicht gedacht, daß ich es merken würde? Wie hätte ich es übersehen können? Ich kenne Sie, und da mußte ich einfach merken, daß Sie unter einer schlimmeren Wunde zu leiden hatten, als bloßer Kummer sie hervorrufen kann. Sie waren nicht mehr das Mädchen, das ich in Matlock gesehen hatte.«

»Sie haben es nie erwähnt.«

»Das wird Sie kaum überraschen, wenn man bedenkt, wie wenig Sie mir erzählt haben.«

Tränen ließen die Kaninchen verschwimmen, befleckten dann das reine, weiße Papier, als ich den Kopf sinken ließ; ich sehnte mich danach, ihm alles zu erzählen, meinen Kopf an seine Schulter zu lehnen – der überraschende Gedanke kam mir ganz unvorbereitet – und ihn um Hilfe zu bitten; und im selben Augenblick, gerade noch rechtzeitig, dachte ich an Mary, dachte daran, wieviel besser es wäre, wenn die liebe Mary nicht existieren würde; wie leicht wäre es, sich überhaupt nicht um Marys Interessen zu kümmern.

»In einem Dorf wie Gower Gill«, erzählte er, »findet man für gewöhnlich immer jemanden, mit dem man plaudern kann – und ich habe zufällig jemanden gefunden, der so freundlich war, mich einzuladen, kaum daß ich Ihren Namen erwähnt hatte.« Er hatte meinen plötzlichen Schrecken vielleicht gespürt, denn er fügte schnell hinzu: »Ja, ich habe mit Drigg gesprochen.«

»Oh – Mr. Drigg.« Einen Augenblick lang hatte ich mir schon ein anderes Zusammentreffen ausgemalt, hatte die Idee verabscheut.

»Komm, Florence, sieh mich an.«

Sanft legte er eine Hand unter mein Kinn, wie er es bei einem der Kinder getan haben würde. Ich schaute in das sensible Gesicht eines Mannes, der in all den Jahren, in denen ich ihn kannte, niemals auch nur einen einzigen Gedanken an sich verschwendet hatte. Auch jetzt dachte er nicht an sich selbst. Es war nicht sein eigener Kummer, der ihn die Stirn runzeln ließ oder die Zärtlichkeit in seine Augen trieb.

»Drigg hat mir seine Version erzählt, aber es ist deine, die ich hören möchte. Ich habe schon zu lange gewartet. Wird es nicht Zeit, daß du mir alles erzählst, was dich besorgt – und mich deine Sorgen teilen läßt? Es sieht dir gar nicht ähnlich, verbittert zu sein. Du solltest nichts mit Rache und Haß zu tun haben, gerade du nicht, meine liebe Florence.« Er warf einen Blick auf Miß Wheatcrofts Tafel und lächelte. »Du, die so heiß und innig geliebt worden ist, wird und werden wird.«

Ich staune jetzt darüber, daß es überhaupt nötig war, es zu sagen. Selbst wenn es damals Überraschung und Staunen gab, dann habe ich das jetzt vergessen. Ich erinnere mich nur, daß ich entzückt erkannte, daß es immer so gewesen war: Er hatte mich schon immer geliebt! Was mich angeht, so hatte mir eine andere Art von Liebe, meine kostbare, erste Liebe gezeigt, wie tief und stark und ruhig die Liebe war, die ich für ihn empfand.

Das Glück ließ alles einfacher erscheinen. Was Mary anging,

so war das alles Unsinn gewesen. Sie hätte nie eine passende Frau für Giles abgegeben, sagte ich mir selbst, und mein Selbstvertrauen war gleichzeitig ernst und rücksichtslos. Auch Mary war sich dessen ganz sicher und lachte – unverschämt heftig für sie –, als sie mich dazu gebracht hatte, meine Pläne für die beiden einzugestehen. »Wir haben uns schon gefragt, wann du endlich deine fünf Sinne wieder beisammen haben würdest«, meinte sie.

Ich erzählte Giles alles. Es war ein unbeschreiblicher Trost, einen so zarten und mitfühlenden Zuhörer gefunden zu haben.

»Ich hatte ja keine Ahnung, mein Liebling, wie sehr du gelitten hast. Aber jetzt ist ja alles vorbei.«

Ich hätte ihm gern geglaubt. Doch zusätzlich zu der ganzen Geschichte um Miß Bede mußte ich ihm noch ein Geständnis machen.

»Wegen des Geldes, Giles. Du darfst mich nicht für reich halten.«

Kaum hatte ich das Knabenheim erwähnt, da hatte er mit einem überraschten Blick auch schon mein Geheimnis erraten.

»Dann warst du das? Das verschlägt mir den Atem. Oh, Florence, es war eine wundervolle Idee! In deinem ganzen Leben hast du nie etwas Besseres getan.« Sein Entzücken, seine Freude und Zustimmung wärmten mein Herz.

»Dann sind da also nur noch die £ 500 von meinem Vater. Viel ist das nicht.«

»Dann passen wir doch gut zusammen. Ich habe selbst auch nicht viel mehr gespart, und ich muß gestehen, ohne das Geld der St. Leonards fühle ich mich glücklicher. Ich habe jetzt alles auf der Welt, was ich mir wünsche, Florence; mehr, als ich je zu hoffen gewagt hätte. Kein Mann könnte glücklicher sein.«

»Und natürlich ist da noch das Haus«, erinnerte ich ihn.

»Ach ja, das Haus. Das macht dir Sorgan, ich weiß.«

Schon allein das Gespräch ließ mich vernünftiger werden. Mit Giles an meiner Seite erkannte ich, daß die Lage in Gower Gill ganz klar war. Miß Bede mußte aufgefordert werden, das Haus zu verlassen. Dann konnte man es einem Agenten überantworten und auf zufriedenstellendere Art vermieten lassen. Nichts weiter als ein Brief war dazu nötig; oder Giles selbst würde fahren.

Aber wir wußten beide, daß ich hinfahren mußte. Nur, indem ich ihr gegenübertrat, konnte ich sie befreien – und auch mich selbst. Man mußte ihr zeigen, daß ihr Weg falsch gewesen war, mußte ihr dann vergeben. Was könnte es einfacheres geben?

Aber noch nicht. Der Herbst verging, dann der Winter. Schließlich kam der Frühling, ließ die Sykamore in der Marshall Street sprießen, ließ Veilchen in den Körben der Blumenverkäuferinnen auftauchen; aber noch immer hatte ich keine Lust zu fahren. Ich wußte, daß ich dazu verpflichtet war, und diese Pflicht quälte mich. Ich schwor mir, die Sache irgendwie noch vor unserer Hochzeit im Juli hinter mich zu bringen; und doch verstrichen die ersten Tage des Juni, ohne daß ich gefahren wäre.

Eines Morgens erwachte ich aus einem seltsamen Traum, in dem mich eine stickige Dunkelheit gefangengehalten hatte. Ich konnte mich nicht rühren. Irgend jemand sang – *The Mistletoe Bough*. »Das ist ein Lied über eine Braut«, sagte eine Stimme. Dann wurde ein schwerer Vorhang zurückgezogen. Ich hörte es rauschen. Türen und Schlagläden wurden geöffnet, Licht strömte herein. Die Luft wurde weich und sanft wie an einem Sommermorgen in Honeywick.

Eine neue, gelassene Ruhe erfüllte mich, die sich aus zärtlichen Erinnerungen und frischer Hoffnung zusammensetzte. In dieser gesegneten Stimmung war alles möglich: vor allem ein Auftrag des Friedens und Verzeihens.

26

Ein Kuckuck rief, als wir unter den Bäumen hervor auf die grüne Wiese traten. Wir blieben neben der Bank stehen. Alles war menschenleer, mit einer Ausnahme: Weit unten lehnte ein Mann – oder ein Junge – am Brückengeländer. In seinem Schlapphut und mit dem roten Tuch um den Hals paßte er genau in die Landschaft.

»Ein Ort kann auch zu schön sein«, bemerkte Giles. »Es ist nicht gut, wenn man sich das wünscht.« Er legte den Arm um mich. »Du zitterst ja.«

»Nein, nein. Doch, ja, ich bin nervös, ich habe Angst.«

»Dann warte hier und laß mich gehen.«

»Vielleicht ist sie nicht da. Sie ist vielleicht ausgegangen.«

»Es gibt nur eine Möglichkeit, das festzustellen.«

Eine dünne Rauchfahne stieg aus dem Küchenkamin auf. Wir sahen zu, wie sie sich auflöste und verschwand. Ich reckte mich und strich meine Handschuhe glatt.

»Ich komme langsam nach«, sagte Giles. »Und in zehn Minuten klopfe ich.«

Wir hatten genau besprochen, wie es sein sollte.

Zu beiden Seiten des Weges wuchs Myrrhenkerbel, so hoch, daß seine Blüten auf einer Höhe mit meinem Kopf waren, und der Weg zum Haus war creme-weiß und duftend. Die Stille der Landschaft legte sich schwer auf meine Ohren, als ich den Pfad entlangschritt. Rund ums Erkerfenster wuchsen Rosen.

Ein paar Schritte vor dem Tor blieb ich stehen, um mich zu sammeln. Ich hatte meine Rolle geübt. Nachdem sie sich von dem Schock erholt hatte, mich lebend zu sehen, wollte ich ernst mit ihr sprechen, mit einem Mut und einer Offenheit, die man mir in der Vergangenheit verweigert hatte. Ich wollte ihr sagen, daß ich von allem Bösen wußte, was sie verbrochen hatte. Sie hatte nichts Besseres verdient, als in dem falschen Glauben zu leben, daß sie mich ermordet hatte; sie hatte genügend Zeit gehabt, ihr Gewissen zu erforschen; und jetzt, unter den gegebenen Umständen, war es nur vernünftig sie aufzufordern, so bald wie möglich das Haus zu verlassen. Und dann – mit welch reichem Ton würde ich von Offenheit zu Vergebung hinüberwechseln! Unsere unglückliche Verbindung würde sanft enden, von allem Übel gereinigt. Der Gedanke trieb mir Tränen in die Augen.

Aber immer noch zögerte ich. Welche Auswirkung würde diese plötzliche Erscheinung auf sie haben? Dieses Auferstehen einer lange Totgeglaubten? Selbst, wenn ich ihr Frieden brachte, ihr die Qual des schlechten Gewissens nehmen wollte. Um den Schlag zu mildern, zog ich nun meinen Schleier vors Gesicht, wie sie es zu tun pflegte, aber meine Hände zitterten dabei. Sie durfte mich nicht erkennen, ehe ich gesprochen und sie auf den Schock vorbereitet hatte. Durch die weiche Seide sah ich die Kamine. Die Dachziegel schimmerten in der warmen Luft. Die alten Wände, schon halb verdeckt hinter Blumen, erschienen plötzlich unwirklich.

Ich lauschte, als aus einem offenen Fenster ein leiser, unterdrückter Ton klang, ein zufriedenes Summen, wie das Brummen der Bienen oder das Gurren der Tauben in der Esche: eine Frauenstimme, doch so sehr der Stimmung des Hauses angepaßt, als wäre es selbst in ein zufriedenes Liedchen ausgebrochen.

Einen Augenblick bildete ich mir ein, es wäre Annie, die da sang. Aber das Lied – und die Stimme – waren mir fremd. Dann hörte ich Wasser aus einem Hahn rauschen. Die Tür ging auf. Eine Frau mit lose hängender Schürze kam heraus. Sie hielt einen Eimer in der Hand und kniete auf der Türschwelle nieder. An eine Dienerin hatte ich nie gedacht. Sie war nicht jung: runde Schultern und ein bißchen schlampig. Ihr Haar löste sich. Aber sie war schnell und geschickt. Es dauerte nicht lange, und ihre flinken, geübten Bewegungen hatten die Aufgabe fertiggestellt. Sie wrang den Putzlappen aus, fuhr mit einem Staubtuch über die glänzenden Türgriffe und ging ins Haus.

Ich stieg die drei flachen Stufen empor, warf einen Blick durch das Erkerfenster, als ich über die Veranda ging. Das Wohnzimmer war leer. Ich hob den Fuchskopf. Mein lautes Klopfen verwirrte und beschämte mich. Zuerst rührte sich nichts, ich hörte nur eine Folge kleiner Geräusche im Innern. Dann klirrte ein Eimergriff; ein Rauschen in der Halle folgte; ein Zögern; schließlich drehte sich der Knauf. Eine Frau stand vor mir, die ihr Haar auf dem Kopf zusammenzuhalten versuchte; eine Frau mit einem gebeugten Rücken; ein bleiches Gesicht, von zarten Falten durchzogen; schwarze Augen mit fast ebenso schwarzen Schatten darunter. Als sie ins Licht schaute, konnte sie mich, sicher hinter meinem Schleier, nicht sehen, mich, die einzige, mit der sie niemals mehr gerechnet haben konnte. Ich mußte reden, mußte sie vorbereiten.

Doch ein Zittern lief über ihr Gesicht. Ihre Lippen öffneten sich.

»Florence.« Ihre Stimme war leise und tief wie immer. »Meine liebe Florence! Ich dachte schon, du würdest nie mehr kommen.«

Die einfachen Worte griffen mir ans Herz. Mein ganzes Wesen erwachte alarmiert, hörte die Warnung, die in ihnen lag. Irgend etwas war mit meinen Plänen schiefgegangen. Das waren nicht die Worte einer Mörderin, die plötzlich ihrem Opfer gegenübersteht, das soeben seinem Grab entstiegen ist.

Wie ein Schauspieler, dem man das falsche Stichwort gegeben hat, stand ich benommen da. Sie beugte sich vor – sah ich da Zärtlichkeit in ihren Augen? –, küßte mich auf die Wange und zog mich aus dem warmen Tageslicht in die kühle Halle hinein. Die Uhr, die ausgestopften Vögel, alles war noch unverändert. Nur eines war neu. Ich sah es sofort, denn es befand sich dort, wo ich sofort hinsehen mußte: ein Vorhängeschloß an der Kellertür. Sie bemerkte meinen Blick.

»Ja.« Sie holte tief Luft und stieß sie dann seufzend wieder aus. »Ich habe mir geschworen, daß es nie wieder vorkommen darf. Ich habe mir selbst niemals verziehen. Du hättest – oh, mein Gott, du hättest eines schrecklichen Todes sterben können, und es wäre meine Schuld gewesen. Meine Schuld, Florence.«

Das war nicht mehr nur ein falsches Stichwort. Sie hatte meine Rolle übernommen. Ich war es, die sie hätte beschimpfen und ihr Vorwürfe machen sollen. Ich hatte zwar mit ihren Selbstvorwürfen gerechnet, aber noch nicht jetzt. Zuerst wollte ich ihr sagen, daß ich klüger gewesen war als sie, und dann, daß ich jetzt gekommen sei, um ihr zu verzeihen. Wenigstens diesmal sollte die Initiative bei mir liegen. Doch sie war sofort auf sie übergegangen. Ich fühlte, wie sie mir unweigerlich entglitt.

Sie schaute über meinen Kopf hinweg in den Spiegel und bändigte mit einer letzten Bewegung ihr Haar. Ich entdeckte weiße Strähnen darin. Auf ihrem schwarzen Rock sah ich Sodaflecken. Sie war überrascht worden, aber hatte sich bewundernswert schnell gefangen. Bislang lag alle Verwirrung bei mir.

»So lange schon habe ich darauf gewartet, daß du zurückkommen würdest, Florence. Weißt du eigentlich, daß ich geglaubt hätte – die ganze Zeit über geglaubt hätte –, daß du tot wärst, wenn ich dich in jener Nacht nicht am Tor gesehen hätte?«

Ich hätte wissen können, daß es unmöglich war, sie zu täuschen, sie, die so viel Übung im Täuschen hatte. Ein Blick aus dem Fenster, als ich noch zitternd inmitten der Nesseln stand, hatte meinen ganzen Racheplan zunichte werden lassen. Ich hatte sie betrügen wollen, hatte sie glauben machen wollen, ich wäre tot. Statt dessen war ich es, die die ganze Zeit getäuscht worden war, von ihr, die die Wahrheit kannte. Sie hatte gewußt, daß ich lebte, gewußt, daß ich zurückkommen würde. Aber selbst jetzt hatte ich noch nicht voll begriffen.

»Du hast dich wirklich merkwürdig benommen, einfach so, ohne ein Wort, davonzugehen. Du hast mir nicht einmal Gelegenheit gegeben, alles zu erklären.«

»Erklären?« Ich glaube, das war das erste Wort, das ich gesprochen hatte.

»Warum der Brunnen nicht zugedeckt war. Du mußt gewußt haben – oh, ich habe mich so danach gesehnt, es dir zu sagen! –, daß es ein reines Versehen gewesen ist. Ich habe einfach vergessen, den Deckel darüberzuschieben.« Sie runzelte die

Stirn. »Aber es gibt keine Entschuldigung dafür. Trotzdem – ich hatte so viel zu tun, ganz allein hier, während du im Urlaub warst. Erinnerst du dich? Du warst gerade heimgekommen. Du schienst in Gedanken weit fort. Ich kam nicht an dich heran. Ich habe gespürt, daß du nicht zugehört hast, als ich dir von meiner Theorie wegen des Wassers erzählt habe.«

Jetzt jedoch hörte ich zu, fasziniert.

»Mir war der Gedanke gekommen, daß das Überfluten der Küche mit einem Wechsel in der Höhe des Wasserspiegels im Brunnen zusammenhängen könnte. Ich hatte ein paar einfache Versuche gemacht. Habe mich wie immer eingemischt.« Sie lächelte traurig. Einer ihrer langen Zähne war fleckig vor Fäulnis. »Ich habe es dir erzählt, als wir an jenem Abend zu Abend gegessen haben.«

Sie nahm meine Hand und führte mich ins Wohnzimmer hinüber.

»Niemals wird sie denken, so sagte ich mir, daß ich den Brunnen *absichtlich* unbedeckt gelassen habe.« Ihr Mund, ihre ganze Gestalt schienen zusammenzusinken, überwältigt von der Tragödie, mißverstanden worden zu sein. »Warum hätte ich dich verletzen sollen, wo du doch so nett und liebevoll zu mir gewesen bist?«

Liebevoll? Meine Sinne waren zum Zerreißen gespannt, und ich hörte den falschen Ton. Ich hatte sie niemals liebevoll behandelt. Bewundernd, respektvoll, freundlich – all das, aber niemals liebevoll. Stärker denn je spürte ich das Theatralische der Situation. Ich konnte nicht umhin mich zu fragen, ob sie ihre Rolle nicht ein wenig übertrieb.

Trotzdem, wenn eine mächtige Woge das Haus zum Einsturz gebracht hätte, hätte ich dieselbe Überzeugung gehabt: daß alles falsch gegangen war; oder – und in diesem schrecklichen Augenblick erschien mir das noch schlimmer – daß alles gutgegangen wäre, wäre ich nicht selbst so dumm gewesen, hätte ich nicht selbst immer falsche, überstürzte Schlüsse gezogen.

Vor Verlegenheit wurden mir die Knie weich, und ich sank in einen Sessel, schlug zitternd den Schleier zurück, um klarer sehen zu können. Auch sie war in einen Sessel gesunken. Wie früher berührten sich die Säume unserer Röcke. Die Spitzen ihrer Schuhe waren abgetreten. Ich sah zum Tor hinaus.

»Haben Sie mich dort gesehen?«

Sie nickte. Mit gesenktem Kopf, die Hände schlaff im Schoß ihres schäbigen Rockes, saß sie verzweifelt vor mir. Die Nägel waren rissig und nicht ganz sauber, die Fingerspitzen rauh und rot.

»Wie oft habe ich dich vor mir gesehen, wie du dich abgewandt hast, mich verlassen hast, damit ich leide.«

War es möglich, daß ich sie falsch eingeschätzt hatte? Daß sie niemals die Absicht gehabt hatte, mich zu verletzen? Aufgeregt versuchte ich, mich an die Ereignisse dieses letzten Abends zu erinnern. Damals war ich ganz sicher gewesen. Meine Überzeugung war nie ins Wanken gekommen – bis heute nicht.

Sie beschrieb ihren Kummer über die Zurückweisung. So herzlos verlassen worden zu sein! Mit traurigem Kopfschütteln brachte sie dieses Wort über die Lippen. Als sie sich um die überflutete Küche Gedanken machte, hatte sie nur versucht, das Beste fürs Haus zu tun. Das war ihr einziger Grund dafür gewesen, den Brunnen unbedeckt zu lassen. Als ich länger als üblich im Keller geblieben war – »Wenn du es nur ausnahmsweise einmal mich hättest tun lassen!« –, hatte sie sich plötzlich erinnert, hatte mich gerufen. Als sie mich dann später am Tor bemerkte, war sie erleichtert gewesen. Aber niemals wäre sie auf den Gedanken gekommen, ich könnte ohne ein Wort gehen, könnte das Schlimmste denken.

Hatte sie mich in meinem weißen Unterrock für verrückt gehalten? Sie hatte es nicht erwähnt. Aus verschiedenen Gründen erwähnte auch ich es nicht. Beim Gedanken an mein Benehmen im Keller wurde mir heiß. Gleichzeitig, auch wenn die Einzelheiten dieses schrecklichen Augenblicks noch verwirrt waren, erinnerte ich mich doch wenigstens des Entsetzens, das mich damals beherrscht hatte. Ich erinnerte mich an die Kerzenflamme, die sich in ihren schwarzen Augen widergespiegelt hatte, als ich die Kellertreppe hinunterging. Wie konnte sie vergessen haben, daß der Brunnen unbedeckt war? Sie, die doch jede Bewegung kalkulierte, die sie machte, jedes Wort, das sie sprach? Eine winzige Erinnerung löste sich von allen anderen; ich sah sie neben der Friedhofsmauer stehen, als sie sich entschuldigend umwandte, um den Sonnenschirm entgegenzunehmen: »Ich vergesse immer wieder etwas«, hatte sie gesagt.

Ich hatte ihr nicht geglaubt. In diesem ersten Augenblick schon hatte ich intuitiv gespürt, daß sie keine nachlässige Frau war; und später war ich so mißtrauisch gewesen, daß ich mich gefragt hatte, ob sie den Sonnenschirm absichtlich zurückgelassen hatte, um einen Vorwand zu haben, meine Bekanntschaft zu machen. Ich schämte mich, mich häufig zu irren, und doch warnte mich eine innere Stimme auch jetzt, ihr zu glauben. Drei Jahre sind eine lange Zeit; lange genug für mich, um den genauen Verlauf der Ereignisse festzuhalten; aber auch lang genug für sie, um ihre Geschichte vorzubereiten; um ihre eigene Verteidigung bis zum letzten I-Tüpfelchen auszuarbeiten.

Mit schlangengleicher Bewegung hob sie den Kopf auf ihrem gelben, faltigen Hals. Auch ich richtete mich auf und versuchte, mich zu erholen. Selbst, wenn ich sie am Ende falsch eingeschätzt hatte, so bedeutete das doch nicht, daß sie völlig schuldlos war. Ich erinnerte mich, daß da noch andere Dinge gewesen waren, eine ganze Menge anderer Dinge, und eines davon war schrecklicher als alles andere. Es war absurd, mich von ihr wieder in meiner Absicht erschüttern zu lassen. Denn welche Fehler ich auch gemacht hatte (wenn ich sie überhaupt gemacht hatte), Tatsache blieb, daß dies hier mein Haus war. Alles darin gehörte mir. Sie hatte kein Recht, hier zu sein. Ich war gekommen, um ihr das zu sagen.

Doch ehe ich noch damit anfangen konnte, meinte sie fast schüchtern: »Da sind ein paar Dinge, von denen ich überzeugt war, daß du sie gern haben möchtest. Ich habe sie alle verpackt, damit ihnen nichts zustößt.« Ihr Bemühen, mir zu Gefallen zu sein, war unangenehm, ja, sogar mitleiderregend. »Der Karton ist in dem Schrank unter der Treppe. Und da ist noch etwas. Ich habe keine Miete gezahlt. Das war meine ständige Sorge. Vielleicht bist du deshalb gekommen – unter anderem, heißt das.«

Sie sprach mit so viel Rücksicht, daß es nur noch schwerer wurde, mich in die weitaus unangenehmeren Aufgaben zu stürzen, die ich hatte erledigen wollen. »Ich habe alles in meiner Macht Stehende getan, um das Haus in Ordnung zu halten, so, wie du es gewollt hättest.«

Das war auf jeden Fall richtig. Das Haus war elegant und schön wie immer, im Gegensatz zu ihr...

Sie hatte mich vergessen. Sie sah sich im Zimmer um, betrachtete jeden einzelnen Gegenstand, und davon gab es viele. Ihre Lippen verzogen sich zu einem stolzen Lächeln. Die Dunkelheit ihrer schwarzen Augen wurde von einem frohen Leuchten erhellt, einem Hinweis auf ihre Erregung.

»Was die Miete angeht, so haben wir das bereits besprochen, mein zukünftiger Mann und ich.« Ich war froh und erleichtert, als mir Giles einfiel, und so fuhr ich fast rücksichtslos fort: »Er wartet draußen.«

Ich fühlte eine plötzliche Stille. Darauf war sie nicht vorbereitet gewesen. Das fanatische Licht in ihren Augen war erloschen. Sie blickten mich jetzt wachsam an, als sie meinen unzusammenhängenden Erklärungen lauschte.

»Dann willst du also wieder heiraten.« Sie bemühte sich, nicht überrascht zu klingen, als wollte sie meine Gefühle schonen, und augenblicklich hatte ich das Gefühl, Philip untreu zu werden.

»Nächsten Monat.«

»So bald schon!« Sie schluckte nervös. »Dann wird all das hier –« Ihre Geste, traurig und liebevoll, umfaßte den gesamten Raum mit allem, was darinnen stand: das schweigende Vieh an der Wand, die Kissen, die Bücher, legte sogar die anderen Zimmer um uns her nahe – »all das ihm gehören. Alles wird deinem Mann gehören.«

Wieder fühlte ich Erleichterung. Dieser Gedanke war mir überhaupt noch nicht gekommen. Bislang hatte mich Giles nur beraten, hatte ich sein Mitgefühl gehabt. Doch wenn wir erst verheiratet waren, mußte er die Verantwortung für das Haus samt Inhalt übernehmen, einschließlich Miß Bede. Die Versuchung, die Last abzuschütteln und ihm aufzuerlegen, ihn als Mittel zu benutzen, um dieses unerträgliche Gespräch abzubrechen, war groß; doch nach kurzem inneren Kampf widerstand ich ihr.

»Uns beiden«, erklärte ich.

Sie schien zu leiden. Ich mußte vorsichtig sein, durfte sie nicht wieder falsch beurteilen. Durfte nicht für künstlich und gespielt halten, was vielleicht wirklicher Schmerz war. Ihre Augen wirkten verschleiert, ob von aufsteigenden Tränen oder Zweifel oder Berechnung war unmöglich zu sagen. Sie blickte durch das Zimmer zu dem Schreibtisch, auf dem Philips Foto in seinem silbernen Rahmen stand.

»Armer Philip!« Ihre Lippen bebten.

Der Anblick seines Gesichts, die Erwähnung seines Namens, erweckten neue Ängste. Ich hatte das Gefühl, über Treibsand zu schreiten, nicht über einen Teppich, als ich hinging und sein Foto in die Hand nahm. Das hübsche Gesicht zeigte keinerlei Zweifel. »Sie ist über alle Maßen freundlich«, hörte ich ihn förmlich sagen.

Hatte er vielleicht doch recht gehabt mit seinem Vertrauen zu ihr? Bestand all ihre Schuld nur in meiner Einbildung? War meine Phantasie in all den Stunden mit mir durchgegangen, in denen ich mich ausgeschlossen gefühlt hatte, wenn ich ihnen zusah, die so zufrieden die Gesellschaft des anderen genossen? Bei dem Gedanken kehrte meine Eifersucht zurück, mächtiger denn je, und gleichzeitig erwachte mein Zorn und mein Haß neu, und ich war entschlossen, sie nicht länger zu schonen.

»Ich habe herausgefunden, daß Sie Miß Goodlock sind«, platzte ich heraus. »Das können Sie nicht leugnen, nicht wahr?« Ich wandte mich abrupt zu ihr um, um sie zu überraschen, wie sie schuldbewußt zusammenzuckte.

Aber ich war nicht schnell genug, wenn es überhaupt der Fall gewesen war. Sie beugte sich vor, besorgt und verwirrt. Mit gerunzelter Stirn wartete sie auf meine Erklärung.

»Ich habe nicht ganz verstanden...« meinte sie endlich.

»Miß Goodlock.« Meine Stimme war laut und grob. Ich war plötzlich auf der Hut.

»Wer ist Miß Goodlock?«

Ja, wer? Die Frage wurde in so vernünftigem Ton gestellt, daß ich zu einer vernünftigen Antwort gezwungen war. Wer war sie? Eine Frau, die ich nie gesehen hatte. Eine böse Ahnung packte mich. Warum war ich so sicher gewesen? Was mir vor drei Jahren so klar erschienen war, schien jetzt wirr. Es war alles nur Hörensagen, nur Schlußfolgerungen und Vermutungen. Ich spürte, wie meine Zuversicht mich verließ. Wenn sie unschuldig war, was den Brunnen anging, dann konnte sie ebenfalls in bezug auf alles andere, auf Lug und Betrug, unschuldig sein. Die spärlichen Beweise gegen sie brachen in sich zusammen. Es gibt unzählige Arten, wie eine Frau eine feine Sammlung von Broschen, Ringen und Spitzen zusammenstellen kann. Und mehr als eine Frau ohne eigenes Heim sehnte sie sich vielleicht nach einem hübschen Haus.

Ich nahm all meinen Mut zusammen.

»Ich dachte, Sie wären Miß Goodlock, Tante Adelaides Gesellschafterin, die...« Es war unmöglich, es zu sagen, aber ich war mit dem festen Vorsatz hierhergekommen und würde es nun auch tun, andernfalls würde ich mich für den Rest meines Lebens vor mir selbst schämen, »...die sie ermordet und beraubt hat. Bella hat es mir erzählt«, fügte ich mit einem Versuch von Trotz hinzu. Noch während ich sprach, war es, als würde ich Bella im Dunst über dem Fluß verschwinden sehen, ein körperloses Phantom, eine Stimme, die Botschaften verkündete, die niemand außer mir glauben wollte. Und selbst, wenn Miß Goodlock tatsächlich so schlecht war, wie Bella sie dargestellt hatte, welchen Beweis konnte es geben, daß es auch Miß Bede war? Was verband die beiden schon miteinander? Ein Wort, ein Hauch von Parfüm, ein paar Stickstiche in Seide. Dennoch machte ich noch einen letzten Versuch. »Und ich dachte, Sie wollten versuchen, auch mich zu ermorden und zu berauben.«

Stille. Meine Wangen brannten. Die Rosen am Fenster, ein verirrter Schmetterling am Vorhang, die Figuren auf dem Kaminsims, die Uhr – sie alle waren Zeugen und ignorierten die Worte, die ich ins Zimmer geschleudert hatte.

Sie stand steif da, die Schultern hochgezogen, als hätte sie einen Schwerthieb erhalten. Dann seufzte sie, entspannte sich, machte eine kleine Geste des Verständnisses. In ihrer ruhigen Resignation war sie recht schön.

»Meine arme Florence.« Ihre Stimme klang warm und herzlich von Mitleid und Verzeihung. »Ich fürchte, du warst zu jener Zeit einfach nicht ganz du selbst. Da war deine Krankheit, das darfst du nicht vergessen.«

Es war möglich. Mein Verstand und meine Sinne könnten mich getäuscht haben, schwach wie ich war nach dem Fieber, dem Delirium, dem Kummer. Jetzt, losgelöster, sah ich das ganze Drama noch einmal, von dem Frühlingstag an, an dem sie in mein Leben getreten war, bis hin zu dem grauen Abend, an dem ich sie verließ. Einem vernünftigen, vorurteilsfreien Publikum mußte jedes Wort, jede Handlung von ihr rein, wohlerzogen, ja, sogar freundlich erscheinen. Ihre Vorstellung war makellos gewesen. Kein greifbarer Beweis existierte, um irgend etwas, das sie getan oder gesagt hatte, in Zweifel zu ziehen. Sie klang immer plausibel – damals und heute.

»Es war alles ein schrecklicher Fehler, nicht wahr?« sagte sie. »Ein Irrtum. Aber jetzt geht es dir doch besser, oder nicht?« Der leise zweifelnde Unterton war vielleicht eine Warnung: erinnerte mich daran, daß ich erst kürzlich genesen war; daß meine Gesundheit noch immer in Frage gestellt werden konnte. »Du wirst wieder ganz glücklich werden.«

Ihre Zurückhaltung war exquisit. Kein Wort des Vorwurfs – kein Leugnen; aber sie kam und betrachtete über meine Schulter hinweg Philips Foto.

»Der liebe Philip. Wenn er nur wüßte! Gott sei Dank hat er es nie erfahren müssen. Er war immer so großzügig, so gut. Er hat mir das Kostbarste aller Geschenke gemacht, ein Heim.« Sie schien überwältigt, meinte aber sofort: »Du hast so viel – und ich...«

Ihre Stimme zitterte. Sie wandte sich von mir ab, berührte traurig den Blumenkorb aus Porzellan, die Dresdner Figürchen. Mit einem zerschundenen Finger strich sie über Neptuns Bart, liebkoste die Nymphen. Sie hatte niemanden, keine lebende Seele, die sie lieben konnte, und sie wollte auch niemanden. Sie hatte nur das Haus gewollt. War sein Sklave geworden. Ihr Wunsch, es zu besitzen, kam aus dem Herzen, ihre Liebe umfaßte es voll und ganz, sie war ihm absolut treu ergeben.

Ich fuhr zusammen. Sie hatte sich schnell gebückt. Dort, wo ich gesessen hatte, blieb der Abdruck meiner Schuhe zurück, leicht staubig. Ich sah zu, wie sie eilfertig nach Schaufel und Besen griff, um den Staub aufzufegen. Selbst in einem Augenblick wie diesem beanspruchte das Haus sie. In ihrer Ergebenheit ihm gegenüber war sie rein wie eine Priesterin. Mit einer Art Ehrfurcht begriff ich, daß sie in diesem einen Falle wirklich ehrlich war. Diese Entdeckung schien noch die Falschheit alles anderen zu betonen; aber ich konnte mich nicht mehr auf mein Urteil verlassen; es gab auch nichts anderes mehr in ihrem Leben, nur dies eine noch: ihre Besessenheit von Honeywick. Es hatte sie isoliert, fraß sie förmlich auf mit seiner grausamen Kameradschaft. Kein Arbeitgeber hätte sie rücksichtsloser ausbeuten können. Allein mit dem Haus mühte sie sich ab, seinen endlosen Anforderungen gerecht zu werden.

Sie hatte Schaufel und Besen sorgfältig wieder zurückgelegt und lehnte nun müde an dem Tisch neben Philips Sessel, als ihr plötzlich die polierte Oberfläche einfiel. Ihre Hand zuckte zurück, und sie rieb mit dem Ärmel über die Fingerabdrücke. Ich ertappte mich dabei, daß ich Mitleid mit ihr hatte, ein Mitleid, wie man es jemandem entgegenbringt, der an einer unheilbaren Krankheit leidet.

Doch die Zeit war gekommen, ihr zu sagen, daß sie gehen mußte – wenn ich es ihr überhaupt jemals sagen wollte. Doch ich konnte es nicht über mich bringen, zum letzten Schlag auszuholen. Im Augenblick konnte ich mich nicht einmal erinnern, warum ihre Abreise so wichtig sein sollte.

»Giles wird gleich kommen...«

»Er wird doch nicht... Du wirst doch nicht...« Zum ersten Mal sah ich sie aufgeregt. Die dunklen Augen, einst so unergründlich, starrten mich an, verrieten eine eigene Welt des

Schmerzes. Sie atmete hastig, abwartend. »Du willst mich doch nicht fortschicken?«

Ihr Pathos war neu, nicht aber die Worte. Es waren fast genau die Worte, die Philip gebraucht hatte. Als ich sie jetzt hörte, glaubte ich wieder seine schwache Stimme zu hören, sein Flehen, spürte, wie es mein Herz angriff: »Du wirst sie nicht fortjagen, Florence?« Es war eine Bitte gewesen, kein Befehl, obwohl das Haus ihm gehörte, nicht mir. Ich hatte nie wirklich das Gefühl gehabt, es wäre meines, hatte es nie wirklich gewollt. »Ihre Güte darf nicht unbelohnt bleiben«, hatte er gesagt.

Ihre Güte? Vielleicht war ihre Liebe zu diesem Haus eine Art Güte – die einzige, zu der sie fähig war. Was würde aus ihr werden, wenn ich sie aus dem Haus jagen würde, eine Frau ohne Ziel? Welchen Schaden könnten andere – und auch sie selbst – dadurch davontragen?

Sie starrte auf die Tischplatte. »Das hier ist meine Welt. Du kannst mich nicht fortschicken, Florence, nicht jetzt.«

Selbst jetzt noch zögerte ich, starrte auf Philips zuversichtliches Gesicht. Sein Traum von einer langen Reihe von St. Leonards in Honeywick hatte sich nicht erfüllt. Es gab keine St. Leonards mehr. Noch einen Monat, und auch ich hätte einen anderen Namen. Es war hart, daß all seine Hoffnungen und Pläne gescheitert waren. Er war zu früh gestorben, um sie Früchte tragen zu lassen. Er hätte Miß Bede in seinem Testament bedacht, wäre nicht Mr. Drigg eingeschritten. Sie und ich hätten vielleicht – mir schauderte bei dieser Vorstellung – das Erbe teilen müssen, zusammen leben müssen, abhängig voneinander, so untrennbar wie Sonne und Mond, und einander ebenso fern.

»Nein«, sagte ich schließlich, »ich schicke Sie nicht fort.«

Doch anstatt das Foto in meine Handtasche zu schieben, wie ich es vorgehabt hatte, stellte ich es zurück auf den Schreibtisch, sagte mir, daß es immer einen St. Leonard in Honeywick geben müßte. Außerdem hielt das Haus ihn gefangen. Es war zu spät, um ihn zu retten. Er würde bleiben wollen – mit ihr.

Plötzlich hatte ich es eilig zu gehen, getrieben von der abergläubischen Überzeugung, daß es für Giles besser sein würde, draußen zu bleiben; viel besser für ihn, wenn er nicht in ihren Einfluß geriet. Wenn es nach mir ginge, dann sollten sie einander niemals kennenlernen. Man konnte nie wissen... Sogar Giles... Hastig ging ich zur Tür; murmelte etwas von meinem Anwalt: Er würde ihr bezüglich der Miete schreiben;

meine Adresse würde das Schulhaus sein, Marshall Street, Martlebury; die Kartons mit meinen Sachen konnten dorthin geschickt werden.

Sie hatte den Kopf in die Hände gestützt. Der lange Schmerz der Ungewißheit war vorüber. Sie weinte. Zumindest glaubte ich das. Später war ich mir nicht mehr so sicher. Ich war mir überhaupt nicht mehr sicher, wußte nur eines: daß ich sie bedauerte. Und Mitleid ist das Gefühl, dem man am schlechtesten widerstehen kann. Es ist stärker als Haß, Mißtrauen oder Rachsucht, wie sie zweifellos wußte. Ja, sie mußte sich das überlegt haben. Ganz gewiß hatte sie sich ihren letzten Schritt genau überlegt.

Von Giles war weit und breit nichts zu sehen. Als ich dann die Straße hinabschaute, hörte ich ihn hinter mir. Er kam vom Dorf herbeigeeilt. Wir standen im warmen, schweren Duft der cremefarbenen Blüten, und ich sprudelte eine Erklärung hervor.

»Ich muß mich geirrt haben, Giles. Ich habe mich geirrt – in allem, glaube ich. Sie war ganz traurig – und ist so viel älter geworden. Ich habe gesagt, sie könnte bleiben.«

Die Bienen summten aufgeregt, taumelten von einer Blüte zur anderen. Erst jetzt, als meine Sinne so taumelten wie die Bienen, fiel mir die leise gesummte Melodie wieder ein, die ich aus dem Haus gehört hatte: eine wortlose, unsagbar zufrieden klingende Weise. Aber sie war doch unglücklich gewesen, verletzt, reuig. Das hatte sie mir doch gerade erst erzählt!

»Bloß – kann man wirklich vergessen, einen Brunnen abzudecken? Und da waren auch noch andere Dinge.«

Eine ganze Menge anderer Dinge. Sie kehrten jetzt zu mir zurück, beharrlich wie die Bienen. Warum war sie nicht zu mir hinausgelaufen, als sie mich am Tor hatte stehen sehen? Hatte mir erklärt, daß sie den Brunnen aus Versehen offengelassen hatte? Statt dessen hatte sie die Tür verriegelt und die Vorhänge vorgezogen, war auf jeden Fall dankbar gewesen, mich loszusein. Es war ihr egal, was ich erzählen mochte, so lange sie nur das Haus für sich haben konnte. Und schon fing sie an, das Netz ihrer Verteidigung zu spinnen, um es bereit zu haben, wenn es gebraucht werden würde. Und warum hatte sie auf Holleron Edge Hectors Geschirr gelöst, hatte ihn mit der Peitsche erschreckt, wenn nicht, um mich in den Tod zu schicken? Oder wenigstens um sicherzugehen, daß kein kleiner St. Leonard ihr in den Weg kam, wenn es darum ging, das Haus irgendwie und irgendwann in ihren Besitz zu bringen? Was nun Miß Goodlock anging – sie hatte nicht geleugnet, Miß Goodlock zu sein, und über dieser Dame hing noch immer eine ominöse Wolke.

»In Bellas Geschichte muß ein Fünkchen Wahrheit gewesen sein«, erklärte ich wild. »Auf jeden Fall hat Tante Adelaide ihr Testament in letzter Minute noch geändert. Sie muß doch einen Grund gehabt haben, sich plötzlich gegen Miß Goodlock zu wenden. Und dieser Mantel. Ich war sicher, daß er Tante Adelaide gehört hatte.«

Zweifel quälten mich. Wie immer hatte ich mich manipulieren lassen; sie hatte mich geschlagen; sie war einsam und verloren, schäbig und – zumindest in einer Beziehung – von Sinnen.

»Ja, ja.« Giles ergriff meinen Arm. Ungläubig stellte ich fest, daß er gar nicht richtig zugehört hatte: ausgerechnet Giles, der sonst immer zuhörte! Er hatte bloß darauf gewartet, daß ich abbrach, damit er seine eigene Neuigkeit loswerden konnte. Und er lächelte! Ungeheuerlich!

»Du mußt mir später alles erzählen. Wir müssen mit Miß Bede fertig werden. Aber glaubst du, du könntest sie für eine kleine Weile vergessen?« Er führte mich sanft, aber entschieden auf die Brücke zu. »Ich muß dir etwas zeigen. Eine Entdeckung.« Als er sah, daß ich enttäuscht war, blieb er stehen. »Du hast es doch manchmal bedauert, überhaupt nach Gower Gill gekommen zu sein, nicht wahr? Aber es hat doch sein Gutes gehabt, Liebling. Sieh nur.«

Der Landmann mit dem Schlapphut stand noch immer da: Er war ein großer, junger Mann, jünger, als ich gedacht hatte, mit geschmeidigem, muskulösem Körper und sonnengebräunter Haut, ein scharlachrotes Tuch um den Hals gebunden. Er lehnte nicht mehr am Geländer, sondern stand jetzt gespannt aufrecht. Auf seinen Lippen sah ich dasselbe entzückte Lächeln wie bei Giles. Er zog schwungvoll den Hut.

»Sie erinnern sich wohl kaum noch an mich, Miß Lincoln.«

Aber das tat ich, obwohl er im Stimmbruch gewesen war, seit wir uns das letzte Mal gesehen hatten, und obwohl ich jetzt zu ihm aufblicken mußte.

»Jordan!«

Er ergriff die Hand, die ich ihm entgegenstreckte. Wir strahlten uns an. Es war ein Augenblick äußersten Glücks.

»Das ist ein großer Tag für mich, Sir.« Er wandte sich an Giles. »Sie und Miß Lincoln beide ganz plötzlich hier zu sehen. Mrs.

St. Leonard, meine ich. Ich habe mich oft gefragt, ob ich Sie je wieder zu Gesicht kriegen würde.«

Es war die längste Rede, die ich je von ihm gehört hatte. Die Veränderung in ihm war wunderbar.

»Wo bist du all die Zeit über gewesen, Jordan? Und was um alles in der Welt tust du hier?«

»Ich wohne hier. Da drüben.« Er sprach ganz beiläufig, um seinen Stolz zu verbergen, und wies auf die Weide, wo vor einer der kleinen Hütten ein mickriges Pferd angebunden war. Wäsche hing auf der Leine, es roch nach frischgebackenem Brot.

»Dann sind sie wieder zurück!« rief ich. »Die Badgetts sind wieder da!«

»Und Jordan ist mit ihnen zurückgekommen«, erzählte mir Giles. »Er war die ganze Zeit über bei ihnen.«

»Stimmt«, sagte Jordan. »Wir sind fast überall in England gewesen, sogar in London. Laban und ich waren einen Tag dort – aber ein Tag hat auch gereicht. Ein bißchen zu sehr wie Martlebury.«

Ich lief los. Die Tür stand auf. Nancy wandte sich vom Ofen ab, ihr Gesicht war gerötet. Wir umarmten einander. Ich wollte die ganze Geschichte hören.

Nachdem wir uns an jenem Tag verabschiedet hatten, fuhren sie langsam das Tal entlang nach Catblake, wo sie am Abend ankamen. Sie hatten Jordan gefunden, der an der Wand des Gasthofes lehnte, die Hände in den Taschen, die Mütze über die Augen gezogen, so, wie Mr. Drigg ihn verlassen hatte.

»Das ist der Junge, den ich im Holleron Moor gesehen habe«, sagte Laban. »Es war nicht Edwin. Es war kein Zeichen.«

»Das macht doch nichts, Liebling«, sagte Nancy. »Wer auch immer es ist oder nicht ist, er braucht einen Freund.«

Sie hatte sein Vertrauen gewonnen und ihm seine Geschichte entlockt. Zum Glück konnten sie ihn wenigstens in einem Punkt trösten. Nahe Blea Rigg hatten die Badgetts Tollemy Price getroffen und von ihm erfahren, daß Mrs. St. Leonard einen Unfall gehabt hatte, nur knapp dem Tode entronnen sei (kein Wunder mit diesem Pferd, hatte Laban gesagt), man aber hoffen könnte, daß sie sich von ihren Verletzungen erholen würde.

»Sie waren es, die uns wirklich zusammengeführt hat«, erzählte mir Nancy. »Als wir feststellten, daß wir Sie alle kannten, wurden wir sofort Freunde. ›Nehmen wir ihn mit, Laban‹, habe ich gesagt. ›Stell dir mal vor, es wäre Edwin, der keine Verwandten hätte, kein Ziel.‹«

Sie hatten einander ins Herz geschlossen. Jetzt erzählten sie uns alles genauer, als wir uns zu einem improvisierten Mahl niedersetzten: wie Jordan Stallknecht und Händler geworden war, und wie er Laban schließlich sogar Lesen beigebracht hatte. Dann waren sie heimgekehrt, damit nun Laban seinerseits Jordan sein Handwerk beibringen konnte. Es konnte nichts Gerechteres, Schöneres geben. Sie hatten alle drei gelitten, und ihnen allen war eine zweite Chance zum Glück gegeben worden. Wir waren alle unbeschreiblich zufrieden.

Seit ich abgereist war, hatte ich nichts mehr von Mr. Drigg gehört. Deshalb wollten Giles und ich nach Gower Oaks fahren, waren allerdings nicht weiter überrascht, als wir hörten, er wäre wieder einmal verreist. Im großen und ganzen war ich es zufrieden, denn ich mußte mich jetzt der unschönen Möglichkeit stellen, daß ich ihn unwillentlich dazu verleitet hatte, Miß Bede in einem falschen Licht zu sehen. Wir saßen unter Labans Apfelbaum, bis es Zeit für uns wurde zu gehen, damit wir unseren Zug nicht versäumten. Nancy und Jordan kamen mit uns den Hügel hinauf, vorbei an Honeywick mit einem bernsteinfarbenen Himmel dahinter, und dem Fuchskopf, der wie Gold schimmerte.

Aber die Straße im langen Schatten des Hauses war kühl, und unser fröhliches Geplapper erstarb.

»Ein sehr ruhiger Fleck für jemanden, der allein lebt«, bemerkte Nancy. »Es heißt, daß Mr. Drigg sie ab und zu besucht, aber sonst weiß ich von niemandem. Trotzdem macht sie einen glücklichen Eindruck.«

Aus einem offenen Fenster klang eine Melodie zu uns herüber, jemand sang zufrieden vor sich hin.

»Das ist der richtige Ort für solche wie sie«, meinte Jordan. »Hier kann sie niemandem etwas tun.«

»Sie ist eine raffinierte Frau.« Giles beugte sich zu mir hinab. »Du warst ihr nicht gewachsen.«

»Sie ist schlecht«, erklärte Jordan. »Besser, man hält sich fern von ihr.«

Unsere Blicke trafen sich. Seine Augen waren blau und fest, freundlich, aber ohne Illusionen. Es war nicht wahrscheinlich, daß Jordan einen Fehler gemacht hatte. Er kannte die Boshaftigkeit der Welt, war daran gewöhnt.

Und plötzlich akzeptierte auch ich sie – die dunkle Seite des Lebens. Man konnte ihr nicht entgehen. Sie war da, konnte ebensowenig übersehen werden wie die atemberaubende Schönheit dieses Ortes. In meiner Erinnerung sehe ich Honeywick immer noch in jener Stunde zwischen hellem Himmel und langen Schatten, sehe die Elemente des Lichts und der Dunkelheit nebeneinander, untrennbar. Seit langem schon habe ich es aufgegeben zu versuchen, sie zu entwirren.

Aus irgendeinem Grunde, vielleicht durch unsere Stimmen verschreckt, hatte der Gesang aufgehört. Eingerahmt von Rosen und Jelängerjelieber sah ich – oder glaubte zu sehen – ein Gesicht am Fenster, das uns nachsah, bis wir außer Sichtweite kamen.

27

Seither habe ich sie nicht mehr gesehen. Jahre sind vergangen, aber ihr unklares Bild ist nicht klarer geworden. Tatsächlich ist meine Haltung Miß Bede gegenüber sogar noch weniger vernünftig geworden, wenn das überhaupt möglich ist. Es ist schwer zu erklären, daß all meine vernünftigen Fähigkeiten in dieser einen Hinsicht durcheinandergeraten sind. Es ist fast, als hätte eine übergeordnete Macht sie mir entrissen. Das Wort kommt mir nicht leicht über die Lippen, aber es gibt Augenblicke, in denen ich immer noch überzeugt bin, daß in jenen Tagen in Honeywick Zauberei im Spiel war.

Diese Ansicht bleibt, obwohl wir erst kürzlich der Wahrheit um einiges näher gekommen sind. Tatsächlich ist es fast sicher... Aber in den Anfangstagen unserer Ehe war es anders. Von Zeit zu Zeit hocken wir am Feuer im Schulhaus und sprechen über alles, das ist ganz natürlich; aber wir kommen nicht weiter, es ist, als würden wir alles durch den Nebel sehen, der Marshall Street niemals für lange Zeit verläßt. War sie Miß Goodlock? Wenn wir uns darum bemüht und Erkundigungen eingezogen hätten, hätten wir ihre Identität sicher herausgefunden. Es war meine eigene Schuld, daß solche Schritte nie gemacht wurden. Ich habe mein Zögern niemals überwinden können, Giles in die Sache hineinzuziehen, und das wäre unweigerlich geschehen, wenn man Erkundigungen eingezogen hätte. Es war schon schwierig genug, ihn davon abzuhalten, Miß Bede kennenzulernen, aber bisher ist es mir gelungen, sie einander fernzuhalten. Bis zum heutigen Tag sind wir nicht mehr in Gower Gill gewesen.

Jordan besucht uns zwei, drei Mal im Jahr und bringt uns Neuigkeiten aus dem Dorf mit, aber es ist schon lange her, daß er das Haus am Hügel auch nur erwähnt hat.

Wir sind auch nie wieder in Matlock gewesen. Im Winter nach unserer Hochzeit starb Mrs. Hawthorne. Sie war es, die so gern Ferien in Matlock Bath gemacht hatte. Keiner von uns hätte ohne sie dort glücklich sein können. Aber nur dort, wenn überhaupt irgendwo, hätten wir etwas über Miß Goodlock erfahren können.

Aber von den drei Menschen, die sie hätten wiedererkennen können, war nur noch einer dort. Bella war spurlos nach Amerika verschwunden. Mrs. Petch hatte Matlock ebenfalls verlassen, wie ich ein oder zwei Jahre nach meiner Hochzeit mit Giles entdeckte. Damals fuhren wir nach einem Besuch bei Tante Maud noch nach Brighton, um einen alten Schulfreund von Giles zu besuchen.

An einem unserer allmorgendlichen Spaziergänge am Wasser entlang blieb ich zu lange bei einer Punch-and-Judy-Schau stehen. Die anderen waren bereits ohne mich weitergegangen, als ich es merkte. Es war ein heißer Tag, und ich dachte, ich würde am besten irgendwo im Schatten auf sie warten. So begab ich mich unter den Baldachin eines der teureren Hotels. Eine Kutsche, hoch mit Gepäck beladen, wartete auf einen abreisenden Gast. Und da kam er auch schon. Es handelte sich um eine kleine Dame mittleren Alters, der neuesten Mode entsprechend gekleidet. Ich hatte sie schon irgendwo einmal gesehen. Sie saß bereits, als es mir wieder einfiel.

»Mrs. Petch!«

Sie erkannte mich nicht. Ich mußte sie daran erinnern, daß ich einmal bei ihr gewesen war.

»Du lieber Himmel, Matlock!« Man hörte ihr an, daß sie in Gedanken schon bei der Reise war, die vor ihr lag. »Das muß eine Ewigkeit her sein.«

»Mein Name war damals St. Leonard.«

»O ja, Mrs. St. Leonard.« Die Erinnerung kehrte zurück. Ein wenig interessiert musterte sie mein graues Kleid, den bescheidenen Hut, stellte fest, daß ich keinerlei Schmuck trug und schien zu beschließen, mich augenblicklich wieder zu vergessen.

»Sie leben also nicht mehr in Matlock? Ich weiß noch, wie Sie sich über Ihre Zimmer in Masson View gefreut haben, mit der schönen Aussicht.«

»Die Zimmer waren schon in Ordnung, aber – ich bin nun einmal sensibel, wie Sie zweifellos bemerkt haben werden –, und da war so etwas, die Atmosphäre.« Einen Moment hörten ihre Ohrringe auf zu hüpfen. »Ich fing an, unschöne Gefühle zu haben, morbide Gedanken, wenn Sie wissen, was ich meine? Auch meiner Zofe ist das aufgefallen. Wo steckt sie überhaupt? Ja, ich erinnere mich jetzt an Sie.«

»Ich will Sie nicht aufhalten, Mrs. Petch, aber ich wollte schon oft...«

»Verzeihen Sie, aber ich habe eine lange Reise vor mir. Nach Lyme Regis. Ich werde eine Weile dort bleiben. Es heißt, die Leute dort wären besser als hier in Brighton.«

Sie warf einen geistesabwesenden Blick auf die Taschen, die in Sichtweite standen, schien sie zu zählen. Es war kein günstiger Augenblick, aber ich durfte ihn mir auch nicht entgehen lassen.

»Ich habe es immer bedauert, Sie nicht ein wenig eingehender nach Miß Goodlock befragt zu haben.«

»Miß Goodlock?« Mrs. Petchs Blick war ausdruckslos.

»Miß St. Leonards Gesellschafterin. Wir haben doch von ihr gesprochen, erinnern Sie sich nicht mehr?«

»Haben wir das? Ich habe sie ganz vergessen. Hat das Mädchen mir jetzt eigentlich meine Schlüssel gegeben?« Sie suchte in ihrem Beutel. »Miß Goodlock! Nun ja! Sagten Sie, daß sie tot wäre?«

»Nein. Ich weiß nicht, was aus ihr geworden ist. Ich wollte Sie bloß fragen... Wie war sie? Ich meine, wie sah sie aus?«

»Großer Gott!« Mrs. Petch war verblüfft, sogar ein bißchen beleidigt. »Ihre Erscheinung? In ihrer Stellung? Sie stand doch immer so im Hintergrund, natürlich. Sie wußte, wie sie sich zurückhalten mußte, das muß ich ihr lassen. Ich habe sie kaum bemerkt, außer natürlich, daß ich Mitleid mit ihr hatte, dem armen Ding, wie das eben so ist. Ich bin einfach zu mitleidig.«

»War sie groß, klein, dunkelhaarig oder blond?«

»Blond? O nein. Miß St. Leonard war hellhäutig, aber die Gesellschafterin... Ah, da steckst du ja«, als ihr Mädchen herbeieilte. »Hast du die Schlüssel? Dann können wir fahren.«

Als sie sah, daß ich mich nicht rührte, gab sie sich bewußt noch einmal Mühe. »Soweit ich mich erinnern kann, war sie dunkel. Mit dunklen Augen. Ich erinnere mich, daß ich einmal gedacht habe, daß sie mit besseren Kleidern sehr vornehm hätte aussehen können, sogar interessant, wenn man dieses Wort gebrauchen darf.«

Ich fand, das konnte man. Zumindest im Hinblick auf Miß Bede.

Bleibt also nur noch Mrs. Catchbent, die meines Wissens noch immer in Masson View lebt. Als Informant kann man sie natürlich vergessen. Man stellt einem Eisberg keine persönlichen Fragen. Nur der dringendste Notfall würde mich dazu bewegen, je wieder einen Fuß auf ihre Schwelle zu setzen.

Trotzdem, wenn ich nicht entschlossen gewesen wäre, Giles vor Miß Bede zu schützen, hätte ich es vielleicht für meine Pflicht gehalten, die Angelegenheit weiter zu verfolgen. Doch schon bald wurde ich vor einer solchen gutgemeinten Dummheit bewahrt – und ausgerechnet von Giles selbst.

Nicht lange nach unserer Hochzeit wurden zwei Truhen geliefert. Eine war auf meine Bitte hin von Messrs. Bretherby und Butterwick aus Matlock geschickt worden, denen es endlich gelungen war, Tante Adelaides Nachlaß abzuwickeln; die andere kam aus Gower Gill. Wir ließen sie auf den Speicher hinaufschaffen, wo sie lange Zeit ungeöffnet stehen blieben. Ich hatte mit der Pflege von Mrs. Hawthorne und mit meinem neuen Haushalt genug zu tun. Erst allmählich fand ich die Zeit und Lust, den Inhalt auszupacken und darüber nachzudenken, auf welch seltsame Weise das Leben ihrer Besitzerinnen miteinander verknüpft war. Tante Adelaides mit meinem. Die beiden offenen Truhen, die nebeneinanderstanden und nur wenige Kleider und wertlosen Schmuck beziehungsweise Mädchenkleider, billige Hochzeitsgeschenke und eine Handvoll Bücher enthielten, schienen ein Symbol dafür zu sein, wie wir uns beide von dem reichen Erbe zurückgezogen hatten, das uns durch Zufall zugefallen war.

Solche Gedanken beschäftigten mich, als ich im Speicher arbeitete. Und eines Abends saß ich dann am Wohnzimmertisch und bemühte mich, mit einem Staubpinsel das vernachlässigte Hochzeitsgeschenk von Miß Wheatcroft zu säubern. Perle um Perle, Muschel um Muschel.

»Merkwürdig, nicht wahr, daß Miß Wheatcroft mich gewarnt hat? Aber ich bin mir immer noch nicht sicher, was das Übel, das Böse anlangt. Es war da, das weiß ich, und ich habe es trotz Miß Wheatcroft auch bestimmt gefürchtet, aber es ist ein Teil von mir geworden, ich habe es in meinem Herzen gefühlt. Vielleicht war es überhaupt die ganze Zeit da drinnen, nicht äußerlich. Und ich weiß immer noch nicht, ob ich mich damals richtig oder falsch verhalten habe, vor allem, als ich sie dortgelassen habe. Aber andererseits weiß ich auch nicht, was ich sonst hätte tun sollen«, fügte ich lauter hinzu, weil ich glaubte, er hätte mich nicht gehört.

Aber da irrte ich mich. Er hatte mir sowohl zugehört, als mich auch beobachtet, und wie immer wußte er, wie er mit meiner ermüdenden Unsicherheit fertig werden konnte.

»Florence«, erklärte er streng, »ich will davon nichts mehr hören. Es ist nicht länger die Frage, was du hättest tun sollen oder nicht. Honeywick House gehört mir, und alle diesbezüglichen Entscheidungen werden ebenfalls von mir getroffen. Ich verbiete dir...« – es war schrecklich, ihn so zu hören – »...dich einzumischen! Ich verbiete es dir. Hast du das verstanden?«

»Oh, Giles.« Ich kniete neben ihm nieder. »Wie gut du bist! Es ist ein solcher Trost, wenn du mir verbietest zu tun, was ich so schrecklich ungern getan hätte. Du wirst sehen, welch gehorsames Weib ich sein werde.«

Ich zog die Vorhänge vor die dunklen Fenster und kehrte zum Feuer zurück. Und so schoben wir die Angelegenheit immer wieder beiseite, und es gab lange Perioden, in denen ich sie tatsächlich vergessen konnte.

Aber die Wahrheit kommt irgendwann doch immer ans Licht. Wir haben noch immer eine Verbindung zu Honeywick und Miß Bede. Als ich Tante Adelaides Truhe aufräumte, stieß ich auf Mr. Driggs Brief und schickte ihn ihm. Er antwortete sofort, und seither korrespondieren wir miteinander. Allerdings hat er bislang nur zweimal im Jahr geschrieben. Nancy Badgett hatte recht gehabt: Er besuchte Honeywick House tatsächlich auch weiterhin, wie er es zu Zeiten von Tante Adelaide und mir schon getan hatte. Ich vermutete, daß der Grund dafür nicht mehr die sentimentale Zuneigung zu Tante Adelaides altem Heim war, sondern daß ihn etwas anderes interessierte. Und mein Verdacht wurde bestätigt, als Giles in einer medizinischen Schrift, die Marys Vater ihm geliehen hatte, einen Artikel mit dem Titel entdeckte: »Beobachtungen der Psyche alleinlebender Frauen – eine Studie der Besessenheit«, darunter die Initialen A. D.

In seinem letzten Brief berichtete Mr. Drigg von einem

merkwürdigen, aber ausgesprochen bedeutsamen Vorfall. Tatsächlich schrieb er hauptsächlich, weil er uns davon erzählen wollte. Eines Nachmittags war er zufällig am Haus vorbeigekommen, und aus einem Impuls heraus hatte er geklopft. Keine Antwort. Nachdem er eine Weile gewartet hatte, begab er sich hinein und fand Miß Bede schlafend im Wohnzimmer...

»Sie war im Ohrensessel eingeschlafen«, schrieb er. »Es war der Schlaf der Erschöpfung. Eine grobe Arbeit war ihr aus der Hand gefallen. Das Zimmer, so fand ich, sah vernachlässigt aus. Sie wachte nicht auf. Ich hatte Gelegenheit, ihr Gesicht in Ruhestellung zu betrachten...«

Ich spürte, wie eine Gänsehaut an mir hochkroch. Er würde eine solche Gelegenheit wohl nutzen: Da war sein Musterexemplar, vor ihm ausgebreitet, bewußtlos, ihre rätselhaften Augen geschlossen, seine eifrig und durchdringend.

»...Es war ein Schock zu sehen, wie alt sie geworden ist«, fuhr er fort. »Sie ist ausgemergelt, ihre Person traurig vernachlässigt. Ich setzte mich und wartete. Nach langer Zeit wachte sie auf. Ich bezweifle, daß sie schon wieder voll in die Wirklichkeit zurückgekehrt war, besser noch, ob sie sie nicht seit langem aus den Augen verloren hatte. Aber sie setzte sich mit einem Ausdruck auf, den ich noch nie zuvor an ihr bemerkt hatte: Sie wirkte gleichzeitig unterwürfig und um Vergebung heischend. ›Ich muß eingeschlafen sein‹, sagte sie und sah sich um. Es schien sie zu beunruhigen, daß sie sich ausgerechnet in diesem Sessel fand. ›Miß St. Leonard ist in ihrem Zimmer. Ich werde ihr sagen, daß Sie hier sind.‹

Meine Gelegenheit war gekommen. Ich handelte augenblicklich. ›Vielen Dank, Miß Goodlock‹, sagte ich und hielt den Atem an, verließ mich voll auf die Macht dieses Namens. Sie stand auf, als wäre sie verwirrt. (Es kann die gesamte Persönlichkeit verändern, wenn man seinen Namen hört, wie ich Ihnen ja bereits erklärt habe. Diese Theorie ist für mich von besonderem Interesse.) Nachdem ich diesen Vorstoß gewagt hatte, zögerte ich nicht, sondern fuhr fort: ›Ich hoffe, Miß Adelaide ist wohlauf. Ihre Gesundheit ist nicht die beste, wie ich wohl weiß.‹

›Sie ist –‹ Eine Pause trat ein, als sie noch immer zwischen ihren beiden Welten hin- und hergerissen war. Sie sprach sehr leise, fast wie zu sich selbst, hob dann langsam die Hände, streckte sie vor sich aus, als wollte sie etwas fortstoßen. ›Sie war so zart – und leicht. Eine sanfte Dame.‹

Dann – ich kann die Veränderung kaum beschreiben, die mit ihr vorging. Es war, als durchflutete das Verständnis plötzlich ihr ganzes Sein, und mit dem Verständnis ein Kummer, der an Entsetzen grenzte. Es war nicht der Kummer, sich mir gegenüber verraten zu haben. Sie kümmerte sich überhaupt nicht mehr um mich. Es war eine tiefe, innerliche Reaktion, als hätte die Wahrheit die Fantasie durchdrungen und sie plötzlich begriffen, was immer sie Grund zu bedauern hatte; als sähe sie plötzlich die Wahrheit in gnadenlosem Licht, sähe die Grausamkeit dessen, was ihr bisher nur als rechtmäßiges Mittel zum Zweck erschienen war. Ihr Zustand war bemitleidenswert. Sie fiel auf die Knie, den Kopf an die Sessellehne gestützt, und ich hielt es für das beste, sie allein zu lassen. Sie schien mich nicht gehen zu hören...

Verzeihen Sie mir, wenn ich diesen Brief jetzt beende. Ich habe noch Unterlagen zu vervollständigen, die meinen lieben alten Freund Wilhelm Wundt sehr interessieren werden...«

Doch Mr. Driggs Haltung seinen Mitmenschen gegenüber ist niemals nur von dem wissenschaftlichen Gesichtspunkt geprägt. Nie hat ein freundlicheres menschliches Wesen gelebt, woran mich sein Postskriptum erinnerte:

»Seither war ich dreimal bei ihr und fand sie in einem Zustand des Träumens, weit fort. Sie hat Schwierigkeiten zu verstehen, was ich sage. Als würde sie nicht mehr hören. Ihre Gesundheit ist stark angegriffen, einmal von der Vernachlässigung her, dann von dem inneren Konflikt, aber sie ist eine starke Frau und mag in diesem Zustand noch Monate, ja, sogar Jahre verbringen. Seien Sie versichert, daß sie alle Pflege bekommen wird, die wir ihr geben können, wenn die Zeit dafür gekommen ist. Für Sie wäre es das beste, sich fernzuhalten. Ihr Anblick würde gewiß schmerzhafte Assoziationen hervorrufen und ihren Zustand verschlechtern. Ich werde alles tun, was getan werden kann.«

Ich bin von ganzem Herzen dankbar, daß sie in guten Händen sein wird, wenn die Zeit gekommen ist. Das letzte, was sie auf dieser Erde sehen wird, ist das Haus, das sie liebt. Es wird die süße Luft von Gower Gill sein, die sie mit dem letzten Atemzug einatmet und die ihren Geist davontragen wird.

Wann immer möglich entfliehen wir im Sommer der Marshall Street und durchstreifen den einen oder anderen unserer beliebtesten Ferienorte auf dem Lande. Es ist nichts Ungewöhnliches, auf ein einsames, abseits gelegenes Haus zu stoßen; durch die halboffene Tür das Schlurfen von Füßen zu hören; an dem von Rosen umrahmten Fenster das faltige Gesicht einer alleinlebenden Frau zu sehen. Mich berührt diese Erfahrung immer merkwürdig, und ich habe es mir angewöhnt, am Tor stehenzubleiben und mich zu fragen, wie sie wohl hierhergekommen sein mag: warum sie geblieben ist, wenn alle anderen fortgezogen sind, und ob es ihr irgendwie gelingen wird, noch immer dort zu bleiben, wenn ihr Fleisch sie verrät und ihre Zeit auf der Erde abgelaufen ist.

ROMANTIC THRILLER

Romane voll Liebe und Geheimnis, von internationalen Autoren.

Jan Alexander
Das tödliche
Mißverständnis
03/2108 - DM 4,80

Aallyn Alysse
Der Todestrank
03/2088 - DM 4,80

Gwendoline Butler
Das brennende Haus
03/2058 - DM 3,80

Vera Caspary
Ballett des Schreckens
03/2075 - DM 4,80

Emma Cave
Der schreckliche
Schwur
03/2106 - DM 5,80

Virginia Coffman
Erbschaft im Zwielicht
03/2093 - DM 4,80

Spuk um Mitternacht
03/2116 - DM 4,80

Schloß Moura
03/2119 - DM 5,80

Grauen ohne Ende
03/2152 - DM 4,80

Mary Craig
Der rätselhafte Fremde
03/2134 - DM 4,80

Cecily Crowe
Reiche Frauen
sterben früher
03/2100 - DM 5,80

Dorothy Daniels
Hinter den finsteren
Scheiben
03/2105 - DM 4,80

Lynn Devon
Der unheimliche
Verdacht
03/2109 - DM 5,80

Marilyn K. Dickerson
Der geheimnisvolle
Papagei
03/2103 - DM 4,80

Catherine Dunbar
Plantage des Unheils
03/2154 - DM 6,80

Dorothy Eden
Dunkle Erbschaft
03/2114 - DM 5,80

Unter keinem
guten Stern
03/2124 - DM 5,80

Marie Elaine Edward
Die Moorinsel
03/2142 - DM 5,80

Jonathan Escott
Der geheimnisvolle
Schatten
03/2047 - DM 3,80

Caroline Farr
Das Haus der Gräber
03/2094 - DM 4,80

Schwarze Katzen
03/2101 - DM 4,80

Dorothy Fletcher
Die Nacht in den
Ruinen
03/2089 - DM 4,80

Das Haus
des Schweigens
03/2104 - DM 5,80

Stanton Forbes
Die Briefe des Mörders
03/2066 - DM 4,80

Das Geheimnis
der Doyles
03/2112 - DM 4,80

Insel der schwarzen
Seelen
03/2140 - DM 4,80

Hilary Ford
Die verzweifelte Braut
03/2107 - DM 5,80

Flammen im Schloß
03/2151 - DM 6,80

Angelika Gerol
Es geschah im Pavillon
03/2099 – DM 4,80

Tod im Schloß
03/2146 – DM 5,80

Anna Gilbert
Bittere Schuld der
Sühne
03/2056 – DM 4,80

Das Geheimnis
einer Sommernacht
03/2095 – DM 5,80

Dorothy Gilman
Das Geheimnis
der Drehorgel
03/2085 – DM 4,80

Anne Goring
Die falschen
Schwestern
03/2117 – DM 5,80

Elissa Grandower
Das verriegelte Zimmer
03/2097 – DM 5,80

Edith P. Green
Die Sünden
der Vergangenheit
03/2048 – DM 3,80

Pamela Hill
Das dunkle
Vermächtnis
03/2087 – DM 4,80

Preisänderungen
vorbehalten.

**Wilhelm Heyne Verlag
München**

ROMANTIC THRILLER

Romantik und Grusel-Spannung für anspruchsvolle Leser.

Jane Aiken Hodge
Gefangen im Paradies
03/2147 – DM 5,80

Isabelle Holland
Das verschollene Kind
03/2091 – DM 4,80

Die verlorene Madonna
03/2141 – DM 5,80

Margaret Bell Houston
Insel der Träume
03/2110 – DM 4,80

Velda Johnston
Stimmen im
leeren Salon
03/2096 – DM 4,80

Ein verhängnisvoller
Sommer
03/2135 – DM 5,80

Lee Karr
Die geheimnisvolle
Hochzeit
03/2125 – DM 5,80

Marguerite Kloepfer
Schatten in der Wüste
03/2123 – DM 6,80

Edna Lee
Rosen im Sumpf
03/2126 – DM 5,80

Elsie Lee
Ein Herz in Gefahr
03/2150 – DM 5,80

Miriam Lynch
Die Hexe von Salem
03/2090 – DM 4,80

**Patricia Matthews /
Clayton Matthews**
Stimmen der Nacht
03/2144 – DM 5,80

Anne Maybury
Das Mädchen auf
dem weißen Delphin
03/2120 – DM 4,80

Jean Merrill
Der geheimnisvolle Lord
03/2133 – DM 5,80

Barbara Michaels
Der Herr vom
Schwarzen Turm
03/2138 – DM 4,80

Die Braut des Teufels
03/2148 – DM 4,80

Der schwarze
Regenbogen
03/2149 – DM 5,80

Freda Michel
Der Fluch über dem
Haus des Lords
03/2111 – DM 5,80

Isabel Ortega
Der Fluch der
Azteken-Schlangen
03/2129 – DM 5,80

Mary Paradise
Die Blumen
von Granada
03/2132 – DM 4,80

Elizabeth Peters
Im Schatten des Todes
03/2153 – DM 5,80

Claire Rayner
Das letzte Geständnis
03/2130 – DM 4,80

Jean Raynes
Das Geheimnis
im Schloßpark
03/2121 – DM 5,80

Margaret Ritter
Das Gefängnis
im Schloß
03/2137 – DM 5,80

Willo Davis Roberts
Das Schloß auf
den Klippen
03/2145 – DM 4,80

Lynda Sargent
Gefangen im
Herrenhaus
03/2113 – DM 5,80

Annjeanette Scott
Der unheimliche Graf
03/2143 – DM 5,80

Anya Seton
Schloß Drachenfels
03/2128 – DM 5,80

Jutta von Sonnenberg
Letzte Liebe in London
03/2131 – DM 5,80

Anne Stevenson
Türkischer Todestanz
03/2139 – DM 5,80

Marcella Thum
Die Plantage auf der
Insel
03/2122 – DM 5,80

Jean de Weese
Die Spuren der Katze
03/2092 – DM 4,80

Phyllis A. Whitney
Der unsichtbare Spieler
03/2136 – DM 5,80

Ruth Willock
Schritte in der Nacht
03/2118 – DM 5,80

Barbara Wood
Das Geheimnis
der Pyramiden
03/2127 – DM 5,80

Anne Worboys
Der Löwe von Delos
03/2102 – DM 4,80

Die Spuren
der Vergangenheit
03/2115 – DM 5,80

**Wilhelm Heyne Verlag
München**

ROMANTIC THRILLER

Romantik und Grusel-Spannung für anspruchsvolle Leser.

03/2129 – DM 5,80

03/2130 – DM 4,80

03/2131 – DM 5,80

03/2133 – DM 5,80

03/2132 – DM 4,80

03/2135 – DM 5,80

03/2134 – DM 4,80

03/2136 – DM 5,80